JULIA KELLER

Blutroter Sommer

GOLDMANN
Lesen erleben

Buch

Über der kleinen Ortschaft Acker's Gap, einsam und idyllisch gelegen inmitten der Appalachen West Virginias, liegt träge der Sommer, doch Bezirksstaatsanwältin Bell Elkins kommt nicht zur ersehnten Ruhe. Freddie Arnett, ein liebenswerter alter Mann, wurde auf brutalste Weise in der Einfahrt seines Hauses erschlagen, als er gerade den Ford aufpolierte, den er seinem Enkel schenken wollte. Seit diesem grausamen Mord herrschen in Acker's Gap Schock und Angst; erschwerend kommt hinzu, dass schon wenige Tage darauf die Ermittlungen von Bell und ihrem Partner Sheriff Nick Fogelsong ins Stocken geraten. Niemand kann sich die Tat erklären, geschweige denn einen Hinweis auf den Täter geben. Besteht die Gefahr, dass er wieder tötet? Doch nicht nur das entsetzliche Verbrechen macht Bell zu schaffen, sondern auch die plötzliche Rückkehr ihrer Schwester Shirley aus dem Gefängnis. Shirley, die als Teenager den gewalttätigen Vater der beiden tötete, um die jüngere Bell zu schützen, und zu der Bell trotzdem lange Jahre keinerlei Kontakt hatte. Dann wird die schwierige Beziehung der beiden Schwestern erneut auf eine harte Probe gestellt: Bei einer Schlägerei in einer heruntergekommenen Bar wird ein Mann erstochen – und Shirley ist unter den anwesenden Gästen …

Weitere Informationen zu Julia Keller
sowie zu lieferbaren Titeln der Autorin
finden Sie am Ende des Buches.

Julia Keller

Blutroter Sommer

Kriminalroman

Aus dem Amerikanischen
von Anne Fröhlich

GOLDMANN

Die amerikanische Originalausgabe erschien 2014
unter dem Titel »Summer of the Dead« bei Minotaur Books,
an imprint of St. Martin's Press, New York.

Nachweis:
S. 7: Nathaniel Hawthorne, *Das Haus mit den sieben Giebeln.*
Übersetzt von Irma Wehrli. Manesse Verlag, Zürich, 2004.
S. 409: John Donne, »Abschied«. Das Zitat wurde für diese Ausgabe
von Anne Fröhlich übersetzt.

Dieses Buch ist auch als E-Book erhältlich.

MIX
Papier aus verantwortungsvollen Quellen
FSC® C014496
FSC
www.fsc.org

Verlagsgruppe Random House FSC® N001967

1. Auflage
Deutsche Erstveröffentlichung Mai 2016

Umschlaggestaltung: UNO Werbeagentur, München
Umschlagmotiv: gettyimages/Tim Fitzharris
Redaktion: Friederike Arnold
KS · Herstellung: Str.
Satz: DTP Service Apel, Hannover
Druck und Bindung: GGP Media GmbH, Pößneck
Printed in Germany
ISBN: 978-3-442-48407-2
www.goldmann-verlag.de

Besuchen Sie den Goldmann Verlag im Netz

Für meinen Vater,
James Richard Keller (1931-1984),
einen Sohn der Appalachen

Denn welches Verlies ist so dunkel wie das eigene Herz! Welcher Kerkermeister so unerbittlich wie das eigene Selbst!

Nathaniel Hawthorne
Das Haus mit den sieben Giebeln

Teil eins

1

Die Hütte mit dem Flachdach befand sich an einer Landstraße, die in tiefer sommerlicher Dunkelheit dalag, einer Dunkelheit, wie sie nach einem besonders grellen Sommertag auftritt und die deshalb intensiver wirkt und bewusster wahrgenommen wird als gewöhnliche Nachtdunkelheit. Die Lichter der kleinen Kneipe ließen sie, durch den eigenartigen Kontrast zu der schwarz beschatteten Straße, wie etwas Lebendiges aussehen, das schwankt und ächzt, bereit, sich jeden Moment zu erheben und davonzutorkeln, um nur eine flache Vertiefung und den dumpfen Gestank von Urin zu hinterlassen.

Bell Elkins wusste, dass das Einbildung war. Das Einzige, was sich wirklich bewegte, waren die flackernden Lichter, die durch die vier bullaugenartigen Fenster drangen, und das hässliche Wummern der Bässe der Liveband, Erschütterungen, die auf das Herz eintrommelten wie Faustschläge. Dennoch zögerte sie und blieb einige Minuten länger am Rand des mit Dreck übersäten Parkplatzes in ihrem Fahrzeug sitzen. Die Autos waren kreuz und quer geparkt, zurückgelassen von ihren Fahrern, denen alles scheißegal war.

Es war 3.42 Uhr in einer schwülwarmen Samstagnacht – nein, am Sonntagmorgen – Mitte Juni, und Bell war wütend. Der Ärger durchzog sie wie ein Draht, der sich langsam durch ihre Adern fädelte, Millimeter für Millimeter. Er flammte nicht auf wie sonst: Dieses Mal wuchs er stufenweise, gleichmäßig und unheilvoll. Als sie sich jeden einzelnen irritierenden Fakt in Erinnerung rief, stieg der Ärger eine Stufe höher, dann noch eine.

Fakt war: Ihre Schwester Shirley war seit drei Tagen nicht nach Hause gekommen. Shirley war eine erwachsene Frau, und es gab keine festen Absprachen – aber immerhin, drei Tage. Und kein Anruf, keine Nachricht.

Fakt war: Das Handy auf Bells Nachttisch hatte sich um kurz vor drei mit seinem perversen Häckselmaschinen-Klingelton gemeldet. Am anderen Ende der Leitung war Amanda Sturm gewesen, Deputy von Collier County. »Hab 'nen Anruf bekommen – Krawall drüben bei Tommy's«, sagte sie, nachdem sie ihren Namen genannt hatte. Was Tommy's war, musste nicht weiter erklärt werden. Es war eine Bar – diese Bar hier an der Burnt Ridge Road, berüchtigt für Prügeleien, Drogen und Ärger. »Hab kurz reingeschaut, um die Lage zu peilen, und dachte dann, ich sollte Sie anrufen. Sorry wegen der Uhrzeit.«

Sturm hatte sie nicht geweckt. Bell schlief kaum in letzter Zeit und verbrachte viele Nächte in dem abgenutzten alten Polstersessel in ihrem Wohnzimmer und las oder versuchte es zumindest. In dieser Nacht hatte sie es tatsächlich nach oben in ihr Bett geschafft, aber noch keinen Schlaf gefunden. Trotzdem hatte der Anruf sie aufgeschreckt. »Was ist los?«, fragte Bell. Ihr Handy war leicht, aber sie benutzte beide Hände, um es zu umfassen, die eine, um es fest an ihr Ohr zu pressen, die andere, um es vor ihr Kinn zu halten.

Es entstand eine Pause, dann sagte Deputy Sturm: »Nun, Ma'am, eine von denen da drin sagt, dass ihre Schwester die Staatsanwältin von Raythune County sei, und ich solle sie besser laufen lassen. Hab ihre Brieftasche gecheckt und tatsächlich – Sie sind da als Kontaktperson vermerkt. Shirley Dolan ist ihr Name.«

Fakt war: Mit der Klientel einer Lokalität wie Tommy's in Verbindung gebracht zu werden konnte Shirleys Bewährungsstatus ernsthaft in Gefahr bringen.

Fakt war: Shirley war sich dessen wohl bewusst. Und sie wusste auch, dass sich Bell gerade mit einem schrecklichen Fall herumschlug, dem brutalen und anscheinend grundlosen Mord an einem pensionierten Bergarbeiter, der sich vorletzte Nacht ereignet hatte, auf der Auffahrt seines Hauses auf der Westseite von Acker's Gap. Die Stadt stand noch unter Schock angesichts dieses Verbrechens, wodurch sich eine lähmende Kälte in die warme, schlaffe Trägheit dieses Sommers inmitten der Berge eingeschlichen hatte.

Fakt war: Shirley kümmerte das alles einen Scheiß. Es war ihr egal, welche zusätzlichen Scherereien sie Bell machte, welche Schande sie ihr bereitete, welche Peinlichkeiten.

Fakt war: Shirley war nicht nur egoistisch, auch rücksichtslos. Einem Deputy Bells Namen zu nennen, um eine Spezialbehandlung zu bekommen, war schlimm genug, aber wenn man noch bedachte, welches Risiko das alles für Shirleys noch frischen Status als freier Mensch bedeutete – nun, die ganze Sache erboste Bell so sehr, dass sie das Lenkrad ihres Ford Explorer noch fester umklammerte, froh, an etwas ihre Wut auslassen zu können.

Sie hatte für Shirley alles Erdenkliche getan. In den drei Monaten seit der Rückkehr ihrer Schwester hatte sie sie bei sich wohnen lassen, ihr Kleidung gekauft, ihre Raucherei toleriert. Und sie hatte sich aus ihren Angelegenheiten herausgehalten, Shirley ihre eigenen Entscheidungen treffen lassen – und mit »Entscheidungen treffen« meinte Bell »Fehler machen«. Diese beiden Ausdrücke waren in ihrem Geist zu Synonymen geworden, wenn es um Shirley ging.

Von Anfang an hatte es Probleme gegeben. Eines Nachts

war Shirley mit einer brennenden Zigarette zwischen den Fingern auf dem Küchenstuhl eingeschlafen und gerade noch rechtzeitig aufgewacht, um eine Katastrophe zu verhindern. Ein andermal war sie nachts übellaunig und betrunken nach Hause gekommen, und als Bell versuchte, die torkelnde Shirley ins Bett zu bringen, hatte sie sie abgeschüttelt, und das unflätige Wort, das ihr dabei entfuhr, ließ Bell vor Schreck zusammenzucken, als hätte Shirley eine Kröte oder eine Spinne ausgespuckt.

So ein Verhalten machte deutlich, dass es Shirley an Urteilsvermögen, Manieren und an Respekt mangelte. Und vielleicht hatte Sheriff Fogelsong mit der Aussage, Shirley sei undankbar, den Nagel auf den Kopf getroffen, damals, als Bell ihm anvertraut hatte, wie enttäuscht sie von ihrer Schwester war. »Das ist es, was wirklich an dir nagt. Du erwartest von ihr, dass sie dankbar ist. Vielleicht sogar demütig. Weil du zu ihr gehalten hast, weil du auf sie gewartet hast, weil du sie zu dir genommen hast. Hast du je einen Korken unter Wasser gedrückt und ihn dann losgelassen? Schießt hoch in die Luft wie ein Geysir. Geht ab wie eine Rakete.«

Der Sheriff, begriff Bell, lag nicht ganz falsch. »Hast du es nicht langsam satt, die ganze Zeit recht zu haben, verdammt?«, hatte sie erwidert.

»Oh, ab und zu habe ich absichtlich unrecht«, antwortete er, »damit es nicht langweilig wird.«

Als sie sich an dieses Gespräch erinnerte, wurde Bell klar, wie sehr sie ihn vermisste – und nicht nur weil sie gerade einen Mordfall zu lösen hatte, der die ganze Stadt nervös machte. Fogelsong hatte sich für einen Monat beurlauben lassen. Er wurde in der kommenden Woche zurückerwartet, und dann würde Pam Harrison den Platz an der Spitze räumen und ihren Job als Chief Deputy wieder aufnehmen – und dennoch ... auch nur ein Monat ohne ihn war zu lang für Bell. Nick Fogelsong kannte sie besser als irgendjemand sonst. Er kannte sie in- und auswendig, und sie legte großen Wert auf sein Urteil. Mehr noch, sie brauchte es.

Als ihr Ärger jeden vernünftigen Gedanken unmöglich machte, hatte er Bell sanft daran erinnert, dass Shirley eine sechsundvierzigjährige Frau war, die nie die Chance gehabt hatte, jung zu sein. Sie hatte drei Jahrzehnte im Gefängnis verbracht, einem trostlosen und streng reglementierten Ort, an dem jeder ihrer Schritte überwacht, jeder spontane Impuls unterdrückt worden war.

Also war Bell nachsichtig mit ihr gewesen. Hatte sich zurückgehalten und geschwiegen.

Aber heute Nacht war eine Schwelle überschritten worden. Es war das erste Mal, dass Shirley mehrere Tage am Stück fortgeblieben war. Und sie hatte Bells Namen in einem Konflikt mit dem Gesetz benutzt. Dies war auf beunruhigende Weise etwas völlig Neues. Und es passierte gerade in einem Moment, da Bell ihr Augenmerk auf die allgemeine öffentliche Sicherheit richten musste, nicht auf den Einzelfall einer Schwester, die sich schlecht benahm. Wenn Shirley in eine Razzia bei Tommy's geriet – der Inhaber der Bar, Tommy LeSeur, war selbst vorbestraft, hatte viereinhalb Jahre wegen eines Drogendelikts gesessen –, konnte ihre Haftentlassung zurückgenommen werden.

»Hey, schöne Lady.«

In dem Moment, als Bell die Worte hörte, roch sie schon den scharfen Zwiebelgeruch des Mannes, der plötzlich seinen Kopf durch das offene Fenster ihres Explorer geschoben hatte. Er hatte sie überrumpelt, so sehr war sie in ihre Gedanken versunken gewesen, während sie auf die verwahrloste Bar gestarrt hatte. Aber sie war nicht erschrocken – sie war stinksauer. Der Mann hatte ein aufgedunsenes Gesicht, als hätte er eine allergische Reaktion. Bartstoppeln sprossen auf seinen runden Backen und auf den Speckrollen, die sein winziges Kinn einhüllten. Der Geruch von Schnaps, Schweiß und Erbrochenem drang ins Wageninnere.

Bevor Bell reagieren konnte, sprach er weiter, wobei er sich am unteren Rand des Fensters abstützte.

»Suchs su was?«, lallte er. »Oder jemand? Willste Spaß haben?« Ein lüsternes Grinsen breitete sich auf seinem Gesicht aus. Ein Schweißtropfen – oder vielleicht auch eine andere Art von Flüssigkeit, wer wollte das schon so genau wissen? – hing an seinem Nasenloch. Sein Blick war verschwommen. »Wie wär's, Baby?«

Zuerst hätte Bell fast gelacht – *Oh yeah, ich komme, du bist so verdammt unwiderstehlich, Mister* –, doch dann kam ihr Ärger mit Wucht zurück, diesmal gemischt mit Ekel.

»Verschwinde, zum Teufel«, sagte sie. Ihre Stimme war leise, die Worte ruhig und gemessen, aber der Tonfall drohend. Nur ein Idiot konnte sie missverstehen.

»Komm schon, Baby, sei doch nicht so«, sagte der Eindringling. Sein schmieriges Gesäusel und sein übel riechender Atem reichten aus, dass sich Bell der Magen umdrehte.

Als sie mit einer blitzschnellen Bewegung die Autotür aufmachte, wurde er zurückgestoßen, taumelte den Bruchteil einer Sekunde und landete dann auf seinem fetten Hinterteil.

Hinter ihm, deutlich sichtbar in dem grellen Licht des Scheinwerfers, der an einer Ecke des Gebäudes angebracht war, standen drei stämmige Männer im Kreis – seine Kumpel, vermutete Bell, denn solche Typen traten immer in Rudeln auf. Die Männer zeigten auf den Fettarsch, stampften mit ihren Arbeitsstiefeln auf und lachten. Ihr hartes, freudloses Lachen hörte sich angriffslustig an. Obwohl Hochsommer war, trugen sie Baseballkappen und langärmelige karierte Flanellhemden. Das war, wie Bell wusste, die ganzjährige Uniform dieser Good Old Boys, Typen, die man hier in der Gegend entlang der Nebenstraßen aufgereiht fand wie Fusseln auf einem Kamm.

»Miststück«, brüllte der Fettarsch sie an. Er versuchte, hochzukommen, doch seine Fettleibigkeit und sein Alkoholpegel hinderten ihn daran. »Verdammtes Miststück.«

Seine Freunde lachten nur noch lauter. »Sieht aus, als hätte sie dir mal gründlich die Meinung gesagt«, mutmaßte einer und stieß den Fettarsch mit seiner Fußspitze an, als wäre sein Kumpel ein Klumpen Dreck, der zur Seite geschoben werden musste. Die anderen lachten noch mehr, johlten wie die Verrückten und schlugen sich auf die Oberschenkel. Ein grauer, trüber Mond betrachtete die Szene gleichgültig von oben.

Bell wog ihre nächsten Schritte ab. Ihre Aufgabe war einfach: in die Bar gehen, Shirley finden und sie irgendwie überzeugen, nach Hause zu kommen. Sie war nicht auf Streit aus. Aber wenn diese Widerlinge aufmucken wollten und ihr dazwischenfunkten, würde sie das regeln. Der Fettarsch wusste nicht, was Ärger war, bevor er sich mit jemandem wie ihr eingelassen hatte. Ihre siebzehnjährige Tochter Carla – die im Moment bei Bells Exmann Sam wohnte, aber in einer Woche nach Acker's Gap kommen würde, um die Sommerferien hier zu verbringen – hatte es einmal treffend ausgedrückt: »Mom«, hatte Carla gesagt, »wenn du ausflippst, wäre mir der Typ aus diesen Kettensägenmassaker-Filmen lieber als du.«

Die Doppeltür der Bar schwang auf und gab für ein paar Sekunden den Blick in das Innere des Lokals frei – auf die lauten ungehobelten Gäste, die blinkenden roten Lichter, umgeben von schwarzer Dunkelheit. Bell kam es vor wie ein Guckloch in die Hölle.

Ein weiblicher Deputy – klein, stämmig, ohne Hut – kam mit großen Schritten aus Tommy's Bar und schlängelte sich zwischen den parkenden Autos hindurch. Ihr langes graues Haar war zu einem struppigen Zopf geflochten, der auf ihrer Schulter hing wie ein Haustier. Schwarze Stiefel krachten schwer auf den Kies. Sie hatte die Hand an die Schusswaffe an ihrer breiten Hüfte gelegt, und ein grimmiger Ausdruck von *Lass mich die lieber nicht benutzen* lag auf ihrem Gesicht.

Die drei Männer zerstreuten sich wie Papierfetzen, die durch einen plötzlichen Luftzug von einem Schreibtisch geweht werden. Fettarsch, der sich ebenfalls eifrig darum bemühte wegzukommen, rappelte sich auf Hände und Knie hoch, krabbelte ein kurzes Stück und zog sich an der hinteren Stoßstange eines schwarzen Dodge Ram 1500 hoch.

Als er und seine Kumpel davonhetzten, nickte der Deputy zustimmend. »'n Abend, Ma'am«, sagte sie zu Bell. »Deputy Sturm. Dachte mir, dass Sie jeden Moment eintreffen könnten.«

»Das Empfangskomitee war schon da.« Bell stieg aus dem Explorer und machte eine Geste in Richtung der tiefen Dunkelheit, die den Parkplatz umgab, ein bodenloser Abgrund, in dem die vier Männer verschwunden waren. Die Dunkelheit wirkte umso bedrohlicher, weil sie so unvermittelt an den grell erleuchteten Platz angrenzte. Es gab nichts dazwischen. Wenn man den hellen Bereich verließ, war es, als stürze man über eine Kante von der Erdkugel. *Keine an-*

dere Dunkelheit ist wie die sommerliche Dunkelheit, dachte Bell. *Endlos.*

Sie schauderte. Plötzlich und unerwünscht musste sie an das Tatortfoto denken, das noch auf ihrem Schreibtisch im Gerichtsgebäude lag: Freddie Arnetts schmächtiger Körper, mit dem Gesicht nach unten auf den ölfleckigen Betonplatten seiner Auffahrt, Blut und Gehirnmasse feucht glänzend im samtigen Lichtschein der vorderen Veranda.

»Diese Jungs wollten auch zu mir ein bisschen nett sein«, schmunzelte Sturm. Mit zwei Fingern berührte sie das Dienstabzeichen auf der linken Brusttasche ihres grauen Polyesterhemds. »Aber dann haben sie das gesehen.«

Bell nickte. Genug Small Talk. »Wo ist Shirley Dolan?«

»Da, wo ich sie zurückgelassen habe – hinten in der Bar, zusammen mit einem Haufen Störenfriede, die nun abwarten, ob ich ihnen noch mehr Unannehmlichkeiten bereite und sie vielleicht wegen Trunkenheit und Belästigung einbuchte. Sie haben mich wüst beschimpft.«

»Wie fing es an?«

»Keine Ahnung. Bobo Bolland ist hier mit seiner Band, und anscheinend gibt es überall Ärger, wo der hinkommt. Irgendeiner beschimpft jemanden als fiesen Scheißkerl oder männermordende Hure, und schon spielen alle verrückt.« Zwei weitere Autos schlingerten hintereinander auf den Parkplatz. Die Fahrer mussten wohl das Abzeichen an Deputy Sturms breiter Brust bemerkt haben – aber wahrscheinlich hatten sie eher die Anwesenheit des Gesetzes gerochen, nach langjähriger Erfahrung, diesem auszuweichen –, denn sie wendeten hastig ihre Fahrzeuge und brausten in panischem Eifer zurück auf die Straße.

Sturm nahm kaum Notiz davon. Sie und Bell gingen bereits auf die Tür von Tommy's Bar zu und hatten anderes im Kopf. »Hören Sie«, sagte Sturm. »Bevor wir reingehen, wollte ich noch sagen … na ja, ich habe von diesem armen alten Mann gehört. Schlimme Sache. Schätze, die Leute in Acker's Gap sind ziemlich durcheinander.«

Bell nickte. Freddie Arnett hatte mehrere Hiebe mit dem Vorschlaghammer abbekommen. Das war das vorläufige Ergebnis des Gerichtsmediziners, in Anbetracht der Verletzungen und weil die mutmaßliche Tatwaffe neben der Auffahrt im Gras gelegen hatte. Der Überfall war von erstaunlicher Brutalität gewesen. Keine Spuren, kein Motiv, keine Verdächtigen, keine Hinweise. Es war, hatte Bell gedacht, als wäre die Sommernacht selbst aufgestanden und hätte sich Arnett geholt, als hätte die Dunkelheit gerade lang genug Gestalt angenommen, um sich eine passende Waffe zu schnappen und dem alten Mann den Schädel einzuschlagen, um dann wieder zu schwarzer, weicher Masse zu zerfließen.

»Das gibt einem zu denken«, sagte Sturm.

»Ja.«

Sie hatten den Eingang zu Tommy's erreicht. Bell hörte dumpfes Dröhnen von der anderen Seite der Wand, wilde Gitarren-Licks, die verzerrten Töne aus einem billigen Verstärker und das unheilvolle Insektenbrummen eines Raums voll dicht gedrängter Menschen.

Mit ihrer großen rechten Hand umfasste Sturm den schmutzigen hölzernen Türgriff. Die obere Hälfte der Tür war bedeckt von einem weißen Plakat, mit Reißzwecken befestigt, auf dem mit schwarzem Edding in wackligen Buchstaben geschrieben stand:

HEUTE NACHT!
BOBO BOLLAND AND HIS ROCKIN' BAND!!!
23 UHR BIS ???

Bell folgte ihr in die Bar – hinein in ein hektisches, stickiges Chaos, wie sie es während eines guten Teils ihres Erwachsenenlebens immer zu meiden versucht hatte. Es erinnerte sie zu sehr an ihre Kindheit, als die Welt groß und schlecht und laut und außer Kontrolle und sie der schwächste, zerbrechlichste Teil war. Die Beute.

Dort war sie.

Shirley Dolan stand am anderen Ende der Bar mit dem Rücken zu dem abgewetzten braunen Tresen, der ein Muster von ineinandergreifenden Ringen aufwies, Abdrücke von feuchten Biergläsern aus mindestens einem Jahrhundert, wie es schien. Lange, dünne graue Haare fielen ihr über den schmalen Rücken. Bell hatte erwartet, dass es ein paar Minuten dauern würde, bis sie ihre Schwester in der lärmenden Menschenmenge entdeckt hätte. Sie hatte gedacht, sie müsste ihren Blick erst einmal über mindestens ein Dutzend schweißglänzender, verschwommen grinsender Gesichter mit winzigen Pupillen schweifen lassen – aber nein. Sie fand sie sofort, obwohl Shirley genauso angezogen war wie alle anderen: Cowboystiefel, enge Jeans, T-Shirt, Flanellhemd über der Hose.

Das Schnapsglas fest gegen ihre Lippen gepresst, nahm Shirley einen langen, hingebungsvollen Schluck. Dann schüttelte sie sich mit Genuss, wie ein Hund nach einem starken Regenguss, als die feurige Flüssigkeit ihr Inneres durchdrang. Sie drehte sich um und knallte das Glas auf den Tresen. Als Shirley sich über die Lippen leckte und sich halb umwandte, trafen sich ihre Blicke. Die dreiköpfige Band in der gegenüberliegenden Ecke hatte gerade mit einem neuen Stück begonnen, und die hämmernden Basstöne ließen das kleine Gebäude erzittern.

Bevor Bell etwas sagen konnte, kam es erneut zu einem Aufruhr. Mehrere Stühle kippten um und fielen krachend auf den roten Betonboden, als die Leute aufsprangen und auseinanderstoben. Drei runde Tische wurden auf den Kopf gestellt, Gläser rutschten herunter und zerbrachen. Eine Frau fing an zu schreien, dann zwei weitere. Die Band hörte mit einem Schlag auf zu spielen, als hätte jemand einen Stecker herausgezogen.

»Oh Gott«, murmelte jemand. »Was zum Teufel«, hörte man einen anderen sagen, und: »Betrunken wie ein verdammtes Stinktier, wie immer. Lass ihn in Ruhe, was soll das.« Plötzlich ertönte ein ohrenbetäubendes Quietschen einer E-Gitarre, und der dünne Gitarrist mit der großen Nase, der die Saiten mit seinem Ärmel gestreift hatte, legte seine Hand über den Bund.

Schwerfällig teilte die Menge sich und bildete einen z-förmigen Gang, der zu der Quelle des Aufruhrs führte. Ausgestreckt auf dem schmierigen Fußboden, mit dem Gesicht nach unten, lag ein drahtiger, schwarzhaariger Mann in einem blassgelben Flanellhemd und beigefarbenen Cargohosen. Deputy Sturm und Bell setzten sich gleichzeitig in Bewegung. Sturm rief scharf: »Hey, Mister – alles okay?« und ließ sich neben ihm nieder. Ihre Bewegungen waren überraschend flink und effizient für eine Frau mit ihrem Körperumfang. Sie tastete an seinem Hals nach dem Puls. Nichts. Mit beiden Händen drehte sie ihn herum.

Ein Schraubenzieher mit orangefarbenem Griff steckte tief in der Brust des Mannes und war durch die Kraft des Aufpralls zur Seite gedrückt worden, was die Wunde noch weiter aufgerissen hatte. Ein dunkler Fleck breitete sich auf seinem Hemd aus, so unheilvoll wie ein Sturmsystem auf einer Wetterkarte. Sein von Aknenarben überzogenes Gesicht war bleich, das Kinn hing schlaff herunter, die Augen waren weit aufgerissen und sein Blick starr.

Sturm hob den Kopf und sah Bell an. In ihrem Blick lagen Unsicherheit und Fassungslosigkeit. *Wenn man so etwas beruflich macht,* rief sich Bell in Erinnerung, *denkt man, man sei auf alles vorbereitet, aber man ist niemals vorbereitet.* Bell spürte Ekel in sich aufsteigen und biss die Zähne zusammen. Kalte Angst warf einen Schatten über ihre Gedanken wie eine Wolke über ein offenes Feld. *Zuerst der alte Mann in Acker's Gap. Und jetzt das. Oh Gott.*

Schnell gewann Deputy Sturm ihre Fassung zurück. Immer noch kniend, löste sie das Funkgerät von ihrem Gürtel und schaltete es ein. In der Bar war es unheimlich still geworden – kein Husten, kein Scharren, kein Stühlerücken –, wodurch die wenigen Worte, die Sturm sprach, als sie die Ambulanz rief, so kantig wirkten wie ein Haiku.

Nach dem Funkruf herrschte sie die verblüfften Schaulustigen an: »Kennt irgendjemand diesen Mann? Hat irgendjemand gesehen, was passiert ist?«

Stille.

Deputy Sturm griff in die Tasche des Toten auf der Suche nach einem Ausweis. Als Bell ihr gerade sagen wollte, sie solle Abstand halten, um die Unversehrtheit des Tatorts sicherzustellen, zog sie schon eine kleine weiße Visitenkarte hervor. Jetzt ist es auch egal, dachte Bell und nahm die Karte entgegen. Es hatte schon genug Verunreinigungen am Tatort gegeben, um die Leute von der staatlichen Spurensicherung zu verärgern. Die Typen würden hier in ihrem schicken Van aufkreuzen, sobald die Kriminaltechniker in Charleston ausdiskutiert hätten, wer von ihnen nun die Fahrt über die schlechten Straßen und durch die tückische Dunkelheit übernehmen müsse. Eine so kleine Gemeinde wie diese hatte keine eigene kriminaltechnische Einheit. Man musste warten, bis man dran war, so wie Bell und die Deputys zwei Nächte zuvor hatten warten müssen, als sie hilflos und erschüttert neben Freddie Arnetts zerschmetterter Leiche gestanden hatten.

Bell betrachtete die schwarzen Druckbuchstaben auf der Karte:

SAMPSON J. VOORHEES. RECHTSANWALT. NYC

Keine Telefonnummer, kein Fax, keine E-Mail-Adresse. Merkwürdige Art für eine Anwaltskanzlei, Geschäftsverbindungen zu knüpfen, überlegte Bell. Normalerweise kann man sich vor Kontaktinformationen kaum retten. Ihr Exmann hatte für eine solche Firma gearbeitet. Himmel, hatte sie manchmal gedacht, wenn er die Gelegenheit hätte, würde er das Firmenlogo wahrscheinlich noch auf die Toilettensitze im Herrenklo kleben. Sie drehte die Karte herum. An der unteren Kante war mit blauem Kugelschreiber ein weiterer Name notiert:

Odell Crabtree

Sturm streckte die Hand aus und wollte die Karte zurück, weil sie ein Beweismittel, Teil der offiziellen Bestandsaufnahme, war. Bell hätte sie sich gerne genauer angesehen, fügte sich aber. Das hier war Deputy Sturms Gebiet, Deputy Sturms Ermittlung. Collier County würde hier das Sagen haben, und das war gut so: Raythune County hatte im Moment genug zu tun.

Trotzdem war Bell neugierig. Sie fragte sich, welche Verbindung wohl zwischen einem öffentlichkeitsscheuen Anwalt aus New York City und einer Leiche auf dem Fußboden von Tommy's Bar in einer schwülen Sommernacht mitten in West Virginia bestehen könnte. Aus diesem Körper auf dem Fußboden war gerade das Leben gewichen, um ihn herum der säuerliche Dunst verspritzten Biers, derbe Witze, lautes Gejohle, dicke graue Wolken von Zigarettenrauch und die stampfende Partymusik von Bobo Bolland and His Rockin' Band.

2

Er lief wieder umher. Sie konnte hören, wie er Dinge anstieß, und bei jedem Poltern zuckte Lindy zusammen. Sie stellte sich den Schmerz vor, wenn ein Knie eine Kiste rammte oder eine Wange über eine raue Mauer schabte. Aber es widerstrebte ihr, nach ihm zu sehen. Sie wollte nicht die Kellertür öffnen und in die Dunkelheit hinunterrufen: »Alles okay, Daddy?« Nicht mehr. Zuerst hatte sie das getan, in der Anfangszeit hatte sie auf jedes Geräusch reagiert, und meistens hatte er die Fäuste erhoben und sie angebrüllt: »Lass mich in Ruhe! Ich hab dir gesagt, du sollst mich in Ruhe lassen!«

Also horchte sie nur angestrengt. In zehn Minuten musste sie los zu ihrer Nachtschicht an der Lester-Tankstelle, und sie durfte nicht zu spät kommen. Am Samstagabend war immer die Hölle los. In dieser Gegend stellten Orte, die rund um die Uhr geöffnet waren, einen Magnet für jeden Betrunkenen, jeden Spinner und jeden Drogensüchtigen in einem Umkreis von dreißig Meilen dar. Und am Samstagabend schienen sogar die normalen Leute verrücktzuspielen. Aber bevor sie ging, musste sie sich vergewissern, dass mit ihm alles in Ordnung war.

Drei oder vier Schläge nacheinander ertönten. Dann herrschte einen Moment Stille. Das bedeutete wahrscheinlich, dass er die Orientierung wiedergefunden hatte, sein innerer Radar war wieder angesprungen. Sie stellte ihn sich vor, wie er sich zwischen losen Ästen und großen Felsbrocken bewegte. Vor drei Jahren hatte sie diese Dinge von draußen hier hereingeschleift. Von der Schlucht hinter dem großen Berg hatte sie sie Zentimeter für Zentimeter bis hierher gezerrt. Außerdem hatte sie auf Flohmärkten und bei Garagenverkäufen einen Haufen alter Holztische, angeschlagen und wackelig, aufgestöbert. Manche waren rund, manche quadratisch, andere rechteckig. Einige waren so klein wie Fernsehbänke, während an anderen ein Dutzend Familienmitglieder zum Sonntagsessen Platz gefunden hätten.

Sie hatte einen Ort für ihn geschaffen, der so war wie der Ort, den er am besten kannte, der Platz, den er liebte: ein Kohlebergwerk. Das Kohlebergwerk, das vor fünf Jahren geschlossen worden war. Er und zweiunddreißig andere Bergarbeiter waren fassungslos und um alles beraubt zurückgeblieben. Sie wussten nicht, wo sie hingehen und wovon sie leben sollten.

Er ging nicht aufrecht, er kroch. Das musste er, denn durch die langen Jahre, die er unter Tage gearbeitet hatte, war sein Rücken krumm geworden wie ein Fragezeichen. Er war es gewohnt, sich in der Dunkelheit mit nach vorn ausgestreckten Armen hin und her zu bewegen und dabei alles um sich herum abzutasten, Flächen, die er besser spüren als sehen konnte. Er versuchte, sich auf den Raum unter den Tischen zu beschränken, da er sich gerne gebeugt hielt. Das war die einzige Position, die ihm keine Schmerzen verursachte. Oft döste er hier zusammengekrümmt wie eine Fassdaube, und wenn er aufwachte, war er zuerst einmal eine Weile desorientiert. Dann vergaß er für eine gewisse Zeit seine Umgebung, erhob sich zu schnell und stieß mit einem wütenden Aufschrei, weil ein brennender Schmerz sich strahlenförmig in seinem verformten, ruinierten Rücken ausbreitete, gegen die Tische, Kisten, Felsbrocken, Steine und Erdhügel, mit denen Lindy den Keller angefüllt hatte. Er war immer noch ein kräftiger Mann, und wenn er gegen etwas stieß, hörte man es.

Lindy kehrte zurück zu ihrer Lektüre. Auch wenn sie nur zehn Minuten hatte, bevor sie zu ihrer Schicht musste, verbrachte sie die Zeit mit Lesen. Sie hatte ihr Buch gegen einen Stapel Bücher auf dem Küchentisch gelehnt. Dies hier war nun ihr Reich. Ihr Vater kam in letzter Zeit selten herauf ins Erdgeschoss. Da sie ihm seinen Bereich mit den Dingen angefüllt hatte, die er liebte, fühlte sie sich berechtigt, ihren eigenen mit den Dingen anzufüllen, die sie liebte. Und das waren Bücher.

Sie las gerade *Der Stoff, aus dem der Kosmos ist.* Er mochte es nicht, wenn sie las. Wäre er tagsüber noch ein normaler Bestandteil ihres Lebens, so wie bis vor ein paar Jahren, wäre er vielleicht hinter sie getreten und hätte ihr das Buch aus den Händen gerissen und es so hoch gehalten, dass sie nicht herankam – die siebenundvierzig Jahre im Bergwerk hatten ihn zwar etwas kleiner werden lassen, aber er war immer noch deutlich größer als sie. Und dann hätte er das Buch in den Mülleimer neben dem Spülbecken gefeuert. Wie immer hätte sie nichts dazu gesagt, das Buch aus dem Müll gefischt und ungerührt Kaffeepulver und glibberige, weiß-gelbliche Klümpchen Bratfett weggewischt. Sie wollte nicht, dass er merkte, wie sehr sie das verletzte.

Schon immer war er aufbrausend gewesen. Eine schreckliche Wut lauerte in ihm, die jederzeit zum Leben erwachen konnte, wie eine Flamme, die aufflackert, wenn man ein Feuerzeug anmacht – genauso plötzlich, genauso leicht. Von klein auf hatte Lindy gelernt, mit seinen Launen fertigzuwerden, wie sie ihnen vorsichtig auswich, so wie man um ein verletztes Tier am Straßenrand herumgeht, weil man nicht weiß, ob es sich erholt und einen anspringt, mit Zähnen und Klauen und seinem ganzen Überlebensinstinkt. Damals hatte er sie nicht besonders gemocht. Lindys Mutter liebte sie – darüber gab es keinen Zweifel –, aber ihr Vater schien immer einen düsteren Groll gegen sie zu hegen. Er hatte akzeptiert, dass sie da war, aber er war darüber nicht glücklich. Vor sechs Jahren hatte der Krebs ihm seine Frau Margaret genommen, und nun gab es nur noch ihn und Lindy. Und da hatte er angefangen, sich zu verändern, Stück für Stück. Er wurde sanfter. Zum Teil aus Angst, das wusste Lindy. Angst vor dem, was mit ihm geschah. Er brauchte sie. Aber die Ursache war ihr egal. Es machte ihr nichts aus, dass Panik und Verzweiflung endlich aus ihm einen Vater machten. Sie liebte ihn. Und jetzt, so schien es, liebte er sie auch.

»Irgendwas passiert mit mir, mein Mädchen«, hatte er damals zu ihr gesagt, als alles angefangen hatte. »In meinem Kopf. Wolken. Es ist, als ob dicke schwarze Wolken aufziehen und es einen Sturm geben würde. Sie geraten zwischen mich und das, was ich tun oder sagen will. Wolken. Sie kommen und gehen. Es macht mich verrückt. Ich kann nicht mehr denken. Ich kann nicht …« Er brach ab. Schüttelte den Kopf. Lindy hatte ihre Hand an seine Brust gelegt und sie dort liegen lassen. Er hatte seine Augen geschlossen. Eine ganze Weile verharrten sie so, und dann war er wieder er selbst. Für einige Zeit.

Nun verbrachte er die meiste Zeit im Keller. An dem Ort, den sie vor drei Jahren für ihn geschaffen hatte, um ihn zu beruhigen. Sie hatte die großen Felsbrocken hierherbefördert, hatte die Kisten aufgestapelt, die Tische und die alten Fässer hingestellt. Sie hatte die Äste und das alte Gerümpel besorgt und alles auf dem schmutzigen kalten Boden verteilt. Hatte hier und da Kohle hingeschüttet, auch Kies. Er wollte es dunkel haben, bestand darauf, deshalb hatte sie die Glühbirne aus der Fassung der Deckenlampe gedreht. Dann war sie wieder die Treppe in den ersten Stock hinaufgegangen und hatte die Tür hinter sich zugemacht.

Er verbrachte seine Zeit in einer schwarzen Dunkelheit, die der Dunkelheit entsprach, die sich in ihm ausbreitete. Außer gelegentlichem Poltern und Ächzen hörte sie nicht viel von ihm. Sie wusste, dass er nachts die Treppe heraufkam. Am Morgen sah sie dann die Folgen: eine aufgerissene Schachtel Kellogg's Corn Flakes, deren Inhalt zu drei Vierteln verschwunden war, weil eine hektische Hand die Hälfte auf dem Weg zum Mund auf dem Fußboden verstreut hatte. Melonenschalen mit einer ungleichmäßigen Reihe von Vertiefungen an den Stellen, wo seine verbleibenden Zähne das süße Fruchtfleisch abgenagt hatten. Ein scheußlicher, schwindelerregender Gestank vom Spülbecken her, in das er manchmal seinen Eimer leerte, ohne sich die Mühe zu machen, den Wasserhahn aufzudrehen, um Kot und Urin in den Abfluss zu spülen. Sie musste die Spüle jeden Tag desinfizieren. Der Gestank war widerwärtig.

Vor zweieinhalb Jahren, als er ihr zum letzten Mal erlaubt hatte, ihn irgendwohin zu bringen, hatte ihr der Arzt im Raythune County Medical Center – der einzige Neurologe in der Gegend, der noch staatlich versicherte Patienten behandelte – schonungslos erklärt: »Ihr Vater hat neben den neurologischen Defiziten erhebliche und chronische Gesundheitsprobleme, unter anderem ein Lungenemphysem und eine Herzinsuffizienz. Man kann unmöglich sagen, wie lange er noch leben wird. Es kann schnell gehen, kann aber auch noch dauern.« Was der Arzt nicht aussprach, was Lindy aber aus dem Schweigen schloss, das sich nach seinen Worten über den Raum mit den beigefarbenen Wänden senkte, war: *In Anbetracht seines jetzigen Geisteszustands wäre ein schneller Tod möglicherweise besser.* Sie hatte genickt und ihrem Vater von der Untersuchungsliege geholfen. Als sie versuchte, ihm seine Jacke anzuziehen – er hatte wieder einmal seine Faust in den falschen Ärmel gesteckt –, schlug er nach ihrer Hand und stieß eine Verwünschung aus.

Der einzige Ort, an dem ihr Vater sich nun wohlfühlte, war die Vergangenheit. Vergangenheit, das bedeutete für ihn das Bergwerk Acer Nummer 40, siebenundzwanzig Meilen über die Route 6 in der ländlichen Gegend von Raythune County, wo er bis ins Alter von über sechzig Jahren seine Schichten geschoben hatte, gebeugt wie ein Baum in einem nicht enden wollenden Hurrikan.

Lindy beendete gerade Teil vier von *Der Stoff, aus dem der Kosmos ist.* Sie liebte das Buch. Es handelte von Raum und Zeit und Schwerkraft, Dingen, die man messen konnte, Dingen, die gründliches Nachdenken über sie damit belohnten, dass sie sich als handfest und nachvollziehbar erwiesen, anders als Dinge wie die eigenen Gefühle oder die Familie. Aber nun musste sie aufhören, denn es war Zeit, sich für die Arbeit fertig zu machen. Seit sie die Highschool von Acker's Gap vor zwei Jahren abgeschlossen hatte, arbeitete sie als Nachtmanagerin an der Tankstelle.

Wieder ein dumpfer Schlag.

Sie wartete. Kein weiteres Geräusch. Keine Schreie. *Gut.* Dann hatte er sich wahrscheinlich nicht wehgetan, und sie musste nicht die Kellertür öffnen und zu ihm hinunterrufen, ob alles in Ordnung sei, worauf er wahrscheinlich mit einem Fauchen oder Knurren antworten würde. Ihr Vater war heute in gereizter Stimmung, rastlos und mürrisch, er warf Gegenstände um und brüllte. Wahrscheinlich hatte er vorhin das Postauto gehört und sich über den Lärm geärgert. Er mochte nicht, dass irgendwer zu ihnen ins Haus kam. Aber hier gab es im Umkreis von hundert Meilen keine Buchhandlung. Wenn sie etwas brauchte, musste sie es im Internet kaufen und sich liefern lassen. Sie hatte genug Bücher bestellt, sodass sie bis zum Herbst versorgt war. Der weißhaarige Postmann mit den struppigen Augenbrauen, Perry Crum, sein zweiundsechzigjähriger Körper gekrümmt wie ein ausgefranster Viertelmond, weil er so viele Jahrzehnte lang schwere Postsäcke bis in die entlegensten ländlichen Gegenden von Raythune County geschleppt hatte, zog sie oft deswegen auf. Wenn er Zeit hatte, schleifte er den schweren Bücherkarton herein, obwohl das nicht von ihm verlangt wurde, und wenn er ihn auf den Küchentisch wuchtete, sagte er: »Schwerer als eine Kiste Steine! Ich wünschte wirklich, du würdest gehäkelte Topflappen sammeln anstatt Bücher.«

Er scherzte nur. Es machte ihm nicht wirklich etwas aus. Tatsächlich sprach Perry Crum mit ihr über die Bücher, die sie las, denn er selbst interessierte sich auch für Naturwissenschaften; er hatte eigentlich Biologie studieren wollen, konnte dann aber nicht aufs College gehen, weil er sich um seine Schwester Ellie kümmern musste, die das Downsyndrom hatte. Ihre Eltern waren seit Langem tot, und es gab sonst niemanden, der das hätte tun können. Seine familiäre Situation hatte er Lindy gegenüber nur ein einziges Mal beiläufig erwähnt. Über so etwas sprach man nicht in dieser Gegend. Jeder hatte sein Päckchen zu tragen. So war das eben.

Im letzten Monat war Lindys Vater am Tag, als Perry mit

einem Paket voller Bücher gekommen war, in der Küche gewesen. Als Perry ihm lächelnd zuwinkte, sah ihr Vater ihn nur finster an und knurrte.

»Daddy, du kennst doch Perry Crum«, sagte Lindy und klopfte auf den quadratischen Karton, den Perry auf dem Küchentisch abgestellt hatte. »Er hat mir meine Bücher gebracht.«

Ihr Vater brummte etwas Unverständliches. Dann stützte er sich mit seiner verkrümmten Hand an der Küchenwand ab und ging tastend und schwankend zur Kellertür. Er blickte sich nicht zu dem Postmann oder zu seiner Tochter um. Sein Rückzug nach unten hatte etwas Bedeutsames und Feierliches, jeder Schritt ein Donnerschlag, der die Treppe vibrieren ließ.

Auf Perrys faltiges Gesicht war ein besorgter Ausdruck getreten. »Ist alles okay mit dir hier?«, fragte er.

»Mir geht's gut. Wirklich.«

Und so war es auch. Sie konnte für sich selbst sorgen. Das tat sie schon seit einer ganzen Weile. Schon bevor ihr Vater so geworden war, hatte er stets lang im Bergwerk gearbeitet. War praktisch bewusstlos gewesen vor Erschöpfung, wenn er nach Hause kam.

Lindy sah sich nach einem Lesezeichen um. Neben ihr lag ein Stapel Briefe, Post von letzter Woche, denn sie schob es immer hinaus, sie durchzusehen, dicke und dünne Umschläge in verschiedenen Größen, außerdem Hochglanzprospekte von den Discountern an der Interstate.

Sie griff nach dem Umschlag, der zuoberst auf dem Stapel lag. Ihr Vater erhielt immer noch von Zeit zu Zeit Post. Nichts Persönliches. Meistens waren es Werbebriefe oder Schreiben von der Sozialversicherung und der Krankenkasse, obwohl Lindy die mageren Renteneinkünfte ihres Vaters schon vor langer Zeit direkt angelegt hatte und davon die Hypothek bezahlte. Davon abgesehen rührte sie sein Geld niemals an. Ihre Bücher kaufte sie von ihrem eigenen Gehalt.

Der Brief – sie legte ihn in das Buch, um die Stelle zwischen den Seiten 376 und 377 zu markieren – sah aus wie die Kundenwerbung von irgendeiner Firma, die einem etwas andrehen wollte, was man nicht brauchte. Abgestempelt in New York City. In der Mitte, im Feld für den Empfänger, standen gedruckt Name und Adresse ihres Vaters:

ODELL CRABTREE
County Road 76
ACKER'S GAP, WV

3

Noch lange würde Bell sich daran erinnern, wie dünn sich der Arm ihrer Schwester anfühlte. Sie hatte zuerst nach Shirleys Handgelenk gefasst, aber Shirley hatte es weggezogen. Irgendjemand in der Bar lachte laut, weil Shirley sich so heftig wehrte. Das Lachen machte Bell wütend, und sie spannte ihre Hand um Bells Oberarm. Der Arm fühlte sich an wie der eines Kindes: sehnig, hart und knochig. Grob führte Bell sie aus Tommy's Bar hinaus in die suppenwarme Nacht in West Virginia.

Keine von beiden sprach während der Fahrt zurück nach Acker's Gap. Sie schwiegen immer noch, als Bell abrupt in ihre Auffahrt einbog. Mit einem Ruck schob sie den Schalthebel auf Parkposition, schaltete die Scheinwerfer aus, stellte den Motor ab und stieg aus. Blinzelnd, weil das starke Licht der Verandalampe sie blendete, schloss sie auf und öffnete schwungvoll die Eingangstür. Erst dann drehte sie sich zu Shirley herum, die ihr in sicherem Abstand die Verandastufen hinauf gefolgt war.

Bell schäumte vor Wut. Sie hatte die Kiefer so fest aufeinandergepresst, dass sie fürchtete, einen Backenzahn zu zermalmen, oder auch zwei. An der Schwelle trat sie zur Seite.

»Geh rein«, sagte sie. »Los.«

Zögernd blickte Shirley auf die zerkratzten, ausgeblichenen Holzdielen hinunter und steckte ihre Stiefelspitze in ein besonders großes Astloch.

»Los«, sagte Bell. »Ich hab's eilig. Muss ins Gericht.«

Überrascht hob Shirley den Kopf. »Es ist noch nicht mal die Sonne aufgegangen.«

»Ja. Aber weißt du was?« Bells Stimme klang hart und scharf. »Ich bin Staatsanwältin. Weißt du, was das bedeutet? Dass ich ungefähr ein Dutzend offene Fälle zu bearbeiten habe. Im Moment versuchen wir herauszufinden, wer einen alten Mann auf seiner Auffahrt ermordet hat. Und falls du es vergessen hast, ich bin Gerichtsbeamtin. Und weil ich heute Nacht bei der Untersuchung einer Straftat zugegen war, muss ich nun tausend Formulare ausfüllen.«

»Das hatte nichts mit dir zu tun«, sagte Shirley, aber sie murmelte vor sich hin, und Bell konnte sie nicht verstehen.

»Was?« Bell war in Alarmbereitschaft, darauf gefasst, dass Shirley widersprach.

»Hab nur gesagt, dass das, was heute Nacht bei Tommy's passiert ist, nichts mit dir zu tun hat. Und mit mir auch nicht. Der Typ kommt dauernd in die Bar und macht Ärger. Hab ihn schon oft gesehen. Irgendjemand wollte ihn zur Vernunft bringen.«

»Also hast du dich dort die ganze Zeit rumgetrieben? Bei Tommy's? Schläfst du auch da?«

Shirley sah sie nicht an. »Ich war bei Freunden.«

»Freunde«, sagte Bell höhnisch. »Freunde, die an Orten wie Tommy's Bar herumhängen.«

»Es ist nicht so schlimm. Die Dinge sind nur etwas aus dem Ruder gelaufen.«

»Genau«, sagte Bell. »Aus dem Ruder gelaufen, das würde ich auch sagen. Ein Mann ist tot.«

Shirley gab keine Antwort. Bell schüttelte den Kopf, versuchte, die letzten paar Sekunden wegzuwischen und dem Gespräch eine neue Wendung zu geben. Der Dreckskerl, der sich in einer heruntergekommenen Bar in Collier County hatte umbringen lassen, war ihr egal, solange es zwischen seinem Tod und dem Mord in Acker's Gap keine Verbindung gab, was wahrscheinlich war. Sie machte sich Sorgen um ihre Schwester, für die sie sich zutiefst verantwortlich fühlte.

Forschend sah Bell sie an. Shirley würde kommenden Monat siebenundvierzig Jahre alt werden. Mit ihrem langen grauen Haar, das am Scheitel schon schütter wurde wie bei einem alten Mann, konnte man sie für sechzig halten. Ihre Wangenknochen sahen aus, als würden sie sich nach vorne schieben, das Fleisch verdrängen und bald das gesamte Gesicht dominieren. Ihre Augen waren stumpf, und die papierartige Haut um sie herum war trocken und von feinen Linien durchzogen.

Doch wenn Bell Shirley eindringlich ansah und Ärger und Enttäuschung wegschob, bestürmten sie unbändige Gefühle: Mitleid, Liebe, Schuld und demütige Zärtlichkeit. Shirley hatte für Bell so vieles aufgegeben, dass Bell unendlich tief in ihrer Schuld stand. Ihr Vater hatte Shirley jahrelang sexuell belästigt, und als Donnie Dolan seine Aufmerksamkeit auf die zehnjährige Belfa zu verlagern schien, hatte Shirley sie beschützt – auf die einzige Weise, die sie kannte: Sie hatte ihrem Vater ein Messer in den Hals gestochen und mit Benzin ihren Wohnwagen niedergebrannt. Damit hatte sie Angst, Schrecken und Gefahr zerstört. Hatte alle Monster verjagt. Oder es zumindest versucht.

Dreißig Jahre waren seit dieser Nacht vergangen. Aber selbst jetzt, wenn Bell über das Opfer nachdachte, das ihre Schwester gebracht hatte und das sie einen so großen Teil ihres Lebens gekostet hatte – die Gefängnisstrafe war wegen ihrer Aufmüpfigkeit und wegen eines Fluchtversuchs wieder und wieder verlängert worden –, war Bell überwältigt. Shirley hatte Bells Leben möglich gemacht. College, Jurastudium, Mutterschaft, Staatsdienst – nichts von alldem hätte ohne Shirley stattfinden können.

Also selbst wenn Bells Ärger auf ihre Schwester ein solches Ausmaß erreichte wie in dieser Nacht, brauchte sie sich diese Frau mit der schlaffen Haut und den traurigen Augen nur anzusehen. Und schon wünschte Bell, sie könnte diese ganze verdammte Welt für einen Augenblick vergessen und sich zusammen mit Shirley matt auf den Verandaboden sinken lassen, um dort in einer unbeholfenen Umarmung zu verweilen, vereint in ihrem Kummer und tiefem Bedauern. Sie würden nicht weinen, nicht reden, sich nur hin und her wiegen, als wäre dieser Fleck eine Insel des Lichts in dunkler und angsteinflößender Nacht, in der zwei kleine Mädchen einander in den Schlaf wiegten.

Aber das konnte Bell nicht tun. Sie war eine erwachsene Frau, hatte Dinge zu erledigen, enorme, langfristige Verpflichtungen. Nicht nur ihre Aufgaben als Staatsanwältin und der grausame, ungelöste Mord an Freddie Arnett hielten sie auf Trab, nächste Woche kam auch noch ihre Tochter Carla. Bell zuckte bei dem Gedanken zusammen, Carla könnte ihre Tante Shirley in dieser Verfassung zu Gesicht bekommen: heimlichtuerisch, rebellisch, stinkend nach Alkohol, Zigaretten und Selbstmitleid.

Abermals geriet sie in Ärger. Er schien nie sehr lange fortzubleiben.

»Ich hab dir gesagt, du sollst reingehen«, erklärte Bell. »Schlaf ein bisschen. Ich komme später. Dann reden wir.« Shirley, den Kopf gesenkt, die Hände in den Jeanstaschen, schickte sich an, hinter ihr her ins Haus zu schlurfen.

Plötzlich packte Bell ihre Schwester am Oberarm, so wie vorhin, als sie sie aus Tommy's Bar geführt hatte. »Was ist denn los, Shirley?«, sagte sie in hartem Ton. »Um Himmels willen – was zum Teufel willst du? Ich habe getan, was ich konnte. Aber du vermasselst es immer wieder. Also was soll das? Was willst du? Was?«

Ein freudloses Lächeln erschien kurz auf Shirleys Gesicht. »Ich will die letzten dreißig Jahre zurück«, sagte sie. »Kannst du sie zurückholen?«

4

»Ich hab die Identität von diesem Mordopfer bei Tommy's.«

Deputy Mathers musste den Satz zweimal wiederholen, bevor Bell endlich aufblickte. Und selbst dann registrierte sie seine Worte nur halb. Sie hatte die Ellbogen auf zwei gleich hohe Stapel von Aktenordnern gestützt, die sich auf ihrem Schreibtisch von allein reproduziert zu haben schienen. Auf einem gelben Block hatte sie eine Liste dringender Aufgaben für die Assistenten der Staatsanwaltschaft, Hickey Leonard und Rhonda Lovejoy, erstellt. Die Ermittlungen im Mordfall Freddie Arnett waren bisher nicht über das hinausgekommen, was Bell das »OMG – Oh-mein-Gott«-Stadium nannte, das sich durch Schock, Panik und Händeringen bei allen Beteiligten auszeichnete. All diese Reaktionen waren verständlich, aber keine davon konnte auch nur das Geringste dazu beitragen, den Dreckskerl aufzuspüren, der den alten Mann zu Tode geprügelt hatte. Zeit, sich etwas einfallen zu lassen und eines der brutalsten Verbrechen aufzuklären, an die man sich hier in der Gegend erinnern konnte. Und die Erinnerungen reichten hier weit zurück.

Es war kurz nach Sonnenaufgang. Bell hatte Shirley zu Hause gelassen und war direkt in die Mainstreet zum Gericht von Raythune County gefahren, einem wuchtigen dreigeschossigen, hellen Gebäude mit Kuppeldach. Es war 1867 erbaut worden, was man im Inneren auch seinen Rohrleitungen anmerkte. Weiches gelbes Licht drang durch die hohen Bleiglasfenster in Bells Büro. Staub lag in der Luft. Egal, wie oft und wie gut ihr Büro geputzt wurde, immer war es staubig. Das Gerichtsgebäude ist so alt, dass der Staub ein größeres Anrecht auf diesen Ort hat als die Menschen, dachte Bell.

»Wovon sprechen Sie?«, blaffte sie. Er hatte sie aufgeschreckt, so sehr war sie in die Details des Arnett-Falls vertieft gewesen, weshalb ihr Ton ruppiger ausfiel als beabsichtigt.

Charlie Mathers nahm es ihr nicht übel. Er verstand das. Sie standen beide unter immensem Druck und waren sich des Vertrauens bewusst, das die Bewohner von Acker's Gap in sie setzten. Die Leute glaubten fest daran, dass sie Freddie Arnetts Mörder finden und der Fall vollständig aufgeklärt werden würde und der Täter bis an sein Lebensende hinter Gitter verschwand. West Virginia hatte die Todesstrafe 1965 abgeschafft, aber Fälle wie dieser brachten einige Bürger dazu, diese Tatsache öffentlich zu bedauern.

Der Deputy stand breitbeinig vor ihrem Schreibtisch, die Daumen unter den Gürtel geschoben, der durch seine große, darüberhängende Wampe geknickt und beinahe zusammengefaltet wurde. Als Bell ihn vor einer Viertelstunde angerufen hatte – er hatte Wochenenddienst im Gefängnis –, um ihn zu bitten, sich bei den Kollegen in Collier County nach dem Mordfall in einer Bar zu erkundigen, hatte sie beiläufig hinzugefügt, sie sei am Tatort gewesen. Er wusste, dass an der Geschichte mehr dran war, er sich um die Details jedoch später kümmern musste.

»Keine Verbindung zu Freddie Arnett«, sagte Mathers. »Jedenfalls sieht es bisher so aus. Collier County hat mir die Informationen über das Opfer und den Täter gegeben. Der Tote war ein Typ mit Namen Jed Stark. Von drüben, aus Steppe County. Sechsundzwanzig Jahre alt. Hatte schon

Ärger, seit er die Worte ›Zur Hölle, ich war's nicht‹ aussprechen konnte. War es aber immer.« Nachdenklich senkte Mathers den Kopf. »Er war verheiratet und hatte eine dreijährige Tochter namens, Herr im Himmel, Guinivere. Stellen Sie sich vor, in Steppe County mit einem Namen wie Guinivere leben zu müssen. Da könnte man dem Kind ebenso gut ein Schild mit der Aufschrift *Tritt mich* auf den Rücken kleben.«

»Mutmaßlicher Täter?«

»Einheimischer Dreckskerl namens Larry McCoy. Sieht aus, als hätte Stark was mit seiner Frau angefangen.«

Bells Interesse bewegte sich gegen null. Zwei besoffene Hinterwäldler und eine überparfümierte Braut: Von solchen Geschichten, nur mit wechselnden Namen, hörte man ein Dutzend Mal im Monat. *Ein Szenario, so romantisch wie ein paar Schweine, die zusammen im selben Trog herumwühlen.*

»Okay«, sagte sie zu Mathers und machte eine wegwerfende Handbewegung. »Nicht unser Bier.« Außer dem Inhalt seiner Tasche – die Visitenkarte des Anwalts von auswärts – gab es an dem Schicksal von Jed Stark nichts Bemerkenswertes. Sie würde später ein paar Nachforschungen zu der Karte anstellen. Wenn sie mal einen Augenblick Zeit fand, was im Moment unwahrscheinlich schien. »Es war ein Deputy zugegen«, fügte Bell hinzu, »und ich habe am Tatort eine Aussage gemacht. Habe meinen Bericht gerade an Mason Dittmers Büro gefaxt.« Dittmer war der Staatsanwalt von Collier County. »Ich kann mir nicht vorstellen, dass sie sonst noch etwas brauchen.« Nachdenklich trommelte sie mit der Spitze ihres Bleistifts auf den Notizblock. »Sehen Sie zu, dass Deputy Sturm Sie über McCoy auf dem Laufenden hält. Wir müssen nachprüfen, wo er am Donnerstagabend war, als Freddie Arnett überfallen wurde. Für alle Fälle.« Wenn es irgendeine Verbindung zwischen den beiden Morden gab, wäre es besser, sie schnell zu finden.

»Da haben Sie recht«, sagte Mathers.

An einem normalen Morgen am Wochenende wäre er vielleicht erstaunt gewesen, Bell Elkins in ihrem Büro vorzufinden. Natürlich beschränkten sich die Staatsanwältin und Sheriff Fogelsong nicht auf eine gewöhnliche Arbeitswoche. Aber samstags und sonntags waren sie normalerweise eher unterwegs, um Zeugen zu befragen, oder sie saßen in einem Diner um die Ecke namens JP's, kurz für Joyce's Place, schütteten tassenweise schwarzen Kaffee in sich hinein und gingen dabei die Aufzeichnungen zu einem Fall durch. Sie waren keine Bürohocker.

Aber jetzt war sie hier, an einem Sonntagmorgen im Sommer, und saß in dem ansonsten ausgestorbenen Gerichtsgebäude an ihrem Schreibtisch. Und Mathers musste nicht nach dem Grund fragen.

Es war irgendwann spät am Donnerstagabend oder früh am Freitagmorgen passiert. Freddie Arnett hatte seinem cremefarbenen Ford Thunderbird Cabrio mit den roten Ledersitzen gerade den letzten Schliff verpasst. Er wollte ihn im nächsten Herbst seinem Enkelsohn schenken, zum Beginn seines Studiums am Community College. Der Wagen war unversehrt. Nichts war gestohlen worden. Niemand hatte ein Problem mit Arnett, zumindest ergaben das die ersten Aussagen der nächsten Freunde und Nachbarn. Freddie Arnett war nur ein netter alter Kerl mit einem zahnlückigen Grinsen und einem Händchen für Autoreparaturen. Am Ende lag er tot auf seiner Auffahrt, mit zerschmettertem Schädel, wobei sich eine ordentliche Portion Gehirnmasse auf den Betonplatten verteilt hatte. Währenddessen hatte seine Frau Annie in ihrem gemeinsamen Schlafzimmer nur sechs Meter entfernt von ihm geschlafen. Ein Nachbar, der am Freitagmorgen zur Arbeit aufbrach, hatte ihn gefunden. Seine Schreie, spitz und scharf wie zerbrochenes Glas, gingen bald über in ein lang gezogenes, schrilles Heulen, das den Frieden in der Gegend, über der die Sonne gerade erst angefangen hatte, ihre tägliche Bahn zu ziehen, zerstörte. Das tierische Heulen hallte noch jetzt in den Köpfen vieler Anwohner wider. Mathers hatte die Leute befragt. Haus für Haus.

Er wusste, wie ein solches Verbrechen Bell Elkins quälte, ihr unter die Haut ging, und war begierig zu helfen, aber seine Arbeit hatte zu nichts geführt. Gestern war er noch einmal hingefahren und hatte die Leute, mit denen er und Sheriff Pam Harrison bereits gesprochen hatten, ein zweites Mal befragt, und außerdem ein paar Tramper, die in der Tatnacht an der Interstate gesichtet und am frühen Sonntagmorgen in Beckley aufgespürt worden waren. Seinen Bericht hatte er an Bell gemailt. Doch niemand hatte etwas gehört oder gesehen. Der Mörder schien sich in Acker's Gap auszukennen, jedenfalls gut genug, um Arnett aufzulauern, ihm mit seinem eigenen verrosteten Vorschlaghammer den Schädel zu zertrümmern und dann wieder zu verschwinden, ohne auch nur den Hauch einer Spur zu hinterlassen.

Bells Handy läutete. Sie blickte zu Mathers, der ihr mit einem Nicken bedeutete, dass er noch etwas zu sagen hatte. Daraufhin hob sie den Zeigefinger zum Zeichen, dass er in der Nähe bleiben solle. Sie überprüfte die Rufnummer. »Verdammt«, sagte sie, bevor sie den Anruf annahm. »Elkins.« Pause. »Kein Kommentar. Okay? Genau, wie ich es gestern gesagt habe. Wir sind nicht bereit …« Noch eine Pause. »Ich verstehe. Aber jede Information, die ich Ihnen zum jetzigen Zeitpunkt geben könnte, wäre spekulativ und verfrüht und könnte die Ermittlungen beeinträchtigen.« Pause. »Nein. Keine Verbindung. Der Mord in Collier County letzte Nacht scheint nicht mit dem Mord an Freddie Arnett in Verbindung zu stehen.« Pause. »Ja, Sie dürfen mich zitieren.« Pause. »Kein Problem. Es war nicht zu früh. Hab ich schon auf dem Schreibtisch.« Pause. »Nein.« Pause. »Zum letzten Mal, nein.« Sie beendete das Gespräch.

Mathers grinste. »Lassen Sie mich raten. Donnie Frazey.« Frazey war der Herausgeber der *Acker's Gap Gazette,* einer Wochenzeitung für die Bezirke Raythune, Collier, Steppe und Atherton. Seine volle Berufsbezeichnung war länger: Chefredakteur, einziger Reporter, Anzeigenverkaufsleiter, Vertriebschef. Doch da Frazey Schwierigkeiten hatte, all das in seine Verfasserzeile zu zwängen, machte es ihm nichts aus, wenn die Leute ihn einfach *den Herausgeber* nannten. Er war ein hochgewachsener Mann, vierundfünfzig Jahre alt, mit sandfarbenem Haar. Drei Ehen hatte er hinter sich und sechs Kinder, gleichmäßig verteilt auf diese Beziehungen. Er war Alkoholiker auf dem Weg der Besserung mit gelegentlichen Rückfällen, die die Abonnenten seiner Zeitung sofort mitbekamen, da der eigentliche Erscheinungstermin der Zeitung um mindestens vierundzwanzig Stunden verschoben wurde, eine Zeitspanne, die alle als *Kater-Verspätung* bezeichneten. Donnie Frazey arbeitete von einem engen Ladengeschäft aus, das der *Gazette* als Büro diente.

»Er macht nur seinen Job«, sagte Bell und blickte stirnrunzelnd auf ihr Handy, »aber er ist eine verdammte Nervensäge. Ich bin froh, wenn Nick endlich zurück ist. Er hat wesentlich mehr Geduld mit Donnie Frazey als ich.«

Vor einem Monat hatte Sheriff Fogelsong seine Frau zu

einer psychiatrischen Einrichtung in Chicago gebracht, wo Ärzte versuchten, eine stabilisierende Medikation zusammenzustellen, die ihr half, mit den Symptomen ihrer Schizophrenie zurechtzukommen. Nick und Mary Sue würden am Dienstag wieder in Acker's Gap eintreffen.

Bell legte die Hand auf den gelben Notizblock und blickte zu Mathers auf, in der Hoffnung, er würde ihre stumme Botschaft verstehen. Sie hatte zu tun. »Sonst noch etwas?«

Der Deputy fuhr sich mit der Zunge über die Zähne, als wäre er auf der Suche nach einem am Vorabend verlorenen Stück Popcorn. »Nun«, sagte er, »ich dachte, vielleicht möchten Sie noch ein paar Details über diesen Mord bei Tommy's.« Mathers war der geborene Geschichtenerzähler, und Bells mangelndes Interesse an seiner Ausbeute an Informationen enttäuschte ihn.

»Okay«, sagte sie. Es klang mehr wie ein Seufzen. »Natürlich, Charlie.« Sie ließ sich in ihrem Stuhl zurücksinken. Eine Pause brauchte sie ohnehin.

»Also.« Der Deputy zog einen Daumen aus dem Gürtel und kratzte sich am linken Ohr. »Mandy Sturm befragt diesen McCoy-Typen heute Morgen ungefähr eine Stunde lang. Weiß, was sie tut, ist ein verdammt guter Deputy. Und McCoy gesteht. Sagt, er hatte es einfach satt und konnte es nicht mehr ertragen, wie Jed Stark seine Lady angemacht hat, deshalb geht er raus zu seinem Pick-up auf dem Parkplatz und holt aus seinem Werkzeugkasten, den er auf der Ladefläche hat, einen Kreuzschlitzschraubenzieher. Torkelt wieder rein, setzt sich neben Stark und fängt ein Gespräch an. Wartet auf den richtigen Augenblick. Nachdem die Band den ersten Refrain von *Sweet Home Alabama* gespielt hat und Stark ganz entspannt ist, beugt sich McCoy vor und kümmert sich gehörig um unseren kleinen Proleten-Romeo. Jetzt, wo er gegenüber Deputy Sturm ausgepackt hat, sind neun von zehn Leuten, die an den Nachbartischen gesessen haben, plötzlich in der Lage, es zu bestätigen. Als es geschah, hat keiner ein Wort gesagt. Nicht mal die Braut, die die ganze Aufregung überhaupt erst verursacht hat. Alle saßen einfach nur da und wippten mit den Füßen im Takt dieser verdammten Musik, während aus Jed Stark das Leben herausgeströmt ist wie Gas aus einer kaputten Leitung.«

»Muss schön sein, solche Freunde zu haben«, murmelte Bell. Sie schob ihren Stuhl zurück und stand auf.

Mathers lachte kurz auf. »Typen wie Stark haben keine Freunde. Oh, sie glauben womöglich, sie hätten welche – vielleicht hängen sie ab und zu mit ein paar anderen bösen Jungs rum, schlagen Krach, trinken oder rauchen was zusammen, oder auch beides, aber letztendlich schert sich niemand um sie. Sie sind allein, wirklich.« Er zuckte mit den Achseln. »Es lässt sich nicht sagen, wie lange Stark dort auf seinem Platz saß, tot wie ein Pfosten, bevor er einfach vom Stuhl gekippt und auf dem Boden gelandet ist. Das muss passiert sein, kurz bevor Sie und Deputy Sturm eintrafen.«

»McCoy ist im Gefängnis von Collier County«, fügte Mathers hinzu und beendete seinen Bericht mit einem fassungslosen Kopfschütteln. »Einfacher Fall – mir nichts, dir nichts erledigt.«

»Gut. Wir haben hier ohnehin schon genug um die Ohren.« Bell ging hinüber zum Fenster und schaute hinaus, ohne etwas zu sehen, so sehr war sie in Gedanken vertieft. Wie kam es, dass man aus einem Fenster schauen und dabei nicht über die eigenen Gedanken hinausblicken konnte?

»Da haben Sie recht«, sagte Mathers. »Aber es gibt nicht nur schlechte Neuigkeiten, wissen Sie? Die Leute reden schon über nächsten Freitag. Sind ganz aufgeregt. Das lenkt vielleicht von dem ganzen Ärger ab.«

Bell, die dem Deputy den Rücken zuwandte, nickte. Am Freitag sollte der frühere Gouverneur von West Virginia, Riley Jessup, im Raythune County Medical Center aufkreuzen und anlässlich der Einweihung eines neuen Kernspintomografen eine Rede halten, für den er das Geld gespendet hatte. Dazu würde er auf die Ladefläche eines Pritschenwagens steigen – mit kräftiger Unterstützung, wie Bell hoffte, denn Jessup war neunundachtzig Jahre alt und hatte nicht nur einen Herzschrittmacher, sondern auch zwei künstliche Hüftgelenke und einen Katheter und mindestens fünfzig Kilo zu viel. Sehr viele Leute fieberten seinem Besuch entgegen, weil er in Raythune County geboren und aufgewachsen war. Jessup hatte sein Amt schon vor Jahrzehnten niedergelegt und kam selten in seine Heimat, wurde aber von den Leuten in dieser Gegend noch verehrt.

Für Mathers und Bell allerdings, und für jeden, der irgendetwas mit öffentlicher Sicherheit zu tun hatte, bedeutete der Besuch des Gouverneurs vor allem eins: zusätzlichen Aufwand. Man musste ihn empfangen, eskortieren, überwachen, beschützen, verpflegen, für ihn sorgen, auf ihn warten, ihm hinauf-, hinüber- und hinunterhelfen und insgesamt einen Riesenwirbel um ihn machen. Auch wenn Sheriff Fogelsong bis dahin zurück sein und das alles koordinieren würde.

»Ist es nicht typisch, dass der Gouverneur uns mitten in einer Mordermittlung seinen kleinen Besuch abstattet? Ich meine, zu jeder anderen Zeit hätte ich mich darauf gefreut, ihm die Hand zu schütteln. Aber so, wie die Dinge jetzt liegen … na ja, haben wir wohl Anlass, ein bisschen nervös zu sein.«

Einen Moment lang schwiegen Mathers und Bell; keiner von beiden wollte laut zugeben, dass das Pech hier eher ein ständiger Bewohner als ein gelegentlicher Besucher war. Im Gegensatz zu Collier County, dessen Gemeindevermögen durch eine Metallfabrik am Rand der Bezirksstadt Donnerton und durch einen Kosmetikgroßhandel, der seine Produkte in drei Staaten lieferte, ständig wuchs, sah Raythune County einer eher trostlosen wirtschaftlichen Zukunft entgegen. Hier gab es keine Fabrikanlagen mehr, keine Industrie. Die Männer – und damals waren es ausschließlich Männer, wie Bell den Leuten gerne in Erinnerung rief –, die während des zwanzigsten Jahrhunderts in Raythune County regierten, hatten keine Zeit darauf verwendet, Unternehmen anzuwerben. Sie hatten sich mit den Kohlebergwerken zufriedengegeben, die Steuergelder einfuhren und Lastwagen ausfuhren, die vielversprechend schwankten unter ihren hoch aufgetürmten Ladungen.

Heute waren die meisten dieser Bergwerke stillgelegt; Brassy Waltham, Acer, Milltown Limited. Kohle aus West Virginia war nicht mehr annähernd so begehrt wie früher. Die Region befand sich ernsthaft im Niedergang, der noch schlimmer wurde durch die Unarten, die die Menschen entwickelten, um sich abzulenken: Gewalt, Alkohol und Drogen. Bell und ihre beiden Assistenten hatten so viele Fälle, dass sie sie kaum noch bewältigen konnten.

»Mein Großvater kannte Riley Jessup ziemlich gut«, fügte Mathers hinzu, »bevor er so verflixt reich und berühmt wurde. Viele Leute hier erinnern sich an Jessup und bewundern ihn. Ich habe gehört, die wahren Prominenten seien heutzutage die Politiker. Schwer, sich Riley Jessup mit Brad Pitt auf einem Bild vorzustellen. Was denken Sie, Mrs Elkins?«

Bell antwortete nicht. Sie setzte sich wieder auf ihren Schreibtischstuhl. Ihre Gedanken waren zu den Ereignissen bei Tommy's zurückgekehrt, und zu dem einzigen quälend interessanten Detail. »Das Opfer in der Bar«, sagte sie. »Jed Stark. Er hatte eine Visitenkarte bei sich. Hat Deputy Sturm irgendwas davon in ihren Bericht geschrieben?«

Jetzt zog Mathers den anderen Daumen aus seinem Gürtel und kratzte sich am Nacken. »Nein. Als sie erst das Geständnis hatte, hat sie sich um andere Dinge gekümmert, vermute ich. Aber ich werde mich auf jeden Fall auf dem Laufenden halten.« Er machte eine Pause. »Ich hab mal eine Frage.«

»Schießen Sie los.«

»Na ja.« Plötzlich fühlte er sich wie ein Draufgänger, in Anbetracht des hohen Risikos, das er einging. Was persönliche Fragen anging, war Bells Temperament berühmt-berüchtigt. »Es geht mich ja nichts an, Mrs Elkins, aber was in aller Welt hatten Sie Samstagnacht im Tommy's zu suchen? Scheint mir nicht gerade Ihr typisches Stammlokal zu sein.«

»Nein, ist es nicht.«

Er wartete. Fast jeder wusste von Shirley Dolans Rückkehr nach Acker's Gap und von den Problemen, die damit verbunden waren. *Ein schlauer Anwalt hätte sie da rausbekommen,* sagten viele Leute viele Jahre später. *Richtig, man hätte sie laufen lassen sollen, frei wie ein Vogel,* mochten manche hinzufügen. *Völlig entschuldbar. Notwehr. Der Bastard hatte es verdient. Großer Gott, sie hätte nicht eine einzige Stunde, geschweige denn dreißig Jahre dafür bekommen dürfen.* Diese Ansichten nützen Shirley jetzt gar nichts mehr, dachte Bell, immer wenn sie das Gerede hörte.

Mathers hatte längst erraten, warum Bell bei Tommy's gewesen war, und seine Vermutung ließ sich mit einem Wort zusammenfassen: Shirley. So musste es sein. Aber er hatte genug gesagt, draufgängerisch oder nicht. Bei Bell Elkins gab es Grenzen.

»Danke für die Information, Deputy«, sagte sie. Die Bedeutung ihrer Worte war unmissverständlich: *Halten Sie sich raus*. Und das tat er.

5

Zwischen drei und fünf Uhr am Sonntagmorgen hätte man die Lester-Tankstelle an der Route 7 für den Mars halten können, so wenig war hier los. Zwei Zapfsäulen drängten sich dicht in einem gelblich flackernden Lichtkegel zusammen, in dem Insekten schwirrten, und wirkten geradezu verloren. Vor drei Uhr ging es an der Tankstelle manchmal so betriebsam wie in einem Zirkus zu, und es war laut, lang gezogenes Hupen und wummernde Bässe aus geöffneten Autofenstern ertönten. Nach drei Uhr hörte das alles schlagartig auf. Niemand kam mehr vorbei.

Oder fast niemand. Um 3.12 Uhr versuchte eine betrunkene Frau in superknappen gelben Shorts und rotem, schulterfreiem Top, Flip-Flops und rosa Glitzerschal um den dürren Hals mit dem Kopf voran durch die Glasdoppeltür des Ladens zu laufen. Sie prallte zurück und knallte erneut mit der Stirn gegen die Tür. Ein Ausdruck von Verwirrung erschien auf ihrem Gesicht. Anscheinend hatte sie vergessen, dass Türen im Allgemeinen über Griffe verfügten.

Im Laden, hinter dem hohen grünen Tresen mit der Kasse, vor einem hohen Metallgestell mit nach Marken sortierten Zigarettenschachteln, stand Lindy und sah mit leidenschaftsloser Neugier zu, als wäre die ganze Sache eine Realityshow im Fernsehen. Die Frau knallte schon wieder mit der Stirn an die Glasscheibe. Sie hob beide Fäuste und schüttelte sie in ohnmächtiger Wut, dann bewegte sie die Lippen und rief zwei unhörbare Worte durch das Glas.

Lindy war sich nicht sicher, was sie sagte. Wahrscheinlich das beliebte *Fick dich!* oder *Leck mich!*, aber die Lippen der Frau waren ebenso schlaff und wabbelig wie sie selbst, daher konnte man es schlecht erkennen.

Jason Brinkerman, stellvertretender Nachtmanager, kam von hinten aus der Mitarbeitertoilette. Er erblickte die Frau, die gerade zum vierten Mal die Glastüren attackierte, und lachte.

»Nicht lachen, okay?«, sagte Lindy. »Das ist nicht lustig.«

»Was für eine alte Schnalle.« Jason grinste, winkte der Frau zu und streckte ihr die Zunge heraus, was die Möchtegernkundin zur Weißglut brachte. Sie stampfte mit dem Fuß auf und blitzte sie wütend an. Jetzt sah sie aus, als wäre sie bereit, durch die Scheibe zu springen. Sie würde alles tun, um Jason auf den Leib zu rücken.

»Sie ist betrunken. Und zwar richtig«, sagte Lindy. Während einer Nachtschicht hatten sie es gewöhnlich mit drei oder vier Betrunkenen zu tun. An Wochenenden konnte sich diese Zahl verdoppeln oder verdreifachen.

»Ich glaube nicht, dass sie mit dem Auto gekommen ist«, sagte Jason. Die Frau war nun zu seiner Enttäuschung abgezogen. Zeit, zurück an die Arbeit zu gehen. »Ich wette, irgendjemand hat sie hier am Straßenrand abgesetzt, weil sie kotzen musste, und ist dann einfach weitergefahren. Auf Nimmerwiedersehen!«

»Machst du mal Kaffee?«, sagte Lindy. Sie war es leid, über diese dämliche Frau zu sprechen. In ihrem ersten Monat hier hatte sie jedes Mal pflichtschuldigst das Sheriff's Department angerufen, wenn Betrunkene aufgetaucht waren; sie hatte Sorge gehabt, sie könnten sich verletzen, auf die Straße laufen oder – wenn sie in den Wald torkelten – stolpern und in eine Schlucht stürzen.

Aber der Mann in der Notfallzentrale hatte ihr den Kopf zurechtgerückt. Das County könne nicht jedes Mal einen Deputy losschicken, wenn ein Einwohner sich volllaufen lasse. *Vergiss es*, war der Rat, den Lindy von ihm erhielt. Nicht unfreundlich, aber mit Nachdruck. *Schönen Abend noch, Schätzchen.*

Lindy und Jason kamen gut miteinander aus. Er war jünger als sie und verbarg seine Bewunderung und Zuneigung hinter einer Mauer von Coolness. Gegen Ende einer Schicht neigten sie jedoch beide dazu, gereizt und kurz angebunden auf den anderen zu reagieren. Die letzten ein oder zwei Stunden schienen stets doppelt so lang zu sein wie die vorangegangenen sieben, sagte Lindy oft, und Jason stimmte ihr zu und nickte so heftig, dass sein langes braunes Haar flatterte wie ein Geschirrtuch auf einer Wäscheleine. Sommers wie winters trug Jason am liebsten ein offenes XXL-Flanellhemd, das über die Hose hing, und darunter ein T-Shirt, außerdem ausgebeulte kurze Khakis und Turnschuhe ohne Schnürsenkel und ohne Socken. Manchmal hatte er eine umgedrehte Yankees-Kappe auf, eine blaue mit den ineinandergreifenden weißen Buchstaben *NY*.

Es war Jasons Aufgabe, dafür zu sorgen, dass die Kaffeekannen immer gefüllt waren. An der Tankstelle gab es die Sorten Kräftig, Mild, Haselnuss und Koffeinfrei, und die vier runden Glaskannen standen nebeneinander auf Warmhalteplatten in einem Bereich, der vom Rest des Ladens mit einem von der Decke herabhängenden Schild abgetrennt war, auf dem stand: NACHFÜLLSTATION. Er war zudem dafür verantwortlich, dass die Pappbecher in einem Turm ordentlich gestapelt neben den Kannen standen. Die Leute waren erstaunlich nachlässig mit diesen Bechern, warfen oft den ganzen Stapel um bei dem Versuch, den obersten Becher abzunehmen, und gingen dann einfach weg. Und die Deckel? *Hör mir damit auf, was diese Idioten mit den Deckeln anstellen*, sagte Jason immer zu Lindy. Darüber klagte er ständig. *Ich habe das Gefühl, mein ganzes verdammtes Leben damit zuzubringen, die Deckel für sie vom Boden aufzusammeln.* Lindy wusste, wovon er sprach. Die Leute waren Chaoten. Jedenfalls die meisten von ihnen. Sie passten einfach nicht auf.

In etwa einer Viertelstunde würde der Typ, der die Sonntagszeitungen lieferte, seinen schiefen orangefarbenen Dodge Dart auf der Feuerwehrzufahrt direkt vor dem Gebäude parken und sich aus dem Wagen hieven. Es war immer derselbe, aber Lindy wusste nicht, wie er hieß. Er würde sich mit dem Rücken zu der Glasdoppeltür drehen, um sie mit seinem Hintern aufzustoßen, weil er zwei verschnürte Packen trug, in jeder Hand einen, und dann die Packen auf den Tresen werfen, ohne sich darum zu kümmern, wo sie landeten und was sie alles zur Seite fegten. Bevor er sie ihnen hinwarf, würde er »Neue Ware!« schreien und ein kurzes, gackerndes Lachen ausstoßen. Einmal hatte er ein ganzes Regal mit kleinen Dosen und glänzenden Päckchen mit Kautabak umgeworfen. Lindy hätte nicht sagen können, wie alt er war, aber er war alt. Mit Sicherheit viel älter als sie und Jason. Ungeachtet des Wetters trug er immer einen langen, schmierigen Regenmantel. Die Aknenarben in seinem Gesicht sahen aus wie eingemeißelt. Er verfügte über die achtlose, großspurige Art und das typische *Istwas?*-Grinsen eines Teenagers, hatte aber Falten im Gesicht, einen Bauchansatz und bewegte sich – Lindy hatte das sofort bemerkt –, als hätte er Schmerzen in Hüfte und Knien. Sie kannte diesen Gang. Man konnte ihn nicht verbergen. Das war eins der ersten Dinge, die ihr an ihrem Vater aufgefallen waren, noch lange vor seinem Ruhestand; er ging wie ein Mann, der Schmerzen hat und versucht, es sich nicht anmerken zu lassen. Bei dem Typen mit den Zeitungen war es genauso.

»Neue Ware!«

Er war früh dran.

Als sich die Glastür hinter ihm schloss, trat Lindy weg vom Tresen, falls er, wie immer, darauf zielen würde. Die beiden Packen kamen angesegelt. Eigentlich gehörte es zu seinen Aufgaben, die Packschnur aufzuschneiden und die Zeitungen in einem ansprechenden Stapel vor die Kasse zu legen, damit die Leute, die ihr bleifreies Benzin bezahlten, Zigaretten oder Jack Link's Beef Jerky verlangten, sich ein Exemplar kauften. *Das nehme ich auch noch mit.*

Normalerweise aber schnitt er die Schnur nicht durch. Er warf seine Ladung ab und verschwand wieder, wobei er Lindy und Jason kaum ansah.

Deswegen fiel Lindy heute sein eigenartiges Verhalten auf. Sie benutzte ihr Leatherman-Taschenmesser, um die Schnur durchzusäbeln, und legte den Stapel Zeitungen auf den Tresen. Aber die ganze Zeit war sie sich wohl bewusst, dass der Zeitungstyp immer noch mit hängenden Schultern dastand. Die Ärmel seines Regenmantels waren ausgefranst; diesen Mantel hätte vermutlich selbst der Goodwill-Laden drüben in Blythesburg nicht mehr genommen. Der Typ ließ seinen Blick durch den Laden schweifen und schaute zu den Kaffeekannen, wo Jason gerade dabei war, den Rest der Sorte Kräftig in die Koffeinfrei-Kanne zu schütten.

»Als ob irgendjemand den verdammten Unterschied bemerken würde«, hatte Jason sie angefahren, als Lindy ihn zum ersten Mal dabei erwischt hatte. »Ist doch sowieso alles die gleiche Scheiße.«

Der Zeitungstyp verzog das Gesicht, als dächte er angestrengt über etwas nach – und zwar nicht über Kaffee. Er zeigte mit seinem kurzen, schmutzigen Finger auf Lindy. »Es gibt eine Möglichkeit für euch, die Cops in ihrer Zentrale zu alarmieren, oder?«, sagte er. »Eine Art Panik-Knopf? Falls es mal Ärger gibt, mitten in der Nacht? Ich meine, ihr seid hier draußen auf euch gestellt, stimmt's?«

»Ja.« Sie ging nicht weiter darauf ein, weil sie seiner plötzlichen Besorgnis nicht traute. Vielleicht war das irgendein Trick. Sie war es gewöhnt, die plumpen Annäherungsversuche von Männern wie dem Zeitungstypen abzuwehren, und hatte eine Strategie entwickelt. Denn auch wenn sie nur ungefähr alle sechs Wochen mal an ihr Aussehen dachte, nämlich dann, wenn sie drüben in Swanville ihr rotblondes Haar schneiden ließ und dabei in den blöden Spiegel schauen musste, war Lindy eine attraktive junge Frau. Sie hatte sich damit arrangieren müssen. Sie war schlank, hatte schmale Hände und Füße, aber große, hoch sitzende Brüste. So ganz anders als ihre Mutter mit ihrer kleinen Oberweite.

Eines der letzten Gespräche zwischen Lindy und ihrer Mutter hatte sie beide in Verlegenheit gebracht, war aber notwendig gewesen: »Die Männer werden hinter dir her sein, mein Mädchen«, hatte Margaret Crabtree an Lindys vierzehntem Geburtstag zu ihr gesagt. »Ich will dir keine Angst machen, aber du bist jetzt erwachsen, und du musst den Tatsachen ins Auge sehen. Sie werden dir auf den Busen starren. Manche werden grobe Kommentare abgeben. Damit musst du rechnen. So ist das nun mal, tut mir leid, das sagen zu müssen.« Einige Tage später war ihre Mutter an Eierstockkrebs gestorben, nur zwei Monate nach der Diagnose.

Lindy machte es sich zur Gewohnheit, weite Männerhemden anzuziehen und kein Make-up zu benutzen. Sie trug ihr Haar kurz geschnitten und spielte die Unnahbare, sagte nie etwas, wenn auch ein gelangweiltes Achselzucken oder ein unverbindliches Lachen ausreichten. Meistens funktionierte es. Die Männer, die an die Tankstelle kamen, um ihr Benzin oder ihre Sixpacks zu bezahlen, sahen sie selten lang genug an, um eine Ahnung davon zu bekommen, was sich unter ihrem schlabberigen Flanellhemd verbarg. Einmal allerdings, in einer regnerischen Nacht, hatte Jason sie seltsam eindringlich angestarrt. Sie hatte eine Zapfsäule überprüft und war in den Verkaufsraum zurückgerannt. Das Hemd klebte ihr auf der Haut und ließ die perfekten Umrisse ihrer Brüste genau erkennen. Jason machte den Mund auf, sagte aber nichts. Sah sie nur an. Der Blick, den Lindy ihm zuwarf, reichte aus, um ihn zum Schweigen zu bringen. Und doch hatte sie gespürt, dass er sich zu ihr hingezogen fühlte. Sie wollte das nicht, aber die Anziehung war da, hatte aber bisher ihr Verhältnis als Arbeitskollegen nicht beeinflusst.

»Also okay«, sagte der Zeitungstyp. Er nieste. Lindy hätte am liebsten gelacht, aber sie tat es nicht. Sogar sein Niesen war das eines alten Mannes. Sein ganzes Gesicht krumpelte sich zusammen wie ein benutzter Waschlappen, als er sich nach vorne beugte und sich die schuppigen Hände vor die Nase hielt. Eklig, dachte Lindy. Warum benutzte er nicht einfach den Ärmel seines Regenmantels? Bestimmt wäre es nicht das erste Mal gewesen.

»Okay«, wiederholte der Zeitungstyp und blickte hinüber zum Kaffeebereich. Jason hatte sich noch nicht einmal zu ihm umgedreht. »Hey, Junge. Du da. Mit dir rede ich auch.«

Jason hantierte weiter mit den Bechern herum. Er drehte sich immer noch nicht um. »Ja. Was denn.«

»Ich will nur sichergehen, dass du das Mädchen hier beschützen kannst«, sagte der Zeitungstyp. »Es ist wichtig. Weißt du, was los ist? Da draußen in der Dunkelheit?«

Jason stieß einen Laut aus, der sich anhörte wie eine Kombination aus »Hä?« und »Yeah« und einer Art Kichern, das tief aus der Kehle kam. Nun baute er aus den kleinen Plastikdosen mit laktosefreier Milch eine Pyramide.

»Ich rede mit dir, Arschgesicht«, sagte der Zeitungstyp. Die Erregung in seiner Stimme hatte sich um mehrere Stufen erhöht. »Du könntest wenigstens herschauen.«

Lindy war kurz davor einzugreifen – sie wollte keinen Ärger haben –, doch da drehte Jason sich um. »Okay«, sagte er. »Ich schaue her.«

»Gut.« Der Zeitungstyp beruhigte sich. »Hört mir zu, ihr beide. Es gibt Ärger da draußen. Schlimmen Ärger. Es passiert etwas. Ihr habt davon gehört, oder? Ein alter Mann ist überfallen worden. Man hat ihm den Schädel zertrümmert. Direkt auf seiner eigenen Auffahrt. Also passt lieber auf.«

Jason grinste. »Oh ja, wir passen auf, alles klar.«

Der Kopf des Zeitungstypen fuhr herum. Er starrte Jason an. Sein Blick war so von purem und aufrichtigem Hass erfüllt, dass Lindy schauderte, auch wenn er nicht ihr galt.

Das Ding-Dong-Signal von draußen ließ Lindy aufschrecken. Jemand war an die Zapfsäulen herangefahren.

Der Zeitungstyp atmete hektisch und flach. »Okay also«, sagte er. »Solange ihr eine Möglichkeit habt, hier draußen Hilfe zu holen. Ihr passt auf euch auf, hört ihr?«

Er trat durch die Glastür und ging. Sobald er mit seinem altersschwachen orangefarbenen Wagen knatternd und schaukelnd davongefahren war, lachte Jason. »Verrückter

Kerl. Ja, wir passen auf. Wir werden nach Arschlöchern wie *dir* Ausschau halten.« Er lachte wieder.

Lindy sagte nichts dazu. Auf ihrem Posten hinter dem Tresen stellte sie sich auf die Zehenspitzen, um über den Schutzwall von Pappkartons mit Diät-Pepsi und Zwölferpackungen Mountain-Dew-Limonade hinwegblicken zu können, die auf beiden Seiten der Tür aufgestapelt standen. Sie musste den Kunden draußen bei den Zapfsäulen im Auge behalten. Das Gebäude hier war jedoch mit Glaswänden ausgestattet, und wenn sie aus dem erleuchteten Inneren nach draußen in die Dunkelheit blickte, war das Erste, was sie sah, ihr eigenes Spiegelbild.

6

Endlich verließ Deputy Mathers ihr Büro. Bell sah auf die Uhr. Es war noch zu früh, um jemanden zu stören, für den man auch nur das kleinste Fünkchen Zuneigung oder Respekt empfand – und deshalb der ideale Moment, um ihren Exmann anzurufen. Sie hatte ihn gestern zweimal zu erreichen versucht und vorgestern einmal. Ihre Anrufe landeten immer direkt auf der Voice Mail. Kein Rückruf. Das war nicht überraschend: Sam Elkins war der Meinung, nur Verlierer seien leicht ans Telefon zu bekommen. Gewinner dagegen sollten jederzeit schwer erreichbar sein.

Diesmal hob er nach dem dritten Freizeichen ab. »Ich wollte dich gerade zurückrufen, Belfa«, sagte er.

»Natürlich. Wie geht es Carla?«

»Sie hat noch nicht gepackt, falls es das ist, was du meinst.« Sams Stimme klang gereizt und abwehrend, wie immer. »Bis Samstag wird sie es aber geschafft haben.«

»Bringst du sie her?«

»Nein. Ich kann nicht weg. Ich habe ihr einen Flug nach Charleston gebucht und ihr dann eine Limousine von dort nach Acker's Gap bestellt.«

»Eine Limousine? Mein Gott, Sam, ich hätte sie doch abholen können.«

»Es wird ihr gefallen. Sie wird sich fühlen wie ein Star. Wie Miley Cyrus.«

»Großartig. Genau das Vorbild, das ich mir immer für sie gewünscht habe.« Bell wollte sich nicht mit ihm über die Limousine streiten. Sie war eine lächerliche Zurschaustellung von Luxus, aber seine Entscheidung. Und er konnte es sich leisten, also was sollte es.

Als Sam weitersprach, hatte seine Stimme etwas von ihrer Schärfe verloren. »Hab von Freddie Arnett gehört. Meine Großtante Thelma hat mich angerufen und es mir erzählt. Mein Gott, es ist völlig unfassbar. Und keine Verdächtigen, richtig?«

»Noch nicht.« Sie wollte nicht mit ihm darüber reden. Es hatte eine Zeit gegeben, da hatte sie sich darauf gefreut, mit Sam Elkins über ihre Fälle zu sprechen – aber das war vorbei. Er verdiente es nicht. Er hatte ihr schon zu oft seine Geringschätzung gegenüber Acker's Gap demonstriert, obwohl es ebenso seine Heimatstadt war wie ihre.

»Ich zähle schon die Stunden, bis Nick wieder zurück ist.«

»Das wird auch nichts ändern, Belfa. Das weißt du. Niemand kann die Gewalt aufhalten – sie ist überall. Die Leute haben wahnsinnige Angst.«

Ihr Exmann hatte die Gabe, das Offensichtlichste so auszusprechen, als wäre es eine originelle Erkenntnis. Bell hielt inne, sie wollte abwarten, bis ihr Ärger verflog. Ja, die Kriminalitätsrate in Acker's Gap und Umgebung war viel zu hoch, gemessen an der Einwohnerzahl. Das war größtenteils auf den blühenden Handel mit illegalen verschreibungspflichtigen Medikamenten zurückzuführen. Sam wusste das genauso gut wie sie. Viele Kleinstädte in den Appalachen litten unter ähnlichen Problemen. Aber er ließ immer noch anklingen, dass Acker's Gap irgendwie schlimmer sei, ein trauriger, kranker, erbärmlicher kleiner Ort, voll von Gefahr und Chaos und Hoffnungslosigkeit. Er schien zu glauben, dass nur Acker's Gap verdammt sei. Es war einzigartig, aber nicht im positiven Sinne.

Bell ärgerte am meisten, dass sie in diesen Tagen fast ein wenig dazu neigte, ihm recht zu geben.

»Ich muss Schluss machen.« Es würde ihn wütend machen, dass sie das Gespräch beendete. Sam mochte es, die Dinge zu steuern, zu entscheiden, wann ein Gespräch zu Ende war, wollte als viel beschäftigter Mann gelten, der sich gezwungen sah, ein Telefonat zu beenden, weil er einen anderen Anruf entgegennehmen musste oder jemand in seinem Büro auf ihn wartete oder ein Termin bevorstand – irgendetwas, das seine Überlegenheit bewies. Bell wusste, dass sie ihn verärgerte, wenn sie den Spieß umdrehte; sein Ärger wiederum verschaffte ihr eine übermäßige Befriedigung. Das war natürlich kleinlich. Bei seinem Expartner riskierte man ständig, kleinlich zu sein, wie Bell festgestellt hatte. Sie kämpfte nicht mehr dagegen an.

Sie und Sam waren zusammen hier aufgewachsen, hatten aber immer davon geträumt fortzugehen. Und genau das hatten sie auch getan. Nach Sams Abschluss am West Virginia University College of Law waren sie in die Gegend von Washington gezogen. Dann hatte Bell, die als Vollzeitmutter vor Langeweile langsam verrückt wurde, sich für Jura eingeschrieben, in Georgetown. Kurz vor ihrem Examen hatte es sie plötzlich vehement wieder nach Hause gezogen. Nach der Scheidung war sie hierher zurückgekommen, hatte ein Haus gekauft und erfolgreich für das Amt der Staatsanwältin kandidiert. Bis heute wusste Bell nicht, ob der Entschluss, nach Acker's Gap zurückzukehren, richtig gewesen war. Richtig für sie, richtig für Carla.

Richtig für Shirley.

Shirley. Bell beugte sich hinunter und griff nach der Aktentasche zu ihren Füßen. Sie hatte es so lange wie möglich hinausgezögert, aber jetzt musste sie nach Hause. Nach

Hause, um sich um ihre Schwester zu kümmern. Nach Hause, um einmal mehr zu versuchen, Shirley dazu zu bewegen, sich ihr zu öffnen, über ihre Gefühle zu sprechen. Über all diese Jahre im Gefängnis. Oder sogar noch weiter zurück, über jene Nacht vor dreißig Jahren in dem Wohnwagen am Comer Creek, die alles verändert hatte. Jedes Mal, wenn Bell versucht hatte, Shirley davon zu überzeugen, sich ihr anzuvertrauen, einmal wirklich über alles zu sprechen, hatte ihre Schwester sie abgewimmelt. »Später«, sagte Shirley dann immer. »Bin jetzt wirklich müde. Muss ein bisschen schlafen. Ist das okay für dich?« Deshalb hatte Bell immer noch keine Ahnung und konnte nur mutmaßen. Aber sie musste es einmal von Shirley selbst hören: Warum ihre Schwester vor all den Jahren den Kontakt zu ihr abgebrochen, warum sie Bells Briefe ungeöffnet zurückgeschickt und ihre Besuche und Anrufe abgelehnt hatte.

Warum. Warum. Warum. Manchmal machte es Bell immer noch verrückt, wenn Shirley mit verschlossenem Gesicht dasaß und stumm vor sich hinstarrte, sobald das Gespräch auf die Vergangenheit kam. Aber Bell würde es weiter versuchen. Sie musste es. Die Vergangenheit war wie eine dieser Kreaturen mit dem schwankenden Gang und den stumpfen Augen aus den Zombie-Filmen, die Carla und ihre Freunde gleichermaßen liebten und fürchteten. Man konnte so tun, als nähme man sie nicht wahr. Man konnte versuchen, sie zu begraben, aber sie würde nicht in ihrem Grab bleiben. Sie kam immer zurück – und jedes Mal war sie stärker und gemeiner. War sich ihrer Macht bewusst.

Bell schloss ihre Bürotür ab. Das Gerichtsgebäude war sonntags für die Öffentlichkeit gesperrt, und der Korridor leer. Ihre Schritte klangen wie laute, kräftige Ohrfeigen. Früher, als Carla noch in Acker's Gap gelebt hatte, mit zwölf oder dreizehn Jahren, war sie an den Wochenenden mit hierhergekommen, und während Bell an ihrem Schreibtisch arbeitete, war Carla mit ausgebreiteten Armen in den leeren Gängen auf und ab gerannt, war herumgesprungen und hatte sich gedreht und sich an dem vielfachen Widerhall ihrer klackernden Schritte erfreut.

Bell stieß den Flügel der schweren Tür des Gerichtsgebäudes auf und blieb auf der Schwelle stehen. Inzwischen stand die Sonne hinter dem Berggipfel, ein vertrauter und dennoch immer noch eindrucksvoller Anblick.

Hinter ihrem Rücken war Dunkelheit, lagen die kühlen Schatten im langen Korridor, aber vor ihr verteilte sich das Licht über die Gehwege und Ladenfronten, über Backsteingebäude, Panoramafenster, Laternenpfähle und Hausdächer. Die Dinge, die sie schon ihr ganzes Leben lang, vierzig Jahre, kannte. Manchmal brachte sie diese Eintönigkeit zur Verzweiflung, weil sich hier in der Gegend nie irgendetwas änderte; doch manchmal spendete sie ihr auch Trost. Und auch wenn es nicht so schien: Acker's Gap veränderte sich doch. Zu sehr. Eine schreckliche Explosion im Frühling, ein dreifacher Mord im Zusammenhang mit der Drogenkriminalität im Vorjahr, ein Mord in der vorletzten Nacht und ein weiterer nur ein paar Straßen davon entfernt. Die Welt war nun auch in Acker's Gap angekommen, und alle Teile der Welt waren miteinander verbunden, bewegliche Teile eines flüchtigen Ganzen. Die Stadt, die Bell vom Eingang des Gerichtsgebäudes aus betrachtete, wurde von der Sonne beschienen und von Schatten durchzogen, wie eine hohle Hand, in der eine unbekannte Menge von zukünftigen Schwierigkeiten verborgen lag, aber in diesem Moment sah sie ruhig, verschlafen und freundlich aus. Die Hitze staute sich schon zwischen den verlassenen Wohnblocks.

Nein, nicht völlig verlassen: Bells Blick fiel auf einen kleinen schwarzen Hund unbestimmter Rasse, der auf der anderen Straßenseite dahintrottete. Er hatte eine angegraute Schnauze, und in seinen Augen lag jener weise, nachdenkliche Ausdruck von unendlicher Toleranz und Geduld, der für alte Hunde typisch ist. Als Bell den feuchten Glanz an der mageren Flanke des Tieres sah, wurde ihr noch heißer.

Ihr ging vieles durch den Kopf, aber der Mord an Freddie Arnett beschäftigte sie am meisten. Dieses Verbrechen, begangen mitten im Sommer, wirkte unpassend. Der Winter schien als Jahreszeit für das Böse viel geeigneter zu sein. Der Winter mit seiner früh einsetzenden Dunkelheit, seinem kalten Würgegriff, seiner eisigen Bosheit. Der Sommer war zu hell, zu freundlich, zu unbekümmert, als dass hier irgendetwas Verlogenes die Herrschaft übernehmen könnte. Hier, unter freiem Himmel, war alles in Ordnung, einfach und arglos.

Aber das stimmte nicht. Da war nichts Unschuldiges am Sommer. Nichts Weiches oder Einfaches. Die Vorstellung von einem Sommer, der keine Gefahren barg, hatte sich vorletzte Nacht als grausame und gefährliche Illusion erwiesen.

Plötzlich änderte Bell ihre Meinung. Sie würde nicht jetzt gleich nach Hause zu Shirley gehen. Zuvor musste sie noch woanders vorbeischauen.

7

In dem kleinen Wohnzimmer herrschte eine Atmosphäre von Verschlossenheit, Nüchternheit und Enge. Die Vorhänge, fein und durchscheinend wie rosa Seidenpapier und zart bedruckt mit Rosenmustern, waren zugezogen, konnten aber das Sonnenlicht und die Hitze kaum abhalten. Das gleichmäßige Ticken der Uhr auf dem abgewetzten weißen Kaminsims hörte sich weniger an wie Zeit, die verging, sondern eher wie eine kleine Spitzhacke, die sich durch eine unglaublich dicke, harte Platte arbeitet; es lag Endlosigkeit in dem Rhythmus, und Hoffnungslosigkeit.

Die alte Frau saß in einem Holzstuhl mit gerader Rückenlehne. Sie trug ein graues Leinenkleid, das ihr einst gepasst haben mochte, ihr aber nun viel zu groß war. Ihre ausdruckslosen Augen hatten einen sehr hellen Blauton, die Wangen waren hohl, das ganze Gesicht wirkte eingefallen. Ihr langes weißes Haar war in der Mitte gescheitelt und fiel ihr über die knochigen Schultern.

»Ja?«, sagte sie mit zittriger Stimme. Sie wirkte eher verwirrt als verstört. Nachdem sie gesprochen hatte, kehrte ihr Blick zu seiner alten Position auf dem zerfaserten braunen Teppich zurück. An mehreren Stellen war der Bodenbelag bereits bis auf die darunterliegenden Holzbohlen abgewetzt.

Bell stellte sich zum zweiten Mal vor. Sie saß auf der blau karierten Couch gegenüber von Annie Arnett, ein Notizbuch auf den Knien. Obwohl es noch früh am Morgen war, konnte Bell den Schweiß spüren, der sich bereits in ihren

Armbeugen und Kniekehlen sammelte. Nur wenige der älteren Häuser in Acker's Gap verfügten über eine Klimaanlage. Sie waren auf Fliegengittertüren, geöffnete Fenster und die gelegentliche Wohltat einer frischen Brise angewiesen.

»Ich verstehe.« Annie Arnett nickte. Sie faltete die Hände, öffnete sie und faltete sie wieder. Die dicken blauen Adern auf ihren Handrücken sahen aus wie Tausendfüßler, die unter der Haut saßen. »Nun ja.«

Bell fragte sich, ob die alte Frau die Frage vergessen hatte, die sie ihr gestellt hatte, gleich nachdem Annie ihr die Haustür geöffnet und sie ihren Namen genannt hatte: »Wie viel Bargeld bewahren Sie und Ihr Mann gewöhnlich im Haus auf?« Wenn sie eine Summe nannte, die über zehn Dollar lag, würde Bells nächste Frage lauten: Und wie viele Leute wussten davon?

Aber Annie hatte den Faden verloren und blickte zu Bell. »Wer sind Sie noch mal, Schätzchen?«

Es musste irgendwas mit Geld zu tun haben. Bei den meisten Verbrechen lief es letztendlich darauf hinaus. Ansonsten ging es um Sex oder Eifersucht, was im Fall von Freddie und Annie Arnett unwahrscheinlich schien, da sie beide die achtzig schon vor einiger Zeit überschritten hatten. Und in Acker's Gap musste Geld nicht gleich Millionen bedeuten. Noch nicht einmal mehrere Hundert Dollar. Für die verzweifelten Menschen hier in dieser Gegend waren zwanzig Dollar Anreiz genug für einen Mord.

Ihre Theorie bereitete Bell Kopfzerbrechen. Zum einen war Rhonda Lovejoy bereits hier gewesen und hatte der alten Frau dieselbe Frage gestellt. Außerdem hatte der Täter weder Freddie Arnetts Geldbörse genommen noch versucht, nach der Tat ins Haus einzudringen, also war Raub als Motiv unplausibel. Und doch hatte Bell den unwiderstehlichen

Impuls verspürt, der dieselbe starke Anziehungskraft ausübte wie vermutlich bei einem Drogensüchtigen die Aussicht auf ein paar Dollars, Annie Arnett noch einmal aufzusuchen. Sie wollte sichergehen, dass sie nichts übersahen.

»Ihr Enkel«, sagte Bell. »Der, für den Freddie das Auto repariert hat. Vielleicht haben Sie ihm erzählt, dass Sie Geld im Haus hatten? Vielleicht haben Sie es nur ein paarmal beiläufig erwähnt? Oder vielleicht nur ein einziges Mal? Und vielleicht hat er es einem Freund gesagt.«

Annie blinzelte. »Nein, das glaube ich nicht, Schätzchen«, sagte sie. »Wir reden nicht mehr viel mit Tommy. Nicht seit sie alle die Stadt verlassen haben. Wir wollen ihm nicht zur Last fallen. Und wir wissen, dass er zu viel zu tun hat, um uns anzurufen.«

Bell erinnerte sich an Rhondas Notizen. Der Rest der Familie – Annies und Freddies Sohn Luke und Lukes Söhne Tommy und Mike – waren weggezogen. Bessere Jobs, größere Städte. Luftveränderung. Nur Annie und Freddie waren noch in Acker's Gap geblieben.

Jetzt nur noch Annie.

»Bleibt Ihr Sohn jetzt bei Ihnen?«, fragte Bell. »Luke heißt er, richtig?«

Bestimmt gab es jemanden, der Annie half, das alles durchzustehen. Die alte Frau sollte nicht allein sein. Ihr Mann war erst vor wenigen Tagen brutal ermordet worden, und überall waren Erinnerungen an seinen grässlichen Tod. Die Kriminaltechniker aus Charleston hatten ihre Arbeit beendet, aber die Auffahrt war immer noch mit gelbem Plastikband abgesperrt. Ein dunkler Fleck war auf den Betonplatten zurückgeblieben, von unerbittlichem Sonnenlicht in den grauen Stein eingebrannt. Freddie Arnett hatte spät am Abend noch an seinem Thunderbird herumgewerkelt;

tagsüber war es zu heiß. Das Chrom an einem Wagen konnte Blasen werfen, wenn man es zur falschen Zeit berührte.

»Oh, Luke war am Freitag hier«, sagte Annie. »Den ganzen Tag, oder fast. Aber er musste zurück nach Louisville. Konnte sich nicht noch mehr Zeit von der Arbeit freinehmen. Er kommt nächste Woche wieder, sagt er. Um das Auto für Tommy abzuholen.«

Bell sah sich um. »Aber irgendjemand ist bei Ihnen, oder?«

»Du meine Güte, ja.« Bevor Bell nachfragen konnte, fügte Annie hinzu: »Rhonda Lovejoy. Ich kenne ihre Familie schon eine Ewigkeit. Sie ist über Nacht hiergeblieben. Ist das nicht lieb? Sie kam neulich hier vorbei, um mir Fragen zu stellen, genau wie Sie jetzt, und als ich ihr erzählte, wie sehr ich mich nachts fürchte, jetzt ohne Freddie, sagte sie, sie würde sich freuen, mir Gesellschaft zu leisten. Ich bin so froh, dass ich sie habe. Bis Freddie zurückkommt.«

Bell dachte an ihre Assistentin, die in Raythune County tief verwurzelt war und für die Menschen hier unendliches Mitgefühl hegte. Als Angestellte konnte Rhonda einen mit ihrer Schusseligkeit auf die Palme bringen, und ihre auffällige Kleidung erinnerte nicht wenig an die einer Prostituierten, mit all den Rüschen und Volants, aber Bell brachte Rhonda inzwischen große Wertschätzung entgegen, Pailletten hin oder her.

Sie würde Rhonda nicht sagen, dass sie es wusste. Das war hier nicht üblich. Eine freundliche Geste führte man nicht aus, um dafür ein Schulterklopfen zu bekommen. Wohltätigkeit, die einem Lob einbrachte, war keine Wohltätigkeit, sondern Werbung.

Ein Gedanke durchzuckte Bell. »Entschuldigen Sie, Mrs Arnett. Haben Sie eben gesagt ›bis Freddie zurückkommt‹?«

Annie nickte. »Ich weiß nicht, was ihn aufhält. So lange ist er noch nie fortgeblieben.« Sie seufzte, aber aus ihrem Seufzen sprach Zuneigung. »Lässt mich im Ungewissen, mein lieber Mann. Nicht ganz einfach mit ihm. Den werde ich mir vorknöpfen, wenn er hier durch diese Tür kommt, das kann ich Ihnen sagen.«

Bell blieb am Ende der Auffahrt stehen. Ein Plastikband hatte sich von einem grünen Metallpflock gelöst und war auf den Boden gefallen. Da lag es nun, so nutzlos und traurig wie der Schwanz eines abgestürzten Papierdrachens. Es wehte kein Wind, der es hätte aufheben können. Da war nur die Hitze, jene drückende, schwüle Hitze, die sich schwer auf den ganzen Körper legt.

In der Wohngegend war es still. Ungewöhnlich für einen Sonntag im Sommer, dachte Bell. Wo waren die Kinder, die Hunde, Fahrräder, warum erklang kein Rufen und Getrappel? Vielleicht war es noch zu früh am Tag. Oder vielleicht – und dieser Gedanke tat weh – blieben viele Leute zu Hause, wie festgenagelt vor Schock über das Schicksal ihres Nachbarn. Ihr Blick schweifte unruhig die heruntergekommene Straße hinauf und hinunter, sie sah verschlossene Türen, verlassene Gärten und Fenster mit zugezogenen Vorhängen. Das ist nur vorübergehend, sagte sich Bell. Es konnte nicht anders sein. Die Straße würde wieder zum Leben erwachen.

Sie blickte wieder auf die Auffahrt. Hier war Freddie Arnett gestorben, hier auf dem gepflasterten Streifen vor seinem kleinen braunen Holzhaus. In diesem Haus hatten Freddie und Annie Arnett zweiundsechzig Jahre gelebt. Von hier aus war Freddie jeden Morgen, lange vor Sonnenaufgang, zu seiner Schicht in der Milltown Mine Nr. 12 aufgebrochen. Er kam erst zurück, wenn die Sonne längst untergegangen war. Da er unter Tage arbeitete, hätte es, wenn es nach Freddie gegangen wäre, gar keine Sonne geben müssen. Bis zu seiner Pensionierung war Dunkelheit der einzig maßgebliche Bestandteil seiner Welt gewesen.

Freddies weißer Silverado Pick-up stand noch vor dem Haus. Hier parkte er ihn immer, um die Auffahrt für die liebevolle Bastelei an seinem Thunderbird frei zu halten, den er am oberen Ende des Pflasterstreifens direkt neben dem Haus abstellte. Der Hochglanzlack an den geschwungenen Kotflügeln verlieh dem Wagen das windschnittige Aussehen einer Rakete. Man konnte sehen, wie sehr Freddie Arnett sein Auto geliebt hatte, wie viel Aufwand er damit getrieben, wie er es gehegt und gepflegt hatte; es war uneingeschränkt vergöttert worden. Dasselbe galt für seinen Enkel, vermutete Bell. Sie wusste, wie verlockend es war, einem geliebten Kind alles zu geben, jedes Opfer auf sich zu nehmen. Es war nicht immer richtig, aber man tat es trotzdem. Man konnte nicht anders.

»Okay, alter Mann«, murmelte Bell. Selbst jemand direkt neben ihr hätte ihre Worte nicht verstehen können; ihre Stimme war leise und voll grimmigem Erstaunen. »Was ist hier passiert? Wer zum Teufel hat dir das angetan – und warum?«

Sie brauchte einen Moment, um zu merken, dass sie zu einem Toten sprach. Und dass sie das nicht im Geringsten störte.

8

Shirley kam ins Wohnzimmer geschlurft. Sie setzte sich auf die Couch und streckte ihre Beine aus. Die knochigen Knie zeichneten sich unter der ausgeblichenen Jeans ab. Sie war oben in ihrem Zimmer gewesen, als Bell ihren Namen gerufen hatte. Schnell zündete sie sich eine Zigarette an und zog mehrere Male heftig daran, als befürchtete sie, jemand könnte sie ihr jeden Moment wegnehmen.

»Warst lange weg«, sagte sie.

Bell zuckte mit den Schultern. »Viel Arbeit.« Sie verspürte einen unangenehmen Stich. Ihre Tochter Carla hatte genau das Gleiche zu ihr gesagt, früher als sie noch bei ihr gewohnt hatte. Und nicht nur ein Mal. Hatte damit angedeutet, dass Bells Job an erster Stelle stand, egal, was in ihrer Familie gerade vor sich ging. Und normalerweise stimmte das.

Sie war sich sicher, dass ihre Schwester nicht geschlafen hatte, seit sie sie zu Hause abgesetzt hatte. Shirley trug dieselbe Kleidung wie drei Tage zuvor, als sie das Haus verlassen hatte: dieselbe Jeans, dasselbe Flanellhemd. Sie hatte weder die Vorhänge geöffnet noch die Jalousien hochgezogen. In dem schummrigen Halbdunkel des Raums mit den dunklen Wänden hatten Shirleys Gesicht, Hals und Hände einen gelblich-grauen Farbton. Ihre Haut war rau und an manchen Stellen straff gespannt, an anderen hing sie schlaff herunter.

»Hast du was gegessen?«, fragte Bell. Der Ärger, den sie bei Tommy's verspürt hatte, als sie Shirley in der Menge ausgemacht hatte, vor sechs Stunden – ein Ärger, der sie verzehrte wie Feuer, das über Papier züngelt und es in null Komma nichts zu Asche verwandelt –, war verschwunden. Das passierte wieder und wieder. Im Lauf der Zeit brandete die Wut auf das Verhalten ihrer Schwester immer wieder auf, erreichte ihren Scheitelpunkt und zog sich dann wieder zurück in einen ruhigen See von Traurigkeit. Tausendmal am Tag wurde Bell hin- und hergeworfen zwischen Wut und Vergebung.

Tausendundeinmal.

Sie setzte sich gegenüber von Shirley in ihren abgenutzten Sessel. Er war ihr liebstes Möbelstück; der Trost, den er spendete, war unkompliziert, absolut verlässlich. Sie würde diesen Trost während dieses Gesprächs brauchen. An Shirleys missmutigem Gesicht konnte sie erkennen, dass ihre Schwester immer noch grübelte. Als ob sie irgendein Recht darauf hätte, wütend auf mich zu sein, dachte Bell. Als wäre sie hier die Geschädigte. Kaum zu glauben.

»Ja, hab ich«, sagte Shirley, »danke.«

Sie log, und Bell wusste es. Ihre Schwester aß in letzter Zeit ziemlich wenig. Und wenn sie aß, dann kamen ihre Mahlzeiten gewöhnlich von McDonald's, Pizza Hut oder KFC. Oder sie bestanden aus in Folie verpackten Snacks aus dem Kiosk: Doritos, Minidonuts, kleine Fertigkuchen. Bell kochte nicht gern, aber sie versuchte, Shirley vernünftiges Essen aus dem JP's mitzubringen: Hähnchen, Fisch, grüne Bohnen, gedünsteten Brokkoli. Am nächsten Morgen fand Bell dann die Styroporverpackungen im Mülleimer in der Küche, und ihr Inhalt sah noch genauso aus wie in dem Moment, als Jackie LeFevre, die Besitzerin und Betreiberin des JP's, das Essen mit einem Pfannenheber und zwei Fingern dort hineingepackt hatte. Shirley hatte die

Mahlzeit weggeworfen, ohne sie zu probieren. Zum Teufel, wahrscheinlich hatte sie nicht einmal die Verpackung aufgemacht.

»Wie fühlst du dich?«, fragte Bell. Sie musste versuchen, mit ihr klarzukommen. Einen herzlichen Ton anschlagen, damit sie eine vernünftige Unterhaltung führen konnten. Ausnahmsweise einmal. »Wenn du dich erst ein wenig ausruhen willst, können wir später reden.«

»Ist egal.«

Bell wartete, und Schweigen breitete sich aus. Sie hoffte, ihre Schwester würde etwas sagen, das Bell einen Hinweis darauf geben könnte, was sie in letzter Zeit empfand. Und warum sie entschlossen zu sein schien, jeden von Bells Versuchen, ihr den Übergang in das Leben außerhalb des Gefängnisses zu erleichtern, zu sabotieren.

»Er hat gestanden«, sagte Bell schließlich. »Der Typ von letzter Nacht. Er ist im Gefängnis. Es war ein Streit um eine Frau. Wie du gesagt hast.«

»Passt ja.« Shirleys Hand zuckte. Sie sah sich argwöhnisch um, hatte bemerkt, dass die Gegenstände auf dem Couchtisch neu angeordnet waren. »Wo ist der Aschenbecher? Vergiss es, ich geh einfach raus.«

»Nein, warte.« Bell wollte nicht, dass ihre Schwester aufstand und aufgrund einer dämlichen Ausrede schon wieder das Gespräch zwischen ihnen vorzeitig endete. Also stand sie auf und holte den Aschenbecher aus der Küche. »Habe ihn gestern nur in die Spülmaschine getan.« Sie stellte den quadratischen Aschenbecher aus Glas neben ein Päckchen Pall Mall und ein grünes Plastikfeuerzeug, Dinge, die hier ihren festen Platz gefunden zu haben schienen, wenn sie nicht gerade in der Brusttasche von Shirleys Flanellhemd steckten.

»Also«, sagte Bell. »Wir müssen ein paar Dinge klären.

Okay? Ich meine, ich habe versucht, geduldig zu sein. Ich habe versucht, dir deinen Freiraum zu geben. Aber nach letzter Nacht ... Nun, ein paar Dinge müssen sich ändern. Es ist eine Sache von Geben und Nehmen.«

Keine Antwort, also sprach Bell weiter. »Ich verlange nicht viel, Shirley. Nur ein bisschen Regelmäßigkeit. Und dass du dich besser benimmst. Carla kommt, okay? Und ob es dir gefällt oder nicht, du musst ein gutes Beispiel geben. Ich muss wissen, wo du letzte Nacht warst. Und die Jobsuche – wie läuft sie?«

Shirley blickte finster drein. »Wie soll sie schon laufen? Die ganze Welt reißt sich darum, jemanden einzustellen, der vorbestraft ist.«

»Du bekommst aber Unterstützung, oder? Von deinem Bewährungshelfer? Beim Bewerbungenschreiben, bei der Jobsuche, solchen Dingen?«

»Ja, solchen Dingen.« Shirley, ruhelos, sprang auf. »Weißt du was, Belfa? Nachdem sie diesen alten Knacker auf seiner Auffahrt gefunden hatten, bekam ich einen Anruf von meinem Bewährungshelfer. Fragte, wo ich war. Ob ich meinen Aufenthaltsort in dieser Nacht nachweisen kann. Wollte wissen, ob ich Zeugen hätte. Zum Glück hatte ich welche.«

»Das war nicht persönlich gemeint.« Bell hatte gewusst, dass dieser Anruf kommen würde. Sie hatte nicht eingegriffen, denn es war langfristig für Shirley besser, wenn sie das nicht tat. »Standardprozedur. Durch deine Verurteilung wegen Gewaltverbrechens wird von ihm verlangt ...«

»Ja. Standardprozedur, damit ich mich fühle wie eine verdammte Kriminelle.«

»Ich weiß, dass es schwer ist.«

Shirleys Blick wurde noch finsterer. Sie streifte die Asche

ihrer Zigarette dreimal neben dem Aschenbecher ab. »Jedenfalls«, sagte sie, »ich habe einen Job.«

»Du hast was?«

»Ja. Überrascht, was? Nett, wirklich nett. Weiß es zu schätzen.«

Bell ignorierte ihren Sarkasmus und sprach weiter. »Wann fängst du an?«

»Hab schon angefangen.«

»Aber wo ...?«

»Nicht so was Arschlangweiliges in irgendeinem Fast-Food-Restaurant, okay? Keine verfluchten Burger.« Ein kalter, wissender Blick. »Was du dir vorgestellt hast, stimmt's? Weil du mehr nicht von mir erwartest. Das ist ungefähr die Obergrenze meiner Fähigkeiten, was?«

»Ich freue mich für dich, Shirley. Ich will nur ...«

»Es ist kein normaler Job. Es ist was Besonderes.« Shirley fuhr über den ausgeblichenen Jeansstoff und kratzte sich über dem Knie, zupfte daran, als wäre es Schorf. Sie sah Bell nicht an, während sie sprach. »Ich manage eine Band, okay? Ein paar Gigs organisieren. Ein YouTube-Video. Du hast sie gestern Nacht gehört. Bobo Bolland. Es gibt sie schon eine Weile, aber das ist jetzt ein Neustart. Er schreibt diese tollen Songs. Songs, an die man sich erinnert, die einem unter die Haut gehen, weißt du? Ich glaube, er hat eine Chance. Das kann was Großes werden. Wirklich, wirklich groß.«

Bell bemühte sich, nicht enttäuscht zu klingen. »Du weißt nichts darüber, wie man eine Band managt«, sagte sie ruhig. »Oder?«

Shirley rutschte so abrupt nach vorne, als wären ein paar Tausend Volt plötzlich in ihre Glieder gefahren. Sie schüttelte heftig den Kopf. »Siehst du? Ich wusste es«, murmelte sie, während sie sich im Raum umsah, als würde sie ihre Wut vor unsichtbaren Zuschauern zum Ausdruck bringen. »Ich wusste, dass du alles nur schlechtmachen würdest. Deshalb habe ich es dir nicht erzählt.«

»Ich frage nur …«

»Du versuchst, dich um mich zu kümmern. Als wäre ich ein Baby oder so. Und weißt du was, Belfa? Ich will deine verdammte Hilfe nicht mehr. Okay? Kapiert? Verstanden? Ich muss jetzt hier in diesem Haus wohnen – mein Bewährungshelfer sagt das –, aber sobald ich das nicht mehr muss, sobald ich wieder auf eigenen Füßen stehe, bin ich hier weg. Kapiert?«

Shirley zündete sich noch eine Zigarette an und sank gegen das Sofakissen. Sie hatte Schwierigkeiten, das Feuerzeug ruhig zu halten.

Bell wartete. Was auch immer sie jetzt sagte, es würde missverstanden werden. Was immer sie tat, würde falsch sein.

Ihre Schwester war es, die die schneidende Stille durchbrach.

»Weißt du was?«, fragte Shirley.

»Was?«, erwiderte Bell. Sie sagte es vorsichtig, misstrauisch, erwartete, erneut angegriffen zu werden.

Aber jetzt lächelte Shirley. Ein echtes Lächeln, kein bitteres, ironisches. Ihre Stimmung hellte sich plötzlich auf, ihre Stimme war wieder normal. Es war, als hätte es die letzten Minuten nicht gegeben. Mit einem Schlag war Shirley eine andere Person. Seit sie wieder in Bells Leben getreten war, machte sie diese Kehrtwendungen aus heiterem Himmel. Bell fand sie ein wenig nervtötend – sie ähnelten zu sehr ihren eigenen blitzartigen Umschwüngen von Wut zu Mitleid –, aber sie hatte gelernt, ihre Überraschung zu überspielen. Zur Hölle, vielleicht lag das in den Genen.

»Als du ein kleines Kind warst«, sagte Shirley, und ihre Stimme wurde wärmer, »hast du dir manchmal die Seele aus dem Leib gebrüllt. Aus keinem bestimmten Grund. Du weintest nur, um zu weinen, schätze ich. Daddy machte das verrückt. Sagte mir, ich solle dich irgendwie zum Schweigen bringen. Also bin ich mit dir nach draußen gegangen, ob bei Tag oder bei Nacht, und versuchte, dich abzulenken. Tagsüber funktionierte das ganz gut – wenn du einen Vogel gesehen hast oder eine Blume, irgend so einen Scheiß, dann hast du ganz aufgeregt darauf gezeigt und aufgehört mit dem Geflenne. Aber nachts war es schwerer. Dann konnte man nichts sehen. Und du hast geschrien und dich auf den Boden geworfen. Daddy sagte, wenn du nicht verdammt schnell deinen Mund hältst, dann zeigt er es dir.« Shirley zuckte zusammen. »Und das hätte er auch getan. Darauf kannst du deinen Arsch verwetten.«

»Ich erinnere mich nicht daran.«

»Natürlich nicht. Du warst zwei, drei Jahre alt. Noch ein Baby.«

»Was hast du getan?«

Shirley brauchte einen Moment, um die Zigarette aus dem Mund zu nehmen. Ihre Hand zitterte. Sie stieß den Rauch in Richtung Zimmerdecke. Selbst als der Rauch sich längst aufgelöst hatte, reckte sie noch das Kinn in die Höhe und blickte hinauf, als hätten sich die wesentlichen Teile ihrer Geschichte vor langer Zeit dort in Sicherheit gebracht und als könnte sie aus den gleichmäßigen weißen Schwaden Sätze ablesen – Buchstaben in einer eigenen Sprache, die nur sie verstand.

Sie senkte den Kopf und sah Bell immer noch lächelnd an. »Einmal, im Sommer, habe ich dich mit hinunter zum Fluss genommen«, erzählte sie. »Weil es Sommer war und so, war es nachts richtig warm, so wie jetzt. Ich dachte, es würde dich beruhigen. Oh, du warst wirklich aufgebracht in dieser Nacht – hast geschrien und geweint. Mann, du warst vielleicht drauf – schlimmer als eine Sirene. Daddy war so sauer wie noch nie. Stinksauer. Er war drinnen im Wohnwagen, aber er konnte dich immer noch hören – zum Teufel, ja, er konnte dich noch hören –, deshalb kam er herausgestürzt, rannte hinter uns her zum Fluss und brüllte: ›Ich hab dir gesagt, du sollst ihr das Maul stopfen! Gib ihr, was sie haben will! Bring sie irgendwie dazu, dass sie ihren verdammten Mund hält!‹ Ich sagte: ›Das kann ich nicht‹, und er: ›Was zum Teufel soll das heißen? Ich hab dir gesagt, du sollst ihr geben, was sie verdammt noch mal will!‹ Und ich wiederholte: ›Ich kann nicht.‹ In diesem Moment war er drauf und dran, mich zu schlagen. Also erklärte ich es ihm.«

»Was?«

Shirley ließ sich Zeit, bevor sie weitersprach, genoss die Erinnerung, bevor sie sie jemandem erzählte, ließ sie über sich hinwegstreichen wie die Zunge einer Katze, rau und geschmeidig zugleich.

»Ich habe ihm erzählt«, fuhr Shirley fort, »dass du den Mond im Fluss gesehen hast – das Spiegelbild des Mondes an der Wasseroberfläche – und dass du ihn haben wolltest, den Mond. Du hast versucht, ihn zu erreichen, hast dich nach ihm gestreckt und wolltest ihn berühren, und als es dir nicht gelang, machte dich das so verrückt, dass du nicht anders konntest als schreien.«

»Der Mond.«

»Ja.«

»Ich vermute, ich war eine ziemliche Idiotin?«, sagte Bell mit einem reuevollen Schulterzucken. »Sogar mit drei schon.«

»Du wusstest, was du wolltest. Und auch wenn du es nicht haben konntest, nun, das bedeutete ja nicht, dass du es dir nicht von ganzem Herzen gewünscht hast, weißt du? Ich habe dich zurück nach drinnen getragen, aber wenn ich das nicht getan hätte, ich schwöre, dann wärst du heute noch da unten und würdest versuchen, den verdammten Mond zu berühren.« Sie lächelte gedankenverloren. »Mein Gott, warst du dickköpfig.«

Eine Weile sprach keine von beiden. Es gab so viel, was Bell ihrer Schwester erklären, und so viele wichtige Dinge, die sie ihr sagen wollte, so viele Fragen, die sie noch stellen musste. Einiges sollte sich in diesem Haus noch ändern, und zwar schnell, weil Carla bald kam, und Bell konnte Shirley nicht erlauben, so weiterzumachen: Sie war zu unkontrolliert, unbesonnen, unzuverlässig. Das musste sie ihr klarmachen. Es gab einen gewalttätigen Kriminellen in der Gegend, jemand, der nicht gezögert hatte, einem alten Mann einen Vorschlaghammer über den Kopf zu ziehen, und sie wusste, dass sich ihre Schwester und ihre Tochter in Gefahr befanden, so wie jeder hier, fortwährend.

Bell musste Shirley so vieles sagen, und zwar dringend. *Sei wachsam. Bleib auf den Hauptverkehrsstraßen. Geh kein Risiko ein.* Und mehr. Es gab immer noch mehr zu sagen.

Aber gerade jetzt, hier in diesem düsteren Zimmer früh an einem Sommermorgen, blieb Bell noch eine Weile stumm, denn sie spürte die schwere, aber irgendwie nicht belastende Anwesenheit der Vergangenheit, die ihre Gedanken niederdrückte und alles blockierte, was hinein- oder hinauswollte, wie der Korken in einer Flasche, ein Felsen vor einem Höhleneingang.

9

Als ihre Schicht um sieben Uhr morgens zu Ende war, hatte Lindy wenig Lust, nach Hause zu fahren. Natürlich war sie froh, dass sie mit der Arbeit fertig war. Aber wie jeden Morgen fürchtete sie den Moment, wenn sie den Highway verlassen und über die County Road holpern musste bis zu der Rechtskurve bei dem abgenutzten roten Briefkasten mit dem Namen CRABTREE, wenn sie wieder einmal das hässliche Haus erblickte, das zwischen ein paar alten Bäumen abseits der Straße stand, erreichbar nur über diesen unbefestigten Weg, der Besucher zuverlässiger fernhielt als ein BETRETEN-VERBOTEN-Schild. Perry Crum bedrängte sie oft wegen dieses heruntergekommenen Weges und sagte, sie habe Besseres verdient. »Eines Tages«, pflegte er hinzuzufügen, »wird dieses Postauto hier einfach in einer der riesigen Spurrillen verschwinden und ein paar von deinen großen Kartons mit Büchern mit sich nehmen.« Sie wusste, dass er es nicht ernst meinte, deshalb lächelte sie nur und zuckte mit ihren schmalen Schultern. Ohnehin gab es nicht viel, das sie hätte ändern können. Nicht an dem Weg und auch nicht am Haus.

An den hölzernen Seitenwänden blätterte die graue Farbe so stark ab, dass man an eine Hautkrankheit denken musste. Das Dach war undicht, und man sah auf den ersten Blick, warum: Die Dachschindeln waren zu mindestens einem Drittel zerbrochen oder verrottet und mussten ausgetauscht werden. Immer wieder, in regelmäßigen Abständen, lockerten sich einige und legten wellige Schneisen verzogener Dachpappe frei. Lindy wusste, dass sie irgendwann jemanden anheuern musste, der das Dach neu deckte, aber sie schob es aus zwei Gründen hinaus: Geld und Gesellschaft. Ersteres hatte sie nicht, und Letzteres wollte sie nicht.

Sie parkte auf der linken Seite des Hauses, auf einem Betonstreifen, den sie im letzten Sommer selbst angelegt hatte. Zuerst hatte sie ein Rechteck ausgehoben, ungefähr von der Größe ihres Autos und etwa fünf Zentimeter tief, dann hatte sie die Erde glattgestrichen. Siebenunddreißig Säcke Zement hatte sie gekauft. Sie fand die alte rote Schubkarre ihres Vaters, die an manchen Stellen so verrostet war, dass man seine Finger durch die Löcher stecken konnte. Sie mischte und mischte, rührte das dicke, graue, klumpige Zeug an und nahm dazu die Schaufel mit dem Holzgriff, die ihr Vater so oft bei Arbeiten in und am Haus benutzt hatte – vor langer Zeit, bevor alles anders geworden war. Die Schubkarre hielt gerade lange genug, um die Aufgabe zu Ende zu bringen. Denn als sie die Schubkarre nach vorne kippte und mit der Schaufelspitze die letzten klebrigen Reste des angerührten Zements herauskratzte, brach das Ding auseinander. Es war fast, als hätte die Schubkarre gewusst, wann es Zeit war zu gehen, wie ein altes, krankes Tier, das sich in den Wald zurückzieht, um zu sterben.

Der Betonstreifen war nicht perfekt, weil er nicht ganz eben geraten war und sich zur Hausseite absenkte. Ganz zu schweigen von den Rissen, die aussahen wie Nervenzellen und sich jedes Mal, wenn sie nachsah, weiter ausgebreitet hatten. Aber er erfüllte seinen Zweck. Im Winter war es nun leichter, mit dem Wagen loszukommen, wenn sich Schnee aufhäufte und zu festen, hüfthohen Mauern gefror, über die man nicht hinwegfahren konnte und die unmöglich zu durchbrechen waren. Mit dem Betonstreifen hatte sie eine faire Chance; sie konnte den Schnee wegräumen, sobald er gefallen war, und hatte eine gute Ausgangsposition, wenn sie den Pfad in Angriff nahm, der auf die County Road führte. Im vorletzten Winter hatte sie drei Tage zu Hause festgesessen, bevor die große Schneeschmelze kam. Sie hatte die Stille gemocht. Keine Autos kamen vorbei, solange das County die Straßen nicht räumen ließ, und Lindy hatte jede Menge zu lesen. Der für die Lester-Tankstelle zuständige Bezirksmanager rief an und sagte ihr, sie solle sich keine Gedanken machen und erst wieder zur Arbeit kommen, wenn der Weg sicher sei. Dennoch hatte sie in diesem Moment entschieden, einen Betonstreifen anzulegen, sobald wärmere Temperaturen es zuließen. Nicht mehr für diesen Winter, aber für den nächsten. *Man muss vorausdenken.* Das war das Motto ihres Vaters. Oder war es einmal gewesen. Als Perry Crum den Betonstreifen zum ersten Mal sah, verbeugte er sich und sagte: »Im Namen meines Lieferwagens und seiner Radachsen, sei feierlich gegrüßt.« Sie hatten beide gelacht.

Zwei Tage nachdem der Betonstreifen fertiggestellt war, hatte ihr Vater einen seiner guten Tage gehabt. Zum Teil wenigstens. Die Wolken verschwanden aus seinem Gehirn. Er stand auf der Eingangsveranda und nickte. »Gute Arbeit, mein Mädchen«, sagte er. »Du bist handwerklich begabt, und das wird dir noch zugutekommen. Solange du geschickte Hände hast, wirst du immer eine Arbeit finden und immer einen Platz zum Leben haben.« Nur ein paar Stunden später kamen die Wolken zurück, und als Lindy versuchte, mit ihm über ein anderes Projekt zu sprechen, das mit dem Haus zu tun hatte, brüllte er sie an, fuchtelte mit den Armen und sagte ihr, sie solle sich zum Teufel scheren. Sein Blick war stumpf, er erkannte sie nicht wieder.

Es war ein hässliches Haus, aber wenn sie erst einmal hineingegangen war, merkte Lindy das nicht mehr. Sie schloss die Eingangstür hinter sich und spürte sofort eine schlichte, vertraute Welle der Erleichterung. Oder Befriedigung. Und, auf einer noch fundamentaleren Ebene, Frieden. Dies war ihr Raum, angefüllt mit ihren Büchern. Sie kannte jeden Winkel. Es gab ein karges Wohnzimmer, eine dürftige Küche, ein schäbiges Bad, dominiert von einer Badewanne aus Gusseisen mit Rostflecken, die sich um den Abfluss herum dramatisch ausbreiteten, und zwei winzige Schlafzimmer, die Lindy zu einem verbunden hatte. Ihr Vater brauchte im ersten Stock kein Schlafzimmer mehr. Außerdem waren die beiden Räume ohnehin ursprünglich einer gewesen.

Ihr Vater hatte die Wand eingezogen, als Lindy acht Jahre alt war. Sie erinnerte sich, wie er die Träger aufgestellt, die Rigipsplatten angeschraubt und die Trockenbautapete angeklebt hatte. Und wie er dabei die ganze Zeit mit ihr gesprochen hatte. Er erklärte ihr, was er tat, und obwohl sie nicht viel davon verstand, liebte sie es, ihm zuzuhören. Wissen aufzunehmen, das noch nicht ihrem Alter entsprach, denn Wissen war Wissen, ob man es verstand oder nicht. Es drang in die Knochen, wie auch immer man sich das vorzustellen hatte. Fand seinen Weg ins Innere, wie ihr Vater es gerne ausdrückte. Und eines Tages, wenn man alt genug war, das Wissen anzuwenden, merkte man, dass all die Kenntnisse bereits im Inneren existierten.

Ihr Vater war ein guter Lehrer, außer wenn er die Beherrschung verlor, was an einem Nachmittag passierte, als sie mit der Wand fast fertig waren. Sie sah ihm zu, wie er einen Nagel einschlug. »Wie kommt es«, fragte sie, »dass ihr nicht noch mehr Kinder habt? Warum habt ihr nur mich bekommen?« Er stand mit dem Gesicht zur Wand und hielt bei seiner Arbeit inne, drehte sich aber nicht um. »Mach dir darüber keine Gedanken«, sagte er, und seine Stimme klang hart, als er knurrend hinzufügte: »Kümmere dich um deine eigenen verdammten Angelegenheiten, Mädchen.« Ein paar Minuten später drehte er sich herum und strich ihr über den Kopf. Das war seine Art, sich zu entschuldigen. Worte waren schon immer schwierig für ihn gewesen.

Lindy kickte ihre Schuhe weg und ließ sich auf die Couch fallen. Sie hatte zwei Tage frei, und sie wusste genau, wie sie die Zeit verbringen würde: mit Lesen. Sie war nicht müde, auch wenn sie die ganze Nacht aufgeblieben war.

Kurz bevor sie sich an diesem Morgen an der Tankstelle auf den Heimweg gemacht hatte, war Jason Brinkerman zu ihrem Wagen gekommen. Sie hatte das Fenster auf der Fahrerseite heruntergelassen, damit die heiße Luft, die sich drinnen angestaut hatte, entweichen konnte. Jason besaß kein Auto. Normalerweise holte ihn sein Bruder Eddie nach der Schicht ab.

»Willst du vielleicht frühstücken gehen, oder so?«, sagte Jason. Er gab sich locker, aber Lindy wusste es besser. »Eddie kann mich absetzen«, fuhr Jason fort. »Ich meine, er muss nicht mitkommen.« Er benutzte einen Zipfel seines Flanellhemds, um einen Fleck an der Autotür abzureiben. Um Zeit zu gewinnen. Cool zu wirken. Als wäre es ihm egal, ob sie Ja sagte oder nicht.

»Nein. Ich hab zu tun.« Auch Lindy gab ihrer Stimme einen beiläufigen Ton, damit sie nicht verriet, was sie wirklich empfand: *Auf gar keinen Fall.* Es war nicht so, dass sie Jason nicht mochte. Sie hatte gar keine Meinung von ihm, weder positiv noch negativ. Er war ein Arbeitskollege. Das war alles. Auf der Highschool von Acker's Gap hatte sie kaum je mit ihm gesprochen.

Zum Teufel. Sie hatte dort überhaupt mit kaum jemandem gesprochen.

»Okay«, sagte er. »Ein andermal.«

»Ja, ein andermal.«

Und dann hatte sie zurückgesetzt und war losgefahren, hatte nur einmal in den Rückspiegel geschaut, und das nur für einen kurzen Moment, weil sie wusste, dass er ihr prüfend hinterherblickte. Sie wollte ihm keine Hoffnung machen. Sie hatte seinen Bruder kennen gelernt, wusste ein paar Sachen über seine Familie. Man konnte nicht sein ganzes verflixtes Leben in dieser Gegend verbringen und die Familie von irgendjemandem nicht kennen. Und daher wusste sie, dass Jasons Familie hartgesottene Leute waren. Was Gefühle anging, wurde er mit Abfällen abgespeist, und dann sagte man ihm, er müsse satt sein.

Vor der wahnsinnigen Aktion, die er letzten Herbst gebracht hatte, war es zwischen ihr und Jason einfacher gewesen, entspannter. Aus heiterem Himmel war er eines Nachmittags vor ihrem Haus aufgetaucht. Keine Mitteilung. Keine Vorwarnung. Sie war gerade in der Küche, hatte einen Topf auf die einzige Gasflamme gestellt, die bei dem Herd noch funktionierte, rührte eine Tasse Wasser in eine Dose Campbell's Tomatensuppe und hörte es klopfen.

»Hey«, sagte er.

Er stand auf der Holzveranda und grinste nervös. Hielt seine Yankees-Baseballkappe in der Hand. Die Daumen am Mützenschirm, ließ er sie hoch und runter flappen, als wollte er seinen Knien Luft zufächeln.

Lindy starrte ihn an. Ihre Hand umklammerte den Türknauf so fest, dass es schmerzte.

»Was ist?«, sagte sie, dachte, dass vielleicht an der Tankstelle etwas schiefgelaufen war, und fragte sich gleichzeitig, warum zum Teufel er sie dann nicht einfach angerufen oder ihr eine SMS geschickt hatte. *Oh Gott.* Sie war wirklich sauer, aber sie wollte nicht zu viel von ihren Gefühlen offenbaren. Das hätte zu erkennen gegeben, dass er ihr etwas bedeutete.

»Hab heute das Auto von meinem Bruder«, sagte Jason. »Dachte, du willst vielleicht einen Ausflug machen.«

Ärger stieg in ihr auf und ließ sie erschaudern, so stark, dass sie fürchtete, man würde es ihr anmerken.

»Nein«, sagte sie. »Will ich nicht.« Sie lockerte den Griff um den Türknauf. »Hab jetzt sozusagen zu tun, okay?«

Was sie sagen wollte, war: *Tu das nie, nie wieder. Komm niemals wieder einfach so vorbei.* Aber sie sagte es nicht. Alles andere, als ihm eine Absage zu erteilen mit der Begründung, sie sei beschäftigt, wäre eine schlechte Idee, weil eine leidenschaftliche Reaktion genau das war, was er sich wünschte.

»Okay«, sagte er. Den Mützenschirm immer noch zwischen den Fingern, ließ er die Kappe noch ein paarmal auf und ab flappen. Er hatte immer noch dieses dämliche Grinsen im Gesicht. Dann verschwand es, als wäre es ihm plötzlich bewusst geworden. Er hatte noch etwas zu sagen: »Hör mal. Ich hab eine Frage.«

Er zögerte. Wollte Zeit gewinnen, damit sie nicht gleich die Tür zuschlug. Er überlegte, was er sie fragen konnte, um den Moment hinauszuzögern.

»Mach schon, Jason«, sagte sie. »Ich muss los.«

Er nickte. Bewegte ein paarmal seinen Kiefer. Er hatte einen Kaugummi im Mund, oder vielleicht war es auch Kautabak. Fast jeder Typ in ihrer Abschlussklasse hatte den verräterischen kreisförmigen Abdruck an der Gesäßtasche seiner Jeans gehabt. Die Umrisse der Skoal-Kautabakdose.

»Okay«, sagte Jason. »Es ist wegen deinem Namen. Da wollte ich dich mal fragen. Es ist eine Kurzform von Linda, oder? Oder Lindsay? Irgend so was.«

»Nein. Es ist eine Kurzform von Lindbergh.«

»Wie Charles Lindbergh? Der Pilot?«

»Wie Anne Morrow Lindbergh. Die Schriftstellerin.

Jason zuckte mit den Schultern. »Nie gehört.«

»Wen wundert's.« Das war gemein, und Lindy wollte das eigentlich nicht. »Aber du warst nah dran«, sagte sie in milderem Ton. »Sie war seine Frau. Die Lieblingsschriftstellerin meiner Mutter.« Lindy ruckelte am Türknauf. »Wir sehen uns bei der Arbeit, okay?«

Sie konnte sich noch daran erinnern, wie er zurück zum Auto seines Bruders getrottet war. Sein Hemd hing ihm weit über den Hintern. Er schlug seine Kappe im Rhythmus seiner Schritte gegen seinen Oberschenkel. Wahrscheinlich musste er seinen Bruder dafür bezahlen, dass er ihm das Auto lieh. Wahrscheinlich kostete ihn das mindestens einen Wochenlohn. Eddie Brinkerman war ein Vollidiot. Jeder wusste das.

Nun saß Lindy auf der Couch und dachte an Jasons Gesicht, als er an jenem Tag vor ihrer Haustür gestanden hatte: das große, runde Kinn, die Haut dicht besiedelt von roten Pickeln, die kleinen Augen, schwarze, dünne gelockte Haare, wo Koteletten sein sollten. Insgesamt wirkte er angespannt und voller Sehnsucht, ein Ausdruck, den alle Angeberei dieser Welt nicht hätte überdecken können.

Sie hörte ein Geräusch und stand von der Couch auf.

Es kam aus dem Keller. Oder?

Normalerweise sah sie immer zuerst nach ihrem Vater, wenn sie nach Hause kam, falls während ihrer nächtlichen Abwesenheit irgendetwas passiert war. Aber heute hatte sie sich von dem Gespräch mit Jason Brinkerman an der Tankstelle ablenken lassen, und, zugegeben, sie hatte faul ihren Hintern auf die verdammte Couch gepflanzt und war durch das Dickicht der Vergangenheit gewandelt. Meine Schuld, schalt Lindy sich selbst. Jetzt lieber nachsehen.

Sie öffnete die Kellertür.

Dunkelheit lag vor ihr. Ein moderiger Geruch drang zu ihr herauf, der gleiche abgestandene Geruch von Erde, Dreck und toten Insekten wie in jedem alten Keller, aber diesem haftete noch mehr an, etwas Außergewöhnliches: eine klamme Kälte, die sich zusammenzog und verdichtete und für sich allein stand, eine Kälte wie aus dem Nichts, eine Kälte, die auch von der größten Sommerhitze nicht vertrieben werden konnte. Sie hatte nichts dagegen, wenn ihr Vater nach oben kam, aber sie hasste es, diese Tür zu öffnen.

»Daddy?«

Da war ein rasselndes Geräusch, wie trockene Äste, die schnell über festgestampfte Erde strichen. Wie ein nervöses Flüstern oder ein hoffnungsloses Seufzen. Klagend und geheimnisvoll, halb Wirklichkeit, halb Einbildung. Ihr Vater kroch manchmal dort unten herum mit einer schmutzigen Decke über seinen Schultern; wenn er an die Kellerwände stieß, rieb der Stoff über die schroffe Oberfläche und machte ein kratzendes Geräusch, das sich in Lindys Bewusstsein eingebrannt hatte, selbst wenn sie es nicht wirklich hörte.

»Daddy?«, wiederholte sie.

»Mach die verdammte Tür zu.« Seine Stimme war rau und hässlich, die Worte mit unverhohlener Schärfe hastig hervorgestoßen.

»Ich bin jetzt zu Hause. Wollte nur sehen, ob …«

»Ich hab gesagt, mach die verdammte Tür zu, oder ich

komme hoch und zerkratze dir dein gottverdammtes Gesicht.« Er schrie beinahe. Die Kraft und Vehemenz seiner Stimme ließen sie zusammenzucken, auch wenn das hier nichts Neues war und seine Wut gegen niemanden persönlich gerichtet war. Das Fluchen hatte seinen Verfall begleitet; früher hatte sie ihn selten einen vulgären Ausdruck benutzen hören. Im Beisein ihrer Mutter nie. Aber nun war seine Sprache voller Kraftausdrücke, gespickt mit Obszönitäten, als hätte er in ein Schlammloch gegriffen und die dunklen, nassen Wurzeln der schönen, normalen Wörter herausgezogen, ihre versteckten schmutzigen Ursprünge entdeckt. Als hätte er einen Tunnel zu der geheimen Seite der Sprache gegraben, blind ihren verrotteten, stinkenden, freudlosen Kern herausgefingert, und bestünde nun darauf, sie so oft wie möglich auf seinen widerlichen Fund aufmerksam zu machen, indem er die baumelnden, dreckverkrusteten Klumpen vor ihrem Gesicht schwenkte: Hier. Schau dir das mal an, Mädchen.

Lindy schloss die Kellertür.

Sie sah sich in der Küche um. Der sommerliche Sonntagmorgen war noch hier, noch intakt, egal, was im Keller vor sich ging. Sonnenschein drang durch die rot-weiß karierten Vorhänge, die vor dem Fenster über der Spüle hingen. Ihre Mutter hatte diese Vorhänge vor vielen Jahren selbst genäht, und inzwischen waren sie fadenscheinig geworden durch das viele Waschen und hielten nur wenig Licht ab. Aber Lindy würde sie niemals austauschen.

Es ist alles okay mit ihm, sagte sie sich. Er hat die Nacht überstanden. Sie drehte sich um. Ihre Bücher waren auf dem Tisch gestapelt, genau wie sie sie zurückgelassen hatte, neben dem Stapel Briefe. Ihr Anblick beruhigte sie.

Ihr Blick fiel auf den Fußboden an der Hintertür. Sie benutzte sie nicht, weil der Garten ein einziges Chaos war; er war abschüssig und voller Felsbrocken, schattig, weil dort eine Gruppe schiefer, knorriger alter Bäume stand. Gras hatte hier nie eine Überlebenschance. Im Sommer verwandelte sich der Garten in eine staubige Wüste und an Regentagen in einen Sumpf. Als sie die schmutzigen Umrisse eines Fußabdrucks auf dem Boden sah – sie erkannte ihn an der Größe, der Form und am Profil –, warf die Erkenntnis sie fast um und erfüllte sie mit Überraschung und Angst:

Ihr Vater war in der letzten Nacht draußen gewesen. Er hatte es wieder getan.

10

Die Sonne würde noch lange nicht aufgehen, aber das machte Charlie Frank nichts aus. Er hatte keine Angst vor der Dunkelheit. Er mochte sie. Er hatte die Angewohnheit, jeden Morgen vor Sonnenaufgang die Straße entlangzuwandern, die Hände in den Hosentaschen, ein Kirchenlied summend – nicht immer dasselbe, aber er hatte eine eindeutige Vorliebe für *In the Garden* –, und genoss es, dass er keine Lichter brauchte, die ihn leiteten. Er kannte seinen Weg auf dieser Welt – ohne das ständig störende Licht. Licht war eine Krücke. Ein sicheres Zeichen von Schwäche. Es gab ohnehin zu viele verdammte Lichter, zu viele Scheinwerfer, die zu viele unnütze Dinge beleuchteten: dumme Reklametafeln draußen an der Interstate oder Schilder mit Straßennamen oder -nummern. Wenn man nicht wusste, wo man sich befand und wo man hinging, hatte man kein Recht darauf, überhaupt hier zu sein. Und von den grellen Autoscheinwerfern, die einem in den Augen brannten wie Säure, wollte er gar nicht erst anfangen. Wenn Autos und Lastwagen vorbeifuhren, zuckte Charlie zusammen und hielt sich den Arm vors Gesicht, um nicht geblendet zu werden. »Verdammte Lichter«, murmelte er dann. »Herr, erbarme dich.«

Seine Mutter wollte immer, dass er die ganze Nacht alle Lichter im Haus anließ. Und er fügte sich, weil es wichtig für sie war. Wenn es nach ihm gegangen wäre, hätte er jede verdammte Glühbirne im ganzen verdammten Haus herausgedreht; und nach Sonnenuntergang hätte er sich in der kostbaren Dunkelheit in seinen Sessel gesetzt, sich zurückgelehnt und wieder frei geatmet. Würde er allein leben, hätte er sich vielleicht ganz vom Stromnetz abgekoppelt und sich für die Heizung und den Herd einen Generator besorgt.

Aber seine Mutter wollte Licht, viel Licht, und damit war die Sache fürs Erste erledigt. Er würde sich ihr niemals widersetzen. Es war unklar, wie lange sie noch zu leben hatte; der eine Arzt sagte dies, der andere das. Und ein dritter sagte wieder etwas anderes. Charlie wusste nur, dass Martha Frank mit jedem Tag schwächer wurde und dass ihr das Essen immer schwerer fiel, und man musste kein Arzt mit einem hohen akademischen Grad sein, um zu verstehen, was passierte, wenn jemand nicht mehr essen konnte.

Er fand Trost im Gehen bei Dunkelheit. Für Charlie Frank gehörten Gehen und Denken zusammen, so wie ein Schritt auf den anderen folgt. Wenn er die Godown Road in Raythune County entlangwanderte, hatte er die besten Gedanken. Bevor die Sonne über der Bergspitze aufging, denn in diesem Moment änderte sich alles, und zwar nicht zum Besseren. All dieses Licht! Es war, als würde jemand plötzlich mit einem alten Metalllöffel schreiend auf einen Kochtopf schlagen, damit man ihm Aufmerksamkeit schenkte. Die Ankunft der Sonne war protzig und ordinär, sie störte den Frieden der großen dunklen Welt. Charlie bevorzugte die Welt, wie sie jetzt gerade war: eingehüllt in Dunkelheit, alle Umrisse aufgelöst, keine Form wichtiger als die andere.

Er lebte schon sein ganzes Leben hier und hatte nie daran gedacht, woanders hinzugehen. Aber nach dem Tod seiner Mutter wäre er frei. Darauf hatten ihn manche Leute – auch sein Bruder Wally – bereits hingewiesen. Sie sprachen leise und schüttelten ernst den Kopf, während sie seine geplagte, leidgeprüfte Mutter im Auge behielten. Sie meinten es gut und wollten nur sein Bestes. Egal, wie oft er seine Mutter wusch, ihr die Windeln wechselte, der Geruch blieb immer an ihr haften. Er war inzwischen ein Teil von ihr geworden. Er roch ihn, wenn er sie hochhob und ihr kahler Kopf sein Kinn berührte. Es würde, es konnte nicht mehr lange dauern. Oder?

Er wusste, was man über ihn sagte: Siebenundvierzig Jahre alt. Lebt noch bei seiner Mutter. Sicher noch Jungfrau (stimmte nicht, aber das ging die Leute verdammt noch mal nichts an). Er sollte über sich selbst nachdenken und etwas an seinem Leben ändern. Wenn erst seine Mutter gestorben sei, sei es an der Zeit, den Hintern hochzukriegen. Nun, zum Teufel mit ihnen: Er *dachte* über sich selbst nach. Überall, wo er hinging, würden Lichter sein. Unzählige Lichter, die von jeder Veranda, von jedem Laternenpfahl und von jedem Dach herableuchteten. Er war glücklich hier. Glücklich, auf einer asphaltierten Straße zu gehen, die gesäumt wurde von einem dünnen Streifen Erde, dahinter dichter Wald. Die hohen Bäume absorbierten die Dunkelheit, so wie ein dicker Wollmantel abgestandene Gerüche aufnimmt.

Charlies Summen hatte sich nach und nach in ein leises Singen verwandelt, in ein melodisches Murmeln, und der Übergang zu Worten war ein natürlicher Prozess. *And He walks with me, and He talks with me, and He tells me I am His own, and the …*

Charlie blieb stehen, weil er aus dem Wald auf der rechten Seite ein Geräusch gehört hatte. Ein Rascheln. Es war zu laut und hielt zu lange an, als dass es ein Eichhörnchen hätte gewesen sein können. Es stammte von etwas Größerem. Charlie kannte die Geräusche der Nacht so gut, wie er seinen eigenen Namen kannte. Und das war kein Eichhörnchen.

»Hey«, sagte er.

Das Rascheln verstummte.

»Hey«, wiederholte Charlie. »Wer zum Teufel …?«

Er hörte ein flatterndes Geräusch, es klang wie die Rockschöße eines langen Mantels. Dann erhob sich die große Gestalt aus dem Wald. Sie kam brüllend auf ihn zu und stieß ihn mit Wucht zu Boden, sodass er flach auf den Rücken fiel. Er war wie gelähmt, aber noch bei Bewusstsein. Charlies Augen hatten sich schon lange an die Dunkelheit gewöhnt, und durch einen Nebel von Schmerz und Verwirrung sah er das hoch erhobene Messer.

»Nein, nein … Oh, nein … nein …. nein …«, schrie Charlie und keuchte schwer. Ein Schlag traf ihn an der Schulter, der ihn benommen machte, und er hörte auf zu kämpfen, nur eine Sekunde lang, und auch sein Angreifer hielt inne. *Was zum …*? Charlie stemmte sich noch einmal hoch, schlug und boxte um sich, worauf der Angreifer weiter auf ihn einstach. »Nein!«, schrie Charlie. »Nicht … Warum …« Er hob seine Hände, aber die Messerstiche gingen unablässig auf ihn nieder. Nach ein paar letzten Zuckungen und einem zitternden Stöhnen verstummte Charlie Frank. Er war nun Teil jener Dunkelheit, die länger andauert als jede andere.

11

Nick Fogelsong stand am Dienstagmorgen auf der Schwelle von Bells Büro. Er hatte seinen Hut abgenommen, als er an Lee Ann Frickie, Bells Sekretärin, vorbeigekommen war, deren Schreibtisch im Vorzimmer als letzte Bastion zwischen der Staatsanwältin und der Öffentlichkeit diente.

Lee Ann, siebenundsechzig Jahre alt und körperlich und geistig immer noch agil, hatte kurz aufgeblickt und genickt. Der Sheriff war der einzige Besucher, den sie nicht ankündigen musste.

Nun war es an Bell aufzublicken. Fogelsongs große, kräftige Gestalt nahm fast die ganze Türöffnung ein. Ein paar Sekunden sagte Bell kein Wort. Sie wollte ihre stille Freude auskosten, ihn wiederzusehen. Die letzten Monate hatten sich endlos angefühlt. Natürlich hing das mit dem ungelösten Mord an Freddie Arnett und ihrem Hunger nach Nicks Sachverstand zusammen, aber es gab noch einen anderen Grund. Fogelsong verkörperte in ihrem Leben die Person, die einem Vater am nächsten kam – einem wirklichen Vater –, und wenn er nicht da war, musste sie immer daran denken, wie es gewesen war, bevor sie ihn kennengelernt hatte.

Ohne seinen Hut sah er anders aus, unvollständig, älter. Aber vielleicht lag es auch nicht am Hut.

»Ich kann's nicht glauben«, sagte sie mit einem scherzhaften Unterton in der Stimme und stand auf. »Nick Fogelsong, wie er leibt und lebt.«

»Ich habe dir gesagt, dass wir heute zurück sein würden.«

»Ich weiß. Aber es kann alles Mögliche dazwischenkommen.«

»Stimmt.« Er machte eine Pause. »Passt es dir, jetzt zu reden?«

»Natürlich.«

Er kam mit vier großen Schritten herein und setzte sich auf die kleine Couch gegenüber von ihrem Schreibtisch. Mit beiden Händen legte er den Hut sanft neben sich auf das Polster, so vorsichtig wie eine Debütantin ein Ansteckstäußchen, das sie als Andenken aufbewahrt.

Bell wollte ihn nach seiner Reise fragen, aber sie wusste, dass das noch warten musste. Dies war kein Freundschaftsbesuch.

»Ich bin sicher«, sagte sie, »dass du so ziemlich auf dem Laufenden bist über den Freddie-Arnett-Mord. Wir werden heute noch einmal die Nachbarschaft abklappern, und ich bin gerade den Bericht der Autopsie durchgegangen. Sieht für mich aus wie …«

Fogelsong hob die Hand und unterbrach sie. »Ich muss dir etwas sagen. Es tut mir leid, aber es sind keine guten Neuigkeiten«, erklärte er. »Deputy Harrison hat mich vor zehn Minuten angerufen. Sie wollte dich als Nächstes anrufen, aber ich habe ihr gesagt, sie solle damit warten, weil ich gerade zu dir unterwegs war.« Er holte tief Luft, bevor er es aussprach: »Es hat einen weiteren Mord gegeben. Entweder spät letzte Nacht oder heute am frühen Morgen. Das Opfer wurde am Rand der Godown Road tot aufgefunden.«

»Oh Gott.« Bell verzog das Gesicht. »Wer?«

»Charlie Frank. Ich kenne seinen Bruder, Wally.« Fogelsong blickte auf einen Punkt an der Wand links hinter Bells

Kopf. »Charlie ist übel zugerichtet. Messerstiche in Brust- und Bauchraum – und an seinen Händen. Hat sich ziemlich tapfer geschlagen.«

»Raubüberfall?«

»Unwahrscheinlich. Das Einzige, was fehlte, war sein Stiefel. Vielleicht hat er ihn verloren, als er sich gewehrt hat, und der Mörder hat ihn sich geschnappt. Oder jemand anders ist vorbeigekommen und hat ihn aufgehoben. Vielleicht ein Tier. Schwer zu sagen.« Der Sheriff rieb sich das Kinn. »Wally hat fünf Kinder und eine Frau, die bald an Hautkrebs sterben wird. Deshalb war Charlie derjenige, der sich um die Mutter gekümmert hat. Lebte mit ihr zusammen. Martha Frank hat seit fünfzehn, vielleicht zwanzig Jahren MS. Sie haben kein Geld für ein Pflegeheim. Charlie hat sie von einem Zimmer ins andere getragen, Belfa. Vom Schlafzimmer ins Wohnzimmer und in die Küche. Ins Badezimmer, wenn es nötig war. Wer wird das jetzt alles machen, wo Charlie nicht mehr da ist?«

Es war nicht wirklich eine Frage, jedenfalls keine, auf die irgendjemand eine Antwort erwarten konnte. Bell schwieg für einen angemessenen Moment und sagte dann: »Spurensicherung?«

»Die Techniker fangen gerade erst an, aber es sieht nicht sehr vielversprechend aus. Harrison hat mir den vorläufigen Bericht zum Arnett-Mord gefaxt, als ich in Chicago war. Hier ist es ähnlich – ein aufgeräumter Tatort.«

»Glaubst du, es handelt sich um denselben Täter?«

»Das hoffe ich todsicher nicht.«

Sie wollte es nicht sagen – sie hasste es, diesen Gedanken zum Leben zu erwecken, indem sie ihn laut aussprach –, aber sie musste es. »Du weißt so gut wie ich, Nick, was die Leute denken werden. Wir sind verpflichtet, uns dieser Frage zu stellen. Zwei Morde direkt hintereinander. Man wird uns fragen, ob hier ein Serienmörder herumläuft.«

Er sah aus, als hätte er einen Schlag ins Gesicht bekommen. »Oh Gott, Bell. Genau das, was wir brauchen. Einen Haufen panischer Leute, die Munition horten und ihren Cousins Pit Bulls abkaufen. Weißt du, was ich denke? Ich denke, die Leute sollten uns wenigstens ein paar gottverdammte Tage Zeit geben, um das alles in Ordnung zu bringen. Und wenn wir dann in eine Sackgasse geraten, dann können sie anfangen, von einem Serienkiller zu reden.«

Aber auf der anderen Seite, das wusste Bell, verstand er die Angst, die in der Stadt herrschte, und das erbärmliche Gefühl von Hilflosigkeit, das fast noch schlimmer war. Nichts war mehr auszuschließen in einer Kleinstadt. Die Probleme und Tragödien häuften sich. Es gab keine sicheren Orte mehr, die für Gewaltverbrechen unerreichbar waren. Gewalt war überall. Aber die Leute redeten sich gerne ein, dass Kleinstädte eine Ausnahme bildeten. Kleinstädte waren nett, ruhig und idyllisch. Kleinstädte lagen hinter den Bergen verborgen wie Pfefferminzbonbons in Omas Handtasche; sie waren besondere Leckerbissen, nicht für die Bosheit der restlichen Welt bestimmt.

Scheiß drauf, dachte Bell und hatte dabei die Tatortfotos von Freddie Arnetts Auffahrt im Kopf. Der zerschmetterte Schädel. Die feuchte Gehirnmasse. Freddies zäher Altmännerkörper, Gesicht nach unten, Arme und Beine verdreht. Seine Hosenbeine waren bei seinem plötzlichen und hilflosen Sturz nach oben gerutscht, und direkt über seinen weißen, dünnen Socken waren Streifen nackter Haut zu sehen, bleich und haarlos. Irgendwie quälte dieser Anblick Bell ebenso sehr wie der des zertrümmerten Gehirns: dieser zwei Zentimeter breite Streifen bloßer Haut oberhalb seiner

Socken. Die Haut an dieser Stelle sah so empfindlich, so intim aus. Männer wie Freddie Arnett trugen niemals Shorts. Deshalb war das ein Teil von ihm, den höchstwahrscheinlich seit langer Zeit – vielleicht seit er ein kleiner Junge gewesen war, der an Samstagabenden zusammen mit seinen Brüdern gebadet wurde – nur seine Frau gesehen hatte. Und der nun von Fremden angeglotzt wurde. Von Polizeibeamten, Kriminaltechnikern – jeder, der dienstlich damit zu tun hatte, konnte ihn ohne Erlaubnis ansehen. Ja, Mord war die schlimmste aller Verletzungen, aber es gab noch weitere Verletzungen, die damit einhergingen. Kleinere, herzzerreißende Demütigungen. Solche wie ein Hautstreifen zwischen einer hochgerutschten Hose und dem umgeschlagenen Rand einer gerippten weißen Socke.

Fogelsong sprach wieder. »Ich werde Deputy Harrison in einer halben Stunde treffen, um die Ermittlungen zu koordinieren. Sehen, wo wir stehen. Ich halte dich auf dem Laufenden.«

Bell nickte.

»Übrigens«, sagte er, während er sich auf der Couch anders hinsetzte, um zu signalisieren, dass er das Thema wechselte. »Ich habe von deinem kleinen Abenteuer gehört. Die unerwartete Messerstecherei am Samstagabend in Collier County. Mit Shirley ist alles okay, nehme ich an.«

»Ja. Aber sie ist außer Kontrolle, Nick. Hört nicht auf mich. Macht ihr eigenes Ding.«

»Sie wird sich beruhigen.«

»Glaubst du?«

»Ja.«

»Wie auch immer«, sagte Bell, »der Mord im Tommy's scheint nichts mit dem Mord an Freddie Arnett zu tun zu haben. Der Mörder hat am Tatort bei Deputy Sturm ein

Geständnis abgelegt. Wir überprüfen noch, wo er sich Donnerstagnacht aufgehalten hat, aber dieser Fall scheint sauber und ordentlich abgeschlossen zu sein. Keine offenen Fragen. Jedenfalls nicht, wer es getan hat. Es gibt ein paar Fragen, was das Opfer angeht, und eine Visitenkarte, die der Typ in der Tasche hatte, und ich könnte das untersuchen, sobald …«

»Sturm?«, unterbrach sie Nick. »Mandy Sturm?«

»Ja. Kennst du sie?«

»Sie nicht«, erwiderte er. »Jedenfalls nicht gut. Aber ich kenne ihren Mann. Virgil Sturm. Guter Mann, arbeitet für CSX Railroad. Oder hat gearbeitet, vor den ganzen Entlassungen.« Fogelsong wischte sich Staub vom Knie, als könnte er sich schlechter Nachrichten irgendwie auf die gleiche, schnelle Weise entledigen. »Er ist mit Mary Sues Familie verwandt.«

Bell ließ einen kurzen, aber entscheidenden Moment verstreichen. »Wo wir gerade von Mary Sue sprechen – wie ist es in Chicago gelaufen?«

Der Sheriff ergriff den Manschettenknopf an seinem rechten Ärmel und drehte ihn um, als müsse er sich vergewissern, dass er nicht in einem ungelegenen Moment abfallen würde.

»Gut«, sagte er. Seine Stimme klang tonlos, neutral.

Bell war enttäuscht, zeigte es aber nicht. Seine Angelegenheit.

»Eine Sache noch«, fuhr Nick fort, was sie überraschte. Normalerweise war sie diejenige, die sich gezwungen sah, das gelegentliche Schweigen zu durchbrechen. »Ich habe Clayton Meckling besucht«, sagte er. »Das Krankenhaus, in dem er ist – das Rehabilitation Institute of Chicago –, liegt direkt im Stadtzentrum. Ganz nah bei dem Hotel, in dem

Mary Sue und ich gewohnt haben. Habe ein paar Nachmittage mit ihm verbracht.«

Nun war es Bell, die sich nach einer sinnlosen Beschäftigung umsah. Sie nahm einen der gelben Bleistifte, die sie auf ihrem Schreibtisch neben einem kleinen Stapel Papier bereithielt, und bearbeitete nervös das obere Blatt.

»Wie geht es ihm?«, fragte Bell in beiläufigem Tonfall.

»Ganz gut. Er ist ein Kämpfer. Das ist keine Überraschung, aber doch erfreulich zu sehen. Sie nehmen ihn hart ran, und er schluckt es. Ist fast bereit zurückzukommen, hat er mir gesagt.« Fogelsong ließ seine Schultern kreisen, beugte sich vor und streckte seinen Rücken. Auf der Couch zu sitzen war kein natürlicher Zustand für ihn. »Ich weiß nicht, wie ihr beide verblieben seid, Belfa, ob ihr noch in regelmäßigem Kontakt steht. Aber er ist nicht mehr der Mann, der er vor vier Monaten war. Kein Selbstmitleid mehr. Nichts davon ist mehr bei ihm zu spüren. Er hat wieder Zukunftspläne.«

Sie war froh, das zu hören – sehr froh sogar –, zögerte aber, dem Sheriff auch nur einen Bruchteil ihrer Freude offen zu zeigen. Nick Fogelsong stand ihr näher als irgendjemand sonst auf dem Planeten, aber es gab noch Bereiche in Bells Leben, über die sie mit niemandem sprach – auch nicht mit Nick. Bell und Clay Meckling hatten eine Liebesbeziehung gehabt, bevor Clay im Frühling bei einem Unfall verstümmelt worden war. Er hatte sich von ihr zurückgezogen, von allen, und sie und Clay hatten seit mehr als zweieinhalb Monaten nicht mehr miteinander gesprochen. Es war Rhonda Lovejoy, die ihr von Clays Aufenthalt im Rehazentrum von Chicago, einem der besten der Welt, erzählt hatte.

»Danke«, sagte Bell. Ihre Stimme klang nüchtern, als

würde sie sich bei ihm bedanken, weil er ihr die Tür zum Gerichtsgebäude öffnete.

Der Sheriff wartete, falls sie vielleicht noch etwas sagen, noch mehr Fragen über Clay stellen wollte. Sie wusste, warum er innehielt und dass es ihr unmöglich war zu offenbaren, wie tief ihre Gefühle für Clay Meckling gingen – ebenso wie es für Fogelsong unmöglich war, über die Krankheit seiner Frau zu sprechen. Würden Nick und ich in Sachen Starrköpfigkeit gegeneinander antreten, dachte sie, hätten wir ein klares »Unentschieden«, keine Frage. Er will nicht über Mary Sue sprechen, und ich will nicht über Clay sprechen. Wir haben beide gelernt, nichts preiszugeben. Manchmal hatte sie das Gefühl, als wären sie beide in einem Gefängnis – mit unsichtbaren Wänden, die noch höher und dicker waren als im wirklichen Leben. Der Ort, an dem sie aufgewachsen waren, und die Art ihrer Erziehung, harte Lektionen, die das Leben ihnen immer wieder erteilt hatte, hatten sie beide geprägt.

»Nun«, sagte Nick, »kommen wir lieber wieder zu unserem Thema.« Er stützte sich an der rechten Sofalehne ab und stand auf. Bell wusste, dass es ihn teuflisch quälte, dass er inzwischen Hilfe brauchte, selbst wenn er sich nur irgendwo abstützen musste, um aufzustehen. Nick hasste Abhängigkeit in jeder Form. Aber er war fünfundfünfzig Jahre alt, da machte einem die Schwerkraft schon etwas mehr zu schaffen. »Wenn ich mich mit Deputy Harrison getroffen habe, muss ich mich auf die Besprechung mit den Bezirksräten vorbereiten. Sobald sich die Sache mit Charlie Frank herumgesprochen hat, werden sie eine Menge Fragen zu den Morden haben. Und das zu Recht.« Eine weitere Schwierigkeit kam ihm in den Sinn. »Ich werde die Mittel für einen privaten Sicherheitsdienst für die Zeremonie am

Freitag beantragen. Es wird das Budget bei Weitem sprengen, aber das ist es wert. Alle sind höllisch nervös. Und das ist kein Wunder.« Er setzte seinen Hut auf und rückte ihn auf seinem Kopf zurecht.

»Zusätzliche Sicherheitsmaßnamen sind eine gute Idee.«

»Was wir wirklich brauchen, ist ein weiterer Deputy. Ich werde mich noch einmal dafür einsetzen, aber es wird nichts nützen. Das kann ich dir jetzt schon sagen. Die Bezirksräte lassen sich vielleicht auf eine Übergangslösung ein, aber jemanden einstellen? Vergiss es.«

»Ein paar ungelöste Mordfälle könnten ihre Meinung ändern.«

»Verdammt viel Aufwand, um ihre Aufmerksamkeit zu erwecken«, konterte er. »Wie auch immer, wie ich gehört habe, wird es am Freitag eine rekordverdächtige Menschenansammlung geben. Tausend Leute – alle auf einem Haufen – in Raythune County. Riley Jessup verbringt sein Leben inzwischen in einem großen Haus drüben in Charleston, aber er ist immer noch ein populärer Mann hier in der Gegend.

»Weißt du was?«, fuhr Fogelsong fort. Er wechselte schon wieder das Thema, das konnte Bell an seiner Stimme hören. Sie klang jetzt härter, und Ärger schwang darin mit. »Nie im Leben hätte ich gedacht, dass es zwei solche Morde so dicht hintereinander geben würde. Nicht schon wieder. Nicht nach dem letzten Herbst.« Ein paar Sekunden lang schwieg er nachdenklich. »Ich glaube auch nicht, dass Freddie Arnett oder Charlie Frank damit gerechnet haben.« Bevor er ging, wandte er noch einmal den Kopf. »Deputy Harrison hat ihre Sache gut gemacht, während ich weg war.« Es war sowohl eine Frage als auch eine Feststellung. »Angesichts der Umstände.«

»Sie hat ihr Bestes gegeben. Es war eine Feuertaufe, würde ich sagen.«

»Später einen Kaffee im JP's?«

»Klar.« Selbst während einer so anstrengenden Ermittlung in zwei Mordfällen war es wichtig, Gewohnheiten aufrechtzuerhalten. Darüber waren sie sich vor fünf Jahren einig geworden, als sie ihre Zusammenarbeit begonnen hatten. »Ich wette, du hast die unzähligen Tassen Kaffee im JP's vermisst«, fügte sie hinzu. »Mit Kaffee kann man in Großstädten auch Pech haben, wie ich mich erinnere.«

Der Ausdruck in Fogelsongs Augen veränderte sich, bevor er antwortete. Die gegenseitige Zuneigung zwischen dem Sheriff und ihr war unerschütterlich und beständig. Sie erwähnten sie niemals, auch nicht nebenbei. Und das, glaubte sie, hatte einen großen Teil dazu beigetragen, dass diese gegenseitige Zuneigung seit all diesen Jahren fortbestand. Indem sie sie nicht analysierten und nicht einmal beim Namen nannten, verhinderten sie, dass sie sich abnutzte oder verfälscht wurde.

»Ja«, sagte er. »Das ist es, was ich am meisten vermisst habe. Den Kaffee.«

12

Lindy konnte sich nicht dazu überwinden, ihren Vater im Keller einzuschließen, wenn sie abends das Haus verließ, um ihre Schicht an der Tankstelle anzutreten. Sie hätte es tun können, denn die Kellertür ließ sich von der Küche aus mit einem Bolzenschloss verriegeln, und sie hatte den Schlüssel. Aber wenn etwas passierte – ein Feuer ausbrach, zum Beispiel –, dann wäre er eingesperrt, seinem Schicksal ausgeliefert, und das konnte sie nicht verantworten. Der Keller hatte keinen Ausgang nach draußen und auch keine Fenster.

Also ging sie das Risiko ein. Sie dachte ständig darüber nach, überlegte hin und her, wog das Für und Wider ab, immer wieder, aber sie schloss ihn nicht ein. Und sie konnte es sich auch nicht leisten, jemanden anzuheuern, der während ihrer Abwesenheit auf ihn aufpasste – selbst wenn es ihr gelungen wäre, ihren Vater davon zu überzeugen, einen Fremden im Haus zu dulden. Davon hielt er nichts. Und sie davon abgesehen auch nicht.

Manchmal schienen ihre Bedenken unangebracht, ihre Sorge unbegründet. An manchen Tagen kam sie morgens nach Hause und bemerkte sofort, dass er überhaupt nicht aus dem Keller nach oben gekommen war, geschweige denn das Haus verlassen hatte. Aber etwas begann sich zu verändern. Er wurde grimmiger, rastloser, unberechenbar. In letzter Zeit, wenn sie vielleicht eine Minute in der Küche wartete, um das Haus auf sich wirken zu lassen, horchte, bevor sie langsam die wackeligen Kellerstufen hinabstieg, mit einer Hand auf dem abgegriffenen Treppengeländer, und seinen Namen rief, leise, um ihn nicht zu erschrecken – *Daddy, hey, Daddy, ich bin's, Lindy, nur ich* –, hörte sie ihn davoneilen wie ein verschrecktes Tier. Krachend stolperte er über Kisten und Tische, trat um sich und knurrte wütend. Wenn sie versuchte, sich ihm zu nähern, torkelte er davon in eine andere Ecke. Er wich zurück, wenn das Tageslicht durch die Tür am oberen Ende der Treppe fiel, hielt sich die Hand vors Gesicht und senkte den grauhaarigen Kopf. »Verdammte Doppelschicht«, murmelte er manchmal. »Muss heute eine Doppelschicht machen. Ray, hast du dein Ende? Ray, Junge. Halt es fest, Ray. Ich komme rüber.« Ray Purcell war der beste Freund ihres Vaters gewesen. Sie hatten in den Sechzigerjahren zusammen in der Mine angefangen. Lindy hatte viele Geschichten über Ray gehört, auch wenn sie ihn nie kennengelernt hatte; er war 1973 an Lungenkrebs gestorben.

Die Unruhe ihres Vaters wuchs, das war nicht zu übersehen, und sie wusste nicht, warum. Er litt mehr in letzter Zeit, wurde gequält von einer furchterregenden inneren Vision. Ziellos irrte er im Dunkeln umher und verließ zu ihrer wachsenden Besorgnis manchmal auch den Keller und das Haus. Wenn Lindy morgens nach der Schicht heimkam und in die Küche trat, stand die Hintertür häufig offen. Durch die Fenster fiel das Licht der aufgehenden Sonne, und wenn sie die Stiefelabdrücke auf dem Küchenboden sah, breitete sich in ihrem Herzen Angst aus.

So wie an diesem Morgen.

Ihre Knie wurden weich, und sie musste sich an den Küchentisch setzen. Sie holte ein paarmal tief Luft, um das Schwindelgefühl abzuwehren. Hätte sie etwas im Magen gehabt, sie hätte sich übergeben; ihre Eingeweide fühlten sich an wie verknotet. Manchmal wurde Lindy von allem erdrückt, von Verantwortung, Angst und Verwirrung. Handelte sie ihrem Vater gegenüber wirklich richtig, wenn sie ihn im Keller versteckte? Sie glaubte, ihn zu beschützen, aber tat sie das wirklich?

Es gab nicht mehr viele Familienangehörige. Niemanden, der in der Nähe wohnte. Und bestimmt niemanden, dem Lindy genug vertraute, um sich ihm zu offenbaren. Sie hatte im östlichen Kentucky ein paar entfernte Cousinen von der Seite ihrer Mutter und eine andere väterlicherseits, die in der Nähe von Morgantown lebte, aber das war alles. Sie kamen nie zu Besuch und bildeten sich ihr Urteil nur anhand der Halbwahrheiten, die sie von ferne mitbekamen. Sie wussten, dass Odell groß und gemein war und »nicht ganz richtig im Kopf«, wie Jeannie Stump, ihre Cousine zweiten Grades, es ausdrückte, aber sie hatten keine Ahnung von dem wirklichen Ausmaß seiner Wutanfälle oder von seinen nächtlichen Streifzügen. Sie wussten nichts davon, dass er zum größten Teil im Keller lebte, der wie ein altes Kohlebergwerk eingerichtet war.

Eine Woche nach Lindys Highschool-Abschluss war Jeannie Stump ohne Ankündigung zu Besuch gekommen. Als Geschenk zum Schulabschluss brachte sie Lindy eine geblümte Tragetasche und ein Make-up-Set mit. Jeannie war eine große, robust gebaute Frau mit hängenden Schultern, Ende fünfzig, mit drahtigem grauem Haar und grauen Augen. Sie lebte allein und arbeitete in einem Pflegeheim. Jeden Morgen und jeden Abend schob sie einen Rollwagen den Korridor hinauf und hinab und verteilte Pillen an die alten Leute in den winzigen Zimmern. Diese Aufgabe erforderte, dass sie laut und langsam sprach und dass sie einen heiteren Optimismus versprühte, der deutlich im Widerspruch zu dem sich beschleunigenden Verfall stand, den sie täglich miterlebte.

Nachdem Jeannie sich kurz einen Eindruck verschafft hatte, wie Lindy und Odell lebten – das Haus, das langsam verfiel, ihre Isolation, das Durcheinander im Keller –, erklärte sie: »Schätzchen, hör mir zu, wir müssen etwas organisieren, damit dir jemand mit deinem armen Daddy hilft. Du musst jemanden anrufen, okay? Vielleicht eine Behörde.« Jeannie meinte es sicher gut. Aber dass sie sich in anderer Leute Angelegenheiten einmischte, war problematisch.

Zwei Tage nachdem Jeannie zurück nach Morgantown gefahren war, klopfte es plötzlich zum Ärger von Lindy schon wieder an der Tür, und sie fand sich in der lästigen Gesellschaft einer geschäftigen Frau wieder, die sich als Gladys Davies auswies und Mitarbeiterin der Familienfürsorge von Raythune County war. Es stellte sich heraus, dass Jeannie, die Lindy im Verdacht hatte, sie werde nicht anrufen, es selbst getan hatte.

»Wir haben ein wirklich gutes Tagespflegeprogramm für Erwachsene«, hatte Davies Lindy mitgeteilt. Sie blinzelte hinter ihrer großen rechteckigen Brille, die ihr ganzes Gesicht beherrschte. »Ich kann Sie jetzt und hier dafür anmelden.«

»Nein, danke«, sagte Lindy.

Davies runzelte die Stirn. Sie hatte stumpfes rotes Haar, und ihr massiger Körper war in einen schokoladenbraunen Hosenanzug gezwängt. Obwohl Lindy sie nicht dazu aufgefordert hatte, war die Frau hereingekommen und hatte sich hingesetzt. Sie hatte ein Klemmbrett aus ihrer gigantischen schwarzen Vinyltasche gezogen und es auf ihrem Schoß platziert wie ein Frühstückstablett. Ihre Bewegungen wirkten versiert und waren von leichter, korrekter Effizienz, als wäre die Welt eine einzige große To-do-Liste, die sie Punkt für Punkt abhakte.

»Uns geht's gut«, fügte Lindy hinzu. Sie war stehen geblieben. Ihre Hand lag immer noch auf dem Türknauf, um dem Eindringling – so hoffte sie – einen zügigen Abgang zu erleichtern.

»Wir bieten eine Menge handwerkliche Aktivitäten an«, sagte Davies. »Und einen Bus, der ihn hier jeden Tag abholen kann.«

»Nein, danke.«

Davies wirkte beunruhigt und verwirrt. Dann erriet sie das eigentliche Problem – so dachte sie zumindest – und schenkte Lindy ein breites, mitfühlendes Lächeln. »Es ist kostenlos, Schätzchen. Es wird weder Sie noch Ihren Daddy auch nur einen Cent kosten.«

»Wir brauchen es nicht.«

Ein unmerkliches Seufzen. Also war es das vielleicht doch nicht. Die Stimme der Frau klang nun flach, Lindys Widerspenstigkeit schien ihr den Enthusiasmus genommen zu haben. »Nun, ich kann Sie nicht zwingen, Miss Crab tree, aber ich hoffe, dass Sie mich bald anrufen, um etwas in die Wege zu leiten. Sie können sich nicht für immer um ihn kümmern. Nicht ganz allein.«

»Doch, das kann ich.«

»Gibt es nichts, was Sie selbst gern tun würden?«

Davies sprach nun leiser, in dem plötzlichen Versuch, Vertrautheit herzustellen. Sie fuhr fort: »Freunde, mit denen Sie sich gerne treffen würden? Vielleicht haben Sie einen Freund? Möchten Kurse am Community College besuchen? Solange Sie auf Ihren Vater aufpassen, ist Ihr Leben ziemlich eingeschränkt, meine Liebe. Das muss nicht sein.«

»Doch«, sagte Lindy. »Das muss es.«

Sie saß immer noch am Küchentisch, wo sie niedergesunken war, als das Schwindelgefühl sie überkam, und barg den Kopf in den Händen. Kopfschmerzen hämmerten hinter ihren Augen, immer wieder, wie Wellen, die an einen hohen schwarzen Felsen schlugen. Die Erinnerung an die Menschen, die in letzter Zeit versucht hatten, ihr zu helfen – Jeannie Stump, die Dame von der Bezirksbehörde mit der großen Brille –, machte alles nur noch schlimmer, und sie fühlte sich noch einsamer.

Sie kapierten es nicht. Niemand kapierte es. Lindy konnte ihren Vater nicht im Stich lassen. Konnte es nicht zulassen, dass irgendjemand ihn so sah und erfuhr, wie schlecht es um ihn stand. Sie liebte ihn, aber es war mehr als Liebe, etwas, das sich nicht mit Worten beschreiben ließ. Nicht für alles auf der Welt gibt es Worte, verdammt, sagte sich Lindy, wenn bei dem Gedanken an ihren Vater Ärger, Sorge und Unsicherheit in ihr aufstiegen, eine wechselnde Kombination von Gefühlen, für die sie kein Vokabular hatte. Manche Dinge sind einfach so, wie sie sind, und lassen sich nicht benennen. Also hatte sie ihm einen Platz im Keller geschaffen, in der Dunkelheit, nach der er sich sehnte. Sie versuchte damit nicht, ihn wegzusperren, ihn aus ihrem Blickfeld zu schaffen; sie wollte es ihm nur so einrichten, wie er es mochte. Und sie schwor sich selbst, dass sie sich um ihn kümmern würde, solange er lebte.

Lindy hob den Kopf. In der Küche war es jetzt hell, ein neuer Sommertag brach an. Jeder Gegenstand in dem kleinen Raum – Tisch, Buch, Stuhl, Fußboden, Spülbecken, Arbeitsplatte, Kaffeetasse, Messerblock – war nun klar und deutlich zu sehen.

Der Messerblock.

Schwarze Griffe ragten aus dem Holzblock, die schweren Klingen steckten in den dafür vorgesehenen Schlitzen. Es waren sechs Schlitze, was bedeutete, dass dort auch sechs Messer sein sollten.

Lindy zählte stumm: Eins. Zwei. Drei. Vier. Fünf.

Sie zählte sie noch einmal. Schneller diesmal, beunruhigt, sie musste es wissen und fürchtete sich zugleich davor.

Ein Messer fehlte. Das letzte in der Reihe, das größte. Das Messer, vor dem sich Lindy, als sie noch ein Kind war, gefürchtet hatte. Jedes Mal, wenn sie sah, dass ihre Mutter es herauszog, konnte Lindy – die sehr wohl wusste, dass das Messer für gewöhnliche Haushaltsarbeiten gedacht war – den Blick nicht mehr von der Klinge abwenden, denn sie war grau und sah so gefährlich wie eine Haifischflosse aus, und sie spürte die Angst in sich wachsen, während ihre Mutter langsam das Messer aus dem Holzblock zog.

Lindys Blick schweifte über den Boden, die Arbeitsplatte, aber sie wusste es bereits. Das letzte Messer fehlte. Und sie hatte es nicht benutzt. Sie war nicht diejenige, die es herausgenommen hatte.

Sie richtete den Blick noch einmal auf den Fußboden, auf den Fußabdruck, ein schreckliches und unmissverständliches Zeichen, dass sie im Grunde genommen nichts unter Kontrolle hatte, weder ihren Vater noch ihre Welt, und dass sie nun, sosehr sie sich auch anstrengte, sosehr sie auch versuchte, die Augen davor zu verschließen, die Wahrheit wusste.

Sie war unausweichlich.

13

»Buster.«

»Hallo, meine Liebe.«

Bell zuckte zusammen, froh, dass das Gespräch am Telefon stattfand und nicht persönlich. Hätte Buster Crutchfield, der provozierend frauenfeindliche Gerichtsmediziner von Raythune County, vor ihr gestanden, sie wäre versucht gewesen, ihm ordentlich eine reinzuhauen, mitten ins Gesicht. Sie ertrug seine ständigen dämlichen Anreden mit »meine Liebe« und »Herzchen« und – am ungeheuerlichsten von allen – »Zuckerschnecke« nun schon seit vielen Jahren, aber die honigsüßen Namen, die er ihr gab, erzürnten sie immer noch. Sie ballte ihre freie Hand zur Faust und legte sie auf den Aktenordner in der Mitte ihres Schreibtisches. Dann schloss sie die Augen und setzte das Gespräch fort.

Früher, als sie neu in ihrem Job als Staatsanwältin gewesen war, hatte Sheriff Fogelsong Bell geraten, Buster und seinen sexistischen Wortschatz einfach zu ignorieren, mit dem Argument, dass der Gerichtsmediziner ein alter Mann sei, in seinen Gewohnheiten festgefahren, und dass sie besser daran täte, seinen Abgang abzuwarten, als viel Aufhebens um ihn zu machen. Nun ja, jetzt war sie die Angeschmierte: Fünf Jahre später war er immer noch erfolgreich in seinem Amt. Sie hatte die Gelegenheit verpasst, von ihm zu verlangen, dass er sie wie eine Fachkollegin anredete und nicht wie die Kellnerin in einer Cocktailbar.

Es war Donnerstag, zwei Tage nach Sheriff Fogelsongs Rückkehr und ein Tag vor Gouverneur Riley Jessups Besuch in Raythune County, und Bell und der Sheriff waren immer noch weit davon entfernt herauszufinden, wer Freddie Arnett und Charlie Frank umgebracht hatte. Die Hitze hatte weiter zugenommen, aber nicht nur die Hitze, die von der Sommersonne herrührte. Auch die Gemüter hatten sich erhitzt, was Sheriffs und Staatsanwälte zu spüren bekamen. Die Menschen, die sie wählten, hatten Angst und waren wütend. Und das zu Recht.

»Ich habe Ihre Aufzeichnungen zu den Autopsien von Arnett und Frank gelesen«, teilte Bell ihm mit, »und da gibt es ein paar Dinge, die ich gerne besprechen würde. Haben Sie einen Moment Zeit?«

Buster genehmigte sich ein langes, kräftiges Seufzen. Sie konnte sich vorstellen, wie seine roten runden Wangen sich aufblähten wie beim Westwind in dem Comic *Der Zauberer von Oz* und seine wulstigen Lippen vibrierten. »Oh, du meine Güte«, sagte er. »Tut mir leid, Süße, aber gerade habe ich einen Besucher von der medizinischen Fakultät der West Virginia University. Passt es Ihnen heute Nachmittag?«

Bell kochte innerlich. Nein, dieser Nachmittag passte ihr überhaupt nicht. Aber sie musste Buster widerwillig zugutehalten, dass er sich regelmäßig mit Medizinern von der Universität beriet, damit seine Arbeitsverfahren im Labor immer auf dem neuesten Stand waren. Gegen dieses Engagement war kaum etwas einzuwenden.

»Okay, in Ordnung«, sagte sie. »Dann also nach vier. Bis dahin bin ich in einer Gerichtsverhandlung.«

»Das geht. Freu mich schon darauf, Herzchen.« Busters leises Lachen machte einen lasziven Schlenker, der an ein spiralförmig gedrehtes Softeis erinnerte.

Bell war enttäuscht. Dabei fehlte es ihr nicht an Beschäftigung. Eine wichtige Gerichtsverhandlung begann an diesem Nachmittag, und sie hatte sich entschlossen, sie allein zu bewältigen. Wenn sie ein reifer, vernünftiger, nüchtern denkender Mensch wäre, würde sie jetzt eine Pause einlegen, einen Spaziergang machen oder vielleicht einen Kaffee holen.

Zur Hölle damit.

Sie öffnete ihren Laptop. Sie war immer noch neugierig, mehr über diesen Mann zu erfahren, der letztes Wochenende im Tommy's ermordet worden war. Wie war die Visitenkarte eines Anwalts aus New York City in seine Tasche gelangt? Sie erinnerte sich deutlich an die Namen auf der Karte. Sampson J. Voorhees und Odell Crabtree.

Zu Ersterem startete sie eine kurze Google-Suche. Sogar mit den Zusätzen »Anwalt« und »New York« waren die Ergebnisse enttäuschend. Es gab kaum mehr als einen Eintrag aus den frühen Neunzigern über eine Eigentumsübertragung an »SJ Voorhees & Partner«. Nichts Aktuelles. Keine Firmen-Website. Bell scrollte rauf und runter, überflog die nächsten paar Seiten, um ganz sicherzugehen. Nichts.

Der andere Name auf der Karte, Crabtree, war in Raythune County verbreitet, weshalb eine völlig andere Suchmaschine nötig war, um mehr über ihn herauszufinden. Für lokale Erkundigungen hatte sie eine Frau, deren superschnelle Wissensdatenbank Google nach Luft schnappend hinter sich gelassen hätte, während sie schnaufend und schwitzend, aber triumphierend vorbeidonnerte: Rhonda Lovejoy, die ihr ganzes Leben schon in Acker's Gap wohnte und eine nahe Verwandte von achtundneunzig Prozent der Einwohner in besagtem County war.

»Hey, Chefin.« Rhonda hatte schon abgenommen, bevor das erste Freizeichen verklungen war.

»Ich muss wissen, ob Sie einen Namen kennen.«

»Schießen Sie los.«

Bell sah ihre Assistentin vor sich, wie sie sich in ihrem knarrenden Stuhl zurücklehnte und das schwere schwarze Drehscheibentelefon umklammerte, nachdem sie sich, als sie merkte, dass Bell die Anruferin war, eilig die Doritos-Krümel vom Rock gewischt hatte.

Handys waren im Untergeschoss des Gerichtsgebäudes, wo Rhonda Lovejoy und Hickey Leonard ihr Büro hatten, wegen der dicken verputzten Wände unbrauchbar. Der feuchtkalte, unangenehme Raum lag am Ende einer alten Steintreppe und wurde dominiert von zwei wackeligen Eichenschreibtischen, die Rhonda und Hickey zusammengeschoben hatten, um eine größere Tischoberfläche zu schaffen. Wenn im Winter der uralte Gasofen ächzend mit lang gezogenem Zittern ansprang, vibrierten alle Gegenstände, und schon oft war dann etwas über die Tischkante gerutscht. Während des Sommers bildeten sich Feuchtigkeitsflecken an den hölzernen Fußleisten. Im Büro der Assistenten der Staatsanwaltschaft herrschte eine Atmosphäre von Elend und Verwahrlosung, die Rhonda und Hickey inzwischen schätzten. Sie passte zu der Auffassung, die sie von ihrem Job hatten: Dies war ein Ort, an dem nach Gerechtigkeit gestrebt wurde, und Gerechtigkeit war nichts Glanzvolles, sondern eine Sache von Mut und Beharrlichkeit.

»Odell Crabtree«, sagte Bell.

Stille.

»Rhonda? Sind Sie noch dran?«

»Ich bin hier, Chefin.« Rhonda seufzte. »Ja, ich kenne Odell Crabtree.«

»Erzählen Sie.«

»Nun, mir scheint, ich habe die Crabtrees schon immer gekannt. Leroy Crabtree hat direkt neben meiner Tante Bridie drüben in Swanville gewohnt.«

»Und wie ist Leroy mit Odell verwandt?«

»Leroy ist Odells Großonkel. Aber er ist schon seit zwanzig Jahren tot.«

»Sie meinen Odell?«

»Nein. Ich meine Leroy.«

Bell klopfte mit ihrem Bleistift auf ein Blatt Papier, das auf ihrem Schreibtisch lag. Jetzt wurde das Klopfen schneller.

»Okay. Also wer zum Teufel ist Odell Crabtree?«

»Ein pensionierter Bergarbeiter.« Bells Ungeduld kränkte Rhonda ein wenig, und das hörte man an ihrer Stimme. Aber als sie weitersprach, ganz im Bann der Geschichte, die sie erzählte, verflog ihre Verärgerung und machte der schlichten Ehrfurcht Platz, die immer in Rhondas Betrachtungen der unendlichen Spielarten menschlicher Schicksale mitschwang. »Odell hat vor ungefähr sechs Jahren seine Frau verloren«, sagte sie. »Margaret Crabtree war ein herzensguter Mensch. Ihr Mädchenname war Schoolcraft. Ein ganzes Stück jünger als Odell, aber sie waren ein gutes Paar. Margaret – du meine Güte, wie lieb sie war. Hatte ein Herz aus Gold. Ist in Raythune County geboren und aufgewachsen. Hatte es sicher nicht verdient, so zu sterben. Unter Schmerzen, die man sich nicht vorstellen kann. Wenigstens ging es schnell. Eine Gnade, wenn Sie mich fragen.« Rhonda dachte einen Moment nach, bevor sie fortfuhr. »Sie und Odell bekamen ein Kind. Ein kleines Mädchen. Das überraschte die Leute, wirklich, wo Odell doch so viel älter war. Und er hatte immer gesagt, dass er keine Kinder wollte, das hatte er klargestellt. Aber ... meine Güte, wie Margaret das Mädchen liebte! Lindy muss jetzt ... lassen Sie mich überlegen, ich schätze, sie muss jetzt neunzehn oder zwanzig sein. Hat vor ein paar Jahren die Highschool abgeschlossen. Ein kleines Ding, kaum zu glauben, wie winzig sie ist. Irgendwie jungenhaft, aber sie hat diese grünen Augen. Diese Augen ... na ja, ein Blick und man weiß, dass man es mit einem klugen Mädchen zu tun hat. Ruhig. Bleibt für sich. Hat ihren Stolz. Die Art Stolz, mit dem man sich manchmal Schwierigkeiten einhandelt. Weil man andere nicht um Hilfe bittet. Man versucht alles ganz allein zu schaffen. Wissen Sie, was ich meine?«

Bell hütete sich, Rhonda wegen ihrer Abschweifungen zurechtzuweisen. Da hätte sie ebenso gut einem Fluss vorwerfen können, dass er sich in Nebenflüsse verzweigte.

Als Bell nicht antwortete, sprach Rhonda schnell weiter: »Es gibt also seit einiger Zeit nur noch Odell und Lindy, sie leben weit außerhalb. Vor einiger Zeit ist die Mine geschlossen worden, und Odell schien daran zugrunde zu gehen. Fing an, sich merkwürdig zu benehmen. Nun, ich muss sagen, er hat sich auch vorher schon merkwürdig benommen, und die Enttäuschung hat es nur schlimmer gemacht. Wie ich gehört habe, kümmert sich Lindy um alles, was ansteht. Sieht zu, dass die Rechnungen bezahlt werden, sorgt für Reparaturen und was weiß ich nicht alles.«

»Inwiefern merkwürdig?«

»Oh, ich weiß es nicht. Er hat eine Menge körperlicher Leiden wegen all der Jahre in der Mine – Rückenschmerzen vor allem –, und er hat eine komische Art zu gehen. Er ist ein wirklich großer Mann, immer noch stark wie ein Ochse, und es ist hart, ihn so vornübergebeugt zu sehen. Schleicht gekrümmt dahin. Aber das größte Problem ist sein Verstand. Eine Weile lang ist er normal, und dann rastet er plötzlich aus. Er kann wirklich nett und höflich sein, und dann – bumm! – sind plötzlich alle Leute Fremde für ihn, die ihm Böses wollen. Vor ein paar Jahren hat er im Lymon's Market einen kleinen Jungen geschlagen. Das Kind war ein freches Balg und benahm sich daneben, aber dennoch. Deshalb behält Lindy ihn zu Hause. Er leidet unter … nun, meine Oma nannte es ›Verhärtung der Arterien‹. Ich glaube nicht, dass das medizinisch korrekt ist, aber Sie verstehen schon.«

»Alzheimer?«

»Ich weiß es nicht. Aber tut das was zur Sache? Wenn man es nicht heilen kann, ist es dann wichtig, wie man es nennt?«

Bell ließ ein paar Sekunden verstreichen. »Noch was«, sagte sie. »Der Typ, der letztes Wochenende im Tommy's erstochen wurde, Jed Stark. Wissen Sie irgendetwas über ihn?«

»Oh ja. Er war wirklich ein zwielichtiger Typ, dieser Jed. Die Cousine meiner Nachbarin, April Lloyd, war mal mit ihm zusammen, auch wenn das Ewigkeiten her ist und sie schnell wieder zur Vernunft gekommen ist, beim ersten Mal, als er sie geschlagen hat.« Rhonda machte eine Pause, und Bell konnte sich deutlich vorstellen, wie ihrer Assistentin ein Schauder über den Rücken lief. »Er war sehr jähzornig. Lebte drüben in Steppe County, deshalb hatten Sie im Gerichtssaal noch nie mit ihm zu tun. Können von Glück reden. Er war faul und dumm und hätte seine eigene Großmutter erschossen, wenn ihm das ein paar Cent eingebracht hätte.«

»Können Sie sich irgendeinen Grund vorstellen, warum Stark mit einer New Yorker Anwaltskanzlei Geschäfte gemacht haben könnte?«

Rhonda unterdrückte ein Kichern. »Normalerweise waren Jed Starks Ambitionen weit niedriger angesiedelt, aber es sind schon seltsamere Dinge passiert. Ich werde darüber nachdenken, Chefin, versprochen.«

14

Es gab Prozesse, die Bell mehr zu schaffen machten als andere. Aber das behielt sie für sich. Es führte zu nichts, wenn man seine Gefühle preisgab; dann wurde man nur als schwach und töricht betrachtet und obendrein als selbstsüchtig und fantasielos, als könnte man die Dinge nur anhand der eigenen Erfahrungen beurteilen. Als könnte man das Grundübel einer bestimmten Verhaltensweise nur ergründen, wenn man selbst davon betroffen war. Sie war Staatsanwältin, und das bedeutete, dass sie einen Eid darauf geschworen hatte, alle Arten von Verbrechen, unabhängig von ihrer Schwere, zu verfolgen und die Täter zur Verantwortung zu ziehen. Sie durfte keine Vorlieben haben – weder was die Menschen noch was die Straftaten betraf. Ungeachtet der Schwere eines Verbrechens wurde von Bell verlangt, dass sie jeden Fall mit derselben unerbittlichen, aber neutralen Strenge verfolgte.

Kinder, die von ihren Eltern missbraucht wurden: Das waren die Fälle, die ihr sehr zu Herzen gingen und sich wie Haken tief in ihr Fleisch gruben. Jedes Mal, wenn sich das Blatt im Verlauf eines Prozesses wendete, bei jedem noch so kleinen Problem während des Verfahrens, gruben sich diese Haken tiefer ein. Der Grund, warum solche Fälle sie bekümmerten, lag auf der Hand. Aber die Tatsache, dass sie selbst einen gewalttätigen Vater gehabt hatte – eine Tatsache, die einem Großteil der Menschen in diesem County ebenfalls bekannt zu sein schien –, war irrelevant für ihre

Arbeit. Sie erlaubte ihren Angestellten nicht, darüber zu sprechen. Sie rechnete immer mit der Möglichkeit, dass ein einfallsreicher Anwalt ihre persönliche Geschichte ins Spiel bringen und von ihr verlangen könnte, bei Kindesmissbrauch wegen Voreingenommenheit von dem Fall zurückzutreten; dass man ihre Objektivität in Frage stellen könnte. Deshalb achtete sie gewissenhaft darauf, dass sie niemals emotional oder theatralisch wurde. Ihren instinktiven Abscheu und den fast körperlichen Widerwillen verbarg sie sorgfältig hinter einer soliden, trockenen Beweisführung. Stückchen für Stückchen, Fakt für Fakt, baute Bell ihre Fälle auf. Nie erhob sie die Stimme oder wich von einer logischen Abfolge unwiderlegbarer Tatsachen ab. Aber tief in ihrem Inneren verlangte sie: *Töte diesen kranken Bastard, bring ihn sofort um.* Die Brutalität ihrer inneren Monologe erschreckte sie oft. Einmal hatte sie versucht, mit Nick Fogelsong darüber zu sprechen, hatte ihn gefragt, ob es normal sei, wenn man solche schrecklichen Rachevisionen hege, und er hatte zuerst nur geantwortet: »Oh Gott, Belfa, frag mich nicht, was ›normal‹ ist, kein Mensch kann das beantworten«, aber als sie weiter nachbohrte, hatte er gesagt: »Ich mache mir größere Sorgen um die Leute, die solche Gedanken nicht haben und das seelisch nicht verarbeiten – weil die wahrscheinlich im wirklichen Leben kaputtgehen. Sie haben kein Notfallventil.« Bell war sich nicht ganz sicher, ob sie ihm seine Theorie abnahm, aber seine Worte hatten sie beruhigt.

Am Donnerstagnachmittag stand Bell in einem stickigen Gerichtssaal, in dem der Richter Ezra Tripp den Vorsitz hatte. Sie war bereit, den Prozess gegen Lanny Waller fortzusetzen. Ein außergewöhnlich abscheulicher Typ, der aus einer Gegend namens Briney Hollow in Raythune County stammte. Er hatte sich für eine Gerichtsverhandlung vor dem Richter anstatt vor dem Geschworenengericht entschieden. Er war dreiundfünfzig Jahre alt und arbeitslos – wenn man das Verkaufen von Oxycodon-Tabletten an verzweifelte Menschen in und um Acker's Gap nicht mitzählte, die ihn auf Parkplätzen und hinter Wohnwagen trafen. Waller war so grau und dünn wie ein Abluftkamin, der von einem alten Dach aufragt. Die Haut in seinem Gesicht bildete vertikale gelbe Falten, wie die nikotingefärbten Vorhänge in einer Autobahnraststätte. Seine Zähne – die drei oder vier, die ihm noch blieben – sahen aus wie abgebrochene Äste, die in versengter Erde stecken, und waren schief und gezackt.

Die Verbrechen, die man Waller zur Last legte, waren sogar noch abstoßender als sein äußeres Erscheinungsbild. Er hatte während der letzten vier Jahre regelmäßig die drei Töchter seiner Freundin vergewaltigt. Die Mädchen waren inzwischen fünf, zwölf und vierzehn Jahre alt.

»Moment mal«, hatte Bell gesagt, als Deputy Harrison sie nach Wallers Festnahme in den Fall eingewiesen hatte. »Das Jüngste ist gerade mal fünf Jahre alt. Wollen Sie mir sagen, dass Waller ein zwölf Monate altes Kind vergewaltigt hat?« Und Harrison, die grundsätzlich gerne ohne Worte kommunizierte, hatte Bell einfach nur angesehen, und in ihren Augen hatte ein Ausdruck von Fassungslosigkeit und tiefem Schmerz gelegen, der sich durch keine noch so ausgefeilte Maßnahme der Gesetzesvollstreckung hätte abschwächen lassen. Nicht viel konnte Pam Harrison erschüttern, aber diese Sache anscheinend schon.

Die Erklärung, die Waller abgegeben hatte, hatte Bell wieder und wieder gehört, in jedem Fall von sexuellem Missbrauch, Jahr für Jahr. Er hatte sie während ihrer ersten

Befragung abgegeben: »Sie müssen das verstehen. Ich hab den Mädchen nichts getan, aber nur weil ich einen starken Willen habe. Die Mädchen sind zu mir gekommen. Okay? Sie waren es. Lassen Sie sich nicht von ihrem unschuldigen Getue täuschen. All das Weinen und Schreien und das ganze Scheißtheater, das sie abziehen. Ich sage Ihnen, die wackeln mit den Hüften und machen mich an – die ganze verdammte Zeit. Kein normaler Mann kann sich das ansehen, ohne etwas vom Kuchen abhaben zu wollen, wissen Sie, was ich meine? Zum Glück habe ich genug Anstand. Habe die Mädchen nie angefasst.«

Am Tag zuvor hatte man das Eröffnungsplädoyer abgeschlossen, und an diesem Vormittag war es mit verschiedenen Anträgen der Verteidigung und den Urteilssprüchen dazu weitergegangen. Bell, die nach der Mittagspause bereit war, sich wieder in ihren Fall gegen Waller zu stürzen, hatte sich hinter dem quadratischen Holztisch erhoben, an dem sich der Platz für die Staatsanwaltschaft befand. Auch wenn die dicken schwarzen Vorhänge das Sonnenlicht abhielten, herrschte im Gerichtssaal drückende Hitze. Teile des alten Gerichtsgebäudes wurden durch tragbare Klimaanlagen gekühlt, aber wegen des Lärms, den sie machten, waren sie in Gerichtssälen, in denen ältere Richter mit billigen Hörgeräten den Vorsitz hatten, untersagt. Protokollführerin Rosie Drake, eine stämmige Frau in viel zu enger geblümter Bluse und hellbrauner Hose, machte in regelmäßigen Abständen eine Pause, um sich den Schweiß von der Oberlippe zu lecken.

Das große Pult aus dunklem Holz, an dem Richter Tripp saß, ragte hinter Drake hoch auf. Ezra Tripp war ein alter Mann, und die Nachmittage im Sommer waren eine besondere Herausforderung für ihn. Er hatte die Neigung, nach seinem gewohnheitsmäßig üppigen Mittagessen einzunicken. Bell war klar, dass sie höchstens zwanzig Minuten Zeit hatte, um ihren Fall darzulegen, bevor Tripps Kopf nach vorne kippte und ihm die Augen zufielen. Dann würde ein Rinnsal Spucke die altbekannte Reise vom Mundwinkel bis zu seinem Kinn antreten, um schließlich in der zerklüfteten Faltenlandschaft an seinem Hals anzukommen. Bell hatte schon mehrmals miterlebt, wie das Kinn des Richters auf seiner Brust landete. Und die einzige Bewegung, die man danach noch wahrnahm, war ein gelegentliches Beben, das von dem lang gezogenen Schnarchen herrührte.

Hickey Leonard, der andere stellvertretende Staatsanwalt, stand neben Bell. Er war ein dicker Mann und sein Gesicht von der Hitze gerötet. Eingezwängt in seinen blauen Anzug fühlte er sich sichtlich unbehaglich, doch er unterdrückte tapfer den Drang, den Hals zu recken und sich die Krawatte herunterzureißen. Sein schütteres Haar – Hickey war Anfang sechzig – trug er aus der Stirn gekämmt, wo es durch die bereitwillige Unterstützung von Haargel haften blieb. Es war schwer zu sagen, welche Substanz – Schweiß oder Gel – den größeren Anteil daran hatte, dass sein Haar so feucht aussah. Hickey hatte die letzten zehn Minuten vor der Rückkehr des Richters damit verbracht, die gelben Schreibblöcke, die Bells Notizen zu dem Fall in ihrem Bezirk enthielten, zu ordnen und in der richtigen Reihenfolge zu stapeln.

Am Tisch der Verteidigung saß der erfahrene Anwalt George Pyle – mit dem unvermeidlichen Spitznamen Gomer – und sprach angespannt flüsternd mit dem Angeklagten. Waller hörte zu, dann schüttelte er heftig den Kopf. Pyle flüsterte ihm noch etwas zu, und Waller antwortete leise, und schließlich nickten beide Männer gleichzeitig. Bell hatte keine Ahnung, was da los war. Es kümmerte sie nicht. Waller war weiß Gott schuldig. Und sie war bereit, das zu beweisen.

»Mrs Elkins«, sagte Richter Tripp, seine Stimme ein dünnes Krächzen. Er wedelte mit der Hand, die wie ein schuppiges, braun gesprenkeltes Stück Fleisch aussah. »Können wir fortfahren?«

»Ja, Euer Ehren.« Bell machte Hick ein Zeichen, und er reichte ihr den Schreibblock herüber, der auf dem Stapel zuoberst lag. Sie wusste, was dort geschrieben stand, warf aber dennoch einen Blick darauf. Nur keine Fehler machen. »Die Staatsanwaltschaft ruft …«

»Warten Sie, warten Sie.« Pyle stand auf und knöpfte seine Anzugjacke zu. Er lächelte, aber sein Lächeln erreichte, wie Bell wohl bemerkte, seine Augen nicht. »Herr Richter«, sagte er, »wir möchten eine Unterbrechung beantragen.«

»Eine Unterbrechung? Herr im Himmel«, erwiderte Tripp, »wir haben noch nicht mal richtig angefangen.«

»Nun ja, Sir«, antwortete Pyle, »es gibt mildernde Umstände.«

Richter Tripp neigte den Kopf und blickte durch seine dicken, schwarz umrandeten Brillengläser auf Pyle herab.

»Wirklich? Sie haben eine neue Information?«

Pyle nickte.

»Mein Junge«, sagte der Richter, »die Protokollführerin kann mit einem Nicken nichts anfangen.«

»Wir haben eine neue Information«, wiederholte Pyle, diesmal mit dröhnender Stimme.

»Also gut.« Richter Tripp hob fragend die buschige Augenbraue und blickte in Bells Richtung. »Wissen Sie irgendetwas darüber?«

»Nein, Herr Richter.« Sie war wütend. Pyle führte offenbar irgendetwas im Schilde, aber sie hütete sich, ihre Wut zu zeigen. Tripp war exzentrisch und unberechenbar; manchmal übersah er wichtige Dinge, aber die unwichtigen, kleinen – wie zum Beispiel den sarkastischen Kommentar einer frustrierten Staatsanwältin über die Spielchen eines Verteidigers – konnten eine saftige Standpauke oder gar einen Verweis wegen Missachtung des Gerichts zur Folge haben. Sie musste gelassen bleiben, unerschütterlich, locker damit umgehen. Wenigstens so lange, bis Pyle seine Strategie verraten hatte.

»Na ja«, fuhr Tripp fort, »wir befinden uns hier in einem Dilemma. Was für eine Art Information ist das, Gomer?« Der Richter korrigierte sich. »Ich meine … Mr Pyle? Und warum ist die Bezirksstaatsanwältin darüber nicht verständigt worden, bevor wir unser Verfahren heute Nachmittag wiederaufgenommen haben?«

»Euer Ehren«, erwiderte Pyle, »wir wurden erst vor etwa einer Stunde darüber in Kenntnis gesetzt, während der Pause. Es ist von entscheidender Bedeutung für diesen Prozess.«

»Stimmt das?«

Richter Tripp schien eher interessiert als empört zu sein. Bell rang um ihre Fassung. Sie musste sich zusammenreißen, um nicht vor Wut zu explodieren. Am liebsten hätte sie auf den hinterlistigen Kerl auf der anderen Seite des Ganges einen Feuersturm von Schimpfwörtern wegen seiner kindischen Trickserei und seines unverschämt unprofessionellen Verhaltens losgelassen.

»Es stimmt, Euer Ehren«, sagte Pyle. Er sah so ernsthaft und liebenswürdig aus wie ein Pfadfinder, mit seinem einfältigen Halbmondlächeln und seinem glänzend schwarzen, dicken Haarschopf, der wirkte, als wäre seine Farbe durch die wiederholte Anwendung von Schuhcreme aufgebessert worden. Er hatte die Angewohnheit, die teigigen Hände vor der Brust zu falten, wenn er sprach. Bell kannte ein paar Einzelheiten aus Pyles chaotischem Privatleben und wusste, dass seine Rechtsethik ebenfalls keine Logik aufwies, aber Richter Tripp schien es nicht übermäßig zu stören, dass das alles vorgetäuscht war.

»Nun ja«, sagte der Richter, »aber was ist das für eine neue Information, die Sie bekommen haben, Mr Pyle, und warum um Himmels willen kann das nicht warten, bis die Staatsanwältin ihren Fall dargestellt hat? Sie kommen schon noch dran, mein Junge.«

»Weil, Euer Ehren, die Anklage des Countys vollständig auf der Aussage von Missy Skylar Wills beruht, vierzehn Jahre alt, eins der angeblichen Opfer.«

Bell spürte, dass ihr schlecht wurde. Es stimmte, Wallers Freundin, Regina, die Mutter der missbrauchten Mädchen, hatte es abgelehnt, gegen ihn auszusagen. Und Missys Schwestern waren zu jung, um in den Zeugenstand zu treten. Als Rhonda Lovejoy versucht hatte, die mittlere Schwester auf den Prozess vorzubereiten, hatte sie nicht mehr aufhören können zu weinen. Nur Missy hatte eingewilligt, gegen Waller auszusagen. Zu beschreiben, was er mit ihnen gemacht hatte, immer wieder. Ihre groteske Geschichte des nächtlichen Horrors, verursacht von einem skrupellosen Monster, das sich auf lächerlich einfache Weise Zugang zu den wehrlosen Kindern verschaffte, war ihre einzige Hoffnung, Lanny Waller verurteilen zu können. Missy war noch nicht im Gerichtssaal. Bell wollte, dass die junge Frau möglichst wenig Zeit in Wallers Nähe verbrachte. In dem Moment, als Pyle sie unterbrach, hatte Bell gerade verlangen wollen, dass der Gerichtsdiener Missy Wills hereinholte.

»Und, Euer Ehren«, fuhr Pyle fort, »wir haben neue und überzeugende Beweise, dass die Anklage, die von Missy Skylar Wills gegen meinen Mandanten erhoben wurde, von einem Mitglied des Personals der Staatsanwaltschaft erzwungen wurde. Des Weiteren wurde uns gesagt, dass Missy selbst wünscht, ihre frühere Aussage vollständig zu widerrufen. Damit hat das County keinen glaubhaften Beweis welcher Art auch immer gegen Mr Waller. Offen gesagt, wir sind entsetzt über das Vorgehen von Mrs Elkins und ihren Mitarbeitern, die versuchen, das Leben eines unschuldigen Mannes zu ruinieren, indem sie ihm solch abscheuliche Verbrechen anlasten – Verbrechen, die er angeblich ausgerechnet an der Familie verübt haben soll, die er seit vielen Jahren liebt und unterstützt.«

Richter Tripp bewegte seine Zunge im Mund hin und her. Bell verfolgte ihren Weg: linke Seite, rechte Seite, dann fuhr sie erst oben und dann unten über die Vertiefungen im Zahnfleisch. Das machte er immer, wenn er nachdachte. Wenigstens halten wir ihn wach, dachte Bell düster, während sie den Zorn niederkämpfte, der in ihrer Kehle aufstieg wie Galle. Diesmal kann er sich nicht zurücklehnen und schlummern.

Die Anschuldigung war natürlich absurd. Pyle wusste das ebenso gut wie Bell. Niemand hatte versucht, Missy Wills zu zwingen – das heißt, niemand außer Missys Mutter, die das Mädchen offenbar überzeugt hatte, einen Rückzieher zu machen. Zu behaupten, dass das alles ein großes Missverständnis sei. Sie wollte die Familie zusammenhalten.

Bell zuckte vor ihrem eigenen Gedanken zurück. Diesen Zirkus der verletzten Seelen, den Waller »Familie« nannte, ließ noch mehr bittere Galle in ihrer Kehle aufsteigen.

Aber George Pyle hatte in einer Hinsicht recht: Ohne

Missys Zeugenaussage hatte das County keine Anklage. Und das Schlimme daran war, dass so etwas immer passieren konnte. Missy war unsicher und verletzlich. Bell hatte so etwas schon vorher erlebt: Eine Mutter, die Angst davor hat, den Mann in ihrem Leben zu verlieren, opfert ihre Kinder als Köder. Als Leckerli, damit Mister Wunderbar nicht abhaut. Und dann übt Mama heftigen Druck auf das Kind aus, das zeitweilig mutig genug war, den Missbrauchstäter zu verpfeifen. »Wenn du so weitermachst«, sagt die Mutter, »dann werden sie uns auseinanderreißen, die Familie kaputt machen. Dann wirst du mich oder deine Schwestern nie wiedersehen. Und, willst du das?«

Ein Augenblick verstrich. Alle vier standen sie nun: Bell, Hickey, Pyle und Waller. Waller hob in seinem viel zu großen orangefarbenen Overall die schmalen Schultern bei dem Versuch, sich an der Nase zu kratzen. Er hatte vergessen, dass seine Hände gefesselt waren, weshalb er sie nur bis zu einer bestimmten Höhe heben konnte und sich vorbeugen musste.

»Ihre Antwort, Mrs Elkins?«, sagte der Richter.

»Miss Wills wurde von meinen Mitarbeitern nicht unter Druck gesetzt, Euer Ehren.« Bell zwang sich, einfache, präzise und freundliche Worte zu verwenden. Am liebsten hätte sie den Kopf zurückgeworfen und vor Empörung gebrüllt, aber sie durfte der Wut nicht nachgeben; sie musste geduldig sein, gleichmütig und professionell. »Wir glauben, dass ihre Darstellung der Verbrechen, die während der letzten vier Jahre in dem Wohnwagen begangen wurden, der von dem Angeklagten und von Regina Wills mit ihren drei Kindern bewohnt wurde, der Wahrheit entspricht und dass diese Aussage gültig und unbestreitbar ist. Wir haben keine Ahnung, warum und ob überhaupt Miss Wills ihre Aussage über Mr Wallers andauernde kriminelle Handlungen geändert hat.«

»Mr Pyle?«, wandte der Richter sich wieder dem Verteidiger zu. Wie ein Zuschauer bei einem Tennismatch schwenkte Tripp seinen Kopf von einer Seite des Gerichtssaals zur anderen, beobachtete Aufschlag und Return.

»Alles, was ich sagen kann, Euer Ehren«, antwortete Pyle, »ist, dass ich selbst vor ein paar Minuten mit Missy gesprochen habe, und sie ist ziemlich aufgeregt. Ihr ist klar, wie sehr sie Mr Waller mit ihren Lügen verletzt hat, und fühlt sich schrecklich deswegen. Sie möchte zu ihrer Familie zurückkehren und die ganze Sache vergessen. Und sie hofft, dass Mr Waller – der einzige wirkliche Vater, den sie je hatte – ihr all die Schwierigkeiten, in die sie ihn gebracht hat, eines Tages verzeihen wird.«

Richter Tripp schob seine fleischige Unterlippe vor, auch eine beliebte Gesichtsbewegung, wenn ihn ein Anfall von Nachdenklichkeit überkam. Im Gerichtssaal war es außergewöhnlich still geworden. Nur wenige Leute saßen auf den Holzbänken im öffentlichen Bereich, und sie hatten aufgehört, unruhig hin und her zu rutschen. Manche husteten. Jemand raschelte mit einem Stück Papier. Bell blickte zum Tisch der Verteidigung hinüber und sah, dass der Papierraschler Pyle war; er hatte ein Blatt seiner Notizen in die Hand genommen und es zwei Zentimeter neben seinem ursprünglichen Platz wieder hingelegt. Eine sinnlose Beschäftigung.

»Na ja«, sagte Tripp, »wenn die junge Dame tatsächlich ihre Anklage zurückzieht, ändert das einiges, zweifellos. Zweifellos.« Er schob seine Unterlippe ein paarmal vor und zurück. Es sah aus wie eine kaputte Kommodenschublade, die sich nicht mehr richtig schließen lässt. »Also gut.« Trotz der Anspannung gähnte Tripp. Er versuchte, es zu verbergen, indem er so tat, als hätte er nur seinen Kiefer lockern wollen. »Für heute sind wir hier jedenfalls fertig. Als Nächstes werden wir uns vergewissern, ob Missy Wills ihre Anschuldigungen gegen den Angeklagten tatsächlich offiziell zurückzieht. Wenn das der Fall ist, werde ich das Sheriff's Department anweisen, eine sofortige Untersuchung einzuleiten, um herauszufinden, wie das Büro der Staatsanwältin mit Miss Wills umgegangen ist. Sobald ich weiß, was um aller Welt hier los ist, werde ich die Information an beide Parteien weitergeben. Bis dahin wird die Sache vertagt, Leute.«

Schweigend gingen Bell und Hick nebeneinander her den Korridor entlang. Die gelben Notizblöcke hatte Hick unter den Arm geklemmt. Er hatte sich nicht die Zeit genommen, sie zurück in seine Aktentasche zu schieben, so eilig hatten sie den Gerichtssaal verlassen, bevor einer von ihnen – natürlich Bell, aber Hick gab vor, dass auch er möglicherweise unangemessen reagieren könnte – vor Wut explodierte und Richter Tripp, Gomer, Waller und vielleicht sogar der Protokollführerin so heftig die Meinung sagte, dass sich der Lack von den Kranzprofilen der staubigen Wände löste.

Sie waren auf dem Weg zurück in Bells Büro, ohne eine Vorstellung davon zu haben, was sie tun würden, wenn sie dort angelangt wären. Die Erkenntnis, dass man Lanny Waller nun wahrscheinlich freiließ und er folglich zu den drei wehrlosen Mädchen zurückkehren und sie weiterhin regelmäßig missbrauchen würde, hatte sie betäubt.

Bell ging geradewegs zu ihrem Schreibtisch, ohne Lee Ann Frickie zu grüßen, zog ihren Stuhl hervor und warf sich darauf. Sie ignorierte die rosa Zettel mit dem aufgedruckten Vermerk IN IHRER ABWESENHEIT, auf denen handgeschriebene Bitten um Rückruf standen. Die meisten stammten von Bürgern, die genau wissen wollten, wann sie und der Sheriff gedachten, ihre Ärsche in Bewegung zu setzen und die Morde an Freddie Arnett und Charlie Frank aufzuklären. Lee Ann versuchte normalerweise, die Ausdrucksweise der Anrufer zu bereinigen, wenn sie ihre Nachrichten aufschrieb. »Manche Namen, mit denen sie Sie benennen, habe ich noch nie gehört«, hatte sie am Vortag zu Bell gesagt. »Ich schätze, ich sollte für meine Erziehung dankbar sein.«

Hick stand da und wartete auf Bells Instruktionen. Sie konnten sich beide vorstellen, was an diesem Morgen in dem Wohnwagen passiert war, so lebhaft, als wären sie selbst am Schauplatz gewesen, und waren erschüttert, aber – genau wie jetzt – im Grunde hilflos, denn Familien waren Familien und machten, was sie wollten. Regina Wills, die Angst davor hatte, allein zu sein, wenn Waller ins Gefängnis musste, hatte aller Wahrscheinlichkeit nach ihre älteste Tochter unter Druck gesetzt. Wütend hatte sie das Mädchen am Arm gepackt und auf einen Stuhl gezogen, sich vorgebeugt, bis ihr Gesicht direkt vor dem ihrer Tochter war, und sie angebrüllt, sodass ihre Spucke Missy im Gesicht traf und das Mädchen zusammenzuckte. »Nimm es zurück, du kleine Schlampe. Du nimmst es zurück, hörst du? Du wirst uns nicht alles kaputt machen. Kapiert? Du sagst denen, dass du gelogen hast. Du weißt nicht, warum du das alles Rhonda Lovejoy erzählt hast – aber es war eine Lüge. Lanny hat dich niemals angefasst, und deine Schwestern auch nicht. Hörst du mich? Du weißt nichts über die Welt. Wir brauchen einen Mann, der uns beschützt. Wenn er weg ist, wer soll dann auf uns aufpassen? Wer? Hast du daran mal gedacht, Mädchen, als sie dir erzählt haben, was du sagen sollst? Als sie von dir verlangt haben, dass du über Lanny Lügen erzählst?«

Als Staatsanwältin, die bereits mit einer erschreckend hohen Anzahl von Kindesmissbrauchsfällen zu tun gehabt hatte, waren Bell schon einige Reginas begegnet. Diese Sorte Frau stellte den Mann immer über ihre eigenen Kinder. Nicht weil sie ihn liebte – das wenigstens hätte Bell noch verstehen können, weil die Leute aus Liebe, oder was sie für Liebe hielten, oft schreckliche, falsche Dinge taten –, sondern weil sie dachte, dass sie ihn brauchte. *Dass sie ihn brauchte.* Bell hörte die Worte in ihrem Inneren widerhallen. Sie war angewidert und leicht verwundert über den grotesken Mangel an Logik, der dahintersteckte. *Ihn brauchen. Oh Gott. Ihn und andere Penner wie ihn, die Arschlöcher, die nicht arbeiten, keinen Finger krumm machen, schmarotzende Idioten, die ohne dienstfertige weibliche Wesen, die sich um sie kümmern, verloren wären. Frauen, die ihnen Essen kochen, Bier holen, den Arsch abwischen. Diese Frauen benutzen also ihre eigenen Kinder als Fliegenfänger.*

Sie hatte Rhonda am Tag zuvor gewarnt: »Sorgen Sie dafür, dass Missy klar ist, was für einen Druck man auf sie ausüben wird. Sorgen Sie dafür, dass sie vorbereitet ist.«

Und Rhonda hatte sicherlich ihr Bestes getan. Aber nachdem Missy auf ihre Zeugenaussage vorbereitet und pflichtgemäß vorgewarnt worden war, gestärkt mit Cola und Gemeinplätzen über die befreiende Kraft der Wahrheit, hatte es nur einen Ort gegeben, wohin sie gehen konnte: nach Hause in ihren Wohnwagen, wo Regina auf sie wartete. Sie war bereit, Missy am Arm zu packen, sie auf einen Stuhl zu zerren und ihr zu sagen, was Sache war. Lanny hatte sie gut vorbereitet.

Es gab verdammt noch mal nichts, was die Staatsanwältin und ihre Mitarbeiter hätten tun können. Es gab keine gesetzliche Rechtfertigung, Missy und ihre Schwestern während des Prozesses von ihrer Familie zu trennen. Um den völlig unzureichenden und chronisch unterfinanzierten Staatsapparat damit zu beauftragen, sie zu schützen, brauchte man natürlich den Beweis einer unmittelbaren Gefährdung. Während des Prozesses war Waller im Gefängnis, und Bell konnte nicht behaupten, dass er im Moment für Missy und ihre Schwestern ein Risiko darstellte. Das Gesetz ging davon aus, dass eine Mutter ihre Kinder beschützte.

Das Gesetz war naiv.

Bell spürte die vertraute Wut aufwallen, eine riesige schwarze Welle, die vor ihren Augen hochschwappte und beinah ihre Vernunft überwältigte. Sie fühlte einen mächtigen Drang, von ihrem Stuhl aufzuspringen und Lanny Waller die Finger zu brechen und jeden einzelnen gellenden Schmerzensschrei zu genießen und ihm anschließend die Kniescheiben mit einem Hammer zu zertrümmern, vorausgesetzt, sie fand einen. Sie wollte ihm möglichst große Schmerzen und dauerhaften Schaden zufügen.

Dann verschwand die Wut so schnell, wie sie gekommen war. Und Bell wurde wieder einmal klar, warum sie das Recht zu ihrer Lebensaufgabe gemacht hatte: Weil es etwas anderes bot als den geschlossenen Kreislauf der Rache. Es durchbrach den Kreis und schuf Platz für die fehlgeleiteten Emotionen, die sie immer wieder bedrängten, sonst nirgendwo hineinpassten und sie sicherlich zerstören würden, wenn sie keinen Weg gefunden hätte, sie unter Kontrolle zu halten. Die Gesetze waren nicht immer sinnvoll oder fair, sie funktionierten nicht immer so, wie sie sollten. Manchmal schienen sie sich kaum von dem Chaos zu unterscheiden, das sie eigentlich in Ordnung bringen sollten.

Aber sie zielten in die richtige Richtung und bekämpften das Schlimmste.

Das Recht hatte sie gerettet, immer wieder.

Sie glaubte, dass das Recht nicht nur dazu diente, die bösen Jungs im Zaum zu halten, sondern auch die guten. Die guten Jungs gerieten angesichts widriger Umstände leicht in Versuchung zu denken, dass der Zweck jedes Mittel heiligt.

»Bell?«, sagte Hick geduldig. »Was soll ich als Nächstes machen?«

»Ich möchte, dass Sie jetzt sofort Rhonda Lovejoy kontaktieren.«

Rhonda war großartig im Umgang mit Opfern, sie hatte wirklich ein Händchen dafür. Sie wurde nicht ausfallend, so wie Sheriff Fogelsong, wenn die Befragten zögerten oder Ausflüchte fanden, aber sie war auch nicht zu nachgiebig.

»Sie nimmt gerade eine eidesstattliche Erklärung ab«, fuhr Bell fort, »im Gericht von Monk County. Sagen Sie ihr, sie soll so schnell wie möglich hierherkommen und noch einmal einen Anlauf bei Regina Wills unternehmen. Regina ist der Schlüssel. Die Wahrscheinlichkeit, dass sie zurückrudert und das Mädchen reden lässt, ist nicht groß, aber wir müssen jede noch so kleine Chance nutzen.«

»Okay. Sonst noch etwas?«

Bevor sie antworten konnte, klingelte das Telefon. Bell nickte Hickey zu, um ihm zu bedeuten, dass er an die Arbeit gehen konnte. Er antwortete ihr ebenfalls mit einem Kopfnicken und entfernte sich.

»Elkins.«

»Hi, Miss Belfa«, sagte Buster. »Dachte, ich nutze die Gelegenheit und ruf Sie gleich zurück. Bin früher als erwartet mit meinem Nachmittagsprogramm fertig geworden.«

»Ja, ich auch.« Bell versuchte, nicht allzu bitter zu klingen.

»Was kann ich für Sie tun, meine Liebe?«

Sie schob zwei Stapel Heftmappen auf ihrem Schreibtisch beiseite und fand, was sie suchte. »Okay«, sagte Bell. »Ich habe hier Ihre Aufzeichnungen zu den Autopsien von Arnett und Frank.«

»Schlimm, schlimm. Ein tragischer Verlust. Die Stadt ist so erschüttert, wie ich es noch nie erlebt habe, und ich bin schon eine Weile hier in dieser Gegend.«

»Ja. Nun, ich wollte Sie etwas fragen, was die Verletzungen von Charlie Frank betrifft, die Messerstiche. Auf der Skizze, die Sie gemacht haben, kann ich sehen, dass sie sich von der Tiefe her erheblich voneinander unterscheiden. Die im oberen Bereich seines Rumpfes, in der Nähe der Schultern, sind fast oberflächlich. Aber in der Mitte und im unteren Bereich seines Oberkörpers sind sie sehr tief. Tief genug, um wichtige Organe zu durchbohren.«

»Oh, ja, in der Tat.«

»Ist das ungewöhnlich? Ich meine, dass bei einem Angriff mit dem Messer der Kraftaufwand bei jedem einzelnen Messerstich so sehr variiert?«

Sie konnte sich nur zu gut Buster Crutchfields grüblerischen Gesichtsausdruck vorstellen: das sackförmige Gesicht, das sich faltig zusammenzog, die zusammengekniffenen wässrigen Augen. »Na ja«, sagte er, »nicht besonders, Herzchen. Eine Menge Dinge könnten der Grund dafür sein. Zum Beispiel die Position des Angreifers, die sich vielleicht während des Kampfes verändert hat. Und Charlie hat sich bestimmt bewegt, während er versucht hat, sich zu verteidigen. Ein Mann, der um sein Leben kämpft – unwahrscheinlich, dass er stillhält.«

»Okay. Danke.«

»Ich sag Ihnen was, Süße.«

Bell horchte auf in der Annahme, er hätte sich plötzlich an ein entscheidendes Detail erinnert, das beiden Opfern gemeinsam war. »Wie ich schon sagte«, fuhr Buster gedehnt fort, sein Tonfall so weich wie Seide, »ich lebe schon eine lange Zeit in dieser Gegend. Aber wir hatten hier noch nie einen Sommer, der so düster und so traurig war wie dieser.«

»Da haben sie recht.« Sie war enttäuscht, und ihr Abschiedsgruß fiel entsprechend verhalten aus.

15

Bell merkte erst, wie hungrig sie war, als sie zwei Stunden später Lee Ann Frickie im Vorzimmer eine Packung Butterkekse öffnen hörte. Das einladende Knistern zerreißenden Zellophans reichte aus, um Bell hinter ihrem Schreibtisch hervorzulocken. Sie sah ihre Sekretärin leidend an. Lee Ann kapitulierte sofort und teilte den Inhalt der Packung auf.

»Das«, sagte Lee Ann, als sie drei Kekse in Bells Hand legte, »ersetzt aber kein Mittagessen, Belfa.«

»Ist klar.«

Mit einem sowohl verlegenen als auch dankbaren Grinsen kehrte Bell an ihren Schreibtisch zurück. Sie hatte noch einen Termin, bevor sie Feierabend machen konnte. Sie hatte ihn am vorigen Nachmittag festgelegt, als sie den Anruf getätigt und wie erwartet Tommy LeSeurs Anrufbeantworter erreicht hatte. In diesem Fall war es ihr so lieber. Sie wollte sich klar ausdrücken. Es war leichter, ein Anliegen deutlich hervorzubringen, wenn man eine Nachricht hinterließ und nicht die Gefahr bestand, dass man von seinem Gesprächspartner unterbrochen wurde.

»Hier spricht Belfa Elkins, Staatsanwältin von Raythune County«, hatte sie gesagt. »Ich möchte, dass Sie morgen um sechzehn Uhr dreißig in mein Büro kommen. Wenn Sie damit ein Problem haben, würde ich gerne mit Ihrem Bewährungshelfer darüber sprechen.« Damit war garantiert, dass er kam, denn auf zusätzliche Scherereien mit einem Bewährungshelfer hatte ein Exhäftling keine Lust.

Um 16.37 Uhr – Bell sah auf die Uhr, als Lee Ann sie vom Vorzimmer aus anrief – tauchte Tommy LeSeur auf. Bell blickte durch die halb geöffnete Tür. Der Besitzer der Bar, die seinen Namen trug, war ein großer Mann mit Bauchansatz. Er trug einen langen schwarzen Ledermantel und einen schwarzen Cowboyhut, den er weit aus dem Gesicht geschoben hatte, was ihm ein Aussehen von aggressiver Lässigkeit verlieh. Seine Gesichtsbehaarung bestand aus einem nachlässig rasierten, grau melierten Ziegenbart.

»Kommen Sie rein«, sagte Bell.

LeSeur knurrte etwas und trat ein. Hinter ihm reckte sich Lee Ann in ihrem Bürostuhl, um Bell sehen zu können. Sollte sie die Tür offen lassen oder schließen?

Mit einem leichten Kopfschütteln signalisierte Bell: Lassen Sie sie offen. Sie hatte keineswegs Angst vor Tommy LeSeur, sondern wollte vielmehr, dass er nicht den Eindruck gewann, er sei so wichtig. Ein Treffen mit der Staatsanwältin hinter verschlossener Tür war ein Privileg. Er war nur ein Penner und einer von vielen Exverbrechern, mit denen sie zu tun hatte.

»Yeah«, sagte LeSeur. Das war seine Version von »Hallo«. Nachdem er seine Umgebung mit einem kurzen Blick in Augenschein genommen hatte, ließ er sich auf den Metallstuhl fallen, der an der Ecke von Bells Schreibtisch stand, rutschte tiefer und sah an die Decke. Er machte sich nicht die Mühe, seinen Hut abzulegen. Bell wunderte sich, dass er nicht herunterfiel, das musste am Schweiß liegen, der die Eigenschaft von Klebstoff hatte.

»Sie hatten Samstagnacht ein wenig Ärger draußen in Ihrer Kneipe«, sagte sie. »Ich war dort. Habe den Kerl auf dem Fußboden gesehen. Habe Deputy Sturm ausgeholfen.«

Er schielte zu ihr hinüber, als versuchte er, sich an ihr Gesicht zu erinnern, dann zuckte er mit den Schultern. Fehlanzeige. Sie gehörte auch nicht zu der Art Frauen, deren Gesichter er sich merken konnte. Sie war nicht blond, sie war nicht vollbusig, und sie kicherte nicht, wenn er seinen Finger mit der Zunge befeuchtete und mit angedeuteter Laszivität langsam über seine Hutkrempe gleiten ließ, was er nun tat.

»Yeah«, sagte er. »Und?«

»Sie sind auf Bewährung, Mr LeSeur.«

»Erzählen Sie mir was Neues, Lady.«

»Schmaler Grat.«

»Hä?«

»Sie bewegen sich auf einem schmalen Grat. Ihr Bewährungshelfer sagt, dass Sie die Erlaubnis haben, die Bar zu betreiben, weil es die einzige Art ist, die Sie kennen, Ihren Lebensunterhalt zu verdienen. Aber Sie haben die Auflage, sich von anderen Exstraftätern und von jedem, der einmal in kriminelle Machenschaften verwickelt war, fernzuhalten.«

»Yeah.« Er reckte das Kinn und kratzte sich. »Und?«

»Und es hat einen Mord in Ihrer Bar gegeben.«

»Yeah.«

»Kein gutes Zeichen.«

»Man hat den Kerl geschnappt, Lady, okay? Jed Stark hat sich mit der falschen Tussi eingelassen. Hat irgendein eifersüchtiges Arschloch angepisst, und fertig.« LeSeur schlug mit den Händen auf die Armlehnen und schickte sich an, sich aus dem Stuhl zu hieven. »War's das?«

»Nein.«

Er hielt inne.

»Ihre Bar ist in Collier County, Mr LeSeur, und damit außerhalb meines Zuständigkeitsbereichs.«

»Yeah.« Ein erfreutes Blitzen in seinen wässrigen Augen. »Darauf wollte ich auch schon hinweisen. Sie haben kein Recht, mir Ärger zu machen.«

»Aber als Sie vor einigen Jahren wegen des Besitzes von Drogen und der Absicht ihrer Verbreitung festgenommen wurden – das war vor meiner Zeit hier, Mr LeSeur, aber Sie würden staunen, wie gut heutzutage alles dokumentiert ist –, da hat die Verhaftung in Raythune County stattgefunden. Nicht in Collier. Also habe ich sehr wohl auch ein Pferd im Rennen.«

Das Blitzen in seinen Augen verschwand. »Okay, Lady. Was wollen Sie von mir?«

Bell zog ein kleines Foto aus einem Papierstapel auf ihrem Schreibtisch. Sie hatte es heute Morgen mitgebracht. Jetzt schob sie es über die Tischplatte. LeSeur musste sich aufrichten und nach vorne beugen, um es anzusehen. Ein Blick, dann sank er unbeeindruckt wieder zurück in seinen Stuhl.

»Wer ist das?«, fragte er.

»Meine Schwester. Shirley Dolan.«

»Wollen Sie, dass ich ihr einen Job an der Bar gebe?«

»Nein.«

»Was dann?«

Mit zwei Fingern zog Bell den Schnappschuss wieder zurück und schob ihn unter ein Buch. Er hatte ihn nicht berührt. Hätte er es versucht, sie hätte seine Hand weggeschlagen.

»Nächstes Mal, wenn diese Frau in Ihrer Bar aufkreuzt«, sagte Bell, »werden Sie sie nicht reinlassen.«

Er blickte sie amüsiert an. »Nicht?«

»Nein.«

»Warum?«

»Weil ich es sage.«

LeSeur leckte sich über die Unterlippe. »Lady«, sagte er, »Sie machen mir Angst.«

»Ich versuche nicht, Ihnen Angst zu machen. Ich versuche, Ihnen eine Anweisung zu geben.«

Er dachte darüber nach. »Sehen Sie, ich habe keine Ahnung, wer sie ist, okay? Wie sollte ich jeden im Auge behalten, der in meiner Bar ein- und aus...?«

»Keine Ahnung«, unterbrach sie ihn. »Das ist Ihr Problem. Aber wenn ich herausfinde, dass sie wieder in Ihrer Bar war, Mr LeSeur, kann ich Ihnen eine Menge Ärger bereiten. Und das wollen Sie bestimmt nicht.«

Wieder wurde sein Blick nachdenklich. »Ich habe nichts getan«, sagte er. Ein gekränkter Ton lag in seiner Stimme, aber er klang eingeübt. »Ich könnte Sie wegen Belästigung anzeigen, mich einfach so herzubestellen und mir zu drohen.«

»Könnten Sie.«

Ruhig sahen sie einander über den unaufgeräumten Schreibtisch hinweg an.

»Sie ist Ihre Schwester, was?«

Bell nickte kurz, neigte ihren Kopf, ohne den Blick abzuwenden.

»Und Sie denken ... warten Sie, Moment, lassen Sie mich raten«, sagte er. »In meiner Bar herumzuhängen hat einen schlechten Einfluss auf sie.« Sein Kopf wackelte, als er ein näselndes Kichern ausstieß. »Wie wenn die Masern umgehen und man sich ansteckt.« Er lachte. Nach fünfunddreißig Jahren als starker Raucher von Zigaretten und allem, was er sonst noch an Rauchbarem hatte finden können, klang sein Lachen rau und krächzend. »Gute Nachrichten für Sie, Lady. Alle, die in meine Bar kommen, finden genau das, was sie suchen. Nicht mehr und nicht weniger. Und sie gehen genauso wieder raus, wie sie gekommen sind.«

Außer Jed Stark, wollte Bell sagen, tat es aber nicht. Es war nicht der richtige Moment.

»Wie auch immer«, sagte sie. »Aber lassen Sie Shirley Dolan auf gar keinen Fall rein.«

Er setzte sich noch aufrechter hin und ließ seinen Blick durch den Raum schweifen: ein großes Bleiglasfenster, braune Vorhänge, Bücherschrank mit Glastür. Darin eine Sammlung von Gesetzesbüchern. Reihe für Reihe schwarze, ledergebundene Buchrücken. Das Leder sah aus, als hätte es bedeutungsvolle Gedanken aus Jahrhunderten aufgesaugt. LeSeur blinzelte, als er stumm die Titel las. Oder es versuchte, dachte Bell. So tat, als lese er. Die Alphabetisierungsrate in dieser Gegend war deprimierend niedrig.

Er würde nachgeben, das wussten sie beide, aber vorher musste er sie noch ein wenig zappeln lassen. Das verlangte seine Würde. Drogendealer – und Tommy LeSeur war einer gewesen und würde immer einer bleiben, egal, als was er sich selbst bezeichnete, egal, was für Märchen er seinem Bewährungshelfer erzählt hatte – waren trotz ihres Machogehabes Schlappsäcke und reagierten wie Drittklässler höchst sensibel auf Kränkungen und Beleidigungen.

»Gut«, erklärte er. »Aber noch eine Frage.« Als Bell nichts sagte, fuhr er fort: »Was wird Schwesterchen dazu sagen? Wenn ich sie das nächste Mal an der Tür wegschicke, meine ich?«

»Keine Ahnung. Ist mir egal.«

»Es könnte sein, dass es ihr nicht gefällt.«

»Es gibt auch eine Menge Dinge, die mir nicht gefallen«, sagte Bell. »Aber die muss ich trotzdem über mich ergehen lassen.«

Sie versuchte, ihn noch eindringlicher anzusehen, in der Hoffnung, dass er verstand, was sie meinte, und merkte, dass sie ihn gerade beleidigt hatte. Während des ganzen Gesprächs hatte sie ihren Blick von LeSeurs vernarbtem grauem Gesicht nicht abgewandt. Wegzusehen war ein Zeichen von Schwäche, und sie wusste, wie wichtig es war, vor den Tommy LeSeurs in dieser Welt nicht schwach zu wirken.

Verdammt. Es war wichtig, vor niemandem schwach zu wirken, und Punkt.

Er hob seine Schultern und ließ sie wieder sinken. Es war schwer zu sagen, ob er verstanden hatte, was sie meinte. »War's das? Ist das alles, was ich zu tun habe?«

»Das ist alles.«

Seine Kapitulation ging mit einem spöttischen Grinsen einher. »Ist auch egal, bei mir ist ziemlich viel los.«

Und dann war es vorbei. Die Verhandlung war gar keine wirkliche Verhandlung gewesen, denn in diesen Gefilden – dem Bereich von Tageslicht und Bücherschränken mit Glastüren – hatte sie das Sagen. Es gab andere Bereiche, in denen es nicht so glattgelaufen wäre, Bereiche, wo Tommy LeSeur am längeren Hebel saß.

Er hatte ein wenig Mühe beim Aufstehen, weil er beim Reden und dem Versuch, cool auszusehen, auf dem Stuhl so weit hinuntergerutscht war. Bell gab sich nicht die Mühe, ihr Lächeln zu verbergen, als ihr auffiel, dass Tommy LeSeur nicht mehr der Jüngste war. Er mochte versuchen, jung und cool auszusehen, und seinen Körper unter schwarzem Leder verbergen, aber tatsächlich war er auf dem besten Wege, ein alter Mann zu werden, vertrocknet, fett und verbraucht, einer, der steife Glieder und Krämpfe bekam, wenn er zu lange saß. Er war gewöhnlich. Ein heruntergekommener Kleinkrimineller, der sein Leben damit verbracht hatte, die Schwächen anderer auszunutzen, und nun wurde er selbst von Tag zu Tag schwächer, ging auseinander, baute ab. Seine Eitelkeit war erbärmlich. Tommy LeSeur war ein Angeber. Ein Loser. Ein Witz. Und dennoch – manchen Wildtieren soll man niemals den Rücken zukehren, auch wenn sie den Eindruck erwecken, sie seien domestiziert – durfte er unter keinen Umständen unterschätzt werden.

Bell war fast zu Hause, als ihr Handy läutete. Der Klingelton – Gloria Gaynors Disco-Hit *I will survive* von 1978 – gab ihr den Hinweis, dass ihr Exmann anrief.

»Hi Sam«, sagte sie. Freundlich, aber knapp. Seine Fehltritte seit ihrer Scheidung reichten von »leicht ärgerlich« bis »an der Grenze zu unverzeihlich«. Bell verschwendete keine Zeit und keine emotionale Energie, indem sie ihn hasste, sondern empfand eine Art generellen Widerwillen angesichts eines Gesprächs mit ihm. Er war nun mal Carlas Vater und würde deshalb immer ein Teil von Bells Leben sein, ob ihr das passte oder nicht.

»Hey«, sagte er. »Wie geht's?«

Das war verdächtig. Sam machte eigentlich keine Höflichkeitsanrufe.

»Gut«, sagte Bell. Sie hatte an einer Kreuzung angehalten, wartete auf Grün, und als sie weiterfuhr, drückte sie kräftiger aufs Gaspedal als notwendig.

»Okay. Na ja, ich wollte nur mal nachfragen. Habe wieder von Tante Thelma gehört. Sie kennt die Familie Frank ziemlich gut. Oh Gott, Belfa. Was ist da bei euch los? Zwei ungelöste Mordfälle, einer direkt nach dem anderen? Wie kommst du klar?«

»Willst du irgendwas, Sam?«

»Wie ich gesagt habe. Nur mal nachfragen.«

»Okay. Du hast nachgefragt. Hat Carla angefangen zu packen? Hör zu, wenn sie auf dem Flug keinen großen Koffer mitschleppen will, kannst du ihre Kleider und was sie hier sonst noch braucht auch mit der Post schicken. Ist vielleicht einfacher.«

»Hmm ... klar.«

Da war wieder dieser komische Klang in seiner Stimme. Bell hatte kein Interesse daran herauszufinden, was er zu bedeuten hatte. Aber ihr kam ein Gedanke: Sam war freundlich. Weiß Gott, warum, aber sie konnte den Vorteil nutzen. Er arbeitete auf der schicken Seite der Juristenwelt, auf der Seite der Audis und Delikatessen. Seine Welt unterschied sich drastisch von ihrer – der Welt der Ford Explorer und Erdnussbutterkräcker.

Sam, so wurde ihr klar, war vielleicht in der Lage, ihre Neugier über die Visitenkarte in Jed Starks Tasche zu befriedigen.

»Hey«, sagte sie. »Hast du je von einer Anwaltskanzlei in New York City gehört, die Voorhees heißt? Von einem Typen namens Sampson J. Voorhees?«

»Natürlich, den kenne ich. Dem Namen nach, meine ich. Er ist aber nicht wirklich ein Anwalt. Eher ein schleimiger, widerlicher – Moment, lass es mich freundlich ausdrücken – Problemlöser.«

»Problemlöser.«

»Ja. Auch hier in D.C. gibt es ein paar von denen. Die ›Anwaltskanzlei‹ ist in ihrem Fall ziemliche Augenwischerei. Das sind Leute, die für Geld ihre Muskeln spielen lassen. Sicherheitsdienst. Und sie fungieren als halb legale Privatdetektive.«

»Zum Beispiel?«

»Zum Beispiel … na ja, sagen wir mal, du bist ein schwerreicher Firmenchef und denkst, dass deine Frau etwas mit dem Golfprofi aus eurem Sportverein hat. Du willst Fotos, du willst Mitschriften oder Bänder von abgehörten Gesprächen, du willst Kopien von E-Mails – aber diskret. Ohne dass es jemand merkt. Denn was du wirklich willst, ist ein Druckmittel. Jemand, den du erpressen kannst. Dann haben Voorhees und seine Bande ganz schön zu tun, das kann ich dir sagen.«

»Aber warum ist da keinerlei Kontaktinformation auf seiner Visitenkarte? Wie kann er unter seinem Namen Geschäfte machen?«

»Das will er gar nicht«, sagte Sam, und er sprach den Satz langsam aus, Wort für Wort, wie ein Förderschullehrer. Als hätte sie ihn nach einer einfachen Mathematikaufgabe gefragt, die selbst ein Vorschulkind hätte lösen können. »Er arbeitet ausschließlich auf Empfehlung. Wie in der Geschichte von dem Typ, der sich für einen Job bei einem Politiker in Chicago bewirbt. Der Politiker sagt: ›Wer hat Sie geschickt?‹, und der Typ antwortet: ›Niemand‹. Und der Politiker sagt: ›Ich will niemanden, den niemand geschickt hat.‹ Voorhees will nicht, dass du Kontakt zu ihm aufnimmst – außer wenn du weißt, wie das geht. Wenn du nicht zu diesem besonderen Netzwerk von Abmachungen und gegenseitigen Gefälligkeiten gehörst, ist er nicht interessiert. Deshalb ist es nur natürlich, dass man auf seiner Visitenkarte keine Kontaktdaten findet. Aber wahrscheinlich könnte ich irgendwie an eine Telefonnummer herankommen.«

»Großartig«, sagte Bell. Sie stand nun auf ihrer Auffahrt, saß bei ausgeschaltetem Motor im Wagen und hörte ihm aufmerksam zu. Sie war schon vor ein paar Minuten zu Hause angekommen, hatte ihn aber nicht unterbrechen wollen.

»Warum fragst du?«

»Zu kompliziert, um es zu erklären. Muss jetzt Schluss machen, Sam.«

16

Am Freitag um zwölf Uhr mittags stand die Sonne wie eine blasse weiße Brandblase an einem noch blasseren Himmel. Die Sonne hatte den asphaltierten Parkplatz des Raythune County Medical Center in ein Tal des Elends verwandelt. Er war heute voll von Menschen anstelle von Autos, und im flimmernden Hitzedunst wirkte das solide schwarze Rechteck mit den hellgelben Streifen provisorisch, substanzlos, als könnten seine Konturen sich jeden Moment auflösen und zu einem Strom aus heißem, flüssigem Teer werden. Das Krankenhaus selbst war aus topasfarbenen Ziegeln gebaut und verfügte über zwei Stockwerke. Auf der einen Seite befand sich ein moderner, einladender Eingangsbereich hinter einer dekorativen Rasenfläche, auf der anderen eine bedrohlich wirkende Doppeltür, auf der in roten Großbuchstaben NOTAUFNAHME stand. Obwohl zehn Jahre alt, war das Krankenhaus eines der neuesten Gebäude im County.

Die Leute auf dem Parkplatz wirkten gequält und gleichzeitig aufgeregt. Sie schienen sich in einem langen, langsamen, unvermeidlichen Prozess des Schmelzens zu befinden, wie Wachskreiden, die jemand auf eine Heizung gelegt hat. Aber ihre Augen glänzten vor Erwartung. Da waren alte Frauen, eingezwängt in Plastikgartenstühle, die sie mitgebracht hatten und die beim Aufklappen mit einem lauten Klacken eingerastet waren; alte Männer mit Panoramasonnenbrillen und Baseballkappen, die stolz auf ihren glänzenden braunen Elektromobilen saßen, auf denen Aufkleber mit der amerikanischen Flagge prangten; kleine Kinder, die mit angezogenen Beinen in kleinen roten Handkarren saßen und sich darum stritten, wer den letzten Schluck aus dem Saftkarton bekam. Am äußeren Rand der Menge standen magere Teenager in abgeschnittenen Jeans und engen T-Shirts und hackten mit beiden Daumen auf ihren Handys herum, auch wenn die Empfänger ihrer Nachrichten direkt neben ihnen standen. Außerdem gab es eine beträchtliche Anzahl von Hunden, denen die blassrosa Zunge seitlich aus dem Maul hing. Aus zwei riesigen schwarzen Lautsprechern drang laute, aggressive Musik.

Bell war vor zwanzig Minuten hier angekommen. Deputy Harrison hatte sie in einem der beiden schwarzen Chevy Blazer, die der Bezirksverwaltung gehörten, mitgenommen. Der andere war für Sheriff Fogelsong vorgesehen. Harrison war eine winzige Frau, kaum eins fünfundfünfzig groß, aber so kräftig wie ein Brückenpfeiler – jedoch noch weniger gesprächig. Aber sie hatte Fähigkeiten, die das wettmachten: Sie konnte schneller laufen als so ziemlich jeder Mann im ganzen County. Und besser schießen.

Kurz nachdem sie den Blazer geparkt hatte, nickte Harrison Bell zu und entfernte sich abrupt. Sie begann ihre Patrouille am äußeren Rand der Menge entlang und sah sogar in ihrer braunen Polyesteruniform mit dem flachen braunen Hut und den schwarzen Stiefeln unwahrscheinlich cool aus. Sie steckte die Daumen unter ihren Gürtel, aber anders als bei ihrem Kollegen Charlie Mathers musste sie sich durch keinen Bauchspeck graben. Harrison war rank und schlank. Die Wölbung des schwarzen Lederholsters an ihrer Hüfte war das einzig Runde an ihr.

Bells Blick schweifte über den glühend heißen Parkplatz.

Ein paar Leute erkannten sie und winkten; pflichtschuldig winkte sie zurück. Die Gesichter sahen aus, als wären sie unter Wasser. Ihre Umrisse waren verschwommen und verwischt durch einen Schleier aus Schweiß. Bell spürte die Hitze vom Asphalt durch ihre Schuhsohlen aufsteigen, während sie ihr gleichzeitig von oben auf den Kopf drückte. Sogar der Applaus fiel der Hitze zum Opfer. Er klang halbherzig, dumpf, ein trockenes Rasseln, das jedes Mal über den brechend vollen Platz hinwegzog, wenn sich etwas regte und die Leute glaubten, dass es endlich losging.

Zwei Menschen – eine alte Dame und ein Kleinkind – waren bereits den Temperaturen erlegen und von Sanitätern weggetragen worden, schlaff und mit glasigen Augen. Wenigstens sind wir hier gleich bei der Notaufnahme, dachte Bell. Praktischer geht's nicht.

Sie versuchte, grob die Anzahl der Anwesenden zu schätzen. Waren es tausend Leute, wie Sheriff Fogelsong es für heute prophezeit hatte? Vielleicht, so etwa. Auf jeden Fall war es eine der größten Versammlungen, die Bell in Raythune County je erlebt hatte. Vielleicht stellten die Hotdogs und die Cola, die weiter hinten an langen Tischen kostenlos angeboten wurden, die eigentliche Verlockung dar – obwohl manche Besucher anscheinend ihre eigenen Erfrischungen mit hereingeschmuggelt hatten, Getränke, die unter die Rubrik »für Erwachsene« fielen. Kein Wunder, dies war ein besonderer Tag. Die Leute waren ziemlich aufgeregt, Jessup, den ehemaligen Gouverneur von West Virginia, auf einem seiner seltenen Besuche in seiner alten Heimat zu sehen.

Doch der Beginn der Show verzögerte sich. Jessup und seine Begleiter waren schon vor einiger Zeit in einem großen, wuchtigen weißen Wohnmobil mit dem Kennzeichen

WV GOV angekommen, aber unverzüglich in das Gebäude gehastet. Alles, was die Menschen hier nun tun konnten, war warten und schwitzen.

Während sie die Menge betrachtete, tat Bell, was sie immer angesichts einer großen Menschenansammlung tat: Sie ließ ihren Blick über jedes einzelne Gesicht schweifen, wie ein Staubwedel, der über Geländerpfosten streicht. Sie hatte den Verdacht, dass sie diese sorgsame Wachsamkeit selbst im Schlaf nicht verließ. Dann bewegten sich ihre Augäpfel hinter den geschlossenen Lidern. Denn Bell lebte immer in der Gewissheit, dass sich irgendwo Unheil zusammenbraute und nur sie es aufhalten konnte. Oder: Nur sie, Nick und seine Deputys.

Welche Sünden lagen in diesem oder jenem Herzen verborgen, welche Seelen wurden von schuldbewussten Erinnerungen verfolgt oder hatten böse Absichten? Bell konnte nicht anders. Schon nach ein paar Monaten in ihrem Job hatte sie festgestellt, dass dieses ständige Abschätzen der Preis war, den man als Staatsanwältin zahlen musste. Statistiken belegten, dass bei jeder Versammlung eine bestimmte Anzahl von Menschen entweder schon ein Verbrechen begangen hatte oder es in naher Zukunft tun würde. Einige waren mit einer Straftat davongekommen oder hofften davonzukommen. Andere hatten schreckliche Geheimnisse zu verbergen.

Wer immer für die beiden brutalen Morde verantwortlich war, wer immer einem alten Mann den Kopf zertrümmert und einen anderen erstochen hatte, konnte sich in diesem Moment in ihrem Blickfeld befinden. Vielleicht war er da vorne in der Menge, wischte sich den Schweiß aus dem Nacken, murrte über die Hitze oder grinste über einen Witz, während er in dem verschlossenen Keller seiner Seele von zukünftiger Dunkelheit träumte, davon, was er noch tun würde.

»Ist's euch warm genug?«

Die Menge brüllte »Yeah!«, »Zur Hölle, ja!« und »Oooh, ja!«, johlte und pfiff. Kleine Kinder bettelten darum, auf die Schultern gehoben zu werden, und die Väter taten ihnen den Gefallen. Alte Leute erhoben sich mühsam von ihren Gartenstühlen und starrten in die Richtung der mit Flaggen geschmückten Lkw-Ladefläche. Mit der einen Hand schirmten sie die Augen ab, die andere hatten sie zur Faust geballt und in die füllige Hüfte gestützt, um das Gleichgewicht zu halten.

Riley Jessup stand auf der behelfsmäßigen Bühne, als wäre das für einen neunundachtzigjährigen Mann die natürlichste Sache der Welt. Er umfasste ein kabelloses Mikrofon so liebevoll wie eine Eiswaffel und blinzelte in das Sonnenlicht, das alles einhüllte. Sein Kopf erinnerte an einen weißen, haarlosen Brocken, der auf dem breiten Balken seiner Schultern saß. Er war klein und bedenklich übergewichtig, aber sein maßgeschneiderter Leinenanzug war so diskret geschnitten, dass sein wirklicher Körperumfang verborgen blieb.

»Ist's euch warm genug?«, wiederholte er. Das Echo seiner verstärkten Stimme hüpfte in kleinen Fetzen über den Parkplatz. Die Menge jubelte, lachte, stampfte, schrie und pfiff, und Bell sah, dass Jessup das alles in sich aufsog, diese gewaltige Liebe und die ehrliche Bewunderung. Er inhalierte sie, absorbierte sie, und sie hätte schwören können, dass man sogar sehen konnte, wie die ungehobelte Energie der Menge ihn ausfüllte – wie ein Elixier, das ihn aufblühen und wachsen ließ, ihn stärkte und verjüngte. Und während dieser magische Stoff durch seinen Körper strömte, schien er einen Teil seines zerbrechlichen Alters und seiner Hinfälligkeit abzuwerfen. Die Energie der Menge bewirkte, dass er sich aufrichtete und seine Arme noch höher streckte, als er in Richtung der Menge gestikulierte. Das schweißnasse, runde, gerötete Kinn hatte er erhoben und die Augen auf einen Punkt dicht über den Köpfen gerichtet, wie der Papst mit seinem alles erfassenden, beseelten Blick. Auch wenn er seit fast drei Jahrzehnten kein öffentlich gewähltes Amt mehr innehatte, wusste er, wie man mit einer Menschenmenge umging, wie man sie anstachelte und besänftigte und wieder von Neuem anstachelte.

»Oh meine Güte, oh – es ist s-o-o-o gut, wieder zu Hause zu sein!«, rief Jessup. »Hier in Raythune County!«

Mehr Jubel, mehr Pfiffe. Dann sank die Menge in sich zusammen wie ein halbgebackenes Soufflé. Das kurze Aufwallen von Aktivität hatte jeden daran erinnert, wie schrecklich anstrengend diese Hitze tatsächlich war.

»Meine Freunde«, sagte Jessup. Seine Stimme war jetzt ruhig und brachte die Leute dazu, sich zu konzentrieren und angestrengt zuzuhören. Sie waren begierig auf das, was er zu sagen hatte. Sie brauchten ihn. So wie all die Leute Riley Jessup ausfüllten, ihm Antrieb gaben, hatte er nun denselben Effekt auf sie. Bell hatte hier und da ein paar politische Kundgebungen erlebt, aber noch nie hatte sie eine so offensichtliche Synchronizität beobachtet, solch einen symbiotischen Austausch mit einer Menschenmasse. Obwohl Jessup sich so weit über die Grenzen von Raythune County hinaus bewegt hatte, erfüllte ihn dieser Ort noch mit Energie; er drang ihm immer noch ins Blut und nährte seine Träume. Raythune County war weiterhin ein Teil von ihm. Und umgekehrt.

»Meine Freunde«, wiederholte er, und die Lautsprecheranlage knackte und knisterte. »Als ich ein kleiner Junge war und in Briney Hollow aufwuchs, war es schlimm, wenn jemand krank wurde. Der nächste Arzt lebte drei Bezirke entfernt.« Jessup schüttelte den Kopf, sodass die Speckfalten an seinem Hals zitterten. »Wenn jemand wirklich krank wurde … nun, dann konnte man nur noch beten. Beten und nochmals beten. Manchmal hielt es der liebe Gott für angebracht, den nahestehenden Menschen mit ein wenig mehr Zeit zu segnen. Und manchmal auch nicht.«

Jessup machte eine Pause und runzelte die Stirn. Er blickte auf seine Schuhspitzen hinab. Jeder alte Mensch in der Menge, vermutete Bell, besann sich nun zusammen mit ihm, erinnerte sich an einen Elternteil, einen Großonkel oder eine Lieblingstante, einen Menschen, der vor einem halben Jahrhundert an irgendeinem abgelegenen Ort einen langsamen und elenden Tod gestorben war. Einen Tod, den man sich nicht vorstellen konnte in der modernen Zeit der Schmerzmittel und Antibiotika. Und der asphaltierten Straßen.

»Nie wieder!«, donnerte Jessup. Er hob ruckartig den Kopf, als hätte er plötzlich seine längst verstorbene, aber auf ewig geliebte Mutter gehört, die von der hinteren Veranda aus seinen Namen rief, damit er zum Abendessen heimkäme. »Nie wieder! Weil wir nun diese ausgezeichnete Klinik haben, direkt hier in Raythune County. Und von jetzt an hat sie sogar einen eigenen Kernspintomografen!«

Jessup nahm einen langen, tiefen Atemzug und stieß die Luft mit einem Pfeifen wieder aus, als hätte er einen Ton auf dem Akkordeon zu lange gehalten, so lange, dass er schließlich falsch herauskam. »Also, wie ihr alle vielleicht schon gehört habt«, sagte er und klang plötzlich verlegen, »habe ich es nicht schlecht getroffen.« Gekicher rollte über die Menge hinweg wie eine Flutwelle. Jeder wusste, dass Jessup ein Millionär war, der in größtem Luxus lebte, Welten entfernt von den einfachen Verhältnissen seiner Kindheit in Raythune County, und diese Tatsache schien seine Glaubwürdigkeit eher zu steigern als zu mindern. »Ich habe bei den Krankenhäusern meine Wahl getroffen. Also, mein Enkelsohn Montgomery ist wirklich sehr krank. Und das nächste Mal, wenn die Ärzte etwas mit ihm ausprobieren wollen, bringen wir ihn her. Hierher in das Raythune County Medical Center. Weil es nirgendwo einen besseren Platz gibt!«

Während die Menge stampfend und johlend ihre Zustimmung bekundete, sah Bell Sheriff Fogelsongs braunen Hut auf der anderen Seite des überfüllten Parkplatzes. Nick ging mit Deputy Harrison am Rand der Menge entlang. Bell winkte, aber er sah sie nicht. Er war zu sehr darauf konzentriert, den Platz zu überwachen. Am Tag zuvor hatte er Bell erzählt, er habe ein komisches Gefühl. Es sei nicht direkt eine Vorahnung, er verspüre nur eine seltsame Unruhe im Bauch. Zu viele schlimme Dinge waren bereits passiert. Er konnte sich nicht entspannen. Ungeachtet der vielen zusätzlichen Sicherheitskräfte war dies hier Nick Fogelsongs Beobachtungsposten, sein Bezirk. Er trug die Verantwortung. Und hier waren so viele Menschen, herrschte ein solches Durcheinander, dass nicht ausgeschlossen war, dass etwas schiefging.

Das Publikum war wieder an der Reihe, und in das Rufen und Jubeln mischten sich laute Pfiffe. Jessup hob die Hand, um dem Tumult Einhalt zu gebieten. Glücklicherweise parierten die Leute, nur vereinzeltes Kreischen war noch zu hören, und die Menge wurde still. »Also«, fuhr er fort, »das ist es, was ich euch heute sagen wollte, schlicht und ergreifend. Aber ich hoffe sehr, dass manche von euch einen Augenblick Zeit finden und vorbeikommen, um Hallo zu sagen, bevor wir zurück nach Charleston fahren. Ich werde drüben in der Lobby sein. Und danach«, sagte er großspurig mit seiner heiseren Altmännerstimme, »denke ich, solltet ihr euch einen Fluss suchen und hineinspringen, um dieser gottverdammten Hitze zu entfliehen, was meint ihr? Was meint ihr, Leute, wie sieht's aus?« Die Menge explodierte, als Jessup sie weiter anheizte: »Na? Und? Ich hör euch nicht! Lauter! Kann euch immer noch nicht hören!«

Die Rede war seit anderthalb Stunden zu Ende, aber immer noch standen viele Leute, Alt und Jung, an, um ein paar Worte mit dem Gouverneur zu wechseln. Die dicht gedrängte Menge fädelte sich durch die Eingangstür, bildete eine lange Schlange, die sich durch die mit Teppichboden ausgelegte Lobby wand, auf der anderen Seite einen großen Bogen schlug und durch die Doppeltür nach draußen führte. Von oben musste die schnörkelige Linie wohl aussehen wie das unbeholfene Gekritzel eines Kleinkinds. Ein Murmeln erfüllte die Lobby, eine erwartungsvolle Aufregung, die sich nicht in einfachen Worten beschreiben ließ. Den Leuten war es egal, wie lange sie warten mussten, um Riley Jessup zu sehen.

Man hatte fünf Sicherheitskräfte gebraucht, zwei auf jeder Seite und einen hinter ihm, die dem alten Man halfen, schwankend über einen extra großen Tritthocker von dem Pritschenwagen zu klettern. Sie führten ihn in die Lobby und setzten ihn in einen speziell angefertigten Sessel, wo sich sein Körper in seiner natürlichen Puddingform entspannen konnte. Obwohl Jessup jetzt nicht mehr in der Sonne, sondern in einem klimatisierten Raum war, bildeten sich immer noch glänzende Schweißtropfen auf seiner Stirn. Sein Hemdkragen war klatschnass und hing schlaff herunter.

Bell beobachtete das alles von der Ecke der Lobby aus. Diese Leute schienen sich nach physischem Kontakt mit diesem Mann zu sehnen, und wenn auch nur für ein paar Sekunden. Ein Händedruck. Ein flüchtiges Streifen seiner Fingerspitzen. Manche Politiker, dachte sie verwirrt, werden in West Virginia wahnsinnig geliebt, trotz Korruptionsvorwürfen, Inkompetenz und unverfrorener Faulheit, die ihnen anhaftete wie ein Fetzen Toilettenpapier an der Unterseite ihrer glänzenden Schuhe. Die Politik hier war von einer merkwürdigen Umkehrung beherrscht: Je schlechter die Leute von einem nichtsnutzigen Mandatsträger behandelt wurden, desto mehr schienen sie ihn zu verehren, vor allem im Rückblick. Bell fragte sich manchmal, ob diesem Verhalten derselbe Impuls zugrunde lag, der auch Mütter dazu brachte, ihre verlorenen Söhne zu verteidigen – die bösen Jungs, Faulenzer, Drogensüchtigen, Unruhestifter – und sie für ihre Fehler nur noch mehr zu lieben.

Und vielleicht gab es noch einen weiteren Grund, warum die Leute in West Virginia selten Groll gegen einen Politiker hegten, mochte er auf noch so groteske Weise habgierig sein. Sie wollten an etwas glauben. Das brauchten sie. Sie mussten einfach daran glauben, dass die Menschen – oder die Lebensumstände im Allgemeinen –, so schlecht sie in der Vergangenheit auch gewesen sein mochten, in Zukunft anders sein könnten. Es war eine Art zaghafter, primitiver Optimismus, über den Bell sich manchmal ärgerte. Aber er stellte auch eine Überlebensstrategie dar. Wenn man hier in der Gegend keine Hoffnung hatte – was zum Teufel hatte man dann überhaupt?

»Hey.«

Bell drehte den Kopf. Rhonda Lovejoy stand neben ihr und grinste, obwohl ihr Gesicht so rot war, dass es aussah wie eine frisch gepflückte Cherrytomate. Ihr himmelblaues Kleid mit der großen weißen Schleife am Hals war feucht und schmuddelig; insgesamt sah sie so aus, als wäre sie vollständig bekleidet unter die Dusche gestiegen, hätte aber ihre Meinung geändert, bevor sie sich einseifen konnte.

»Wie geht's Ihnen bei dieser Hitze?«, fragte Bell.

»Ganz passabel. Habe draußen meine Cousine Evie getroffen. Sie ist mit ihren sechs Kindern hier. Hat gefragt, ob ich meine Kontakte nutzen könnte, um sie ein bisschen weiter nach vorne zu bringen.« Rhonda schüttelte würdevoll den Kopf. »Keine Sorge, Chefin. Ich habe das richtiggestellt. Keine Gefälligkeiten. So läuft das nicht im Büro der Staatsanwaltschaft.«

Die Schlange bewegte sich nun schneller vom Fleck, da die Sicherheitskräfte die Leute antrieben. Jessup drückte den Leuten jetzt nur noch kurz die Hand, und die Konversation verlief einsilbiger. Sein Lächeln kam und ging wie auf einer DVD im Schnellvorlauf. Bell bemerkte eine Frau, die links neben dem Sessel des Gouverneurs stand, sich über ein Handy beugte und von dem endlosen Strom der Verehrer keine Notiz nahm. Sie war im mittleren Alter, erbärmlich dünn und in einen weißen Leinenanzug mit eleganten Goldknöpfen gekleidet. Ihre kleinen Füße steckten in knallroten High Heels. Wenn man genau hinsah, konnte man einen schwachen Abglanz von Riley Jessups groben Zügen in ihrem viel kleineren Gesicht erkennen. Sie hatte ein Grübchen am Kinn, winzige Augen und zimtfarbene Haare, die wie zwei gewölbte Hände ihre Wangen einrahmten. Bell erkannte sie von dem Foto in Donnie Frazeys Voranküpndigung in der *Acker's Gap Gazette*: Es war Sharon Jessup Henner, die Tochter des Gouverneurs.

Bell konnte nicht hören, was sie in ihr Mobiltelefon sprach, aber offensichtlich war es kein freundliches Gespräch. Das Gesicht der Frau hatte einen finsteren Ausdruck. Ihre Haut sah ledrig aus; das lag am Alter und an den Sorgen oder einem ausschweifenden Lebensstil, der Spuren hinterlassen hatte, oder an beidem. Haut erzählte immer eine Lebensgeschichte.

»Das ist seine Tochter, oder?«, fragte Bell Rhonda. Im Raum war es so laut, dass sie nicht zu flüstern brauchte.

»Genau. Ziemlich berüchtigt in früheren Jahren.«

»Wie das?«

Rhonda leckte sich über die Lippen. Sie schien sich plötzlich abgekühlt zu haben. Jetzt war sie in ihrem Element. Sie kannte die Vorgeschichten von sehr vielen Einwohnern von Raythune County und obendrein die ihrer Cousins und Großtanten und Schwiegereltern. Sie konnte sogar die Abstammungslinien der bekannteren Jagdhunde in der Gegend aufsagen. Und sie genoss es, ihre Informationen anzubringen, solange sie das in ihrem eigenen Tempo tun, ihre Geschichte Stück für Stück entrollen konnte wie ein breites rotes Band, das man dramatisch und langsam von einer Spule wickelt.

Doch dieses Mal war es komplizierter. Rhonda kannte die Geschichte der Jessups nur von dritter Seite. Sie hasste es, sich eingestehen zu müssen, dass es Familien in Raythune County gab, über die sie nur wenig Insiderinformationen hatte; das war, als fände man an einem glänzenden Apfel eine faule Stelle. Deshalb musste sie sich zuerst rechtfertigen.

»Na ja«, legte Rhonda beherzt los, »Sie müssen bedenken, dass niemand je von den Jessups gehört hatte, bevor Riley in die Politik gegangen ist. Vorher waren sie nur eine von vielen bettelarmen Familien aus Briney Hollow. Na, Sie sind auch hier in der Gegend aufgewachsen, also muss ich Ihnen nichts über Briney Hollow erzählen«, sagte sie und tat dann, als sie fortfuhr, genau das: »Da draußen leben zu viele Leute, als dass man den Überblick behalten könnte. Zu viele Kinder, die ohne Schuhe herumrennen. Keine warmen Jacken im Winter. Kein Frühstück im Bauch, wenn sie morgens zur Schule gehen. Es ist eine Schande, aber so ist es – war es damals und ist es heute noch. Briney Hollow ist einer dieser Orte, bei denen man schwören könnte, dass der liebe Gott sie vergessen hat, und wenn er sich wieder daran erinnert, ist er zu beschämt über seinen Fehler, um noch irgendwas dagegen zu unternehmen. Wie auch immer, Riley Jessup war ein ehrgeiziger Kerl, und das schon früh. Konnte wirklich gut mit Menschen umgehen – schätze, Sie haben das gerade selbst erlebt – und verfolgte seinen Weg. Immer aufwärts.«

Rhonda machte eine Pause, als ihr und Bells Blick auf eine ältere Frau in verschwitzter blauer Bluse fielen, die zu Jessups Sessel gewankt war und ihm ihre Hand entgegengestreckt hatte. Als er sie nahm und schüttelte und dann versuchte, seine Hand zurückzuziehen, hielt sie sie fest, als hinge sie über einem Abgrund und seine Hand wäre der letzte Felsen, an den sie sich klammern konnte. Jessups Gesicht zuckte in aufkommender Panik. Schließlich schritt ein Wachmann ein, der den Griff der alten Dame löste und sie wegführte, wobei sie entrüstet vor sich hin murmelte.

»Während Jessup also aufstieg«, setzte Rhonda ihre Geschichte mit noch größerem Genuss fort, »führte Sharon da draußen ein wildes Leben. Machte Jessup und seiner Frau Tammy Lynn – Gott hab sie selig, sie ist vor ein paar Jahren an Brustkrebs gestorben – unendlich viel Ärger, mit ihrer Trinkerei und weil sie mit jedem ins Bett ging. Scheint, als hätte es ihr Spaß gemacht, ihren Vater zu blamieren. Als Teenager riss sie immer wieder von zu Hause aus. Mit zwanzig, dreißig verschwand sie ganz. Hat sich aber am Ende wieder gefangen. Kam heim zu ihren Leuten, nachdem sie zu Jesus gefunden hatte – das sagte sie jedenfalls, und es gibt ja keine Möglichkeit, die andere Seite zu befragen, um ihre Geschichte zu überprüfen.«

Rhonda machte wieder eine Pause. Eine Unregelmäßigkeit trat in der Schlange auf, die an Jessups Sessel vorbeizog; wie ein ominöser Brocken in einem Abflussrohr verdickte sie sich und bildete einen wirren Knoten. Ein pummeliges Kleinkind, ein Mädchen mit rotblonden Zöpfen – das den rundlichen Gouverneur anscheinend mit dem Nikolaus in einer Shopping Mall verwechselte – hatte versucht, auf seinen Schoß zu klettern. Ein Wachmann schnappte sich das Mädchen im Pinzettengriff und beförderte es mit erstaunlicher Geschwindigkeit zurück auf den Fußboden. Die Kleine wartete fünf Sekunden und brach dann in heftiges Kreischen aus.

»Dann hat Sharon Whit Henner geheiratet«, sagte Rhonda, nachdem die Show zu Ende war und die Schlange sich weiterbewegte. »Dem Gouverneur zuliebe. Ihr Sohn, Montgomery, ist vor sechzehn Jahren geboren worden. Ein kränkliches Kind von Anfang an, und es ist schlimmer geworden. Jede Wette, dass Sharon gerade mit einem seiner Ärzte in Charleston telefoniert.« Rhonda und Bell blickten auf Sharon. Sie hatte sich ein paar Schritte von Jessups Sessel und der bunten, langen Reihe seiner Bewunderer fortbewegt und feuerte eine weitere Salve von Beschimpfungen in ihr Handy.

»Riley Jessup ist ganz verrückt nach dem Jungen«, erklärte Rhonda. Sie hatte ihre Stimme ein wenig gesenkt; dieser Teil der Geschichte war eher traurig als pikant. »Würde alles für ihn tun. Nun, immerhin, denn vorher hat sich Jessup nie besonders für die Familie interessiert, außer vor laufender Kamera. Aber jeder sagt, dass er ein anderer Mann geworden ist. Die Gesundheitsprobleme des Jungen quälen ihn wirklich schrecklich. Zerreißen ihn innerlich.« Rhonda verschränkte die Arme, ein Signal, dass sie langsam zum Ende kam. »Der Gouverneur erzählt jedem, der es hören will, dass Montgomery der einzige Grund ist, warum er noch auf der Welt ist, ich meine, der alte Mann hat einen Herzschrittmacher und Diabetes und eine Arthritis, die jeden seiner Schritte zur Qual werden lässt. Aber Gott hat ihm ein paar Jahre mehr zugestanden, sagt er, damit er Montgomery aufwachsen sehen kann.«

»Wo ist der Junge?«, fragte Bell und sah sich um.

»Oh, er ist viel zu krank, um zu reisen. Irgendwas mit dem Herzen. Wirklich schlimm, wie ich gehört habe.« Rhonda kratzte sich am Hals, der nass von Schweiß war.

»Was ist mit Sharons Mann – Whit Henner?«

Rhonda zuckte mit den Achseln. »Ist seit Jahren von der Bildfläche verschwunden. Kommt ab und zu für Fotoshootings vorbei. Sharon und ihr Sohn leben bei Riley Jessup. Haben Sie schon mal sein Haus gesehen? Glauben Sie mir, der hat genug Platz.« Ihr Gesichtsausdruck veränderte sich. Auf einmal sah sie bekümmert aus. »Wissen Sie was?«

Bell wartete.

»Verstehen Sie mich nicht falsch«, sagte Rhonda. »Die Familie tut mir leid angesichts all der Schwierigkeiten. Wirklich. Aber wenn Sie mich fragen, ist Riley Jessup ein Heuchler erster Güte. Lebt in einem Palast. Hat Geld wie

Heu. Aber als er noch im Amt war und die Möglichkeit dazu hatte, da hat er nicht einen Handschlag für die Schulen getan, die immer mehr den Bach runtergingen. Er hat sich nicht darum gekümmert, die Straßen auszubessern, die so schlecht sind, dass man sie nach einem starken Regenguss kaum mehr findet. Füllte sich die Taschen mit Staatsgeldern und ließ diese kriminellen Mistkerle den Staat führen, wie es ihnen passte, jahrelang. Ließ sie Gift in die Flüsse kippen, Abstriche bei den Sicherheitsbestimmungen machen und Bergspitzen abtragen wie ein gelangweiltes Kind, das auf einer Wiese mit einem Stock die Gänseblümchen köpft. Sie haben sicher diesen Autoaufkleber gesehen: ›Almost level, West Virginia‹ statt ›Almost heaven, West Virginia‹? Ist nicht mal mehr witzig, dank all der Riley Jessups dieser Welt.«

Bell war überrascht. Rhonda sprach normalerweise nicht mit solcher Vehemenz über Politik. Ihre Leidenschaft beschränkte sich üblicherweise auf neue Klamotten und Klatsch und Tratsch.

»Wie auch immer«, endete Rhonda, »ich vermute, dass Jessup nun etwas wiedergutmachen will mit diesem MRT-Ding. Das Erste, das wir bekommen. Schon irgendwie erstaunlich, wirklich, dass wir überhaupt ein Röntgengerät haben. Es wundert mich, dass sie sich nicht damit begnügen, einem auf den Bauch zu drücken und zu sehen, ob man schreit. Und ganz da hinten« – sie wies mit dem Kopf zum Lobbyeingang, wo ein schlanker Mann in einem raffiniert geschnittenen grauen Maßanzug stand – »ist der Typ, der Jessup davon überzeugt hat, das MRT-Gerät zu bezahlen, auch wenn ich es hasse, ihm das zugutehalten zu müssen.«

Bell wandte den Kopf. Es war Bradley Portis, ein Mann, der ihr sofort unsympathisch gewesen war, als sie ihn vor ein paar Monaten kennengelernt hatte. Der Geschäftsführer des Raythune County Medical Center war der Einzige unter allen Anwesenden, dem die Hitze nichts auszumachen schien. Sein dichtes kastanienbraunes Haar hatte nichts von seinem Glanz eingebüßt. Sein Blick war undurchdringlich, so starr und nichtssagend wie sein Lächeln. Er hatte die Hände hinter dem Rücken verschränkt und blickte leicht gelangweilt drein, während er den gewundenen Pfad von Menschen beobachtete, der sich in Zentimeterschritten fieberhaft auf Riley Jessup zubewegte. Seine Körperhaltung – Bell hätte schwören können, dass sie mithilfe eines Lasernivellierers perfektioniert worden war – und die leicht angehobene schwarze Augenbraue verrieten seine abgrundtiefe Abneigung gegen diese Leute und ihre drittklassige Kleidung. Ihr drittklassiges Leben.

»Ja«, sagte Bell, »ich kenne Portis. Hab ihn letzten Herbst auf einer Sitzung des Bezirksausschusses getroffen.«

»Nun ja, er ist eigentlich nie wirklich hierhergezogen«, murmelte Rhonda, als wäre diese Anschuldigung zu ungeheuerlich, um sie in achtbarer Gesellschaft laut auszusprechen. »Er pendelt an zwei oder drei Tagen in der Woche von D.C. hierher. Ich wette, dass er noch nie außerhalb dieser Räumlichkeiten einen Fuß auf die Erde dieses Countys gesetzt hat. Und wenn Sie mich fragen …«

Erneute Unruhe am Platz des Gouverneurs ließ sie verstummen. Drei Frauen schrien, eine nach der anderen, als reichten sie in der Reihe ein Paket weiter. Inmitten von Händeschütteln und dem nervösen Austausch von Höflichkeiten hatte sich die Schlange plötzlich geöffnet. Es gab ein wütendes Gerangel, als die Leute zur Seite sprangen wie zu Boden gefallene Murmeln, nach ihren Kindern griffen und ihre älteren Verwandten am Gürtel zu sich zerrten.

Ein Mann mit schmalem Gesicht, großen Ohren und einem schlaffem Fu-Manchu-Oberlippenbart, in grauem Tanktop und ausgebeulten Shorts war von seinem Platz ganz hinten in der Schlange nach vorne gestürzt und rannte mit ausgestreckten Armen auf Riley Jessup zu, wobei er die Leute mit seinen mageren Schultern aus dem Weg stieß und ihm die Worte »Hey Gvernör, Hey Gvernör!« zusammen mit Fäden von Speichel aus dem Mund quollen. Der Gouverneur erstarrte, das Lächeln gefror ihm im Gesicht. Sharon schnappte nach Luft und taumelte zurück.

Ein Mitarbeiter des Sicherheitsdienstes stürzte sich auf Fu Manchu, warf ihn flach auf den Rücken und drehte ihn herum wie einen knusprig gebackenen Pfannkuchen, damit ein zweiter Wachmann seine Hände mit Kabelbinder fesseln konnte, während der Mann sich aufbäumte und um sich trat. Ein dritter Wachmann drückte seinen Stiefel seitlich an seinen Hals. Ein vierter beugte sich vor und setzte die klobige Mündung einer Glock-Pistole hinter sein rechtes Ohr.

Fu Manchu war betrunken, was sofort offensichtlich wurde, als man ihn hochzerrte und er sich augenblicklich auf das schwarze Hemd des nächststehenden Wachmanns übergab. »Ich wollde«, murmelte Fu Manchu, während er hin und her schwankte und schmatzende Geräusche von sich gab bei dem Versuch, die klebrigen gelben Reste von Erbrochenem loszuwerden, »ich wollde nur Hallo sssagen ssu Gvernör Jessup. SSonss nix, ssons garnix.«

Bei dieser Hitze wurde einem von dem Geruch nach halb verdautem Alkohol unweigerlich schlecht. Einige Leute rannten taumelnd aus der Lobby, die Köpfe gesenkt, die Hände auf den Mund gepresst.

»Herr im Himmel«, murmelte Bell, eher zu sich selbst als

zu Rhonda, »wenn sie so auf einen stockbesoffenen Idioten reagieren, dann frage ich mich, was zum Teufel sie erst bei einer *wirklichen* Bedrohung machen würden.«

17

In dieser Nacht war viel los. Mehrere Autos fuhren gleichzeitig auf die Tankstelle, zwei, drei oder sogar fünf auf einmal, und die kleinen Abgaswolken, die über der Warteschlange aufstiegen, verliehen der warmen Luft eine dichte, wattige Konsistenz.

Lindy, die auf ihrem Posten hinter dem vorderen Tresen stand, blickte durch das Fenster. Auf der anderen Straßenseite war nur ein dunkles, unscheinbares Gewirr von Bäumen, weshalb man nicht viel mehr sah als diese langsame Flottille aus staubigem Chrom. Sobald ein Auto weiterfuhr, rückte ein anderes vor an die Zapfsäule. In dem Moment, wenn auf das Fahrzeug der schwache Lichtschein fiel, wurde alles sichtbar: schmutziger Kotflügel, schlammbeschmierte Reifen, eingedellte Tür. Sonnenverbrannte, mürrische Insassen, aneinander gedrängt hinter schmierigen Fensterscheiben. Der Fahrer – meistens war es der Fahrer – schälte sich aus dem Auto. Kreditkarte in den Schlitz schieben, wieder rausziehen, einstecken. Tankdeckel aufdrehen und den Zapfhahn in das schwarze Loch rammen, mit unterschwelliger Aggressivität, die der Hitze und der angestauten Frustration geschuldet war. Dann war er fertig und verschwand, und das nächste Auto rollte heran, und das Ritual begann von Neuem: reinschieben, rausziehen, aufdrehen, hineinrammen. Düsterer Blick.

»Sieht aus, als wäre das gesamte County heute Nacht mit dem Auto unterwegs«, sagte Lindy.

Jasons blaue Baseballkappe bewegte sich, was bedeutete, dass er nickte. Mehr sah sie im Moment nicht von ihm, weil er irgendwo in den Tiefen des Chipsregals verschwunden war, wo er die glatten, knittrigen Tüten nach einem kürzlichen Ansturm auf die Sorte mit Barbecuegeschmack wieder auffüllte.

»Ja«, antwortete er, »so sieht es aus.«

Die Lester-Station war eine von nur zwei Tankstellen, die es in dieser Gegend noch gab. Die andere war Highway Haven, eine Fernfahrerraststätte an der Interstate. Aber wenn es spät war und man Benzin brauchte und keinen Umweg von achtunddreißig Meilen in Kauf nehmen wollte, fuhr man mit seinem Auto entweder hierher, oder man schob es nach Hause.

Manchmal verlangten Kunden an den Zapfsäulen Lindys Hilfe. Sie winkten ihr durch die große Glasscheibe zu, wobei sie sich auf die Zehenspitzen stellten und mit den Lippen unverständliche Worte formten. Immer erschraken sie, wenn Lindys Stimme knisternd aus der perforierten Metallscheibe an der Seite der Zapfsäule kam: »Kann ich Ihnen helfen?« Die meisten Leute vergaßen die Gegensprechanlage, bis Lindy etwas sagte, auch wenn auf einem Schild über der Zapfsäule darauf hingewiesen wurde, direkt neben der Preistafel für Marlboro, Milch und Hershey-Riegel: BITTE DRÜCKEN SIE DEN KNOPF, UM MIT EINEM MITARBEITER ZU SPRECHEN.

»Äh, ja«, sagten sie dann und beugten sich zu dem Lautsprecher vor. »Die Zapfsäule funktioniert nicht. Kommt kein Benzin raus.«

Die Zapfsäule funktionierte. Sie funktionierte einwandfrei. Lindy wusste, dass das Problem woanders lag. Das Problem waren die Kreditkarten der Leute. Das Problem war, dass ihnen das Geld ausgegangen war, dass sie das Glück verlassen, sie die Perspektive verloren hatten. Das Benzin war nur das Letzte auf ihrer Liste von Dingen, die ihnen ausgegangen waren. Kinder schienen ihnen nie auszugehen. Sie saßen zusammengepfercht auf der Rückbank und pressten ihre Lippen gegen die Autoscheiben wie neugierige Fische in einem schmutzigen Aquarium.

»Versuchen Sie es mit einer anderen Karte«, sagte sie dann immer und fragte sich, wie sich wohl ihre verzerrte Stimme durch den Lautsprecher anhörte und ob sie selbst sie erkennen würde. An ihrem Ende klang die überlaute Stimme des Kunden undeutlich und blechern, wie die Stimme eines Comic-Roboters.

»Ich habe keine andere Karte.«

Sie musste sich an das halten, was im Leitfaden für Angestellte der Lester-Filialen stand, und sagte deshalb: »Na ja, dann müssen Sie wohl reinkommen und in bar bezahlen.« Wenn es nach ihr gegangen wäre, dann hätte sie gesagt: »Hören Sie, ich drücke ein Auge zu. Tanken Sie einfach so viel Sie brauchen, okay? Und dann fahren Sie weiter. Einfach weiterfahren, okay?«

Manchmal kamen sie herein. Manchmal starrte der Fahrer sie durch die Glasscheibe an. Sie befand sich in dem hell erleuchteten Innenraum, und der Fahrer stand ebenfalls in einem Lichtschein, dem der insektengeplagten Lampe über den Zapfsäulen, und so konnten sie einander über den dunklen Asphalt hinweg mit penetranter Klarheit sehen. Manchmal beugte sich der Fahrer vor und sprach eine deutlich artikulierte Obszönität direkt in den Lautsprecher. Er sagte dann etwa »Fuck you, Schlampe«, damit es über seine Stimmung oder darüber, wie sehr er in seinem Stolz verletzt worden war, keinen Zweifel gab.

Dann warf er sich wieder in sein Auto und stieg aufs Gaspedal, als ob auch dieses ihn persönlich beleidigt hätte, und bahnte sich seinen Weg vom Tankstellengelände, wich schlingernd in letzter Sekunde einem entgegenkommenden Wagen aus. Alles, woran Lindy dann denken konnte, waren die Kinder auf dem Rücksitz, durch nichts geschützt, was von Voraussicht und Verantwortung zeugte, wie zum Beispiel Anschnallgurte. Sie wurden auf dem Rücksitz hin und her geschüttelt wie Schottersteine in einer leeren Getränkedose.

Der Bezirksmanager hatte einmal zu ihr gesagt, dass man immer merken könne, wenn die ohnehin schon prekäre wirtschaftliche Situation in diesem Teil von West Virginia sich noch verschlechtere, und zwar an den Zahlen auf der Zapfsäule. In Zeiten wie diesen waren die Beträge niedrig: 1,82, 2,0 oder 2,16 Dollar. Nie über fünf Dollar. Und niemals, weiß Gott, wollte jemand volltanken. Die Leute kauften Benzin kleckerweise, warteten mit dem Tanken, solange es nur ging. Nach einem großen Ereignis – dem sonntäglichen Gottesdienst, zum Beispiel, einer Hochzeit, einer Beerdigung oder einer Feier auf dem Parkplatz eines Krankenhauses – fuhren sie nach Hause und merkten, dass sie es nicht weiter riskieren konnten, und das letzte kleine bisschen, das sie hatten, für Benzin ausgeben mussten.

Einmal, zwischen neun und zehn Uhr abends, bestand die Warteschlange vor den Zapfsäulen zu Lindys Erstaunen aus sechs Fahrzeugen, sogar ein Wohnmobil war dabei. Sie rief Jason eine Bemerkung zu.

»Ja«, antwortete er. »Große Sache dort beim Krankenhaus. Wegen einem neuen MRT-Gerät. Sie haben einen langweiligen alten Sack hergeholt, der eine Rede hält.« Er war inzwischen mit dem Chipsregal fertig und stand nun hinten vor dem Kühlregal. Er hatte schon mehrmals die Tür geöffnet und den Kopf hineingesteckt, offenbar in der Absicht, sich abzukühlen, bis Lindy ihm gesagt hatte, dass er das lassen solle. »Eine gigantische Menschenmenge, hat mein Bruder gesagt«, fuhr Jason fort. »Das hier sind wahrscheinlich Leute, die in der Nähe übernachtet haben, jemanden aus der Familie besucht haben oder was weiß ich. Sie tanken noch mal, bevor sie wieder nach Hause fahren. Wollen nicht riskieren, dass ihnen das Benzin ausgeht – nicht mit einem mordenden Scheißkerl irgendwo da draußen.«

Lindy nickte, als hätte ihr seine Erklärung weitergeholfen. Aber es war nur die Vielzahl der Kunden, die sie verblüfft hatte, nicht die Frage, wo sie herkamen. Sie wusste, wo sie herkamen. Sie las die Zeitungen. Man konnte gar nicht anders, wenn man jeden Tag einen neuen Stapel, der für eine ganze Woche reichen würde, direkt vor der Nase hatte. Sie hatte von dem MRT-Gerät gelesen und wusste im Gegensatz zu Jason sogar, wofür MRT stand. Aber sie fühlte sich nicht überlegen, sondern einsam.

»Soll ich noch mehr Kaffee machen?«, fragte er.

Sie zuckte mit den Schultern. »Ich denke schon. Die Leute sind heute Abend ziemlich darüber hergefallen.«

Er antwortete ebenfalls mit einem Schulterzucken und ging hinüber in die andere Ecke des Ladens. Als er an der Vitrine mit dem Gebäck vorbeikam, warf er mit unvermeidlichem Stirnrunzeln einen Blick darauf. Abends um diese Uhrzeit sahen die Backwaren zusammengefallen und ramponiert aus, verloren auf ihren gelben Tabletts zum Herausziehen. Die Donuts und Zimtbrötchen wurden jeden Morgen frisch angeliefert, verloren aber im Laufe eines langen, feuchten Tages ihr appetitliches Aussehen. Komisch, dachte Lindy immer, wie sich Dinge innerhalb weniger Stunden von knusprig und verlockend zu gummiartig und ekelhaft wandeln konnten. Vielleicht weil sie hinter einer kleinen Plastiktür gefangen waren.

Während Jason sich an den Kaffeekannen zu schaffen machte, kümmerte sie sich um den plötzlichen Zustrom der Kunden, die mehr wollten als Benzin. Limo. Zigaretten. Doritos. Skoal Kautabak Mint. Little-Debbie-Cremerollen. Von einem älteren Mann mit einem unerhört schlechten Toupet und Alkoholfahne wurde sie gefragt, ob sie später gerne noch Gesellschaft hätte, nach ihrer Schicht. »Nein, lieber nicht«, sagte sie und gab ihm sein Wechselgeld. Sie blickte ihm direkt in die Augen. Sie sah nicht weg, wurde nicht wütend. Ein paar Dinge hatte sie gelernt, seit sie diesen Job machte. Der Mann zog die Augenbrauen hoch, vielleicht in der Hoffnung, dass sie eine witzige Bemerkung machte oder ihn zurechtwies, damit er etwas Schlaues hätte antworten können, und als nichts kam, als sie ihn nur mit ausdruckslosem Blick ansah, drehte er sich um und ging. Kurz nach Mitternacht kamen zwei unablässig kichernde Mädchen herein und fragten, ob sie den Schlüssel zur Toilette haben könnten. Sie hatten nichts gekauft, deshalb hätte Lindy theoretisch Nein sagen müssen, aber die Kundentoiletten befanden sich in einem separaten Gebäude, einer primitiven Hütte verkleidet mit Teerpappe, die angeblich nur alle zehn Jahre mal geputzt wurde. Wenn jemand diesen Ort, warum auch immer, aufsuchen wollte, hatte sie nichts dagegen. Niemand würde sich dort lange aufhalten.

Gegen zwei Uhr morgens hatte sich die Anzahl der Kunden beträchtlich verringert. Die Dunkelheit der löcherigen zweispurigen Straße, an der die Tankstelle lag, wurde nur ab und zu von einem Paar hüpfender Autoscheinwerfer erhellt. Danach kam die Schwärze zurück und verschluckte die Straße wieder ganz, als wäre die Welt ein Vogelkäfig und jemand hätte ein Handtuch darübergeworfen.

Jason wischte in der Nähe der Kaffeekannen den Boden auf. Ein Typ, der früher am Abend hereingestolpert war, vielleicht betrunken, vielleicht auch nur tollpatschig, hatte auf dem Weg zur Kasse den gesamten Inhalt seines Jumbobechers Mountain-Dew-Limonade mit Eis verschüttet. Jason hatte das Putzen hinausgeschoben, aber schließlich hatte er sich aus Langeweile erbarmt. Außerdem waren keine Kunden im Laden.

Währenddessen stapelte und sortierte Lindy Zigarettenschachteln. Sie musste sich strecken, um das oberste Fach im Regal zu erreichen, und schaffte es knapp, die Schachteln aufzureihen, sodass man die Markennamen sah. Ihr Vater und ihre Mutter hatten beide früher geraucht. Lindy erinnerte sich lebhaft daran, wie sie ihr manchmal aufgetragen hatten, eine angebrochene Zigarettenschachtel zu suchen und in die Küche, ins Wohnzimmer oder auf die vordere Veranda zu bringen, wo sie sich gerade hingesetzt hatten. Sie reichte ihrer Mutter oder ihrem Vater die Schachtel und lächelte, weil die Eltern ihre detektivischen Fähigkeiten lobten. Dieses Lob erfüllte sie mit einer stillen Freude, als hätte sie Geburtstag und die Sonne würde scheinen. »Kann mich nie erinnern, wo ich sie hingelegt habe«, sagte ihr Vater dann, »aber dieses kleine Mädchen ist schlau. Keiner in der Familie ist auch nur annähernd so schlau wie sie.« Lindy liebte es, ihnen zu gefallen. »Sie ist ein wirklich gutes Mädchen«, fügte ihre Mutter dann hinzu und berührte manchmal Lindys Gesicht mit den Fingerspitzen, die unangezündete Zigarette zwischen Zeige- und Mittelfinger. Ihre Mutter wartete immer damit, die Zigarette anzuzünden, bis Lindy nicht mehr in der Nähe war, aus

Sorge, sie könnte sich verbrennen. In dieser Hinsicht war sie sehr gewissenhaft.

Heute rauchte ihr Vater nicht mehr. Lindy war nicht sicher, wann genau es dazu gekommen war. Er hatte es nicht groß angekündigt, sondern einfach aufgehört. Manchmal fragte sie sich, ob er einfach vergessen hatte, dass er Raucher war. Vielleicht, aber es war auch egal. Seine Lunge war schwarz und vernarbt wie die harte Borke eines längst abgestorbenen Baumes. Jeder Atemzug, den er tat, sei ein Geschenk, sagten die Ärzte, denn er würde nicht mehr viele tun.

Sie drehte sich wieder um und beobachtete Jason. Die summenden Neonleuchten über ihren Köpfen verliehen allen Dingen in diesem kleinen Raum scharfe Konturen, Kanten, die hervortraten wie die Maserung auf einem gebeizten Stück Holz: die schmalen Gänge zwischen den Metallregalen, die Kühlregale hinten an der Wand und, an allen vier Außenwänden, die Stapel von gelben Plastikbehältern mit Frostschutzmittel und Motoröl, die die untere Hälfte der großen Fensterscheiben verdeckten. Lindy hatte ein paarmal die Tagschicht gemacht, wenn sie für andere Angestellte eingesprungen war, aber es hatte ihr nicht gefallen. Wenn die Welt draußen hell war, sah der Laden schäbig und traurig aus. Er offenbarte dann genau das, was er in Wahrheit war: ein Müllhaufen. Nachts aber wurde dieser Ort zu einer kleinen Insel des Lichts. Er hatte etwas Magisches an sich, auch wenn Lindy so etwas niemals laut gesagt hätte. Nicht zu Jason und auch zu sonst niemandem.

»Hey, Jace.«

Er unterbrach seine Tätigkeit. »Ja. Was ist?«

»Nichts.«

Er fuhr mit seiner Arbeit fort und betrachtete die Kaffeekannen. Die meisten waren bis auf einen ekligen Rest leer. Der Geruch von kaltem, verkochtem Kaffee hing in der Luft, der unangenehm an den Geruch von Hundescheiße erinnerte, darin waren sich Jason und Lindy einig.

»Willst du, dass ich draußen zusammenkehre?«, rief Jason ihr zu.

»Lass es erst mal.«

Er zuckte mit den Schultern und ging nach vorne, wobei er sich bemühte, cool zu wirken. Er stellte sich an den Tresen, wo die Kunden immer auf ihr Wechselgeld warteten, stützte die Ellbogen auf und wühlte träge in den Drahtkörben mit den Skoal- und Copenhagen-Kautabakdosen.

»Bring die nicht alle durcheinander«, sagte Lindy. »Die Leute mögen das nicht.

»Scheiße, Mädchen, mach mir keinen Stress.« Cooler Gang, coole Sprüche.

Sie antwortete nicht, weil sie ihn etwas fragen musste.

»Du«, sagte sie.

»Ja.«

»Die schlimmen Sachen, die hier in der Gegend passiert sind«, sagte sie und bemühte sich um einen beiläufigen Ton. »Dieser alte Typ, der auf seiner Auffahrt ermordet wurde. Und der Typ, den sie am Straßenrand gefunden haben, mit unzähligen Messerstichen.«

»Ja.«

»Na ja, was denkst du darüber. War das vielleicht jemand von außerhalb?«

»Keine Ahnung. Ich glaube nicht, dass irgendjemand das weiß.« Er presste seinen Finger auf die Mitte einer Kautabakdose, als drücke er eine Türklingel. Dann tat er das Gleiche mit einer anderen Dose.

»Aber wahrscheinlich ist es jemand von außerhalb,

oder? Niemand aus dieser Gegend würde doch so etwas tun. Stimmt's?«

»Doch, natürlich gibt es Leute hier, die so was tun würden. Diese Drogen – sie verändern das ganze Land. Jeder sagt das.« Jason hatte noch einen zweiten Bruder. Levi Brinkerman, drei Jahre älter als Jason, war ein Speed-Junkie, abhängig von Chrystal Meth. Seine Gehirnzellen waren angefressen, und nun saß er auf der Veranda des Hauses der Brinkermans, kratzte sich und zitterte und wiegte sich mit dem Oberkörper vor und zurück. Und wenn er das nötige Kleingeld dafür zusammenklauen konnte, rauchte er das Zeug, durch das er sich fühlte – so erzählte er es Jason, und Jason erzählte es Lindy – wie der Flammenmann in *The Fantastic Four. Wie zum Teufel hieß er noch mal? Kann mich nicht erinnern. Aber so fühle ich mich. Solltest es mal ausprobieren, Junge. Wirst sehen.* Lindy und Jason sprachen selten über Levi, genauso selten, wie sie über Lindys Vater sprachen. Aber wenn, taten sie es mit großer Ernsthaftigkeit.

Eigentlich hatte Lindy deshalb heute Abend das Thema angeschnitten. Sie hatte begriffen, dass sich Jason für seinen Bruder verantwortlich fühlte. Und er verstand, wie es war, wenn jemand aus der Familie, den man liebte, ein dunkles Geheimnis hatte. Jason wusste, was sie beschäftigte, oder zumindest, was sie vielleicht gerade im Begriff war herauszufinden: dass die Menschen zu ungeahnten Dingen fähig waren. Schrecklichen Dingen. Unverzeihlichen Dingen. Dennoch musste man sich immer noch um sie kümmern. Oder?

»Dann stecken vielleicht die Drogen dahinter.«

»Ja, vielleicht.«

»Ja.«

Aber wenn er es ist, fragte sich Lindy, wenn Daddy es

ist, warum erzähle ich es dann nicht jemandem? Warne die Leute? Muss ich das nicht? Muss ich ihn nicht anzeigen? Muss ich …?

»Erde an Lindy«, sagte Jason. »Du hast wohl gerade abgeschaltet.«

»Entschuldigung.« Sie hatte eine Entscheidung getroffen: Sie würde das Haus durchsuchen, bevor sie mit irgendjemandem sprach. Es auseinandernehmen, wenn es sein musste. Vielleicht fand sie ein ausschlaggebendes Indiz für das, was ihr Vater tat, wenn er nachts hinausging. Irgendetwas. Sie würde sorgfältig vorgehen. Sie musste wissen, was los war. Sonst …

Jason sprach wieder, und sie bemühte sich, ihm zuzuhören.

»Wie auch immer«, sagte er, »wenn du mich fragst, stecken Drogen dahinter, irgend so ein Scheiß.« Er nickte weise, als hätte er Zugang zu einer riesigen und exklusiven Wissensquelle mit dem Namen ›Was-in-der-Welt-wirklich-vorgeht‹. »Das Geld muss ja irgendwoher kommen, weißt du? Es wächst nicht auf Bäumen.«

Lindy wollte gerade antworten, aber das forsche kleine Ding-Dong! – das automatische Signal, das an der Glastür ertönte, wenn jemand hereinkam – ließ sie beide hochfahren. In ihr Gespräch vertieft hatten sie sich beide vom Eingang abgewandt. Normalerweise waren sie aufmerksamer, vor allem, wenn es dunkel war.

Die Kundin kam ihr bekannt vor. Vielleicht, dachte Lindy, hatte sie ihr Foto in der *Gazette* gesehen. Ganz bestimmt hatte diese Frau die Tankstelle schon einmal angesteuert, auch wenn Lindy sich ziemlich sicher war, dass sie noch nie zuvor in den Laden gekommen war. Hatte einfach bei den Zapfsäulen bezahlt. Halblanges braunes Haar. Hübsches

Gesicht. Kein Make-up. Weiße Bluse. Hellblauer Baumwollrock. Der Rock hatte das zerknitterte, leicht ramponierte Aussehen eines Kleidungsstücks, das während eines ungewöhnlich heißen Tages bis hinein in eine ebenso heiße Nacht tapfer seine Pflicht getan hat. Lindy betrachtete das Gesicht der Frau. Es war blass, und sie sah erschöpft aus. Ihre Nase war leicht gerötet, und sie hatte Ringe unter den Augen.

»Kann ich Ihnen helfen, Ma'am?«, fragte Lindy.

Jason war ein oder zwei Schritte zurückgetreten, um der Fremden Platz am Tresen zu machen, aber er behielt sie im Auge. So spät in der Nacht mussten Lindy und er aufeinander achtgeben. Dass er die Ankunft der Frau nicht bemerkt hatte, brachte ihn durcheinander.

»Ja, ich ...« Die Frau hielt inne. Ihr Gesicht entspannte sich zu einem Lächeln. »Ich hätte gern eine kalte Limo. Ist höllisch heiß da draußen, wissen Sie. Die Hitze lässt nicht nach, nicht mal, wenn die Sonne untergeht.«

»Der Kühlschrank ist da hinten«, sagte Lindy und zeigte darauf.

Die Frau nickte und holte sich eine gekühlte Dose. Weder Lindy noch Jason sprachen, bis sie zurückkam. Sie hatten viel Erfahrung mit Nachtschichten, waren alte Hasen, aber es fühlte sich immer seltsam an, wenn die Dunkelheit ab und zu aufbrach, so wie jetzt; es gab kein Muster, nichts, was darauf hingedeutet hätte, dass eine gut gekleidete, nüchterne Frau nachts um 3.17 Uhr in den Laden kommen würde.

»Danke«, sagte die Frau, während sie das Wechselgeld auf den Fünf-Dollar-Schein, den sie Lindy gegeben hatte, entgegennahm und sich in die Rocktasche steckte.

»Sonst noch etwas?«, fragte Lindy.

Die Frau hielt ihre Dose Dr.-Pepper-Diätlimonade hoch

und bewegte sie hin und her. »Das sollte reichen.« Das Lächeln hielt sich diesmal länger auf ihrem Gesicht, und Lindy hatte das Gefühl, als sie direkt in ihre graublauen Augen sah, dass sie diese Frau mochte. Sie hätte nicht sagen können, warum.

Durch die Glasscheibe beobachtete Lindy, wie die Frau zu dem Explorer zurückging, der bei den Zapfsäulen stand. Sie hatte eine entschlossene, zielgerichtete Art zu gehen. Machte kaum eine Bewegung zu viel.

Lindy war sich nicht absolut sicher, sie hätte es nicht beschwören können, aber als sie sich die Augen der Kundin in Erinnerung rief und die verschmierte, mitgenommene Haut um sie herum, schien es ihr, als ob die Frau kurze Zeit zuvor geweint hatte.

Bell ließ die kleine Tankstelle hinter sich und fuhr zurück auf die Landstraße. Die Scheinwerfer des Explorer arbeiteten wie eine Spitzhacke, die einen Tunnel in die Dunkelheit schlägt, systematisch, aber immer nur ein kleines Stück auf einmal. Bell konnte immer nur das erkennen, was unmittelbar vor ihr lag, und danach fiel die Dunkelheit wieder hinter ihr zusammen, eine konstante Abfolge geräuschloser Einstürze.

Ihre linke Hand lag am Steuer. Mit ihrer rechten hielt sie die ungeöffnete Dose an ihre Wange, rollte sie an ihrem Hals hinunter und hinauf. Sie brauchte Abkühlung. Die kalte Dose, glitschig von Kondenswasser, seit Bell aus dem Laden und wieder in die gewaltige Hitze der Nacht getreten war, hinterließ eine breite nasse Spur auf ihrer rechten Gesichtshälfte. Es kümmerte sie nicht.

Sie fuhr schon seit Stunden. Zuerst auf Nebenstraßen. Sie schlängelten und verzweigten sich, stiegen an und fielen wieder steil ab, führten an schäbigen Wohnwagen vorbei, an überfüllten Schrottplätzen, namenlosen Flüssen und längst verlassenen Kohlehalden. Aber dann hatte sie ihre Meinung geändert und war auf die Interstate zurückgekehrt. Auf dem Freeway konnte sie schneller fahren als auf den Nebenstraßen. Dort musste man ein niedrigeres Tempolimit einhalten, jedenfalls wenn man nicht im Straßengraben landen und in einem umgekippten Wagen mit zertrümmerten Scheiben in seinem Sicherheitsgurt hängen wollte, während Flüssigkeit aus dem Kühler sickerte – und aus dem eigenen Körper, wenn man Pech hatte.

Bell fuhr durch die Dunkelheit – wie immer, wenn sie aufgebracht war. Es war eine umfassende, alles verschlingende Dunkelheit, die Hitze, Hoffnungslosigkeit, Verbrechen und Fragen entsprang. Eine Dunkelheit, die nicht wie das Gegenteil von Licht wirkte, sondern wie seine wahre Meisterin, die es ihm nur aus Höflichkeit erlaubte, überhaupt zu existieren. Sobald die Zeit gekommen war, würde die Dunkelheit dieses Privileg abschaffen. Die Dunkelheit hatte das Sagen.

Und Bell fuhr. Sie fuhr so lange, bis ihr entweder die Probleme ausgingen oder das Benzin. Letzteres passierte immer zuerst.

Und in dieser Nacht war sie, als sie vom Freeway genug gehabt hatte, wieder zurück auf die Landstraßen gefahren. Sie boten eine andere Art von Trost. Nächtliches Fahren war unterschiedlich: Auf der Interstate war man nie allein, auf den Nebenstraßen dagegen fast immer. Das Lester-Schild – ein weiß leuchtendes Rechteck mit dem Wort LESTER in schrägen Druckbuchstaben, das an einer dünnen Aluminiumstange über einem kleinen asphaltierten Platz hing – hatte sie angezogen. Sie wollte niemanden sehen oder sprechen, den sie kannte. An diesem Ort eine sichere Sache, hatte sie gedacht.

Bell hoffte nur, dass die junge Frau hinter dem Tresen nicht merken würde, dass sie geweint hatte. Wenn doch – na ja, zur Hölle mit ihr.

Bell hatte die Nachricht um 18.47 Uhr erhalten, gerade als sie zusammen mit Nick Fogelsong das Krankenhaus verlassen wollte; er hatte ihr angeboten, sie zurück zum Gericht zu fahren, wo ihr Auto stand. Deputy Harrison war noch mit dem Betrunkenen beschäftigt, der die Lobby verdreckt hatte. Riley Jessup war schon lange fort, sicher untergebracht in seinem Wohnmobil, zusammen mit seiner Tochter und seinem privaten Sicherheitspersonal – sie alle waren bestimmt ziemlich froh, Raythune County im Rückspiegel zu sehen.

Die Nachricht war von Carla. Sie war so lang, dass sie zwei SMS schickte, und die Buchstaben schienen vor Aufregung zu beben:

Hi Mom. Ich weiß, dass du es verstehst. Ich gehe nach London!!!

Dad hat mir dort ein Praktikum für die Sommerferien organisiert. Eine Wahnsinnsüberraschung!!! Irgendein anderes Mädchen ist krank geworden oder so. Jedenfalls, ich finde es schrecklich, den Sommer in WV zu verpassen, und dass ich Tante Shirley nicht kennenlerne und mit dir rumhängen kann, aber – London!! London! Kannst du es fassen????? ☺ Ruf dich bald an. Hab dich lieb

Bell hatte kein Wort zu Fogelsong gesagt. In diesem Moment wollte sie sein Mitgefühl nicht. Sie war fassungslos und verletzt – und auch stinksauer. Nicht auf Carla, sondern auf ihren Exmann. Er hatte es schon wieder getan. Hatte einen schmutzigen kleinen Trick angewendet, mit dem er geschickt die Vereinbarung ihres gemeinsamen Sorgerechts untergrub.

Konnte Bell darauf bestehen, dass Carla den Sommer in Acker's Gap verbrachte wie ursprünglich geplant? Ja. Sie konnte das tun. Sie konnte ihre Tochter zwingen, nach West Virginia zu kommen und auf London zu verzichten – und dabei Carla das Herz brechen. Ganz zu schweigen davon, dass sie sich damit in den Augen ihres Kindes zu einer Verbrecherin machen würde. Zu einem herzlosen, egoistischen Miststück, das ihr den Spaß verdarb.

Deshalb hatte Sam sie also am Tag zuvor angerufen. Er war sich bewusst gewesen, was er getan hatte, aber hatte nicht den Mumm gehabt, es ihr selbst zu sagen.

Sam hatte gewonnen. Wie immer.

Sie hatte eine Nachricht mit nur einem einzigen Wort an ihren Exmann abgefeuert:

Arschloch.

Mehr brauchte er nicht. Er würde wissen, was sie meinte.

Der Sheriff hatte sie beim Gerichtsgebäude abgesetzt, und sie war zu ihrem Explorer gegangen. Ihre einzige Zuflucht, alles, was ihr nun blieb, war zu fahren. Schnell. Konzentriert. Lange. Bei offenem Fenster. Zu fahren – und zu versuchen, nicht an den Rest des Sommers zu denken und daran, wie sehr Carla ihr fehlen würde.

Sie fuhr eine Straße entlang, die sich in engen Kurven um einen Berg schlängelte wie der Lederriemen einer Peitsche, der sich nach einem weit ausholenden Schlag um einen Zaunpfahl gewickelt hat. Dann eine uralte Straße entlang, gesäumt von hohen Bäumen und mächtigen Felsbrocken und dadurch heimtückisch eng. Durch staubige Bergstädtchen, in denen alles früh zumachte und wo die von Gerümpel umgebenen Häuser jetzt nur noch wie graue Hügel wirkten. Nirgendwo brannte Licht.

Sie weinte, nicht lange, aber sie wollte nicht, dass jemand sie so sah, so schwach und aufgelöst. Ihr fiel ein, dass Shirley nicht zu Hause war, und sie war froh darüber; Bell hatte sie vorhin angerufen, und niemand war ans Telefon gegangen. Gut. *Zur Hölle mit ihr.*

Zur Hölle mit allen.

Sie nahm die Dose in die linke Hand, um den Wagen mit der rechten den tückischen Hang der Fiddlers Run Road hinaufzumanövrieren. Sie war auf dem Weg nach Hause.

Bell hielt sich die Dose an die Wange und genoss noch einmal die nasse Kälte. Sie hatte die Dose immer noch nicht geöffnet und auch nicht die Absicht, es zu tun. Der Inhalt schmeckte nach Hustensaft, gewürzt mit Schuhcreme und serviert in einer rostigen Suppenkelle. Aber es war Carlas Lieblingsgetränk. Und Bell wünschte sich verzweifelt, sich ihrer Tochter gerade jetzt nahe zu fühlen, auch wenn es sinnlos und albern war. Deshalb hatte sie an der Lester-Tankstelle zu Dr.-Peppers-Diätlimonade gegriffen.

Wenn sie nach Hause kam, würde sie sich als Erstes in ihren Lieblingssessel sinken lassen und in aller Stille auf die Reise ihrer Tochter trinken. *Viel Spaß, Süße, und mach dir keine Sorgen um mich oder Shirley oder sonst jemanden, pass nur auf dich selbst auf.* Sie würde es mit einem Getränk tun, das sie an Carla erinnerte.

Und wie so häufig in letzter Zeit hatte sie niemand, der ihr Gesellschaft leistete. Sie war allein.

18

»Gottchen, sehen Sie sich das an«, sagte Rhonda. Sie spähte aus dem Autofenster und nahm den knallblauen Himmel über den Berggipfeln in Augenschein. »Um diese Jahreszeit sieht er immer noch blauer aus.«

»Nein«, sagte Bell.

»Sie finden nicht, dass er um diese Jahreszeit noch blauer aussieht?«

»Nein, ich meine, ich kann ihn mir nicht ansehen.« Bell klopfte auf das Lenkrad. »Besser, ich schaue auf die Straße.«

»Oh.« Rhonda stieß ein kurzes, verlegenes Kichern aus, das sich anhörte wie ein Hickser. »Hm, da ist was dran.« Sie lehnte sich auf dem Beifahrersitz des Explorer zurück und faltete die Hände auf ihrem pfirsichfarbenen Rock. »Na ja, dann müssen Sie es mir einfach glauben.«

Es war Samstagmorgen, ein Tag nach der Einweihungszeremonie im Medical Center. Kurz nach neun Uhr hatte Bell Rhonda am Gerichtsgebäude abgeholt. Fünfundzwanzig Minuten später hatten sie die Grenze von Raythune County erreicht und nach weiteren fünfzehn Minuten die Wohnwagensiedlung, die in den Gerichtsunterlagen als Heimatadresse von Jed und Tiffany Stark und ihrer Tochter, Guinivere, verzeichnet war.

Bell hätte es vorgezogen, an den Fällen Arnett und Frank weiterzuarbeiten. Aber die Spuren in diesen Fällen waren frustrierend spärlich und wurden von anderen verfolgt. Deputy Harrison befragte noch einmal einen Tramper, der im Büro des Sheriffs angerufen hatte, um zu sagen, dass er sich vielleicht an etwas erinnere, irgendwie, und dass er vielleicht in jener Nacht einen Mann im Wald gesehen habe, der einen langen Mantel getragen habe, nicht weit von der Stelle an der Godown Road entfernt, wo Charlie Frank an seinen Verletzungen gestorben sei. Und Sheriff Fogelsong traf sich mit einem Experten aus dem staatlichen Kriminallabor. Er brauchte Hilfe dabei, in den größeren Datenbanken nach Kriminalfällen mit ähnlichen Waffen und Methoden in den umliegenden Countys zu suchen.

Als Rhonda vorgeschlagen hatte, zum Wohnwagen der Starks zu fahren, war Bell ihr im Stillen dankbar. Wie letzte Nacht wollte sie in Bewegung sein. Sie musste ihrem Kummer wegen Carla immer um einen Schritt voraus sein. Und wenn sie und Rhonda schon nicht an den Mordfällen in ihrem eigenen Zuständigkeitsbereich arbeiteten, dann konnten sie ebenso gut der Frage nachgehen, die Rhonda und Bell gleichermaßen beschäftigte: Warum sollte ein Mann wie Jed Stark mit einem New Yorker Anwalt Geschäfte machen?

Ihr Gespräch während der Fahrt an diesem Morgen blieb überwiegend oberflächlich, und meistens ging es von Rhonda aus: der Himmel. Die Hitze. Der neue Jugendpastor in Rhondas Kirchengemeinde. Der Ziegenbart, den Deputy Mathers sich wachsen ließ und der aussah, als hätte er cremegefüllte Oreo-Kekse gegessen und müsse sich mal das Gesicht abwischen. Die Hüftoperation, der sich Rhondas Mutter nächsten Monat unterziehen musste.

Bell bog in eine unbefestigte Straße ein. Der Wagen hüpfte wie ein Pogo-Stick über den von Schlaglöchern übersäten Weg. Um einen runden, schmutzigen Platz waren dicht gedrängt etwa zwanzig Wohnwagen strahlenförmig angeordnet wie die Speichen eines verbogenen Rads. Vor jedem Wohnwagen stand auf den Eingangsstufen ein klappriger Gartenstuhl. Und daneben meistens eine alte Kaffeekanne aus Metall, die von Zigarettenkippen überquoll. Das Sonnenlicht spiegelte sich auf den zerbrechlich wirkenden Wohnwagengestellen. Nur wenige hatten ihre Autos daneben geparkt. Bell las die Aufkleber auf den Heckklappen: BITTE HUPEN, ICH LADE AUS stand auf einem. STOLZE EHEFRAU EINES BERGARBEITERS auf einem anderen.

An der Straße war die Wohnwagensiedlung nicht ausgeschildert gewesen. Dass Bell sie auf Anhieb gefunden hatte, war Rhondas Vorarbeit zu verdanken. Die Assistentin der Staatsanwaltschaft hatte ihren Onkel Cam in Steppe County angerufen, ihm die Adresse genannt und die wichtigsten Informationen bekommen: unbefestigte Straße, gleich nach dem Abzweig nach Muddy Hollow. Wenn ihr zu der Kreuzung kommt, die auf die Route 147 führt, seid ihr zu weit gefahren.

Rhonda blickte sich um. »Komisch, dass niemand draußen ist. An einem so schönen Morgen.« Sie dachte nach. »Na ja, vielleicht doch nicht. Hier heißt man Fremde nicht willkommen, schätze ich. Besonders jetzt nicht.«

Der Explorer war mit Sicherheit schon gesichtet worden, bevor sie von der Hauptstraße abgefahren waren, und die Warnung hatte sich mittels eines formlosen Netzwerks verbreitet, das man nicht auf konkrete Wege wie Telefonverbindungen, SMS-Nachrichten oder auch nur Zurufe zurückführen konnte. Es war ein Netzwerk, das auf geheimnisvolle Weise funktionierte, wie Wind. Unerwartete Besucher bedeuteten gewöhnlich Schwierigkeiten. Es konnte jemand vom Gasunternehmen sein, der mit einer unbezahlten Rechnung wedelte, die Bank oder das Büro des Sheriffs. Es konnte ein verärgerter Exmann sein, eine verschmähte Geliebte oder ein Cousin, der wider besseres Wissen Geld verliehen hatte und es nun zurückhaben wollte. Plus Zinsen.

In diesen Tagen konnte es auch jemand sein, der einen Vorschlaghammer oder ein Messer bei sich hatte.

»Dort drüben«, sagte Bell.

Der dritte Wohnwagen auf der linken Seite war der, den sie suchten. Er war verwahrlost und sah aus wie ein Hundehaufen, braun mit silbernem Rand. Jemand hatte versucht, ihn ein wenig zu verschönern, und hatte im Halbkreis um die Eingangsstufen Pflanzen gesetzt. Die Hitze hatte die winzigen Blüten in ein feucht-welkes Durcheinander verwandelt.

Während Rhonda ein paar Schritte entfernt wartete, ging Bell zur Tür. Sie klopfte. Weil sie so müde war, fühlte sich ihr Arm ungewöhnlich schwer an, als bewege sie sich in Zeitlupe und kämpfe gegen einen unsichtbaren Widerstand an. Sie hatte, sehr optimistisch geschätzt, nach ihrem nächtlichen Marathon im Auto zwei Stunden geschlafen. Shirley war die ganze Nacht fortgeblieben; sie hatte keine Nachricht von ihr.

Die Tür öffnete sich, und eine junge Frau spähte hinaus. Ihr schmutzig blondes Haar hatte sie zu einem dünnen Büschel auftoupiert, das über ihrem schmalen Gesicht thronte wie Zuckerwatte auf einem Stab. Bell schätzte sie auf Mitte bis Ende zwanzig.

»Ja?«

»Morgen.« Bell hatte ihren Ausweis gezückt und hielt ihn hoch. »Ich bin Belfa Elkins, die Staatsanwältin von Raythune County. Ich würde gerne einen Moment mit Ihnen über Jed sprechen. Sie sind Tiffany, richtig?«

Die Frau blinzelte. »Ja. Okay.« Sie schien das Bedürfnis nach Gesellschaft zu haben, ein Bedürfnis, das jedes Misstrauen oder Zögern verdrängte. Sie öffnete die Tür weiter und sah Rhonda draußen stehen. »Sie können auch reinkommen, Schätzchen.«

Im Inneren des Wohnwagens roch es nach Zigaretten, saurer Milch, Socken, die mal wieder eine Wäsche nötig hatten. Über alldem lag der Geruch von billigem Raumerfrischer. Ocean Breeze – so hieß der Duft. Bell erkannte ihn. Und der Name war ein Witz in Anbetracht der Gerüche, die er zu überdecken versuchte. Ein aussichtsloser Kampf.

Bell und Rhonda mussten einen beeindruckenden Haufen Spielsachen beiseiteschieben, um auf der Couch aus rotem Cordsamt Platz zu finden: ein Kinderxylofon, ein ziemlich verzogenes Exemplar von *Goodnight Moon*, ein bekritzeltes Candy-Land-Spielbrett, einen Plastikeimer mit Schaufel, eine funkelnde Tiara und Dutzende von winzigen Holzstäben und Rädchen aus einem Baukasten. Das Wohnzimmer war klein, so eng, dass Bell das Gefühl hatte, sie bekäme keine Luft mehr. Die Hitze machte es nicht besser. Es gab keine Klimaanlage. Keinen Ventilator. Dazu kam der widerliche, künstlich süße Geruch von Ocean Breeze, und Bell war sich nicht sicher, wie lange sie es hier drinnen aushalten würde.

Tiffany zündete sich eine Zigarette an und nahm einen leidenschaftlichen Zug. Stieß eine dicke Wolke Rauch aus. Dann wedelte sie den Rauch mit einer ungeduldigen Bewegung weg, als hätte jemand anders ihn produziert.

»Woll'n Sie was zu trinken?«, fragte sie. Sie setzte sich ihnen gegenüber auf einen Holzstuhl, der nicht zu den anderen Möbelstücken im Raum passte. »Ich hab Mountain-Dew-Limo und Bier.« Sie war barfuß und trug abgeschnittene Shorts und eine ärmellose pinkfarbene Bluse. Ihre Arme und Beine waren dünn, und Bell dachte, dass sie aussahen wie die Holzstäbchen aus dem Baukasten, die sie gerade zur Seite geräumt hatten.

»Nein, danke«, antwortete Bell. Rhonda nickte bekräftigend.

»Okay, gut. Guinivere wird gleich aufwachen. Schläft ziemlich lang. Versteht immer noch nicht, was mit ihrem Daddy passiert ist. Fragt die ganze Zeit nach ihm. Ich sag einfach: ›Er ist bei Jesus‹. Denke, das reicht erst mal. Bis sie älter ist.« Tiffany zuckte mit den Schultern und beugte sich nach vorne, um die Asche in den orangefarbenen Plastikaschenbecher auf dem Couchtisch abzustreifen. Die gläserne Tischplatte war mit Dutzenden von Fingerabdrücken übersät, und jemand hatte vor langer Zeit etwas Braunes verschüttet, das sich in eine dicke, nierenförmige Glasur verwandelt hatte.

»Wir bedauern Ihren Verlust«, sagte Bell. »Wie lange waren Sie und Jed verheiratet?«

»Nur drei Jahre. Wir waren aber vorher schon lange zusammen. Haben geheiratet, als wir wussten, dass Guinivere unterwegs war.«

»Hübscher Name«, sagte Rhonda.

»Stammt aus *Camelot*. Sie war die Königin. Die, die mit König Arthur verheiratet war, bevor sie alles kaputt machte und sich in den Falschen verliebt hat.« Tiffany grinste, und man konnte erkennen, dass den Großteil ihrer Zähne ein unglückliches Schicksal ereilt hatte. »Das Dumme ist«, fuhr sie fort, »dass meine Mama sie vor anderen Leuten immer Gwen nennt. Und die denken dann, ich hätte sie nach Gwen Stefani genannt. Von wegen.« Die Entrüstung verlieh ihr Energie, und sie nahm noch einen langen Zug von ihrer Zigarette. Dann atmete sie aus und schlug wieder nach dem Rauch, als wäre ihr immer noch nicht klar, wo er herkam.

»Na ja«, sagte Rhonda, »Sie können es ihnen ja erklären.«

Tiffany nickte. »Und das kann Guinivere auch, wenn sie erst alt genug ist. Sie wird sich verteidigen. Wird ein starkes Mädchen sein. Ihren eigenen Weg gehen. Genau wie ihr Daddy. Der hat sich von niemandem was sagen lassen.«

Bell fiel auf, wie leicht sie in der Vergangenheit von ihm sprach. Und nichts in der lebhaften Art der jungen Frau ließ erkennen, dass sie trauerte. Aber Bell ermahnte ihre Mitarbeiter immer, niemals zu viel in die Art hineinzuinterpretieren, wie jemand auf den Verlust eines nahen Angehörigen reagierte, und niemals davon auszugehen, dass dieses Verhalten auf die Mitschuld in einem Mordfall hindeuten könnte. Schock konnte manche Menschen gleichgültig, ja hartherzig wirken lassen. Jeder trauerte auf seine eigene Art.

Dennoch war Tiffanys Reaktion ein wenig überraschend. Diese Frau hatte gerade ihren Mann verloren, den Vater ihres Kindes und vermutlich den einzigen Versorger der Familie – und obendrein aufgrund einer dummen Kneipenschlägerei, weil er einer anderen Frau nachgestellt hatte –, und sie wirkte entspannt und sorglos, nicht einmal beunruhigt. Hatte das etwas zu bedeuten? Zur Hölle, wenn ich das wüsste, dachte Bell. Aber vielleicht finde ich es heraus.

»Wie ich schon sagte, Mrs Stark, ich bin die Staatsanwältin von Raythune County. Ich bedaure den Tod Ihres Mannes. Wollte mehr über ihn erfahren. Wie hat er seinen Lebensunterhalt verdient?«

»Mit diesem und jenem.«

»Dann hatte er keine feste Anstellung?«

»Jed doch nicht.« Stolz schwang in Tiffanys Stimme mit. »Er sagte, dafür wäre er zu schlau. Zu schlau, um für jemand anderen zu arbeiten. Sich den ganzen Tag abzumühen, damit die anderen den Gewinn einfahren und er nur die Krümel abkriegt. Er war doch nicht blöd.«

Rhonda rutschte auf der Couch ein Stück nach vorne. Sie hatte gemerkt, worauf Bell abzielte, und wollte helfen, Tiffany in die richtige Richtung zu lenken. »Wie hat er Sie und Guinivere denn unterstützt? Ich meine …« Rhonda beugte sich vor, hob einen hellgrünen Plüschdinosaurier vom Boden auf und schwenkte ihn lächelnd. »Wovon hat er all diese süßen Spielsachen für Ihr kleines Mädchen bezahlt? Wenn ich fragen darf?«

»Botendienste.«

Sie warteten. Als Tiffany nicht weitersprach, sagte Rhonda: »Botendienste? Was für eine Art von Botendienst, zum Beispiel?«

»Na ja, Sie wissen schon. Wenn jemand irgendwohin gebracht werden musste oder abgeholt. Oder wenn jemand einem anderen eine Nachricht schicken wollte wie ›Lass mich in Ruhe‹ oder ›Gib mir, was mir zusteht‹. Was auch immer. Wissen Sie, Jed war wirklich gut darin zu tun, was nötig war. Ohne Fragen zu stellen. Ich meine, klar, manchmal hat er sich Ärger eingehandelt. Er konnte an keiner Bar vorbeigehen, ohne haltzumachen und sich einen zu genehmigen. Aber er hat seine Sachen geregelt bekommen, das können Sie mir glauben.« Sie machte eine plötzliche Bewegung und streifte hektisch die Asche ihrer Zigarette ab. Dann legte sie die Hand mit der Zigarette an ihre Wange, und der Rauch verfing sich in ihren Haaren.

»Und welche Art Botengänge hat er für Sampson Voorhees erledigt?«, fragte Bell.

»Für wen?«

»Voorhees. Seine Visitenkarte ist bei Ihrem Mann gefunden worden. Er ist ein Anwalt mit Sitz in New York City.«

»Voorhees. Voorhees.« Tiffany runzelte die Stirn und dachte angestrengt nach. Dann schüttelte sie den Kopf. »Nee. Den Namen hab ich nie gehört. Nein, Ma'am.«

»Es stand noch ein anderer Name auf der Karte«, sagte Bell. »Sah aus, als hätte Ihr Mann ihn selbst hingeschrieben, vielleicht um ihn nicht zu vergessen. Odell Crabtree.«

Tiffany nahm die Hand von ihrer Wange und betrachtete die Spitze ihrer Zigarette. Sie schlug das linke über das rechte Bein. »Der Name kommt mir auch nicht bekannt vor. Tut mir leid, Leute. Tut mir leid, dass ihr umsonst gekommen seid.«

»Dann haben Sie also keine Ahnung, was der letzte Job Ihres Mannes war und für wen er ihn machte?«, fragte Bell.

»Nee.«

»Er hat Voorhees nicht erwähnt? Oder Crabtree? Sagen wir mal, bevor er an jenem Abend von zu Hause aufbrach?«

»Nicht eine Silbe.«

»Und Sie haben nicht …?«

Bevor Bell den Satz beenden konnte, war Tiffany wieder aufgesprungen, beugte sich vor und drückte ihre Zigarette im Aschenbecher aus. »Schauen Sie, ich hab noch zu tun, okay? Hab Ihnen gesagt, was ich weiß – was nicht viel ist –, und jetzt muss ich noch ein bisschen sauber machen, bevor Guinivere aufsteht. Wenn es Ihnen nichts ausmacht …«

»Mama.«

Alle drei drehten sich in die Richtung, aus der die Stimme kam. Sie hatte sich wie das Miauen eines Kätzchens angehört. Guinivere stand in der Tür des Schlafzimmers, das winzige Gesicht noch vom Schlaf gerötet, das blonde Haar zerzaust und verfilzt. Sie trug weiße Shorts, die ihr um mindestens anderthalb Nummern zu groß waren – gebraucht, vermutete Bell –, und ein T-Shirt mit der Aufschrift ZUKÜNFTIGE HERZENSBRECHERIN über einem großen roten Kussmund.

»Süße! Komm her, Schätzchen, komm zu Mommy.«

Tiffany breitete die Arme aus. Ihre Tochter, noch benommen vom Schlaf, stolperte auf sie zu. Sie umschlang den warmen kleinen Körper und ließ sich zurück auf den Stuhl fallen, wobei sie ihre Nase an der Nase des Mädchens rieb. »Wie geht's meinem Baby? Wie geht's Mommys kleinem Mäuschen?«

»Was für ein süßer Schatz«, sagte Rhonda und nickte lächelnd. »Wie ein Engel.« Es lag ein schwärmerischer Ton in ihrer Stimme, der Bell irritierte – bis sie merkte, dass es reine Strategie war. »Sagen Sie mal, Tiffany«, fuhr Rhonda fort. Sie hatte ihre Stimme zu einem Nur-unter-uns-Raunen gesenkt. »Es geht mich ja nichts an, aber ... machen Sie sich nicht ein bisschen Sorgen, wie Sie die Kosten für den Wohnwagen tragen sollen, um diesem wunderbaren kleinen Kind ein schönes Zuhause zu bieten? Jetzt, wo Jed nicht mehr da ist, na ja, ich mache mir jedenfalls Gedanken um Sie beide. Wenn Sie sich einen Job suchen müssen, wer soll dann auf die Kleine aufpassen, während ...?«

Tiffany unterbrach sie vehement. »Machen Sie sich keine Gedanken über mich. Mir geht's gut. Okay? Ich werde gut zurechtkommen. Wir beide. Es ist für alles gesorgt.«

»Wirklich.« Rhonda sah leicht skeptisch aus und wartete darauf, dass Tiffany noch eine Erklärung hinzufügte. Aber es kam nichts mehr.

»Ja«, sagte Tiffany schließlich. »Wirklich. Wir kommen

zurecht. Wie ich schon gesagt habe. Bekommen jede Menge Hilfe, Tatsache.«

Das kleine Mädchen wand sich in ihrem Schoß, versuchte, sich aufzusetzen. »Mama.«

»Warte, Schätzchen«, antwortete Tiffany. »Mama sagt nur schnell Auf Wiedersehen zu diesen netten Ladys. Dann kannst du ein paar Frühstücksflocken haben, was meinst du dazu?«

»Aber, Mama ...«

»Warte, habe ich gesagt!«, blaffte Tiffany und schüttelte das Mädchen kurz.

Bell nickte Rhonda zu, und sie standen auf. Zeit zu gehen. Im Moment brachten sie Tiffany nur auf. Bell wollte lieber nicht daran denken, wie ihre Verärgerung sich vielleicht auswirken würde, wenn Mutter und Kind allein wären.

»Mama«, sagte Guinivere, und ihre zarte Stimme klang immer noch schlaftrunken, »besuchen uns diese Ladys? Wenn wir in unserem neuen Haus sind?«

Bell und Rhonda sahen Tiffany an.

»Mama?« Das kleine Mädchen ließ nicht locker, wand sich und zappelte. »Kommen sie in unser neues Haus?«

Nervös tätschelte Tiffany ihrer Tochter den Kopf. »Schhh, Süße. Ich weiß es nicht. Sei jetzt still.« Sie blickte zu ihnen auf. »Dachte daran umzuziehen. Das ist alles. Ist noch nicht sicher.«

Schweigen folgte. Es schien mit der Hitze zu verschmelzen, sich zu einer einzigen Kraft zusammenzuschließen, die alles niederdrückte.

»Neues Haus«, sagte Bell. Sie sah sich in dem engen Wohnwagen um. »Das wird nett. Ich bin froh, dass Sie sich das leisten können. Ich vermute, Jed hatte eine gute Lebensversicherung, hm?«

»Ja.«

»Bei welcher Versicherungsgesellschaft?«

»Weiß ich nicht mehr.«

»Und wie hieß der Versicherungsagent?«

»Das weiß ich auch nicht mehr.« Tiffany zuckte mit den Schultern.

»Könnten Sie das für uns nachsehen?«, fragte Bell.

»Nein.« Ein düsterer Ton schwang in Tiffanys Stimme mit. »Sie müssen jetzt gehen. Muss mich um mein kleines Mädchen kümmern. Ihr Mittagessen machen, okay? Ist das okay für Sie? Falls Sie es nicht mitbekommen haben, ich bin ihre Mama. Ich bin verantwortlich.« Tiffany sah sie nicht an, sondern richtete den Blick auf das Kind auf ihrem Schoß, herzte es, raunte ihm Kosewörter zu. »Da ist mein braves Mädchen. Da ist Mamas süßes kleines Mädchen.«

Sie gingen hinaus.

Noch bevor sie die gepflasterte Straße erreichten, hatte Bell die Aufgaben verteilt. »Ich werde Odell Crabtree einen Besuch abstatten und sehen, wie er in all das hineinpasst«, sagte sie, »und ich möchte, dass Sie alle Zahlungen überprüfen, die auf irgendwelche Bankkonten geflossen sind, die Tiffany Stark gehören. Von einer Versicherungsgesellschaft oder irgendeiner anderen Quelle.« Eine solche Quelle, so führte Bell weiter aus, könne zum Beispiel jemand sein, der sich Tiffanys Schweigen erkaufen wolle, weil sie über Jed Starks letzten Auftrag womöglich Bescheid wisse. »Wir müssen eine Erklärung dafür finden, warum jemand, der so arm ist wie Tiffany Stark und ein Kind großzuziehen hat, so locker mit zukünftigen Ausgaben umgeht. Und in ein brandneues Haus zieht.«

»Verstanden.«

Bell hatte natürlich keine Vorladung, um einen Bankangestellten oder sonst jemanden zu zwingen, Informationen herauszugeben. Aber die brauchte sie auch nicht.

Nicht solange sie Rhonda Lovejoy hatte.

19

Bells Träume konnten hektisch und verstörend sein. Oft hatte sie Schwierigkeiten beim Einschlafen, und wenn sie dann endlich träumte, mussten die Träume sich beeilen. Aber sie waren so kalt und kamen so plötzlich wie ein Schuss aus einem fahrenden Auto. Sie waren niederträchtige Plünderer, die gerade lange genug verweilten, um Panik, Unordnung und Grauen zu verbreiten, bevor sie wieder verschwanden.

Aber dieser Traum war wunderbar. Er war träge und licht, ein Traum, in dem sie sich warm und sicher fühlte. Sie spürte, dass Clay Meckling neben ihr lag. Sie waren nur ein paar Monate lang ein Liebespaar gewesen, aber sie vermisste ihn – oh Gott, wie sehr sie ihn vermisste –, und diese Sehnsucht war ein dumpfer Schmerz, den sie sich am Tag niemals eingestand und der nur in einem Traum wie diesem von ihr wich, einem schönen Traum, der sie einhüllte, und …

»Verdammt, zur Hölle mit dir!«

Von diesen Worten wurde Bell aus dem Schlaf gerissen. Sie spürte, wie sie vom Bett gezerrt wurde. Im Zimmer war es dunkel, und jemand zog kräftig an den Laken, und sie rutschte über die Bettkante. Sie riss an dem Laken, versuchte, sich daran festzuklammern, hing einen Augenblick daran und schlug dann mit einem hässlichen Geräusch auf dem Boden auf. Ein Schmerz fuhr ihr in die Seite. Die Worte prasselten auf sie ein:

»Du gottverdammtes Miststück. Du hast kein Recht

dazu. Kein Recht, verstehst du? Es ist mein verdammtes Leben. Meins. Kapiert?«

Bell konnte immer noch nichts sehen, aber es gab keinen Zweifel daran, wer da vor ihr stand und mit Schimpfwörtern um sich warf. Als Shirley eine Pause machte, um Atem zu holen, ergriff Bell die Chance, etwas zu sagen.

»Was zum Teufel…?«

»Du Miststück. Du Miststück.« Shirley ging im Zimmer auf und ab, wobei sie mit tiefer Stimme immer wieder diese beiden Worte knurrte.

Bells erster Impuls war es, handgreiflich zu werden, nach dem Bein ihrer Schwester zu fassen und sie herunterzuziehen, als wäre sie wieder acht Jahre alt und würde mit Shirley rangeln und ihre Streitigkeiten durch Fußtritte, Schläge und An-den-Haaren-Ziehen austragen.

Sie zwang sich zur Ruhe. Der Boden war hart und kalt. Sie rieb sich die Augen. »Oh Gott«, sagte Bell, »wie spät ist es?«

Shirley blieb stehen. »Ich habe verdammt noch mal keine Ahnung, wie spät es ist. Und es ist mir auch egal. Weißt du was, Belfa? Dieses Mal hast du mich wirklich total beschissen. Hoffe, du bist jetzt zufrieden. Hast dich schön amüsiert. Endlich, endlich hat es angefangen, besser für mich zu laufen. Es ist sogar wirklich toll gelaufen. Und dann steckst du hinter meinem Rücken deine dicke, fette Nase in meine Angelegenheiten, und jetzt …«

Sie verstummte.

Schweigen. Shirleys Wut war an der Spitze abgebrochen wie ein Bleistift. Bell konnte das spüren. Dies war wieder einer der plötzlichen Stimmungsumschwünge ihrer Schwester. Eine emotionale Kehrtwende von Wut zu Verwirrung.

»Hey«, sagte Bell. Sie versuchte, locker zu klingen. »Gib

mir mal die Hand, damit ich von diesem verdammten Fußboden hochkomme. Falls ich mir bei dem Sturz nichts gebrochen habe.« Sie streckte ihre Hand aus. Zuerst kam keine Reaktion. Doch dann spürte sie, wie sich Shirleys dünne Finger um ihr Handgelenk legten.

»Geht doch«, sagte Bell. Sie stöhnte, als sie sich erhob, schwankte ein wenig, bevor sie wieder fest auf beiden Beinen stand. »Ich muss schon sagen, du weißt, wie man einen großen Auftritt hinlegt.« Sie zog ihr T-Shirt glatt, das verrutscht und zerknittert war.

Shirley atmete schwer. In diesem Moment schienen sie verschiedenen Spezies anzugehören: Bell, sanft und liebenswürdig, die versuchte, die Anspannung im Raum zu mindern; Shirley, außer sich, voller Wut und Verwirrung, die froh sein musste, wenn sie die nächsten Sekunden überstand, ohne etwas Unverzeihliches zu tun.

»Weißt du was, Belfa? Das ist alles ein riesiger Haufen Scheiße.« Shirleys Stimme klang abgehackt und verloren, als hätte sie eine lange Reise hinter sich, von der sie immer noch die Nachwirkungen spürte.

»Könnte dramatischer sein.« Bell bemühte sich um einen leichten Tonfall. »Wenn du mich noch mal so erschreckst, könnte es sein, dass ich das nächste Mal nach meinem Gewehr greife, das unter meinem Bett liegt.«

Keine Antwort.

»Nun komm schon«, sagte Bell. »Lass uns runtergehen. Keine von uns wird wohl diese Nacht noch schlafen können.«

Bell machte Kaffee. Die Uhr am Herd zeigte an, dass es kurz nach drei Uhr Samstagnacht war. Nein, verbesserte sie sich, es ist schon Sonntagmorgen. Shirley saß mit gesenktem Kopf am Küchentisch.

Nach der Fahrt nach Steppe County hatte Bell Rhonda abgesetzt und den Nachmittag mit Papierkram verbracht. War kurz zum Lymon's Market gefahren, um ein paar Lebensmittel einzukaufen. Ein ruhiger Abend: erst Patsy Cline, dann Mozart über das iPod-Dock. Ein kühles Bier. Noch eins. Immer noch keine Nachricht von Shirley. Um elf Uhr abends hatte Carla angerufen, euphorisch mit neuen Einzelheiten über ihr Praktikum, das nächste Woche beginnen sollte: Sie werde bei Sams Freunden wohnen, Nigel und Natasha Hetherington, in ihrem Haus im Zentrum von London. »Das wird super, Mom«, sagte Carla aufgeregt. »Ich werde dir jeden Tag eine SMS schicken. Nein, zwei! Und jede Menge Fotos. Versprochen. Und wir können skypen.«

Kurz nach Mitternacht war Bell zu Bett gegangen. Und dann, ein paar Stunden später, war sie von einer wütenden, um sich schlagenden Frau geweckt worden, deren Riesenwut inzwischen zu einer fast starren Traurigkeit zusammengeschrumpft war.

Shirley blickte auf ihre Hände. Ihr Flanellhemd mit den hochgekrempelten Ärmeln war nass von Schweiß und klebte an ihrem Rücken. Ihr graues Haar sah struppig und zerzaust aus, und ihr Augen waren gerötet und die Lider geschwollen. Sie wollte sich eine Zigarette anzünden, hielt aber inne, bevor das Feuerzeug zum Einsatz kam, und schob deprimiert die Schachtel, das Feuerzeug und den Aschenbecher von einer Ecke des Küchentisches in die andere.

»Okay«, sagte Bell und drehte sich um. »Noch einen Augenblick, dann ist er fertig.« Die Kaffeemaschine blubberte, schnaufte und lärmte. »Klingt wie ein alter Mann, der sich die Nase schnäuzt«, sagte Carla immer. Und Bell antwortete: »Igitt.« Und dann lachten sie beide.

Bell schüttelte den Kopf. Oh Gott, sie vermisste Carla. Würde das jemals aufhören, dass sie Menschen vermisste?

Sie setzte sich. Sie war über sich selbst überrascht, dass sie nicht wütender auf Shirley war. So aufgeweckt und aus dem Bett gezerrt zu werden, dafür gab es eigentlich keine Entschuldigung. Es war beschissen, schlicht und einfach.

Bell berührte den mageren Unterarm ihrer Schwester und nahm ihre Hand wieder fort, weil sie Shirley kannte, so gut wie sich selbst: Eine Berührung war okay, wenn sie nicht zu lange dauerte. Shirley roch nicht gerade frisch. Sie roch nach Zigaretten, Schweiß und Erde; wie manche von den Leuten, die in Bells Büro kamen, Leute vom Land, die keinen Termin hatten. Etwas Schlimmes war ihnen passiert, und sie brauchten Hilfe. Ein Ehemann oder eine Ehefrau war fortgelaufen, ein Nachbar hatte etwas gestohlen, ein Kind hatte womöglich etwas mit Drogen zu tun. *Könnten Sie nicht nachforschen? Können Sie uns nicht helfen? Das können Sie doch? Das ist doch Ihr Job? Sind Sie nicht das Gesetz?* Diese Leute leisteten jeden Tag körperliche Arbeit und hatten einen bestimmten Schweißgeruch an sich, den man aus einem Kleidungsstück oder aus einem Leben nie wieder entfernen konnte, egal, wie oft man versuchte, ihn herauszuwaschen. Es ging einfach nicht. Und so roch Shirley.

»Hab ich dir wehgetan?«, fragte Shirley und machte eine Kopfbewegung in Richtung der oberen Etage, wo sie Bell so unsanft aus dem Schlaf gerissen hatte. »Hoffentlich nicht.«

»Ich werd's überleben.«

»Tut mir wirklich leid, Belfa.«

»Entschuldigung angenommen. Also gut. Was ist los?«

»Man hat mich letzte Nacht bei Tommy's rausgeschmissen.« Shirley klopfte mit dem Finger auf die Tischplatte. »Nein, stimmt nicht. Nicht rausgeschmissen. Bin gar nicht erst reingekommen. Hab's versucht. War mit Bobo und der Band da. Wir spielen da. Aber sie haben mich an der Tür aufgehalten. Nur mich. Alle anderen, okay. Aber zu mir haben sie gesagt, ich sei nicht willkommen. Ich hab ihnen gesagt, sie sollen sich zum Teufel scheren. Dann kam der Chef raus. Tommy LeSeur. Hat gesagt, das wäre dein Werk. Dass du ihm gesagt hast, er darf mich nicht reinlassen. Was zum Teufel hast du …?«

»Shirley«, unterbrach Bell ihre Schwester sanft. »Hör mir zu. Das ist kein Ort, an dem du herumhängen solltest.«

»Ich hatte mit diesem Mord in der Nacht neulich nichts zu tun. Das hab ich dir schon gesagt.«

»Ja, das hast du. Das meine ich nicht.«

»Was zum Teufel meinst du dann, Belfa? Denn so, wie es für mich aussieht, willst du dich nur einmischen. Versuchst, mich zu kontrollieren.«

Ich versuche, dich aus Schwierigkeiten rauszuhalten. Auf dich aufzupassen. Das war es, was Bell antworten wollte, aber sie tat es nicht. Ihre Absicht war es, Shirley zu beruhigen, nicht, sie noch mehr aufzubringen.

»Und weißt du was?«, preschte Shirley vor, nutzte aus, dass Bell mit ihrer Antwort zögerte. »Du musst nicht auf mich aufpassen, kapiert?«

»Schau«, sagte Bell. »Tommy LeSeur ist ein schlechter Typ. Von solchen Leuten hält man sich am besten fern. Wenn du einen Neuanfang willst, solltest du einen großen Bogen um ihn und seine Kneipe machen.«

»Ich habe es dir schon gesagt«, sagte Shirley ruhig, wobei sie aber nur mühsam ihre Erregung verbergen konnte. »Ich bin Bobo Bollands Managerin. Die Band spielt sehr oft dort. Wie zum Teufel soll ich sie managen, wenn ich nicht vor Ort sein darf? Das ergibt keinen Sinn.«

Bell nahm Shirleys Feuerzeug in die Hand. Mit dem Daumen strich sie über das Plastik, dann legte sie es wieder zurück auf den Tisch. Sie wollte Zeit gewinnen.

»Erzähl mir«, sagte Bell, »von dieser Managergeschichte.«

»Da gibt's nichts zu erzählen. Ich habe dir schon alles gesagt. Bobo braucht jemanden, der Gigs für die Band bucht, ein Video für YouTube aufnimmt, Flyer verteilt und solche Dinge. Sie sind wirklich kurz davor, einen Plattenvertrag zu bekommen, Belfa. Bald ist es so weit.«

»Bezahlt er dich?«

Shirley war wieder kurz davor zu explodieren. Bell konnte es an ihrem Gesicht erkennen: Ihr Kiefer spannte sich an, und sie reckte das Kinn vor. Sie fuhr sich mit dem Handrücken über die gerötete Nase.

»Scheiße, ja, er bezahlt mich. Was glaubst du denn? Es ist ein Job, Belfa, verstehst du?«

»Kann nicht viel sein.«

»Nein. Noch nicht. Aber so läuft das nun mal.« Shirley sprach immer schneller. »Ich bin ganz am Anfang. Später, wenn er erst groß rauskommt, bekomme ich einen festen Anteil. Hab ich alles schriftlich, Belfa. Ich bin nicht blöd, okay?«

»Das weiß ich.« Bell merkte, dass sie zu schnell geantwortet hatte. Ihre Antwort klang unglaubwürdig. Die Wahrheit war, dass sie Shirley zwar nicht für blöd hielt – aber für naiv. Sie war aus der Übung und wusste nicht, wie es in der Welt lief. »Wie hast du ihn kennengelernt?«

»Über einen gemeinsamen Freund.«

Bell musste es nicht laut aussprechen. Sie wusste, dass Shirley ihren Blick deuten konnte: *Du hast keine Freunde.*

Zum Teufel, ergänzte Bell unwillkürlich ihren Gedanken.

Ich habe doch auch keine Freunde. Nick Fogelsong zählte nicht. Der gehörte zur Familie.

»Ich war in dieser Bar, okay?«, sagte Shirley. Streitlust schien ihre Worte mit winzigen Stacheln zu spicken. »Ist schon eine Weile her. Lange bevor ich zurück nach Acker's Gap gekommen bin. Ich war unterwegs. Auf Reisen. Bin einfach rumgefahren. Hatte kein bestimmtes Ziel. Bin dort gelandet. Bobo spielte in jener Nacht. Ein Typ, den ich kannte, sagte zu mir: ›Willst du Bobo Guten Tag sagen?‹ Na ja, mir gefiel die Musik. Darum sagte ich: ›Na klar!‹ Das Nächste, an das ich mich erinnere, ist, wie ich Mr Bobo Bolland höchstpersönlich die Hand schüttle.« Ein Lächeln breitete sich schüchtern auf ihrem Gesicht aus.

»Ich und Bobo haben uns auf Anhieb gut verstanden«, fuhr sie fort. »Kamen ins Gespräch. In Wirklichkeit heißt er Harold. Bobo ist ein Spitzname. So hat man ihn genannt, als er drei Jahre alt war, und so heißt er immer noch.«

Als Bell nichts dazu sagte, redete Shirley beharrlich weiter. »Ich hatte gehört, dass er bei Tommy's spielte – er tritt dort regelmäßig auf –, und bin vor ein paar Wochen hingegangen, um ihn zu hören, und wir haben abgesprochen, dass ich die Managerin bin. Also sag LeSeur, dass er mich reinlassen soll, okay? Rufst du ihn an? Ich meine, das ist schließlich mein Job.«

»Es ist kein Job«, sagte Bell. Sie hatte sich entschlossen, ihre Schwester nicht in Watte zu packen. Sie würde ihr Respekt zollen, indem sie ihr in klaren Worten die Wahrheit sagte. »Es ist nichts. Und es führt nirgendwohin. Bolland spielt in Bars, Shirley, in billigen Bars. Die voll sind von Rumtreibern. Ich kenne ihn nicht, aber ich muss ihn auch nicht kennen, um eins zu wissen: Er ist ein Loser. Und wenn du mit ihm rumhängst, wirst du bald auch einer sein.«

Shirley zuckte zusammen, als hätte sie eine Ohrfeige bekommen. Sie griff nach einer Zigarette. Ihre Hand zitterte, zitterte sogar noch mehr, als Shirley versuchte, die Zigarette anzuzünden. Sie gab es auf, nahm die Zigarette aus dem Mund und hielt sie sich vors Gesicht, als wäre sie etwas, das sie auf der Straße gefunden hatte. Vielleicht ein Stock oder ein abgebrochenes Stück von irgendetwas Undefinierbarem. Etwas, nach dem sie greifen konnte, an dem sie sich festhalten konnte, während sie unglücklich murmelte: »Du musst mir einfach alles kaputt machen, stimmt's, Belfa? Absolut alles. Immer wieder.«

20

Es war das Mädchen von der Tankstelle.

Bell erinnerte sich an die junge Frau. Sie wusste nicht, wer sie war, aber sie hatte sie erst kürzlich gesehen. *Ah, richtig: hinter dem Tresen der Lester-Tankstelle.* Mitten in der Nacht. Nach der Feier im Krankenhaus. Sie arbeitete dort.

»Ja?«, sagte die junge Frau.

Sie hatte die Tür geöffnet, als Bell schon aufgeben und weggehen wollte. Bell hatte ein, zwei und dann, nach einer langen Pause, ein drittes Mal geklopft und gewartet. Und dann, gerade als Bell sich zum Gehen wandte und sich fragte, wie lange Odell Crabtree schon in diesem verwahrlosten Haus lebte, das aussah, als könne es jeden Augenblick von dem wilden, von Unkraut überwucherten Wald, der es umgab, zurückgefordert werden, hatte sich die Eingangstür langsam geöffnet.

»Oh«, sagte Bell. Sie war überrascht und ein wenig verwirrt. »Hi. Ich bin Belfa Elkins. Staatsanwältin von Raythune County. Ich suche Odell Crabtree.«

»Warum?«

»Ich habe ein paar Fragen an ihn. Und wer sind Sie?«

»Seine Tochter. Lindy Crabtree.« Die junge Frau stellte sich auf die Zehenspitzen und spähte an Bell vorbei in den spärlich mit Gras bewachsenen Vorgarten und auf die staubige Auffahrt, die jetzt von der hochstehenden Mittagssonne hell erleuchtet war, um zu sehen, ob Bell jemanden mitgebracht hatte. »Er ist nicht zu Hause.«

»Wann denken Sie, dass er zurückkommt?«

»Schauen Sie«, sagte Lindy. »Er ist krank. Sehr krank. Er kommt nicht aus seinem Zimmer. Er kann jetzt niemanden sehen, okay?«

»Ich dachte, Sie hätten gesagt, er sei nicht zu Hause.«

Das schmale Gesicht der jungen Frau verzog sich, als sie die Stirn runzelte. »Gehen Sie einfach, okay? Lassen Sie uns in Ruhe.«

Sie klang nicht böse. Eher vorsichtig und erschöpft.

Lindy schickte sich an, die Tür zu schließen, doch Bell hob die Hand.

»Dann spreche ich eben mit Ihnen«, sagte sie. »Ich will Ihren Vater nicht stören. Es wird nicht lange dauern.«

Lindy zuckte mit den Schultern. Sie dachte nach. Bell merkte, dass sie ihre Möglichkeiten abwog. Sich ausrechnete, diese Fremde am schnellsten loszuwerden, wenn sie sie für ein kurzes Gespräch hereinließ. Vielleicht war es besser, jetzt nachzugeben, als Nein zu sagen und noch einen Besuch ertragen zu müssen, der dann vielleicht länger dauerte.

»Okay.«

Das Innere des Hauses ähnelte seinem Äußeren, wie eine schmutzige Socke, die jemand auf links gedreht hatte, obwohl beide Seiten schmuddelig waren. Es war eine Bruchbude, so eng und vollgestopft, dass man Platzangst bekommen konnte. Ein uralter grauer Dunst schien über allem zu schweben, als lägen ausgewählte Stücke dort seit Jahrhunderten unberührt, wie die Löffel, Kämme und Vasen von Pompeji. Bell war schon in vielen Häusern in Raythune County gewesen, die genauso aussahen, Häuser, die nach und nach wieder in dem Dreck versanken, aus dem sie entstanden waren. Irgendwann musste sich einmal jemand um das Haus gekümmert, musste regelmäßig gefegt und geputzt haben, aber dieser Jemand war nun schon lange fort, und man konnte förmlich hören, wie Gerümpel und Staub sich immer weiter ausbreiteten. Bell hätte schwören können, dass sie ein anhaltendes Brummen vernahm, das unter dieser komprimierten Stille lag. Sie blickte auf die schweren zugezogenen Vorhänge und zu der niedrigen Zimmerdecke hinauf, an der der jahrzehntelange Konsum von Zigaretten unappetitliche gelbe Streifen hinterlassen hatte. Ein braunes Klavier, stumm unter Spinnweben begraben, war in eine Ecke geschoben worden.

Am auffallendsten waren die vielen Bücher. Sie waren nicht in Bücherregale gesperrt – es gab keine –, sondern hausten da, wo sie wollten. Lagen auf den Kissen der abgewetzten grauen Couch und auf beiden Beistelltischen, türmten sich in unregelmäßigen Stapeln auf dem Dielenboden, bedeckten den Fußboden an den Wänden entlang wie eine zweite Sockelleiste. Bell gelang es, ein paar Titel zu entziffern: *Verborgene Universen* von Lisa Randall. *Eine kurze Geschichte der Zeit* von Stephen Hawking. *Im Universum der Zeit* von Lee Smolin. Lindy fand ihren Weg zwischen den Minibüchertürmen auf dem Fußboden hindurch mit Leichtigkeit. Es war nicht so, dass sie die Bücher nicht wahrnahm, weil sie ihr unwichtig waren, eher so, als wären sie alte Freunde, in deren Anwesenheit Lindy sich wohlfühlte. Ihre Gegenwart war selbstverständlich.

»Sie arbeiten an der Lester-Tankstelle«, sagte Bell. Sie saß auf der Kante eines Sessels. Der braune Stoff an den Armlehnen war so abgewetzt, dass er glänzte.

»Ja«, antwortete die junge Frau.

Sie erinnerte Bell ein wenig an Carla. Noch mehr erinnerte Lindy Crabtree sie eigentlich an jemand anders: an sich selbst. Belfa Elkins – damals Belfa Dolan – war in diesem

Alter genauso verschlossen, genauso eigensinnig gewesen, hatte ihre Probleme und Geheimnisse genauso in ihrem Inneren verborgen.

»Ich war dort«, sagte Bell. »Neulich in der Nacht. Sie erinnern sich wahrscheinlich nicht.«

»Wir haben eine Menge Kunden.«

»Das glaube ich. Seit wann arbeiten Sie schon da?«

»Schon eine Weile.«

»Gefällt es Ihnen?«

»Es ist okay.« Lindy runzelte die Stirn. »Dann geht es also um meinen Job?«

»Nein. Darum nicht.« Bell machte eine Pause. Sie bewunderte die Direktheit der jungen Frau und beschloss, es ihr gleichzutun. »Ein Mann namens Jed Stark ist kürzlich nachts in einer Bar erstochen worden. Wir wissen, wer es getan hat. Aber das Opfer hatte eine Visitenkarte in seiner Tasche. Eine Visitenkarte von einem Anwalt namens Sampson Voorhees.« Sie wartete ab, ob sie in Lindys Augen ein Zeichen des Wiedererkennens entdecken konnte. »Und auf der Visitenkarte«, fuhr Bell fort, »stand noch ein anderer Name. Der Ihres Vaters. Odell Crabtree.«

Immer noch keine Reaktion.

»Haben Sie irgendeine Ahnung«, sagte Bell, »warum Jed Stark nach Ihrem Vater gesucht haben könnte?«

»Habe nie von jemandem namens Jed Stark gehört.«

»Wie ist es mit Sampson Voorhees?«

»Nein.«

Die Antwort kam schnell, aber Bell war sich ziemlich sicher, dass Lindys Augen kurz aufgeflackert waren, weil sie den Namen kannte.

»Darf ich Ihrem Vater dieselbe Frage stellen? Ich meine, mir ist klar, dass er krank ist und keinen Besuch haben möchte, aber wenn ich ihn nicht sehen kann, würden Sie ihn dann für mich fragen?«

»Okay.« Lindy wich ihrem Blick aus. »War's das? Ich hab ziemlich viel zu tun.«

»Sie lesen, vermute ich. Sie haben ja fast eine ganze Bibliothek hier.«

»Ja.«

»Sie mögen Naturwissenschaften.«

Lindy zuckte mit den Schultern.

»Dann leben also nur Sie und Ihr Vater hier?«, fragte Bell.

»Ja.«

»Das muss hart sein für Sie«, sagte Bell und dachte: Kein Wunder, dass hier so ein Durcheinander herrscht. Vollzeit zu arbeiten und dabei einen Elternteil zu pflegen ist viel für einen Teenager. »Ich meine, das alles alleine zu machen.«

»Es ist okay.«

Der Gesichtsausdruck der jungen Frau war genauso abweisend wie ihre Antworten. Sie ließ ihren Blick umherschweifen, wahllos ruhte er auf einem Bücherstapel, bevor er weiterhuschte – überallhin, nur nicht zu der Besucherin.

Bell drängte sie nicht. Solche Gespräche war sie gewohnt; hilflose Frage-und-Antwort-Spielchen waren als Staatsanwältin ihr Los. Die meisten Menschen, mit denen sie sprach, hatten irgendwelche Schwierigkeiten, und für viele verkörperte sie das, was die Leute am meisten fürchteten: eine Begegnung mit dem Gerichtssystem. Bell nahm es längst nicht mehr persönlich, so wie früher, und ließ zu, dass das Schweigen als zusätzlicher Fragesteller fungierte. Die Leute mochten kein Schweigen. Es führte dazu, dass sie sich unwohl fühlten, und deshalb sagten sie oft etwas, womit sie sich belasteten, nur um die Stille zu durchbrechen.

»Sonst noch was?«, sagte Lindy. Das Schweigen hatte länger gedauert, als Bell es erwartet hätte; vielleicht war es ein neuer Rekord.

»Hier ist meine Visitenkarte.« Bell stand auf. Lindy blieb sitzen. »Wenn Ihr Vater sich irgendwie vorstellen kann, warum Jed Stark nach ihm gesucht haben könnte, oder wenn ihm der Name Voorhees bekannt vorkommt, dann würde ich mich über einen Anruf freuen.«

Lindy sah die Karte ein paar Sekunden lang an, bevor sie sie entgegennahm. Sie steckte sie in die Brusttasche ihres Flanellhemds. Bell fürchtete, dass die Karte ein paar Stunden in Lindys Hemd bleiben und dann als Buchzeichen enden würde. Na ja, dachte sie, dann wird ihr ein ehrenwerteres Schicksal zuteil als den meisten anderen. Sie hatte schon Leute erlebt, die ihre Karte direkt vor ihren Augen in Stücke rissen, darauf spuckten oder sie als Zahnstocher benutzten – oder sie hatten ihr die Karte zurück ins Büro geschickt, beschmiert mit Hundekot.

Bell streckte gerade die Hand nach der Klinke der Eingangstür aus, als sie es hörte: einen schweren Schlag, gefolgt von einem erstickten Schmerzensschrei. Sie konnte nicht feststellen, aus welcher Richtung das Geräusch gekommen war, denn es war zu schnell gegangen, ein zweigeteilter Laut, der in der aufgestauten Stille des Hauses kurz hervorbrach. Bell drehte sich um. Lindy sprang von der Couch hoch. Die kalte, ruhige Ausdruckslosigkeit in ihrem Gesicht war verschwunden und hatte nervöser Aufregung Platz gemacht.

»Gehen Sie einfach, okay?«, sagte Lindy. »Gehen Sie.«

»Was ist hier los? Ist Ihr Vater hingefallen? Wenn Sie Hilfe brauchen …«

»Wir brauchen Ihre verdammte Hilfe nicht, Lady«, unterbrach Lindy sie barsch. Sie ging durch das Zimmer und auf einen Raum zu, der, wie Bell vermutete, die Küche war. »Gehen Sie einfach. Lassen Sie uns in Ruhe.«

»Aber was ist, wenn Ihr Vater sich …«

»Bitte.« Lindy blieb in der Türöffnung zwischen den beiden Räumen stehen. Warum geht sie nicht ins Schlafzimmer?, dachte Bell. Der Blick, den Lindy ihr zuwarf, war so eindringlich und so flehend, so erfüllt von dem tiefen Verlangen, allein gelassen zu werden, dass Bell nicht widersprach.

»Bitte«, wiederholte Lindy. In ihren Augen lag nackte Verzweiflung. Und dann verschwand sie um die Ecke.

Bell fuhr los und schlängelte sich vorsichtig um die Schlaglöcher, bis sie die County Road erreichte. Die ganze Zeit plagte sie ein Gedanke, der rasch zur Gewissheit wurde: Das Geräusch war aus dem Keller gekommen, nicht aus dem Schlafzimmer. Und was immer es auch gewesen war, es hatte Lindy Crabtree in Schrecken versetzt.

21

Zwei Tage nach dem Besuch der Staatsanwältin fand Lindy es.

Sie hatte sich im Geiste ein Raster des Hauses angelegt und sich Quadratmeter für Quadratmeter, Raum für Raum vorgearbeitet in dem Versuch, systematisch vorzugehen, wissenschaftlich. Sie wusste, was das Wort wirklich bedeutete, wusste es aus ihren Büchern, in denen beschrieben wurde, wie Wissenschaftler arbeiteten, und spottete daher innerlich über ihre eigenen Ambitionen. Also wenn schon nicht wissenschaftlich, dann wenigstens sorgfältig. Küchenschränke, Kommodenschubladen, gestapelte Schuhkartons, Krempel auf Tischen und Stühlen. Sie sah unter der Couch nach, unterm Bett, hinter dem Klavier. Sie zog Dinge aus den Kleiderschränken. Hob die Teppiche hoch. Sie klopfte die schweren Vorhänge im Wohnzimmer ab, schüttelte sie aus, sah den Staub aufwirbeln und sich in der trüben, drückend warmen Luft wieder auflösen. Sie wartete, bis ihr Vater schlief, bevor sie durch den Keller schlich. Vorsichtig ging sie zwischen den Kisten, Ästen und alten Tischen umher. Gott sei Dank hatte er einen tiefen Schlaf. Hatte er schon immer gehabt. Sein Schnarchen war laut, es klang dumpf. Er schlief zusammengerollt wie eine Kugel, aber manchmal drehte er sich auf den Rücken, mit offenem Mund, und dann beschleunigte sich das Schnarchen und wurde lauter. Es klang wie ein großes und starkes Wesen, das sich in einem Stacheldraht verfangen hat und versucht, sich daraus zu befreien.

Sie wusste nicht, wonach sie suchte – oder, um genauer zu sein, sie wusste nicht, was sie *noch* suchte. Sie hatte schon Dinge entdeckt, die sie beunruhigten, die dazu geführt hatten, dass Argwohn in ihr aufstieg: das fehlende Messer. Die Stiefelabdrücke auf dem Küchenboden.

Sie wollte mehr. Bevor sie etwas unternahm, bevor sie auch nur daran denken konnte, jemandem von dem haarsträubenden Verdacht zu erzählen, der ihre Gedanken so ganz und gar durchdrang, brauchte sie mehr Beweise.

Und nun bereitete ihr auch noch etwas anderes Sorgen: die Staatsanwältin. Lindy hatte sie angelogen, natürlich, aber die Lüge schien ihr gerechtfertigt. Ja, sie hatte den Namen Sampson Voorhees schon einmal gehört. Und Jed Stark auch, aber das würde sie der Staatsanwältin nicht erzählen. Jedenfalls jetzt noch nicht. Erst wenn sie wusste, was hier vor sich ging. In dem an ihren Vater adressierten Brief, der vor einer Woche gekommen war, dem Brief mit dem New Yorker Poststempel, hatten beide Namen gestanden:

Sehr geehrter Mr Crabtree,
wie Sie wissen, habe ich mehrere Male versucht, Sie zu kontaktieren. Meine Briefe sind nicht beantwortet worden. Ich muss Sie in einer dringenden Angelegenheit sprechen. Aus dieser Anfrage könnte sich für Sie eine bedeutende finanzielle Möglichkeit ergeben. Mein autorisierter Vertreter in Ihrem Bezirk, Jedidiah Stark, wird in Kürze Kontakt zu Ihnen aufnehmen, um Ihnen die Einzelheiten darzulegen. Ich gehe davon aus, dass Sie den Inhalt dieses Schreibens vertraulich behandeln.

Hochachtungsvoll
S. J. Voorhees

Lindy hatte den Brief stirnrunzelnd überflogen und war wütend geworden. Die Worte »bedeutende finanzielle Möglichkeit« klangen wie ein neuerlicher Versuch, Senioren davon zu überzeugen, Geld in Silberminen in Bolivien zu investieren oder in ähnliche Betrügereien. Dieser Sampson J. Voorhees hatte wahrscheinlich eine Wagenladung solcher Briefe an die älteren Einwohner von Raythune County verteilt. Mieser Betrüger, hatte Lindy gedacht. Verdammter Bauernfänger.

Aber jetzt schien alles auf einmal zu passieren. Zuerst ihr Verdacht gegen ihren Vater und dann der Besuch der Staatsanwältin. Lindy war ratlos und besorgt. Und entschlossen, das Haus zu durchstöbern, um herauszufinden, ob irgendetwas ihren Vater mit den schrecklichen Überfällen in Verbindung brachte. Abgesehen von dem Messer, den Fußspuren und dass er nachts hinausgegangen war.

Damit sie entscheiden konnte, was zu tun war.

Sie hatte versucht, ihn dazu zu befragen. Denn wenn er es zugegeben hätte, wäre es irgendwie besser gewesen. Das hätte bedeutet, dass er sich wenigstens bewusst war, was er tat, dass er noch Kontrolle über sich hatte. »Daddy, wenn es dunkel ist und du rausgehst – was machst du …?« Und er hatte sie angebrüllt und sie mit wildem, unstetem Blick angesehen, als versuche er herauszufinden – und das war niederschmetternd, auch wenn es zu seinem Krankheitsbild gehörte –, wer zum Teufel diese junge Frau in Flanellhemd und Jeans war, die vor ihm in der schmuddeligen Küche stand und aussah wie jemand, den er einmal gekannt hatte oder vielleicht auch nicht.

Es gab natürlich auch andere Momente, in denen er nicht aufgebracht war und nicht brüllte. Momente, in denen er so war wie früher. Manchmal kam völlig unerwartet der alte

Odell Crabtree schwerfällig die Kellertreppe hinauf, und Lindy zählte seine Schritte, wobei ihre Beklommenheit mit jeder Stufe wuchs. Und das waren bei Weitem die schwersten Momente, weil sie Lindy daran erinnerten, wie es auch hätte sein können.

Sie merkte sofort, wenn er einen guten Tag hatte. Dann lächelte er sie an, sobald er die Kellertür geöffnet hatte und sie an dem kleinen quadratischen Tisch sitzen und in einem Buch lesen sah. Es war ein dünnes Lächeln, das sein Gesicht kaum berührte, bei dem sich kaum eine seiner tiefen Falten bewegte. Aber es genügte ihr.

»'n Morgen, mein Mädchen«, pflegte er zu sagen, eine Begrüßung, die einmal mehr bestätigte, dass er für eine unbestimmte Zeitspanne – aber nie länger als ein paar Stunden und nicht sehr häufig – wieder auftauchte. Natürlich war er verwirrt und manchmal auch mürrisch und kritisch. Er war nie ein Heiliger gewesen, das hätte nie jemand behaupten wollen, aber er gebärdete sich auch nicht mehr wie ein wütender, fluchender Fremder, der in seinem Keller hin und her rannte. Er war wieder ihr Dad. Der Dad, der nach und nach gelernt hatte, sie zu lieben.

An solchen Tagen ging er manchmal eine Weile durchs Haus, vielleicht eine Stunde lang. Manchmal erkundigte er sich nach Margaret. »Wo ist sie hingegangen?«, fragte er Lindy dann und klang eher erstaunt als traurig, weil er sich nicht erinnerte. »Ist sie unterwegs und besucht jemanden?«, sagte er und fügte hinzu: »Na ja, kommt bestimmt bald zurück.« Er musste gebückt gehen, hatte eine Hand an sein Kreuz gelegt und stützte sich mit der anderen an der Wand ab.

Lindy antwortete dann: »Ja, bald.« War das richtig? Sie wusste es nicht. Sollte sie ihm die Wahrheit sagen? Ihm sagen, dass ihre Mutter tot war, seit sechs Jahren schon, und dass nur noch sie beide in diesem Haus wohnten? Oder sollte sie ihn beschützen, ihn anlügen, ihn während dieser kostbaren wenigen Stunden in einer Art zeitlosem Dämmerzustand leben lassen, in dem die Vergangenheit realer war als die Gegenwart? Zum Teufel, sie hätte selbst gern darin gelebt. Wer hätte das nicht?

Also sagte sie: »Ja, bald«, und ließ ihn in Ruhe. Er nickte und ging weiter umher, drehte zufrieden eine langsame Runde durchs Haus. Wartete darauf, dass seine Frau zurückkam. »Kommt bald«, murmelte er, und Lindy wiederholte: »Bald«. Manchmal fügte er noch hinzu: »Wollte heute eigentlich mit Ray angeln gehen, aber ich bleibe lieber zu Hause. Muss mal bei deiner Mama sein. Will sie nicht verpassen, wenn sie zurückkommt.« Am nächsten Morgen wurde er dann wieder vom Zorn überschwemmt und verbrachte seine Tage wieder im Keller. Dann hörte sie ihn dort unten, so wie sie ihn gehört hatte, als die Staatsanwältin da gewesen und er gegen einen Felsbrocken oder Betonblock gestoßen war.

Und dann, als sie beinahe schon aufgeben wollte, fand sie es.

Zuerst wusste sie nicht, was es war. Auf Händen und Knien hatte sie sich nach vorne gereckt und eine flache Kiste unter der massiven Eichenkommode hervorgezogen, die in dem ehemaligen Schlafzimmer ihrer Eltern stand. Die Kiste enthielt nichts Ungewöhnliches; sie war angefüllt mit alten *National Geographic*- und *Life*-Ausgaben. Ihre Mutter hatte keinen Highschoolabschluss gehabt, aber sie war eine leidenschaftliche Leserin gewesen. Zu Lindys lebhaftesten Erinnerungen gehörte, wie ihre Mutter am Küchentisch saß und einen Artikel im *National Geographic* las und über etwas staunte, wie sie aufgeregt durch die Seiten blätterte, der achtjährigen Lindy einzelne Absätze vorlas. Und dann blickte sie von dem Magazin auf und wandte sich an ihre Tochter: »Die Welt da draußen ist groß, mein Mädchen. Sieh zu, dass du sie einmal kennenlernst.«

Lindy versuchte, die Kiste zurück unter die Kommode zu schieben. Es ging nicht. Sie spürte einen Widerstand. Der Gegenstand musste so klein sein, dass sie ihn bisher übersehen hatte. Irgendetwas war zwischen Kiste und Wand eingeklemmt.

Lindy legte sich auf den Bauch, spähte unter die Kommode und griff darunter. Sie musste ihren Arm ganz ausstrecken. Ihre Fingernägel kratzten über Metall, und sie tastete danach, bis sie schließlich eine kleine Blechdose zu fassen bekam und sie hervorzog. Sie hatte sie noch nie in ihrem Leben gesehen.

Im Schneidersitz auf dem Fußboden untersuchte Lindy die Dose. Sie war etwa halb so groß wie eine altmodische Zigarrenkiste, hellblau mit silbernem Rand, ziemlich ausgeblichen. Auf dem Deckel und an den Seiten befand sich ein verschnörkelter Schriftzug: SILVERMAN'S FAMOUS BISQUITS, drei Segelboote waren darauf zu erkennen, die über einen von Bäumen gesäumten See glitten. Lindy war so aufgeregt, dass ihre Hände zitterten. Sie wusste nicht, warum sie so angespannt war; im Laufe der Jahre hatte sie Dutzende kleiner Kisten im Haus gefunden. Ihre Mutter hatte kleine, hübsche Schachteln geliebt, genau wie elegante Glasgefäße und pastellfarbenes Einwickelpapier und Kringelband, und hatte alles aufgehoben. Als Lindy ein kleines Mädchen gewesen war, hatte ihre Mutter ihr erklärt, dass es ratsam sei, sich mit hübschen Kleinigkeiten zu umgeben.

Mit funkelndem Krimskrams, der einen an ein strahlendes Anderswo denken ließ, an etwas anderes als staubige Straßen und begrenzte Horizonte. Im Laufe der Jahre hatte Lindy hier und dort die Glasfigürchen und glatt geschliffenen Flusskiesel gefunden, die ihre Mutter liebevoll gesammelt und an strategisch günstigen Punkten in dem kleinen, heruntergekommenen Haus versteckt hatte, vielleicht als eine Art Gegengewicht zum Alltäglichen. Als eine Möglichkeit, sich selbst zu sagen – und auch der Außenwelt, falls die es jemals bemerken sollte –, dass sie mehr war als nur die Frau eines Bergarbeiters in einer schäbigen Stadt, von der niemand je gehört hatte.

Deshalb lag es nicht allein an der Blechdose, dass Lindys Hände zitterten. Diese Dose fühlte sich … *anders* an. Aufgeladen mit einer geheimnisvollen Energie, wie ein magischer Gegenstand in einem Märchen. Oder vielleicht in etwas Dunklerem als einem Märchen.

Fast war ihr übel vor Furcht vor dem, was sie entdecken mochte. War es etwas, das ihren Vater belasten würde? Das bewies, dass er ein brutaler Verbrecher war – und dass seine Amokläufe bis weit in die Vergangenheit zurückreichten? Dass sie nicht erst mit seiner Krankheit begonnen hatten? Aber gleichzeitig verspürte Lindy eine freudige Erregung. Dies war ein Gegenstand, den ihre Mutter berührt hatte.

Sie klappte den Deckel auf.

22

Die Initialen JP standen für Joyce's Place. Der Name war ein Tribut an die verstorbene Joyce LeFevre, die Inhaberin von Ike's Diner, dem Restaurant, das sich früher hier an der Kreuzung Mainstreet und Thornapple Avenue in der Innenstadt von Acker's Gap befunden hatte. Viele Jahre lang hatte das Ike's einen trostreichen Vorrat von fettigen Teigwaren, die in duftenden Seen von Bratensoße mit Würstchen schwammen, bereitgehalten. Ganz zu schweigen von dem stinknormalen starken Kaffee. Im JP's war das anders. Jackie LeFevre, Joyce' fünfunddreißigjährige Tochter, war da eisern: JP's war kein Ersatz für Ike's Diner. Das JP's hatte seinen eigenen Stil. Seinen eigenen Rhythmus. Seine eigenen Rituale. Das einzig Sentimentale, was diesem Hause erlaubt war, war der Name.

Bell hatte Jackies Eigenständigkeit immer bewundert, auch wenn sie sich Gedanken darüber machte, ob ihr Konzept aufging. Die Bevölkerung von Acker's Gap war überwiegend alt, und Bell beobachtete immer wieder, dass ältere Leute es schätzten, wenn die Dinge so blieben, wie sie waren. Mein Gott, korrigierte sie sich, jeder ist mehr oder weniger so. Nur alten Leuten macht es nichts aus, das auch zu zeigen.

»Kaffee für Sie beide?«

Wanda Moore, eine der beiden Kellnerinnen, verlangsamte kaum ihre Schritte und rief ihnen die Frage im Vorbeieilen zu. Bell und Sheriff Fogelsong waren fast gleichzeitig hier eingetroffen und hatten sich die letzte freie Sitznische geschnappt. Wanda und ihre Kollegin, Patty Harshbarger, hatten wegen des Ansturms zur Mittagszeit alle Hände voll zu tun. Die Gäste an einem großen Tisch in der Ecke riefen seit drei Minuten nach Wanda, als steckten sie in einer verzweifelten Notlage; und das stimmte tatsächlich, wenn man das Fehlen von Ketchup zu den Pommes frites als legitime Krise bezeichnen konnte.

Anders als Ike's Diner, das mit einem kurzen, abgesplitterten Holztresen ausgekommen war, und mit wackeligen Stühlen, die aussahen, als würden sie bald als Anfeuerholz enden, war das JP's mit einem glänzenden Edelstahltresen ausgestattet. Er führte an einer langen Wand entlang, davor standen stabile rot bezogene Barhocker. An der anderen Wand befand sich – ausgerechnet – eine Salatbar. Der Stapel von kleinen weißen Tellern sah munter und erwartungsvoll aus. Neben jeder Keramikschüssel, gefüllt mit geraspelten Karotten, hart gekochten Eiern oder Gurkenschreiben, lag pflichtbewusst eine glänzende Metallzange bereit. Nichts von alldem wäre im Ike's auch nur ansatzweise denkbar gewesen. Dort hätten die Gäste die Zangen wahrscheinlich nur dazu benutzt, um eine einzelne Gurkenscheibe hochzuheben, während sie sie misstrauisch beäugten und überlegten, ob sie nach einem kurzen Bad in einem Teller Soße genießbar wäre.

Jedes Mal, wenn Bell hierherkam, fiel ihr der deutliche Kontrast auf. Das JP's war kompakt und hell; das Ike's dagegen war weitläufig, dunkel, wie eine Höhle gewesen. Im JP's prangte auf einer Seite der Speisekarte die Überschrift *Vegane Gerichte*. »Was zum Teufel soll das sein?«, hatte schon mehr als ein Stammkunde gemurmelt, darauf gestarrt und die Speisekarte hin und her gedreht, als könnte er ihr auf diese Weise die Bedeutung dieses merkwürdigen Wortes entlocken. Im Ike's waren Speisekarten größtenteils überflüssig gewesen: Man wusste, was es gab. Und das Tagesgericht – Chili-Makkaroni, gebratener Wels, Schweinesteaks oder Spaghetti – wurde mit dem Preis an eine Tafel geschrieben, die neben der Kasse aufgestellt war. Bell sah noch Georgette Akers vor sich, Joyce' Geschäfts- und Lebenspartnerin, wie sie sich am Morgen als Erstes über diese Tafel beugte, ein kurzes Stück Kreide in ihrer pummeligen Hand, und Smileys hinter die Worte und Zahlen malte. Stolz auf ihr Werk hob sie zum Schluss die Tafel hoch und pustete den Kreidestaub fort.

Manchmal setzten die Geister Bell zu. Alte Städte waren voll von ihnen. Manchmal gefiel es ihr, dass sie die Geschichten all dieser Straßen und Menschen kannte. Den Gesichtern, die sie jeden Tag sah, konnte sie zum Großteil eine Lebensgeschichte zuordnen, und sie kannte auch die Gesichter all der toten Vorfahren, die sich hinter ihnen versammelten. Natürlich nicht so viele wie Rhonda Lovejoy, aber es reichte, um die Stadt in einen langen Korridor voll murmelnder Echos zu verwandeln.

In Acker's Gap ließ einen die Vergangenheit niemals in Ruhe. Nachts, wenn man einen leichten und unruhigen Schlaf hatte, erschienen einem die Toten im Traum und riefen einen immer wieder und zunehmend lauter beim Namen, wie jemand, der nach einem verschwundenen Hund ruft. Am Tag gingen sie dicht neben einem her, rückten einem auf den Leib. Man musste dann und wann die Stadt verlassen, um etwas Abstand von ihnen zu gewinnen, ein wenig Frieden.

Sie blickte über den Tisch hinweg zu Sheriff Fogelsong. »Wie ist es dir heute Vormittag ergangen?«

»Miserabel.« Er nahm seinen Hut ab. Schweißtropfen standen auf seiner Stirn, die von der Hitze leicht gerötet war. Fogelsongs akkurater Bürstenhaarschnitt hätte ihm eigentlich mehr Abkühlung verschaffen müssen, aber nicht heute. Seine Kopfhaut sah aus, als hätte Nick sich auf dem Grill gewälzt, der bei Jackie hinter dem Tresen stand.

»Donnie Frazey macht mich verrückt«, fügte er hinzu.

»Stellt er Fragen über die Morde?«

»Darauf kannst du Gift nehmen. Aber weißt du was? Ich muss zugeben, sie sind gerechtfertigt. Er hat eine Deadline für die Ausgabe der nächsten Woche und will wissen, was für Fortschritte wir machen. Verdammt, Belfa, ich habe nichts für ihn.« Fogelsong nahm eine Papierserviette und tupfte sich die Augenbrauen ab. Er blickte auf die feuchte Serviette hinab und dann zu ihr herüber. »Ich fühle mich zurzeit ungefähr so nutzlos wie Zitzen bei einem Bullen.« Er knüllte die Serviette zusammen und warf sie auf die Tischplatte. Falls ihm der Monat, den er fort gewesen war, ein wenig Erholung gebracht hatte, so war davon jetzt schon nichts mehr übrig, stellte Bell fest, als sie sein Gesicht betrachtete.

»Was ist mit dem Tramper, den Deputy Harrison befragt hat?«, sagte sie. »Der Typ, der zur fraglichen Zeit jemanden im Wald an der Godown Road gesehen hat?«

»Dabei ist nichts herausgekommen. Es hat sich gezeigt, dass unser Zeuge ziemlich betrunken war.« Abscheu schwang in der Stimme des Sheriffs mit. »Ja, er behauptet, dass er da draußen jemanden in einem langen Mantel gesehen hat. Und die Uhrzeit stimmt. Aber ein Zeuge drüben in Swanville hat berichtet, dass der Typ in dieser Nacht sechs Pabst Blue Ribbons getrunken hatte und kaum in der Lage gewesen sein dürfte, auch nur zum Pissen in den Wald zu schwanken und wieder zurück. Das hilft uns keinen Schritt weiter.«

Sie wartete. Ihn zu trösten, brachte hier gar nichts, das wusste sie.

»Okay«, sagte sie. »Lass es mich wissen, wenn du bei den Ermittlungen Hilfe brauchst.«

»Du hast deinen eigenen Job zu erledigen. Ich habe nicht die Absicht, dir noch meinen aufzuhalsen. Vor allem nicht, wenn du knapp an Mitarbeitern bist.«

Bells Sekretärin, Lee Ann Frickie, war am Vortag in den Urlaub gefahren. Lee Ann nahm sich jeden Sommer zwei Wochen frei, um ihren Sohn, Clemson, in South Carolina zu besuchen. Sie hatte angeboten, ihre Reise in diesem Jahr ausfallen zu lassen. Ihr war nicht wohl bei dem Gedanken wegzufahren, während zwei ungelöste Mordfälle die Stadt beschäftigten. Aber Bell hatte darauf bestanden, dass sie Ferien machte. Lee Ann brauchte eine Pause. Die brauchen wir alle, hatte sich Bell im Stillen gesagt. Aber erst wenn der gewaltsame Tod von Freddie Arnett und Charlie Frank aufgeklärt war.

Bell wollte gerade etwas zu Nick sagen, als Perry Crum zu ihrem Tisch schlenderte. Er wollte zum Tresen, um seine Rechnung zu bezahlen. Crum hatte ein breites Gesicht, trübe Augen und Haare, die aussahen wie Ginger Ale ohne Kohlensäure. Seit zweiundvierzig Jahren fuhr er in Raythune County die Post aus, was man an seiner Körperhaltung erkennen konnte, er sah aus, als habe er Schmerzen. Schweiß hatte die Bügelfalten an seinem blassblauen Uniformhemd und den grauen kurzen Hosen ruiniert.

»Hey, Sheriff«, sagte Perry. Er schob seinen schmutzig weißen Tropenhelm auf dem Kopf zurück. »Gibt es irgendein Gesetz gegen die Hitze?«

»Das sollte es. Sagen Sie mir, wie man es durchsetzt, Perry, und ich kümmere mich gerne drum.«

Perry hob und senkte ein paarmal die Augenbrauen, um seine Zustimmung zu bekunden. Er wandte sich an Bell. »Wie geht's Ihnen, Mrs Elkins?«

»Ganz gut, danke.« Sie blickte auf Perrys gebeugte Schultern und fragte sich, wie es sich wohl anfühlte, bei dieser Hitze einen schweren Postsack in einen Transporter zu wuchten oder herauszuzerren. Ganz zu schweigen von den langen Fahrten in dem kastenförmigen, potthässlichen staatseigenen Van, auf holprigen Straßen über Berg und Tal.

Diese Vorstellung rief eine andere hervor: Perry draußen auf den Landstraßen, ganz allein. Verletzlich. Ein leichtes Ziel.

»Hören Sie«, fügte sie hinzu und versuchte, beiläufig zu klingen. »Sie müssen vorsichtig sein, Perry. Sie haben doch von den Überfällen gehört. Halten Sie einfach die Augen offen, okay?«

Perry versuchte, ein wenig von dem Schweiß an seinem Hals mit einem Taschentuch abzutupfen, erst auf einer Seite, dann auf der anderen. »Danke, dass Sie sich um mich Gedanken machen, Mrs Elkins.« Er lächelte.

Dank Rhonda Lovejoy wusste sie ein wenig über sein Privatleben. Für Leute wie Perry änderte sich nie etwas, und so fühlte Bell sich veranlasst, noch einen Schlusssatz hinzuzufügen: »Ihre Schwester, Ellie. Sie geht nicht alleine raus, oder? Vor allem nachts?«

»Nein, Ma'am. Aber nett, dass Sie nachfragen. Ellie verlässt das Haus nie. Sie braucht mich, damit ich auf sie aufpasse. Das wird immer so bleiben. So ist das schon seit ihrer Geburt. Habe meinen Leuten versprochen, dass ich mich um sie kümmere, und das tue ich.« Perry stopfte das Taschentuch in seine Tasche. Er hatte genug dazu gesagt. »Vermute, dass Sie noch keine großen Fortschritte machen?« Er las die Antwort von ihren Gesichtern ab. »Na ja«, sagte Perry, »Sie werden der Sache schon auf den Grund gehen. Kein Zweifel. Einen schönen Nachmittag noch.«

Er ging weiter. Bell hob ihr Wasserglas und nahm einen langen, gedankenverlorenen Schluck. »Ich habe nachgedacht, Nick. Der Sommer ist eine merkwürdige Jahreszeit. Die Leute entspannen sich zu sehr. Wenn es dunkel wird, ist es noch schön und warm draußen. Darum werden sie unachtsam. Sie lassen ihre Fenster weit offen und schließen die Türen nicht ab. Das ist mir selbst schon passiert. Bin manchmal bis zwei, drei oder vier Uhr morgens aufgeblieben, saß auf der Veranda. Ich bin oft allein. Habe nie einen Gedanken daran verschwendet. Aber wenn die Sonne untergegangen ist, können jede Menge schlimme Dinge passieren. Sogar im Sommer.«

Der Sheriff machte ein düsteres Gesicht. »Da hast du verdammt recht.« Er wischte einen Schweißtropfen fort, der auf der rechten Seite seines Gesichts herabrann. »Egal, wo ich hinkomme, überall fragen mich die Leute, ob ein Serienkiller umgeht, wie du es vorausgesagt hast. Ich wünschte wirklich, sie würden etwas weniger fernsehen, weißt du? Man muss sich nur genug von diesen Krimis reinziehen, und schon sieht man jedes Mal, wenn man seinen Einkaufswagen durch die Gemüseabteilung im Lymon's Market schiebt, einen Serienkiller.« Er wischte seinen feuchten Finger am Hosenbein ab. »Aber um ehrlich zu sein, ich kann ihre Sorge verstehen. Ich meine, beide Überfälle sind nachts passiert. Und es ist kein Motiv wie Raub oder Rache zu erkennen.«

»Aber es gibt auch ein paar ziemlich deutliche Unterschiede.«

»Zwei verschiedene Waffen«, stimmte er zu. »Vorschlaghammer und Messer.«

»Ja. Aber irgendetwas scheint da ... nun ja, nicht ganz zu stimmen.« Fogelsong sah sie an, wartete darauf, dass sie fortfuhr. »Der Angriff auf Freddie Arnett war ziemlich gezielt«, sagte Bell. »Drei Hiebe auf den Hinterkopf. Alle ungefähr mit gleicher – tödlicher – Kraft ausgeführt.«

»Okay.«

»Aber die Stichwunden von Charlie Frank waren anders. Ich habe Busters Bericht gelesen und ihn angerufen, um nachzufragen, weil ich sichergehen wollte, dass ich seine Ergebnisse richtig interpretiere. Der Tote hat fünf Wunden in der Schultergegend, zwei auf einer, drei auf der anderen Seite, sie sind ziemlich oberflächlich. Dafür hat es nicht viel Kraft gebraucht. Sie allein hätten ihn wahrscheinlich nicht töten können. Die tödlichen Stiche kamen danach. Acht sehr tiefe und sehr kräftige Stiche in Brust und Bauch. Einer hat die Hauptschlagader durchtrennt. Charlie hatte keine Chance.«

»Was denkst du?«

»Vielleicht sollten die ersten Stiche nicht tödlich sein. Und wenn das der Fall ist, dann ...«

Fogelsong räusperte sich. Bell verstummte. Er hatte Wanda erblickt, die auf sie zukam, den Bestellblock in der einen, einen Stift in der anderen Hand.

Die Kellnerin war eine stämmige Frau mittleren Alters mit welligem braunem Haar, das nach und nach seinen Kampf gegen das Grau aufgab. Sie kniff häufig die Augen zusammen, auch wenn sie sich nicht anstrengen musste, um etwas zu sehen, und auf der linken Wange waren noch die breiten, klauenartigen Narben eines Autounfalls zu erkennen, den sie in ihrer Kindheit gehabt hatte. Ihr Vater, Norbert Moore, war mit Wanda und ihrem kleinen Bruder Cassius zur Eisdiele gefahren, als Norbert die Mittellinie gekreuzt und direkt in einen Kohlelastwagen gekracht war. Norbert war betrunken gewesen. Der Lastwagenfahrer und der dreijährige Cassius starben, und Norbert, der nur leicht verletzt war, wurde zu fünfzehn Jahren Haft im Staatsgefängnis von Fayette County verurteilt. Als er schließlich nach Hause zurückgekehrt war, hatte er Wanda auf der Straße getroffen und gesagt: »Ich würde dich überall wiedererkennen, Mädchen, und zwar an deiner Narbe. Ist besser als jedes Namensschild.«

Wanda sah sie nicht an, sondern hielt den Blick auf ihren Block gerichtet, während sie sagte: »Was wünschen Sie?«

»Einen Cheeseburger«, erklärte Fogelsong. »Ohne Essiggurken, aber sonst mit allem.«

»Pommes?«, fragte Wanda.

»Müssen Sie da noch fragen?«

Das brachte sie zum Lächeln, und sie blickte von ihrem Notizblock hoch. »Also, Mr Fogelsong, seien Sie nicht so besserwisserisch. Ich bin heute zu beschäftigt, um dafür zu sorgen, dass Sie nicht aus der Reihe tanzen. Mrs Elkins?«

»Hähnchensalat bitte.«

»Alles klar.«

Sie warteten, bis die Kellnerin davongeeilt war, bevor sie ihr Gespräch wieder aufnahmen. »Okay«, sagte der Sheriff. »Was ist mit den Messerstichen?«

Bell wollte nicht übertreiben. »Na ja, Buster hat gesagt, dass die unterschiedliche Tiefe der Stiche wahrscheinlich keine Bedeutung hat. Kann viele verschiedene Ursachen haben.«

»Dann schlage ich vor«, sagte er, »dass wir über etwas anderes sprechen, bis unser Essen da ist. Damit wir es auch wirklich genießen können. Was sagst du dazu?«

»Einverstanden. Wir müssen unsere Kräfte mobilisieren.«

Bisher hatte Nick jedes ernsthafte Gespräch über die Zeit seiner Abwesenheit vermieden. Bell verstand das: Er war in eine Stadt zurückgekehrt, die zwei schmerzliche Verluste erlitten hatte und nun von ihm erwartete, dass er die Dinge in Ordnung brachte. Aber sie war neugierig und drauf und dran, ihre Regel zu brechen und ihn nach seinen persönlichen Problemen zu fragen, als er ihr zuvorkam.

»Okay«, sagte er. Hatte er ihre Gedanken gelesen? Vielleicht. Sie kannten einander seit sehr langer Zeit. »Schätze, du möchtest gerne ein Update, was Mary Sue angeht. Jedenfalls mehr als das, was ich dir bisher an Informationen gegeben habe.«

»Nein«, antwortete Bell. »Kein Update. Sie ist ein Mensch, kein Wetterbericht. Und hör mal. Ich habe meine eigene Beziehung zu Mary Sue. Ich kann sie selbst fragen, wie es ihr geht, und das werde ich auch tun. Der, über den ich jetzt gerne sprechen würde, bist du.«

»Ich?«

»Genau, du.« Sie schüttelte ärgerlich den Kopf. »Komm schon. Du weißt, was ich meine. Bevor du weggegangen bist, hast du dein ganzes Leben in Frage gestellt. Du warst dir nicht einmal sicher, ob du dich nächstes Jahr wieder zur Wahl aufstellen lassen willst, weißt du noch? Dann bist du zurückgekommen und ... Herr im Himmel, zwei Leichen und keine Spur.« Bells Stimme klang niedergeschlagen. »Also, was nun? Was hast du jetzt vor? Und ich meine ausnahmsweise mal nicht die ungelösten Mordfälle, okay?«

Da er nicht gleich antwortete, fuhr Bell fort: »Du kannst mir sagen, ich soll mich zum Teufel scheren. Dass es mich verdammt noch mal nichts angeht. Das weiß ich. Ich will nur …«

Sie verstummte. Sie wusste nicht, wie sie es formulieren sollte, ohne schwach und hilfsbedürftig zu klingen. Wie damals, als sie ein zehnjähriges Mädchen gewesen war und Nick zum ersten Mal begegnete – in dieser schrecklichen Nacht. Die Erinnerung kam immer wieder hoch, wenn sie den Deckel nicht fest genug verschlossen hielt. In jener Nacht war der Schrecken durch die Freundlichkeit eines großen Mannes in der Uniform eines Deputys gemildert worden.

Und eben dieser Mann saß ihr nun gegenüber, dreißig Jahre älter und um einiges grauer und massiger. Inzwischen war er zum Sheriff aufgestiegen, und zwar dank seiner Fähigkeiten und seiner Gewissenhaftigkeit – und nicht, wie so häufig, weil andere aus politischem Kalkül die Strippen zogen.

»Vergiss es«, murmelte Bell. Sie waren an einem öffentlichen Ort. Und was konnte sie schon sagen? Er war weder ihr Vater noch ihr Bruder oder Geliebter. Sie hatte keine Rechte, keine Ansprüche auf ihn. Wenn sie fähig gewesen wäre, die Wahrheit auszusprechen, wenn sie es irgendwie hätte schaffen können, ihre Scham zu überwinden und die Angst, dumm dazustehen, dann hätte sie gesagt: *Du bist mir nichts schuldig. Aber ich verdanke dir mein Leben.* Schon allein die Vorstellung, diese Worte auszusprechen, ließ sie innerlich zurückzucken, als hätten ihre Gedanken einen heißen Ofen berührt. Sie konnte das genauso wenig zu Nick Fogelsong sagen, wie sie es zu ihrer Schwester sagen konnte. Und beide, Nick und Shirley, hatten sie, jeder auf seine Art, gerettet.

»Belfa«, sagte er. Der lockere Tonfall war verschwunden. »Wenn ich das herausgefunden habe, werde ich es dir sagen, okay? Alles. Ich werde es nicht vor dir verheimlichen. Das verspreche ich.«

»Natürlich, Nick, aber …«

Wanda tauchte plötzlich wieder auf, mit Tellern in den Händen. »Brauchen Sie noch etwas?«, fragte sie.

»Alles in Ordnung«, sagte Bell. Nick nickte. Eine glückliche Fügung, dass das Essen gekommen war, und nicht nur weil sie Hunger hatten. Es brach den Bann, veränderte die emotionale Dynamik in einem Moment, da die Situation sich zugespitzt und sie beide verunsichert hatte. Seltsam, dass sie ohne jedes Zögern offen über Kriminalfälle miteinander sprechen konnten, ein persönliches Thema sie aber in stumme Feiglinge verwandelte.

Bell sah sich im Restaurant um. Seit sie hereingekommen waren, hatte es sich in kürzester Zeit mit Einheimischen und Fremden gefüllt. Wahrscheinlich waren es die Mutigeren unter den Touristen, die den Burger King an der Interstate links liegen ließen und es wagten, eine lokale Gaststätte auszuprobieren.

Sie blickte hinüber zur Kasse, wo Jackie LeFevre die Kreditkarte eines Kunden durch den Schlitz zog. Jackies schwarze Haare fielen gerade wie ein Brett über ihren Rücken. Sie hatte dunkle Augen und ein flächiges, glattes Gesicht, das ihre indianische Abstammung verriet. Sie wirkte stets ruhig und konzentriert. Jackie war immer noch ein ziemliches Rätsel für die Leute in Acker's Gap. Bisher hatten sie noch keine Zeit gehabt, es zu lösen. Fürs Erste reichte es ihnen, dass das Restaurant, das sie betrieb, vernünftige Preise hatte und anständiges – wenn auch manchmal unerklärlich exotisches – Essen.

»Hey«, sagte Fogelsong. Er klopfte auf die Tischplatte, um ihre Aufmerksamkeit zurückzuerlangen. »Alles in Ordnung?«

Bell wandte sich wieder zu ihm und lächelte leicht. »Ja«, sagte sie.

Nach zwölf Minuten waren sie mit dem Essen fertig. Nicht ideal für die Verdauung, aber notwendig, sagte sich Bell, wenn ein oder mehrere brutale Verbrecher in der Gegend ihr Unwesen trieben. Und es gab noch jede Menge anderer Fälle zu bearbeiten.

Der Sheriff ging hinter ihr zur Tür, nickte unterwegs einigen seiner potenziellen Wähler zu und verlangsamte kaum seine Schritte, wenn er immer wieder auf die Frage antwortete, ob es an diesem Tag nicht besonders heiß sei.

»Ja, das stimmt«, sagte er nur, so geduldig und freundlich, als hätte ihm noch nie jemand an einem Sommertag diese Frage gestellt.

Als sie unter der rot-weißen Markise vor dem Eingang des JP's standen, setzte Fogelsong seinen großen braunen Sheriffhut wieder auf.

»Also, wann kommt Carla?«, fragte er. »Dachte, ich sehe sie mal, wenn sie in der Stadt ist.«

Bell hatte ihm noch nichts über Carlas Pläne gesagt – zur Hölle, sie hatte sich die Realität kaum selbst eingestanden. Nun, jetzt wurde es höchste Zeit.

»Na ja, also … Sam hat ihr eine Praktikumsstelle in London besorgt. In letzter Minute. Sie ist begeistert. Schon auf dem Weg dorthin.« Bell zog den Riemen ihrer Handtasche enger um ihre Schulter.

Nick machte den Mund auf, weil er etwas sagen wollte, tat es aber dann doch nicht. Er ließ sich von ihrem nüchternen Getue nicht täuschen. Er wusste, wie sehr sie sich auf Carlas Besuch in diesem Sommer gefreut hatte. Aber er richtete sich nach ihr: Wenn sie sich unbeschwert geben und so tun wollte, als ob alles in Ordnung sei, würde er mitspielen. Er respektierte sie und wartete ab, bis sie bereit war, darüber zu sprechen. Vielleicht könnte ich von Nick etwas lernen, dachte Bell. Vielleicht sollte ich aufhören, die Leute ständig zu bedrängen, mich nicht überall einmischen, als wäre ich irgend so ein fettärschiger Schulhofschläger. Wenn sie damit aufhörte, würde es mit Shirley vielleicht ein wenig besser laufen. Bell hatte ihrer Schwester wehgetan, hatte sie tief verletzt, und Shirley war in der vergangenen Nacht wieder einmal nicht nach Hause gekommen.

Sie trennten sich. Der Sheriff ging zu seinem Blazer und Bell in Richtung Gerichtsgebäude. Die Sonne tauchte die Straßen in ein so helles Licht, dass sie, als ihr Handy klingelte, die Anrufer-ID auf dem Display nicht erkennen konnte.

»Elkins«, sagte sie argwöhnisch. Wenn sie nicht wusste, wer am Telefon war, rechnete Bell immer mit einem aufgebrachten Bürger, einem wütenden Richter oder einem verärgerten Strafverteidiger und wappnete sich für einen verbalen Schlagabtausch.

»Hier ist Rhonda.«

Erleichterung. »Was gibt's?«

»Na ja«, sagte Rhonda, und Aufregung schwang in ihrer Stimme mit, »ich habe von ein paar Verbindungen hier und da Gebrauch gemacht. Es hat sich herausgestellt, dass Tiffany Stark die stolze Besitzerin eines brandneuen Hauses drüben in Toller County ist. Der Kaufpreis betrug 175 000 Dollar.«

Tiffany Stark. Bell war enttäuscht. Sie hatte gehofft, dass

Rhonda etwas Neues bezüglich der Morde an Arnett und Frank erfahren hatte.

»Erzählen Sie weiter.«

»Also, Jed Stark hatte keine Lebensversicherung oder irgendein nachweisbares Einkommen«, fuhr Rhonda fort. »Tatsache ist, dass weder Jed noch Tiffany ein Bankkonto hatten. Er arbeitete ausschließlich für Bares – was nicht erstaunlich ist, wenn man bedenkt, dass seine Arbeit hauptsächlich im Verkauf von Drogen bestand. Oder darin, dass er Leute bedrohte, die sich mit anderen Drogendealern anlegten. Dieser Wohnwagen war gemietet, und sie waren mit der Miete fünf Monate im Rückstand – waren es zumindest bis heute. Tiffany hat mit dem Vermieter abgerechnet. Und dabei auch gleich gekündigt. Sie hat eine große Umzugsfirma aus Charleston damit beauftragt, ihren Krempel in das neue Haus in Toller County zu schaffen.«

»Wo zum Teufel hat Tiffany Stark so viel Geld her?«

»Ziemlich interessant, stimmt's? Wie ich schon sagte, Jed Stark hatte kein Bankkonto, aber vor einem Monat ist er von einer Firma mit dem Namen Rhododendron Associates als Equity-Partner eingetragen worden.«

»Equity-Partner.« Bells Räuspern drückte Geringschätzung aus. »Einer wie Jed Stark kann ›Equity‹ wahrscheinlich noch nicht einmal buchstabieren. Und ich habe noch nie von Rhododendron Associates gehört – davon abgesehen ist der Rhododendron die Staatsblume von West Virginia.«

»Niemand hat davon gehört. Alles, was ich Ihnen mit Sicherheit sagen kann, ist, dass diese Firma nichts mit Blumen zu tun hat, Chefin. Aber viel mit Geld. Unmengen Geld. Und so finanziert sich Tiffany ihren Neuanfang. Sie hat eine große Auszahlung von dieser Firma bekommen.«

»Weitere Partner?«

»Nun …« Als geborene Geschichtenerzählerin senkte Rhonda dramatisch die Stimme und sagte: »Laut Gesellschaftsvertrag ist der Chef von Rhododendron Associates unser geheimnisvoller Mann – Sampson J. Voorhees.«

»Aber wie …?«

»Warten Sie. Ich weiß, dass Sie tausend Fragen haben. Die hatte ich auch. Wie zum Beispiel: Wer ist dieser Voorhees, und was in aller Welt ist Rhododendron Associates, und wo zum Henker haben sie das viele Geld her?«

Bell hatte inzwischen die Treppe des Gerichtsgebäudes erreicht. Während Rhonda gesprochen hatte, war sie weitergelaufen, ohne die Hitze oder ihre Umgebung wahrzunehmen.

»Um den kleinen Leckerbissen auszugraben, der als Nächstes kommt, habe ich Stunden gebraucht«, fuhr Rhonda fort. Sie stöhnte ein wenig, um deutlich zu machen, wie hart sie gearbeitet hatte. »Ich habe bestimmt bei fünfzig Stellen angerufen. Nein, eher hundert. Und nichts passte zusammen. Rhododendron ist als Investmentgesellschaft verzeichnet, aber sie haben gar keine Geldanlagen. Sie haben auch keine Kunden. Es scheint, als hätten sie gar nichts zu tun. Muss wohl eine Art Fassade für Geldtransfers sein. Also musste ich mich durch die Informationen in ihren Originalakten wühlen, auf der Suche nach irgendetwas, das mir einen Anhaltspunkt geben konnte, wer sie wirklich sind und was sie wirklich tun. Und dann habe ich es gefunden.«

Bell wartete. Sie war versucht, Rhonda anzutreiben, hielt sich aber zurück. Sie kannte die Eigenart ihrer Assistentin. Die Geschichte musste sich in Rhondas Tempo entfalten.

»Schließlich hatte ich einen Geistesblitz und rief Charlie Dillon an«, erzählte Rhonda weiter. »Hatte seit der Uni nicht mehr mit Charlie gesprochen. Er ist nach dem ersten Jahr ausgestiegen. Jetzt arbeitet er für eine staatliche Handelskommission. Lebt in Cross Lanes. Und seine Frau, Barbara Ann, hat so süße kleine …«

»Rhonda, bitte.« Bell war zu kribbelig, um sich beherrschen zu können. »Die Firma.«

»Okay. Richtig. Na ja, Charlie konnte mir helfen, genau wie ich es erwartet hatte. Er hat sich die Sache ganz genau angesehen und dabei für uns gegen ungefähr ein Dutzend Regeln verstoßen, deshalb glaube ich, wir sollten ihn dieses Jahr auf unsere Weihnachtskartenliste setzen. Er hat eine Menge Unterlagen durchforstet, die nicht öffentlich zugänglich und sicher in keiner digitalisierten Datenbank verzeichnet sind, weil sie so verflixt alt sind. Aber es hat geklappt. Es hat sich herausgestellt, dass man, wenn man sehr weit in die Vergangenheit zurückgeht, letztendlich auf das Unternehmen stößt, das Rhododendron Associates zu hundert Prozent finanziert. Man muss sich dazu durch ein Dutzend Briefkastenfirmen arbeiten und dann durch weitere Firmen, die nie irgendwelche Geschäfte gemacht haben, man muss die Zähne zusammenbeißen und einen Haufen falscher Fährten durchackern. Es ist ein viel, viel älteres Unternehmen. Und es ist privat – keine offiziellen Dokumente, keine Liste von Angestellten. Nichts.«

»Also war's das.« Bell konnte die Niedergeschlagenheit in ihrer Stimme nicht unterdrücken. »Eine Sackgasse.«

»Oh, Belfa.« Rhonda nannte ihre Chefin fast nie beim Vornamen. Nun tat sie es aus lauter Euphorie und gluckste leise. »Sie kennen mich doch.«

»Sie haben etwas über das Ursprungsunternehmen herausgefunden?«

»Natürlich habe ich das. Ich kann mit dem Namen der

Person aufwarten, die es gegründet hat – vor langer Zeit, 1957. Ich könnte jetzt um einen Trommelwirbel bitten, aber ich glaube, Sie wären drauf und dran, mir bei lebendigem Leibe die Haut abzuziehen, wenn ich jetzt nicht zum Punkt komme. Also …« Rhonda holte tief Luft.

»Unser geheimnisvoller Mann, der hinter Rhododendron Associates steckt – und hinter der Auszahlung an Tiffany Stark –, ist niemand anders als der ehemalige Gouverneur von West Virginia: der – im weitesten Sinne – ehrenwerte Riley Jessup.«

23

Sie hatte sich selbst Angst gemacht. So war es doch, oder? Ja. So musste es sein. All dieses Gerede darüber, dass die Dunkelheit in diesem Sommer anders war. Dass sie einen täuschte, in falscher Sicherheit wiegte, sogar träge werden ließ. Weich. All dieses Theoretisieren Nick Fogelsong gegenüber. *Keine andere Dunkelheit ist wie die Dunkelheit im Sommer.*

Bell stand neben ihrem Auto auf ihrer Auffahrt. Es war weit nach Mitternacht. Sie hatte nicht die Absicht gehabt, so lange im Büro zu arbeiten. Wie immer war es einfach passiert. Sie hatte plötzlich von einem Stapel nicht enden wollender Büroarbeit aufgeblickt und festgestellt, wie spät es war und dass sie sich ganz allein im Gerichtsgebäude befand. Die Lampe auf ihrem Schreibtisch war das einzige Licht gewesen. Um den Weg nach draußen zu finden, hatte sie die winzige Taschenlampe an ihrem Schlüsselanhänger benutzen müssen. Die Lichter im Flur wurden jeden Abend um neun Uhr am Hauptschalter ausgeschaltet, um Energie zu sparen. Eine Verordnung von Sheriff Fogelsong. Als Bell endlich die Innenstadt verließ, hatte sie kein anderes Auto auf der Straße gesehen.

Sie war in die Auffahrt eingebogen und hatte den Motor abgestellt. Die Stille war so allumfassend, dass sie Bell erschreckte. Sie schien auf sie gewartet zu haben. Schlimmer noch – sie hatte etwas mit ihr vor.

Oh, hör auf, schalt Bell sich. Sei nicht so ängstlich, okay?

Als sie den Explorer abschloss, ging das Innenlicht langsam aus. Dies war der Moment, auf den sie sich normalerweise freute: Feierabend. Nach Hause kommen. Zeit, sich die Schuhe abzustreifen und – auch wenn das nicht ganz so automatisch ablief – ihre Sorgen. Aber in dieser Nacht spürte sie keine Erleichterung. Sie spürte Furcht. Das Licht auf der vorderen Veranda ließ sie immer an; die Glühbirne musste durchgebrannt sein.

In keinem der anderen Häuser in der Shelton Avenue war Licht. Nicht einmal im Haus von Priscilla Dobbins, zwei Türen weiter auf der gegenüberliegenden Straßenseite. Priscilla war vierundsiebzig Jahre alt und blieb manchmal lange auf, um zu lesen. Heute Nacht anscheinend nicht. Ihr dreistöckiges viktorianisches Haus sah aus wie eine große schwarze Truhe, sorgfältig gesichert mit Riemen und Riegeln und Schnallen. Sollte damit verhindert werden, dass etwas von außen ins Innere gelangte – oder umgekehrt?

Du machst dich verrückt, dachte Bell. Hör damit auf. Lass es, zum Teufel.

Sie stieg die Stufen zur Veranda hinauf. Das Haus lag in tiefer Dunkelheit, die umso unheilvoller wirkte, als Bell nicht darauf gefasst gewesen war. Hatte sie nicht im Wohnzimmer das Licht angelassen? Sie war sicher, dass sie das getan hatte. Das tat sie immer. Einen Teil ihrer Jugend hatte sie in einem Wohnwagen am Comer Creek verbracht, weit weg von anderen Häusern oder Wohnwagen, und sie wusste, wie diese Dunkelheit alles durchdringen konnte. Was für ein günstiges Versteck sie für formlose Gestalten darstellte, die an Fenstern vorbeistrichen oder um Ecken krochen.

Nun, vielleicht hatte sie dieses Mal kein Licht angelassen. Sie konnte sich nicht daran erinnern. Oder vielleicht hatte sie es angelassen, und Shirley war tagsüber nach Hause gekommen, um ein paar Sachen zu holen. Sie sprachen kaum mehr miteinander, gingen manchmal im oberen Flur aneinander vorbei, ohne ein Wort zu sagen, und das Schlimmste daran war, dass es ihnen noch nicht einmal mehr komisch vorkam. Vielleicht hatte Shirley das Licht im Wohnzimmer ausgemacht. Sie hatte womöglich nicht gewusst, wie wichtig dieses Leuchtsignal war – obwohl auch Shirley in dem Wohnwagen am Comer Creek aufgewachsen war. Hätte sie es nicht wissen müssen? Sie verstand Dunkelheit ebenso gut wie Bell. Besser.

Habe ich nun das verflixte Licht im Haus angelassen oder nicht? Sie hatte Mühe, den Hausschlüssel in ihrer Handtasche zu finden. Es war so verdammt dunkel.

Und wenn sie das Licht tatsächlich angelassen hatte und Shirley nicht hier gewesen war und es ausgeschaltet hatte? Womöglich wartete jemand auf der anderen Seite dieser Mauer auf sie. Lauerte gleich hinter der Eingangstür in der Dunkelheit. Mit erhobener Waffe. Seine Augen hatten sich schon an die Dunkelheit gewöhnt, und er musste nicht zögern, nichts dem Zufall überlassen, brauchte nur zu warten, zu zielen und zuzuschlagen.

Verdammt noch mal, sagte sich Bell. Die Angst machte sie gereizt. Sie empfand Ekel vor sich selbst. *Finde den verflixten Schlüssel, geh rein und schau dich um. Bring es hinter dich.*

Sie steckte den Schlüssel ins Schloss. Öffnete die Tür. Trat ein. Nichts geschah. *Natürlich ist niemand hier. Oh Gott. Werde endlich erwachsen.* Bell kam sich vor wie eine komplette Idiotin. Sie zog die Tür hinter sich zu. Und merkte, dass ihre Hand zitterte.

24

Zur Mittagszeit am nächsten Tag ertappte Bell Nick Fogelsong auf frischer Tat. Sein erster Impuls war es, nach einer Schreibtischschublade zu tasten, in der er das Beweisstück verschwinden lassen konnte, aber vergeblich; sie hatte schon gesehen, was er vorhatte. Also gab der Sheriff auf, mit düsterem Blick und wütend auf sich selbst, weil er sich von ihr hatte erwischen lassen. Er knurrte und schleuderte den Gegenstand quer über den Tisch. Eine angeschlagene rote Kaffeetasse kippte um, in der Stifte steckten. Nick machte keine Anstalten, die Tasse wieder aufzustellen oder ihren verstreuten Inhalt aufzusammeln.

»Ich glaube«, sagte Bell ernst, »dass dies eine strafbare Handlung ist. War nett, mit dir zusammenzuarbeiten.« Dann grinste sie, schaffte es nicht, ernst zu bleiben. Hob das Buch auf, das er weggeschleudert hatte, und betrachtete den Umschlag, der einen in einer Rüstung steckenden Ritter zeigte. Sie las laut vor: »*Das Zeichen des Sieges*. Bernard Cornwell. Ist das gut?«

Er nickte, immer noch beschämt. Lesen – insbesondere historische Romane über Kriege – war seine Leidenschaft, aber er saß im Büro an seinem Schreibtisch. Es gab keine Entschuldigung für eine solche Zeitverschwendung.

»Na ja«, fuhr sie fort, während sie das Buch zurücklegte, »diesmal lasse ich dich noch davonkommen. Aber du musst mir einen Gefallen tun, als Gegenleistung.«

Er machte ihr ein Zeichen, sich auf den Holzstuhl zu setzen, der gegenüber von seinem Schreibtisch stand. »Solange du nicht überall herumerzählst, was für ein geheimes Laster ich habe, kannst du haben, was du willst.« Er zog die unterste Schublade an der linken Seite seines Schreibtisches auf und stellte seinen Fuß darauf. »Eigentlich, wenn ich es mir recht überlege, ist das meine Mittagspause, also gibt es nichts, wofür ich mich entschuldigen müsste. Aus verfahrenstechnischen Gründen freigesprochen.«

»Hey, wer ist hier die Anwältin?«

Im Büro war es außergewöhnlich heiß. Fogelsong hielt nichts von Klimaanlagen. Er gestattete seinen Mitarbeitern, die im Anbau des Gerichtsgebäudes arbeiteten, sich in ihren Büros Fensterklimageräte installieren zu lassen, machte aber gleichzeitig keinen Hehl daraus, dass er das für lächerlichen Schnickschnack hielt. Durch die Berge sei es in Acker's Gap noch einigermaßen kühl, betonte er immer. »Der liebe Gott hat bestimmt, dass wir schwitzen«, pflegte er hinzuzufügen. »Eine kleine Erinnerung an das Höllenfeuer. Damit wir unser Verhalten entsprechend ändern können.« Er machte Scherze, aber bei Nick Fogelsong konnte man das nie so genau wissen.

Bell krempelte die Ärmel ihrer weißen Bluse hoch. Wegen der Luftfeuchtigkeit, aber auch weil sie ein ernstes Thema anschneiden wollte.

Die Ungezwungenheit von eben war wie weggeblasen, als Bell sich auf ihrem Stuhl vorbeugte und Nick über das in Kenntnis setzte, was Rhonda Lovejoy über Rhododendron Associates und Riley Jessup herausgefunden hatte. Bell hatte diese Informationen zunächst für sich behalten, aber nur eine lange Liste von Nachmittagsterminen und ein Abend voller Büroarbeit hatten sie daran gehindert, sofort darauf zu reagieren.

Sie erzählte Nick nichts von dem absurden kleinen Drama, das sie letzte Nacht auf ihrer Eingangsterrasse aufgeführt hatte. Er würde sich nur Sorgen um sie machen. Glauben, dass sie durchdrehte. Weich wurde. Es gab schon genug wirkliche Gefahren; Drohungen waren im Büro der Staatsanwaltschaft einer Kleinstadt normal, denn hier musste eine Staatsanwältin mit genau den Menschen auf engem Raum zusammenleben, denen sie Unannehmlichkeiten bereitet hatte, zum Beispiel weil sie sie zu einer Gefängnisstrafe verdonnerte. Da brachte es nichts, sich zusätzlich noch mit eingebildeten Gefahren aufzuhalten.

»Darum mache ich mich in etwa einer Stunde auf den Weg nach Charleston«, schloss Bell. »Will mich ein wenig mit Riley Jessup unterhalten.«

Der Sheriff sah ein wenig erstaunt aus. »Tatsächlich.«

»Nun ja, eigentlich sollte heute eine Anhörung im Fall Fletcher stattfinden, aber die ist verschoben worden. Also habe ich Zeit. Und es ist ein schöner Tag für einen Ausflug.« Sie zuckte ungeduldig mit den Schultern. »Warum sollte eine öffentliche Person wie Jessup mit einem zwielichtigen Dreckskerl wie Jed Stark Geschäfte machen? Ich schätze, es schadet nichts, wenn ich versuche herauszufinden, was die Verbindung zwischen ihnen ist.«

Fogelsong nahm sich einen Augenblick Zeit zum Nachdenken, dann nickte er. »Okay. Dann hast du also die Absicht, unseren erlauchten ehemaligen Gouverneur in die Mangel zu nehmen und zu sehen, ob er gewillt ist, über seine privaten Finanzangelegenheiten auszupacken.« Die Stimme des Sheriffs wurde ernst. »Ich hoffe, dir ist klar, dass für einen Mann wie Riley Jessup – für jeden Politiker eigentlich – das öffentliche Image mehr bedeutet als alles andere. Sogar mehr als Reichtum. Sie verbringen viele Jahre damit, dieses Image vor den Augen der Öffentlichkeit aufzubauen. Es zu polieren. Es so zu gestalten, wie sie es haben wollen. Egal, wie die Realität aussieht – und egal, wie lange es schon her ist, dass ihr Name auf einem Stimmzettel stand –, sie werden sich an diesem schönen Bild festklammern, koste es, was es wolle. Sie werden kämpfen wie ein Löwe, damit sie vor den Leuten aus ihrer Heimat gut dastehen. Ihr Vermächtnis bedeutet ihnen alles. Je älter ein Politiker wird, desto leidenschaftlicher wünscht er sich, in den Geschichtsbüchern wie ein Lincoln behandelt zu werden.« Er rieb sich den Nacken. Nick mochte keinen Sarkasmus und versuchte, ihn aus seinem Ton herauszuhalten, aber jetzt verlor er den Kampf. »Und du glaubst, Riley Jessup wird all das aufs Spiel setzen und deine Fragen beantworten, weil … warum? Ach, ja, weil du so furchtbar überzeugend bist.«

Seine Skepsis traf Bell, aber sie verstand, was er meinte. Jessup zu besuchen war vielleicht Zeitverschwendung. »Ich glaube nicht, dass er irgendetwas Bestimmtes preisgeben wird, nein. Oder dass er sein kostbares öffentliches Image in Gefahr bringt. Aber weißt du noch, was du mir beigebracht hast? Selbst wenn man nur jemanden wissen lässt, dass man neugierig ist, kann das manchmal Wunder wirken und ungeahnte Folgen haben.« Das war eine Variante der klassischen Fogelsong-Weisheit: Man kann Fehlverhalten genauso gut mit einem langen, intensiven Blick Einhalt gebieten, der besagt: *Ich beobachte dich, Mister*, wie mit einer geladenen Waffe und einem Haftbefehl.

Er zuckte mit den Schultern, war nicht gewillt, auf das Kompliment einzugehen. »Okay. Aber du brauchst nicht meine Erlaubnis, um nach Charleston zu fahren. Also, was ist das denn für ein Gefallen, den ich dir tun soll?«

»Du kennst die finanzielle Situation hier. Es gibt niemanden, der im Büro der Staatsanwaltschaft am Telefon sitzt, während Lee Ann im Urlaub ist. Das heißt, dass es ein Problem gibt, wenn ich heute Nachmittag unterwegs bin.«

»Ich dachte, Tina Sheets hilft aus.«

»Das tut sie auch, aber nur vormittags«, erklärte Bell. Tina Sheets arbeitete im Büro der Stadtkasse. »Nachmittags können sie sie nicht entbehren.«

»Ich kann dir immer noch nicht ganz folgen.«

»Ich habe gedacht …« Sie zögerte und senkte den Blick. Das war schwieriger, als sie erwartet hatte. »Ich dachte mir, dass ich vielleicht Mary Sue fragen könnte, ob sie heute Nachmittag in mein Büro kommt und die Anrufe entgegennimmt. Nur für ein paar Stunden.«

Sie sah Nick nicht an. Sie konnte es nicht. Sie wusste nicht, ob sie ihn wütend gemacht hatte. Vielleicht würde er sie zurechtweisen, weil sie sich in sein Privatleben einmischte. Wenn er wütend war, sprach er immer in diesem knappen, kalten, beherrschten Ton. Mary Sue Fogelsong arbeitete nicht mehr, seit bei ihr paranoide Schizophrenie diagnostiziert worden war. Sie war inzwischen gut mit Medikamenten eingestellt, ihre Symptome waren unter Kontrolle, aber sie saß zu viel Zeit zu Hause herum – jedenfalls glaubte Bell das. Mary Sue Fogelsong war früher Lehrerin in der Grundschule von Acker's Gap gewesen. Eine gute Lehrerin. Sie war am glücklichsten, wenn sie beschäftigt war. Aber jetzt verlangte niemand mehr etwas von ihr – am allerwenigsten Nick Fogelsong. Er dachte, die beste Art, sie zu beschützen, sei, sie von der Welt und ihren Erwartungen abzuschirmen.

Aber Bell wusste, wozu Mary Sue in der Lage war. Sie hatte es selbst erlebt. Im letzten Frühjahr hatte Bell ihr Leben in ihre Hände gelegt, und das zu Recht.

»Wie du willst«, sagte Nick. Seine Stimme klang fest, gleichmütig. »Ruf sie an.«

Bell stand vor dem quadratischen Eichenschreibtisch in dem kleinen Vorraum ihres Büros. Es war der Schreibtisch, von dem aus Lee Ann Frickie das Büro der Staatsanwaltschaft seit siebenundvierzig Jahren führte, unter sechs verschiedenen Staatsanwälten. Auf der sauberen, polierten Schreibtischplatte trafen zwei Welten aufeinander: Hightech und Old School. Computerbildschirm und Tastatur teilten sich den Platz mit einem großen schwarzen Wählscheibentelefon.

Bell klopfte auf den klobigen Telefonhörer.

»Dasselbe haben Hick und Rhonda unten in ihrem Büro. Beide gehören ins Museum«, sagte sie. »Die Telefone, meine ich, nicht die Assistenten der Staatsanwaltschaft.« Mary Sue war zu konzentriert, um auf ihren Scherz zu reagieren, deshalb fuhr Bell fort: »Ich glaube nicht, dass man das Telefonsystem im Gerichtsgebäude seit 1947 modernisiert hat. Und trotzdem haben wir drahtlosen Internetzugang. Stell dir vor.«

Bell musste sich in zehn Minuten auf den Weg machen, wenn sie um 16 Uhr in Charleston sein wollte, aber sie scheute sich davor, Druck auf Mary Sue auszuüben, und versuchte locker und unbeschwert zu klingen, als hätten sie alle Zeit der Welt. Sie wollte Mary Sue nicht einschüchtern oder aufregen. Wollte sie nicht nervös machen.

Bei jeder Anweisung nickte Mary Sue verbissen, als handele es sich um Last-Minute-Instruktionen für die Landung der Alliierten am D-Day. Sie saß aufrecht da, die gefalteten Hände auf der Schreibtischunterlage, und sah Bell unverwandt an. Mary Sue war eine schlanke Frau mit kurzem braunem Haar, braunen Augen und einem zaghaften Lächeln. Früher war sie hübsch gewesen, aber die Krankheit hatte sie altern lassen, ihr Gesicht war faltig geworden, und sie wirkte unnatürlich ernst. Sie strengte sich sehr, sehr an.

Als Bell sie angerufen hatte, hatte Mary Sue überrascht und erfreut reagiert: »Oh, ja! Ja, ich würde sehr gerne helfen. Ich bin gleich da. Oh, meine Güte, ja.« In gewisser Weise war Bell froh, dass sie nicht die Zeit hatten, die Dinge ausführlicher zu besprechen. So konnte Mary Sue sich nicht aufregen, sich in etwas hineinsteigern oder Zweifel bekommen. Ihre Aufgabe war einfach und klar: ans Telefon gehen und Nachrichten entgegennehmen.

»Denn«, erklärte Bell, während sie nach ihrer Handtasche und der Aktenmappe griff, »wenn die Leute im Büro der Staatsanwältin anrufen, wollen sie keine Maschine. Sie wollen ein echtes menschliches Wesen am anderen Ende der Leitung. Auch wenn sie nur eine Nachricht hinterlassen wollen.«

Mary Sue nickte. Sie hatte zu allem genickt, was Bell gesagt hatte. Als sie sich Notizen machen wollte, hatte Bell die Hand auf Mary Sues Hand gelegt und gemurmelt: »Du hast das im Kopf. Alles in Ordnung.«

Draußen herrschte glühende Hitze. Die Luft fühlte sich besonders schwer an, legte sich auf Bells Haut wie Klarsichtfolie. Bell freute sich darauf, alle vier Fenster herunterzulassen, sobald sie die Interstate erreicht hatte.

Als sie ihren Wagen erreichte, sah sie ihn.

Lanny Waller.

Der Mistkerl, der bis jetzt einer Strafe für den sexuellen Missbrauch von drei Minderjährigen entgangen war, weil die Mutter der Mädchen zu feige war zuzulassen, dass sie gegen ihn aussagten – oder zu feige, um selbst gegen ihn auszusagen. Er schlenderte in einem schmutzigen roten T-Shirt mit dem Aufdruck der Südstaatenflagge und ausgebeulten karierten Leinenhosen den Gehweg entlang. Er kaute auf etwas herum und öffnete seinen Mund unglaublich weit, wobei er sein stoppeliges Kinn übertrieben bewegte.

Er erblickte Bell ungefähr im selben Moment wie sie ihn. Sofort hörte er auf zu kauen. Er verzog den Mund zu einem widerlichen zweideutigen Grinsen und entblößte seine unregelmäßigen, verfärbten Zähne.

Dann zwinkerte er ihr lasziv zu.

Bell spürte einen Tsunami niederster Gefühle in sich aufwallen, Gefühle, die über sie hereinbrachen, sie überwältigten und alles andere aus ihrem Kopf verdrängten. All die guten und gebildeten Worte, Musik und Poesie, die schönen Bestandteile der Kultur, wurden weggeschwemmt.

Ich will, dass er tot ist.

Nein, es war mehr als das. Viel schlimmer.

Nicht einfach nur tot. Ich will dieses Arschloch selbst umbringen.

Sie hatte diese Wut schon einmal empfunden. Ein paar Wochen nach ihrem Abschluss an der Highschool war sie die Main Street entlanggegangen – es war ein gnadenlos heißer Sommer gewesen, genau wie jetzt – und hatte Herb McCluskey erblickt. Er und seine genauso verabscheuenswürdige Frau Lois waren die ersten in einer langen, traurigen Reihe von Pflegeeltern gewesen, die sie zu sich genommen hatten, nachdem ihr Vater getötet und ihre Schwester ins Gefängnis gesteckt worden war. Herb McCluskey war ein Penner. Ein dreckiger, hinterhältiger Penner, bei dem Bell ein paar Monate lang gelebt hatte. Schließlich hatte der Sozialarbeiter es geschafft, sie da rauszuholen, und als der Papierkram erst einmal erledigt war, ging alles so schnell, dass die McCluskeys keine Zeit hatten, über den Verlust ihres monatlichen Schecks zu jammern.

Bell begegnete selten ehemaligen Pflegefamilien. Meistens blieben solche Leute nicht lange an einem Ort. Ihre Lebensweise war genauso unsolide und instabil wie die Wohnwagen, in denen sie hausten. Aber da war nun Herb McCluskey höchstpersönlich, und genauso hässlich, wie sie ihn in Erinnerung hatte. McCluskey sagte kein Wort zu ihr. Sah sie nicht einmal an. Möglich, dass er sie vergessen hatte. Bell hatte genug Erinnerungen für zwei.

Und jetzt Lanny Waller.

Sie wollte sich auf ihn stürzen, die Hand zur Faust ballen und auf das große, fette, erbärmliche Gesicht zielen, sie wollte ...

Nein.

Nein, nein, nein.

Bell schrak zurück, war schockiert über die Heftigkeit ihres Verlangens. Sie war doch Staatsanwältin, eine Staatsbeamtin, und kein wütender und psychisch gestörter Teenager mehr. Sie glaubte an das Rechtssystem – das dachte sie wenigstens. Und doch hatte ein Drecksack wie Waller sie so leicht aufbringen können, hatte etwas Rohes und Wildes in ihr zum Vorschein gebracht. Etwas Brutales, Wütendes und Verdorbenes, etwas, das tief in ihrer Seele brodelte. Etwas, das sie mit größter Mühe unter Verschluss hielt.

Und das Schlimmste daran war, dass Waller es gemerkt hatte. Er wusste es. Hatte sie dazu gebracht, sich zu verraten. Er hatte dort auf dem Gehweg im hellen Sonnenlicht gestanden und sie durch seine bloße Anwesenheit provoziert. Er hatte sie durchschaut. Von ihrem Gesichtsausdruck hatte er auf ihre Gedanken schließen können, und das, was er nun über sie wusste, war verheerend. Sie sah die hämische Botschaft in seinen Augen: *Tief im Inneren, Lady, sind wir beide genau gleich. Das, was uns antreibt, ist dasselbe. Weil wir sind, wie wir sind, und weil wir so sehr hassen, sind wir verdammt. Wir sind schon tot. Und es gibt keinen Ausweg.*

Teil zwei

25

Lindy legte die Briefe in zwei gleichmäßigen Reihen auf den Küchentisch. Mit wachsender Aufregung hatte sie die Bücherstapel beiseitegeschoben und besah sich den kostbaren Inhalt der kleinen Blechdose. Das Papier war dünn, und sie musste vorsichtig sein, denn die Briefe waren mehrmals geknickt. Wenn sie einen auseinanderfaltete, waren die Falzkanten wie Perforierungen, die leicht einrissen.

Sie hatte ihren freien Abend. Aber selbst wenn nicht, wäre sie heute zu Hause geblieben. Hätte sich bei ihrem Bezirksmanager krankgemeldet und ihm etwas von Bauch- und Kopfschmerzen erzählt. Wenn eine weibliche Angestellte sich krankmeldete, fragten sie nicht nach, aus Angst, es könnte mit der Menstruation zu tun haben. Das war etwas, das kein Mann, dem Lindy je begegnet war, diskutieren oder auch nur zur Kenntnis nehmen wollte. Der Bezirksmanager hätte sich damit jedenfalls zufriedengegeben. Lindy war zuverlässig. Sie hatte sich erst ein einziges Mal krankgemeldet, als ihr Vater sich verletzt hatte. Das war vor anderthalb Jahren gewesen. Er hatte sich zu heftig gegen die Kellerwand geworfen. Lindy hatte befürchtet, er könnte eine Gehirnerschütterung erlitten haben, und so war sie die ganze Nacht bei ihm geblieben, hatte ihn wach gehalten, ihn jedes Mal, wenn sein Kopf herabsank, wieder aufgeweckt. »Daddy«, hatte sie gesagt, »Daddy, komm schon.«

Sie zählte die Briefe. Es waren vierzehn. Außer einigen wenigen waren alle handgeschrieben, auf liniertem Papier mit einer ausgefransten Kante an der linken Seite. Jemand hatte die Blätter hastig aus einem Spiralblock gerissen.

Lindy hatte gehofft, es könnten Liebesbriefe sein. Dass sie zu der Zeit geschrieben worden waren, als ihre Eltern, Margaret Schoolcraft und Odell Crabtree, sich kennengelernt hatten, die schüchterne junge Frau und der stattliche Bergarbeiter.

Aber nein. Sie überflog die ersten Zeilen der ersten Briefe und stellte fest, dass sie von einer Freundin an ihre Mutter gerichtet waren. Lindy hatte nie von dieser Freundin gehört, aber das war nicht überraschend. Ihre Mutter war nicht der Typ gewesen, der in jeder Unterhaltung die Vergangenheit ins Spiel brachte, wie eine frustrierte alte Langweilerin, die sich immer wieder darüber auslässt, wie viel besser doch alles war, als Truman noch im Weißen Haus saß.

Lindy ordnete die Briefe auf dem Tisch in der richtigen Reihenfolge an. Der älteste war auf den 9. Juli 1972 datiert:

Hi, Maggs!!!
Dieses Ferienlager ist so BLÖD BLÖD BLÖD. Wirklich. Total scheiße. Kann nicht glauben, dass sie mich hierhergeschickt haben. Was soll das? Kann es kaum abwarten, wieder nach Hause zu kommen. Es ist heiß wie die HÖLLE, und sie lassen uns dieses dumme Bastelzeugs machen. Und im Kanu herumfahren. Hier riecht es nach totem Fisch. Oh Gott, wie das stinkt! Ich hasse meine Betreuerin. Ein fettes Miststück namens CYNTHIA. Ich habe versucht, sie Cindy zu nennen, und sie hat gesagt: »Ich heiße CYNTHIA«, und sie hat es gesagt, als wäre sie eine Königin oder so was. Miststück. Hey, ich muss Schluss machen. Sie machen das Licht aus.

Der Brief war mit *Maybelle* unterschrieben, in schwungvollen, verschnörkelten Buchstaben, die über die Seite tanzten und unter der Linie miteinander verbunden waren, wobei sich das verschlungene Ende des M mit dem Ende des letzten e verband.

Als Erwachsene, das wusste Lindy, war ihre Mutter nie Maggs und nicht einmal Maggie genannt worden; immer nur Margaret. Aber Lindy erinnerte sich, dass die Personen in den Geschichten, die ihre Mutter ihr bei seltenen Gelegenheiten über ihre Kindheit erzählt hatte – ihre Schwester, ihre Eltern, ihre Freunde –, sie manchmal Maggs genannt hatten.

Bei dem Namen Maybelle musste Lindy beinahe kichern. Das klang wie ein Name für eine Kuh. Oder wie der einer Oma in langem Kleid und Arbeitsstiefeln, die in einem Schaukelstuhl auf der Veranda sitzt, aufs Geratewohl auf Krähen ballert und ab und zu heimlich einen Schluck aus einer Schnapsflasche nimmt. *Maybelle*. Oh Gott.

Lindy nahm den nächsten Brief. Er stammte vom 24. August 1975:

Maggs,
ich muss gehen. Sie kommen gleich, und ich habe noch nicht mal gepackt. Ich wollte dir nur sagen, dass ich dich vermissen werde. Und ich werde diesen Ort vermissen. Ich bin so wütend. Ich WILL nicht auf diese bescheuerte Schule gehen. Mir ist egal, wie toll sie angeblich sein soll. Du bist meine beste Freundin, und ich WILL NICHT weggehen. Sie sagen, ich kann in den Weihnachtsferien zurückkommen, aber ich traue ihnen nicht. Ich weiß, was da los ist. Sie wollen mich loswerden. Gestern Abend hat

mich mein Vater eine »gottverdammte Unruhestifterin« genannt. Kannst du es glauben? Er tut die ganze Zeit so, als wäre er ein Heiliger, aber wenn die Tür geschlossen ist und niemand es hört, ist alles anders.

Okay, ich muss jetzt WIRKLICH *los. Ich wünschte, ich wäre tot. Tot, tot, tot.*

Wieder war der Brief mit *Maybelle* unterschrieben, nur dass die Schrift diesmal weder Schnörkel noch Schlenker aufwies.

Lindy versuchte, sich ihre Mutter vorzustellen, damals als sie diesen Brief bekommen hatte. 1975, da war ihre Mutter … richtig, vierzehn Jahre alt. Sie kannte Bilder von ihr als Teenager und stellte sich vor, wie sie sich über die Briefe beugte, im Schneidersitz auf der Hollywoodschaukel oder flach auf dem Bauch liegend auf dem Fußboden in dem Zimmer, das sie sich mit ihren Schwestern teilte. Sie sah ernst und aufmerksam aus, runzelte die Stirn, als sie von den Schwierigkeiten ihrer besten Freundin las.

»Daddy?«

Abrupt erhob Lindy sich vom Küchenstuhl. Sie hatte ein Geräusch gehört, ein schwaches Schlurfen. Sie konnte nicht sagen, was es war. Dann hörte sie ein anderes, bekanntes Geräusch: das Stampfen der Stiefel auf den Kellerstufen. Ihr Vater kam herauf.

Sie wartete, zählte im Stillen die Schritte. Langsam öffnete sich die Kellertür.

»Hi, Daddy«, sagte sie zu dem grauhaarigen Kopf, der durch den Türspalt gesteckt wurde. Blutunterlaufene Augen blinzelten sie an, verschlafen und abwesend. »Ich habe heute Abend frei«, fügte sie hinzu. »Willst du etwas essen? Ich kann dir was machen. Kein Problem.«

Er knurrte. Zog seinen Kopf wieder zurück wie eine Schildkröte, die unter ihren Panzer zurückkriecht. Die Tür schloss sich. Sie zählte die Schritte, als die Stiefel wieder hinunterpolterten. Das Geräusch wurde mit jedem Schritt schwächer. Das Zählen war schon Gewohnheit. *Eins … zwei … drei … vier … fünf …* Als sie bei fünfzehn angelangt war, endeten die Schritte. Er war wieder zu Hause.

Warum war er heraufgekommen? Hatte er gedacht, sie sei zur Arbeit gegangen, sodass er nach draußen gehen konnte? Um das zu tun, was er immer in der Dunkelheit tat? Was es auch sein mochte, sie fand diese Möglichkeit so beunruhigend, dass sie sie aus ihren Gedanken verbannte.

Zeit, wieder zu den Briefen zurückzukehren.

Die Briefe im nächsten Stapel waren in Abständen von mehreren Monaten abgeschickt worden und einmal sogar nach mehr als zwei Jahren. Sie berichteten vom Schulalltag dieser Maybelle. Sie hasste die neue Schule. Hasste die Lehrer. Hasste die anderen Schüler. Sie vermisste Raythune County, vermisste ihre Freunde, vermisste ihre beste Freundin Maggie. Sie hatte daran gedacht, sich umzubringen, wusste aber nicht, wie man das am effektivsten anstellte; sie hatte Angst, es zu vermasseln. »Ich will nicht jemand sein, der nur noch dahinvegetiert«, schrieb Maybelle. »Das wäre TOTAL eklig.«

Der elfte Brief war im Februar 1992 abgeschickt worden. Die Handschrift war jetzt anders. Nicht viel mehr als ein Kritzeln. Sie zog sich wackelig über das Papier, als ob die Schreiberin gerufen worden wäre und schnell zum Ende kommen musste. Oder vielleicht war sie auch einfach unkonzentriert:

Margaret,
Okay, ich verstehe, was du sagst. Und nein, ich bin nicht wütend. Okay? Wirklich. Du hast ein Recht auf deine eigene Meinung. Aber weißt du was? Es ist mein Leben, klar? Mein Leben. Vielleicht kannst du daran das nächste Mal denken, wenn du mir wieder Vorwürfe machen willst. Okay?

Der Brief war nur mit *M* unterschrieben. Lindy drehte ihn hin und her.

Es gab noch zwei weitere Briefe im selben Ton: *Erzähl mir nicht, was ich zu tun habe, es ist MEIN Leben.* In dem einen gratulierte Maybelle Margaret zu ihrer bevorstehenden Heirat. Sie machte Witze über den Namen des Bräutigams, fragte Margaret, ob es ihr etwas ausmache, wenn man ihr den Spitznamen *crabby*, griesgrämig, gab, denn das sei mit Sicherheit zu erwarten. Auch machte Maybelle sich darüber lustig, wie viel Margaret las: *Du und diese Anne – wie hieß sie noch gleich – Lindbergh. Oh Gott. Das ist das Einzige, worüber du in letzter Zeit redest. Über sie und ihre Bücher. All dieser Scheiß über Muscheln und Geschenke aus dem Meer. LANGWEILIG! Und wer zum Teufel interessiert sich schon für SIE? ER ist derjenige, der berühmt ist!!*

Die letzte Mitteilung vom März 1994 war offenbar die Antwort auf etwas sehr Wichtiges, das Margaret geschrieben hatte, wohl irgendeine Art von Angebot:

Du bist die beste Freundin, die man nur haben kann. Das meine ich wirklich. Ich werde dir das niemals vergessen. Nicht solange ich lebe. Ich bin in einer wirklich schlimmen Situation, und es gibt sonst nie-

manden, an den ich mich wenden kann. Ich weiß, dass du mein Geheimnis bewahren wirst. Und dass ich eine Freundin wie dich nicht verdient habe. Wirklich nicht. Und es wird sich für dich auszahlen. Das weißt du, stimmt's? Du kannst mir vertrauen, Maggs, genau wie ich dir vertraue.

Schau mal: Ich habe dich Maggs genannt, genau wie damals, als wir noch Kinder waren. Ich vermisse diese Zeit. Damals war alles einfach. Heute ist nichts mehr einfach. Alles ist verdammt kompliziert. Ich weiß nicht, was ich ohne deine Hilfe tun würde. Ich wäre verloren. Ich wäre … nun, ich kann noch nicht einmal daran denken.

M.

Und das war es. Dies war der letzte Brief.

Lindy sank auf ihrem Stuhl zurück. Es war anstrengend gewesen, diese Briefe zu lesen, vor allem die späteren, die mit der winzigen, hastigen Schrift, und sie rieb sich die Augen. Sie konnte sich nicht erinnern, wann sie zuletzt einen persönlichen Brief bekommen hatte. Heutzutage benutzte man E-Mails, um zu kommunizieren. Oder SMS. Aber handgeschriebene Briefe hatten etwas so Warmes. Sie waren etwas Besonderes, waren realer. Sie hatten eine Form. Nahmen Raum ein. E-Mails sahen immer gleich aus, tauchten auf einem Computerbildschirm auf und verschwanden wieder. Selbst wenn man sie ausdruckte, sahen sie noch gleich aus. Diese Briefe aber waren alle unterschiedlich. Lindy wünschte, sie hätte auch die Briefe, die ihre Mutter an diese Maybelle geschickt hatte, aber das hier war besser als nichts. Ihre Mutter hatte jeden einzelnen Brief berührt.

Margaret Crabtree hatte nie eine Freundin namens Maybelle erwähnt. Aber es war klar, dass ihr diese Briefe viel bedeutet hatten. Sie hatte sie an einem geheimen Ort aufbewahrt. Sie waren kein Bestandteil des allgemeinen Durcheinanders, das sich im Laufe der Jahre in diesem Haus angehäuft hatte. Und vielleicht hatte ihre Mutter bei einer der seltenen Gelegenheiten, wenn sie allein im Haus war, heimlich die blau-silberne Dose unter der Kommode hervorgezogen und genau wie Lindy die Briefe wieder und wieder gelesen. Und vielleicht hatten sie ihre Mutter glücklich gemacht. Lindy hoffte es.

Sie stellte sich ihre Mutter mit neunzehn vor. So alt, wie sie jetzt war. Lindy sah vor sich, wie sie jeden Brief an genau derselben Stelle festhielt wie sie jetzt, den Daumen am Papierrand. Wie sie manchmal mit dem Zeigefinger einer besonders verschlungenen, schwer zu entziffernden Zeile folgte, die sich quer über eine dünne Seite schlängelte. Ob ihre Mutter in diesem Alter von derselben ziellosen Sehnsucht erfüllt gewesen war, die auch in ihr brannte? Von einer Unruhe, die sich wie feiner Puder auf jeden ihrer Gedanken, jede Geste und jedes Ziel legte, wie die Samen einer Pusteblume, die man mit geschlossenen Augen fortbläst, den Stängel in der Faust, voll von großen Träumen.

26

»Hat man Ihnen am Eingang Schwierigkeiten gemacht?«

Das hatte man tatsächlich, aber Bell widerstrebte es, das zuzugeben. Sie zuckte mit den Schultern. »Nicht der Rede wert«, antwortete sie auf Sharons Frage.

In Wahrheit hatten die beiden Blödmänner in ihren engen schwarzen T-Shirts und schwarzen Jeans sie behelligt, kaum dass sie am vorderen Eingang zu Riley Jessups Anwesen angehalten hatte. »Keine Bewegung!«, hatten sie gebrüllt und ihr befohlen, aus dem Auto zu steigen. Bestimmt haben sie zu viele Wiederholungen von *Drei Engel für Charlie* im Fernsehen gesehen, dachte Bell. Sie hatte sich gefügt. Dann hatten sie Bell angewiesen, sich umzudrehen und ihre Hände auf die Kühlerhaube ihres Explorer zu legen, während sie sie abtasteten. Einer der Sicherheitsleute, der größere, jüngere und hässlichere von beiden, hatte sich absichtlich Zeit gelassen und gegrunzt, als er mit seinen riesigen Händen über die Innenseite ihrer Hose fuhr, wo sie kurz verharrten; und er genoss es sichtlich, als er ihr noch langsamer über ihren Hintern und die Vorderseite ihrer Bluse strich. Bell hätte protestieren können, hätte herumwirbeln und ihn anschnauzen können: »Du Mistkerl, grapsch mich nicht an, mal sehen, wie es dir gefällt, wenn ich dir in die Eier trete, du stinkender …«

Er war die Mühe nicht wert. Wenn sie jetzt Ärger machte, würde man sie vielleicht nicht zu Riley Jessup lassen. Wenn sie sich beschwerte, würde es zu einer Abstimmung darüber kommen, wie sich das Sicherheitspersonal verhalten hatte – anstatt zu einer Nachforschung über Riley Jessups Investitionen. Deshalb hatte sie gewartet, bis sie fertig waren und der ältere Wachmann im Haus angerufen hatte, um sicherzugehen, dass sie Bell hereinlassen durften. Als sie die Erlaubnis erhielten, hatte der jüngere Mann einen Code eingegeben und mit der Hand leicht auf eine Metallplatte an der Seite eines großen Pfeilers geschlagen. »Fahr'n Sie. Los.« Das Tor schwang auf. Bell fuhr durch, und es schloss sich hinter ihr. Durch ihr offenes Fenster konnte sie den automatischen Schließmechanismus hören, ein sanftes *Rrrrrr* und dann das lang gezogene, schwerfällige *Klong* eines massiven Bolzens, der sich in den eisernen Bügel schob.

Sie parkte vor dem Haupthaus, einem begrünten Gebäude aus weißen Ziegeln mit sechs Säulen entlang der Vorderseite. Neben Türmchen und Dachgauben in verschwenderischer Fülle hatte das Haus unzählige Fenster mit schwarzen Läden. Fünf weitere Fahrzeuge parkten auf der breiten, gewundenen Auffahrt kreuz und quer, das erforderliche Sortiment aus starken SUVs und einem kleinen roten Sportwagen, so rund und glänzend wie ein Zimtbonbon. Sharons Auto, vermutete Bell.

Während sie auf die massive Flügeltür mit ihren pompösen Metallbeschlägen zuging, versuchte Bell, das prachtvolle Areal nicht zu beachten, das um das große Haus herum sanft abfiel. Das Gras war so weich und smaragdgrün wie auf einem Luxusgolfplatz. Die Baumkronen schwankten so synchron und gleichmäßig im Wind wie in einer Choreografie. Obwohl Bell noch nie hier gewesen war, kannte sie die näheren Einzelheiten dank Rhonda Lovejoy. Rhonda hatte Bell am Tag zuvor einen Magazinartikel über das Haus gegeben. Der Artikel war vor ein paar Jahren veröffentlicht worden und bestand aus schmeichlerischen Doppelseiten voller Ausrufezeichen, Fotos und Zitaten, triefend vor angeblicher Ehrfurcht gegenüber Jessup und seiner Tochter. Zum Anwesen gehörten das Haupthaus und zwei Gäste-Cottages, ein Tennisplatz, ein Pferdestall mit Reitpfaden und ein Schwimmbecken aus blaugrünen Keramikfliesen, die kunstvoll die Farbe des Himmels nachempfanden.

Bell hatte die Hochglanzseiten schnell durchgeblättert und das Magazin einer leicht überraschten Rhonda zurückgegeben. »Danke.« Der Sarkasmus in ihrer Stimme hatte das Wort grob und barsch klingen lassen. »Schön zu wissen, dass Riley Jessups kostbarer Hintern jede Nacht weich gebettet ist.« Was Bell ihm übel nahm, war nicht sein Reichtum, sondern dass er diesen Reichtum auf Kosten der Bürger von West Virginia erlangt hatte, die sich abrackerten. Heuchelei war in seiner Lebensgeschichte ein fester Bestandteil. Schließlich war er Politiker.

Zum Teufel, erinnerte sie sich. Das bin ich eigentlich auch.

Sharon hatte an der Eingangstür gestanden und Bell gefragt, wie man sie an der Pforte empfangen hatte. Die Tochter des Gouverneurs trug eine weiße Bluse, hellbraune Caprihosen und weiße Sandalen. Als Bell ihre Lüge über das gute Benehmen der Wachmänner hervorbrachte, lächelte sie. »Oh, gut«, sagte sie. Ihre leise, leicht brüchige Stimme war so melodisch wie ein Windspiel, das ganz leicht von einer sanften Brise angestoßen wird. Dies war wahrscheinlich nicht dieselbe Stimme, dachte Bell, die sie damals in Raythune County benutzt hatte, als Sharons glühende Schimpftirade beinahe ihr Handy zum Schmelzen gebracht hätte. Sie führte Bell durch drei zusammenhängende riesige Räume – die Wände und Möbelstücke hier feierten auf protzige, erdrückende Weise die Farben Grün, Gold und Rot – in einen Raum, der wohl ein Wohnzimmer sein sollte. Sharon fragte, ob Bell etwas trinken wolle. Sie lehnte ab. In ihr Nein mischte sich die unverkennbare Stimme von Riley Jessup, die durch den weitläufigen Raum mit dem beigefarbenen Plüschteppich dröhnte, bevor der alte Mann selbst auftauchte. Sein schwankendes Watscheln erinnerte an ein Nachziehspielzeug, das sich gleichzeitig nach vorne und zur Seite bewegt. Er pflanzte sich auf die eine Seite der riesigen Couch und lehnte sich an die gepolsterte Armstütze.

»Ihren Anruf habe ich sehr begrüßt«, erklärte Jessup. »Es passiert nicht mehr jeden Tag, dass mich eine hübsche junge Staatsanwältin besucht. Nicht mehr, seit ich das Parlamentsgebäude verlassen habe. Inzwischen geistere ich nur noch in diesem großen alten Haus herum und falle Sharon auf die Nerven.« Er kicherte über seinen kleinen Scherz. Riley Jessup trug einen zitronengelben Anzug und ein strahlend weißes Hemd mit geblümter Krawatte und weiße Schuhe. Seine Hände waren riesig, sie sahen aus wie zwei unappetitliche graue Brocken Fleisch, die irgendwie um die Lebensmittelkontrolle herumgekommen waren.

Sharon blieb stehen. Sie ignorierte ihren Vater. »Ich fürchte, ich muss jetzt gehen«, sagte sie zu Bell. »Mein Sohn ist sehr krank. Heute hat er einen besonders schlechten Tag.«

»Tut mir leid, das zu hören«, antwortete Bell.

Sharon nickte. Es war das Nicken einer Märtyrerin, ernst und aufopferungsvoll. Am anderen Ende des Raums stieg sie die breite weiße Treppe hinauf, wobei sie kaum den geschwungenen Handlauf aus Kirschholz berührte. Sie war so geschmeidig und flink, wie ihr Vater plump und behäbig war. Der Handlauf hatte einen edlen Glanz, und die üppige Maserung des Holzes war im Licht des großen, facettenreich glitzernden Kronleuchters deutlich zu erkennen. Der Treppe gegenüber befand sich ein großer Kamin aus Marmor. In der Mitte des Raums waren vier elegante weiße Sofas um einen Tisch angeordnet, den eine Einlegearbeit mit Weinrankenmuster schmückte. In diesem Haus, dachte Bell, hätte man wirklich dezente Preisschilder überall anbringen sollen, damit sich die Besitzer auch absolut sicher sein konnten, dass ihre Besucher die Botschaft verstanden: *Wir sind reich. Du nicht.*

»Ich weiß nicht, welche Angelegenheit Sie heute zu mir führt, Mrs Elkins«, fuhr Jessup fort und rutschte auf dem Sofa hin und her, bis er eine bequeme Position gefunden hatte. »Aber bevor wir anfangen, muss ich Sie um eines bitten: Falls Sie noch ein Gebet erübrigen können, dann sprechen Sie es bitte für Montgomery. Der Junge ist sehr krank. Er leidet schrecklich.«

Bell setzte sich ihm gegenüber auf das Sofa. Sie hatte unterschätzt, wie weich die Polster waren, und hatte sofort das Gefühl, nach hinten zu fallen. Hätte sie sich nicht gerade noch rechtzeitig gefangen, wäre sie in die Spalte zwischen Sitz- und Rückenpolster gerutscht, hilflos mit Armen und Beinen rudernd wie ein auf dem Rücken liegender Käfer.

»Das tut mir leid«, sagte Bell. »Man sagt, es ist ein Herzproblem.«

»Ja.« Er schloss die Augen und nickte betrübt. »Der Junge ist krank, seit er auf der Welt ist. Irgendwie fragt man sich, warum der liebe Gott einem unschuldigen Kind ein solches Leid aufbürdet und gleichzeitig so viele wertlose Mistkerle herumlaufen lässt, um die sich niemand ...« Jessup unterbrach sich und blickte seufzend auf seine Hände hinab. Er schien ernsthaft betroffen. »Als mir klar wurde, wie schlimm der Junge dran ist«, sagte der alte Mann mit ruhiger, zögernder Stimme, »fragte ich mich, ob Gott mich vielleicht bestrafen wollte. Ich habe in meinem Leben viel Gutes erfahren, Mrs Elkins. Mehr, als ich mir jemals erträumt hätte, um ehrlich zu sein. Und deshalb kommt es mir manchmal so vor, als würde der da oben sagen – auf seine ganz spezielle Art, die niemand missverstehen kann –, dass es Zeit ist zu bezahlen. Zeit, die Dinge wieder ins Gleichgewicht zu bringen. Vielleicht bezahlt Montgomery den Preis für all das, was mir geschenkt wurde. Und ich bin sicher, Sie können verstehen, wie schrecklich ich mich fühle. Als würde es mich innerlich zerreißen.« Er seufzte dramatisch.

Bell sah ihn an. Dies war nicht das Thema, über das sie mit ihm sprechen wollte, aber sie war fasziniert. Der Gouverneur beherrschte seinen Sermon aus dem Effeff. War er aufrichtig? Wenn ich das nur wüsste, dachte sie. Es gab nur eine unbestreitbare Wahrheit über Riley Jessup: Er war ein Politiker. Durch und durch.

»Nun also«, fuhr Jessup fort, »was kann ich für Sie tun, Mrs Elkins?« Er war von seinem grüblerischen Zwischenspiel abgeschwenkt und hatte sich aufgerichtet, wie eine Pflanze, die eine Gießkanne erblickt. »So schön es auch ist, Sie in meinem Haus zu empfangen, denke ich doch, dass Sie den ganzen Weg von Raythune County hierher nicht nur auf sich genommen haben, um Hallo zu sagen.«

»Ich danke Ihnen.« Bell entschloss sich, den Sprung ins kalte Wasser zu wagen. »Herr Gouverneur, ich bin verwirrt.«

»Wie das?«

»Nun ja, ich habe ein paar Fragen über eine Firma mit dem Namen Rhododendron Associates.« Sie beobachtete Jessup genau. Keine Reaktion. »Ich hatte gehofft, Sie könnten mich aufklären.«

»Und wie, junge Frau?«, sagte er, die Stimme so weich und süß wie Sirup.

»Indem Sie mir erklären, wieso eine Firma, an der Sie nicht unerheblich beteiligt sind, einen Mann namens Jed Stark angeheuert hat. Einen Mann, der – um es vorsichtig auszudrücken – nicht gerade einen guten Ruf hatte. Bei allem Respekt, Herr Gouverneur, darf ich Sie fragen, was für einer Beschäftigung er nachgegangen ist?«

Jessup schien durch diese Frage nicht alarmiert oder verärgert. Stattdessen sah er nachdenklich aus. Er wandte seinen Blick ab und hielt ihn eine Weile auf die gemusterten goldenen Vorhänge gerichtet, die an den deckenhohen Fenstern zu seiner Linken hingen. Er legte seine Hände auf die Knie und leckte sich ein paarmal über die Lippen, als hätte er einen schlechten Geschmack im Mund, den er nicht loswurde. Seine Zungenspitze hing einen Moment über seiner Unterlippe, was ihm einen leicht dementen Ausdruck verlieh, der aber, wie Bell wusste, völlig irreführend war. Er war ein kluger Mann, ja, er war sogar genial, auf seine Art. Aus dem Elend in Briney Hollow kommend gelangte man nicht zu Reichtum ohne eine ordentliche Portion Intelligenz. Glück und Tatkraft spielten natürlich auch eine Rolle, und noch mehr die Fähigkeit, im richtigen Moment seinen Blick zu verändern, um Verantwortung auf glaubhafte Weise von sich zu weisen. Vor allem brauchte man eine angeborene Intelligenz, die grundlegende intellektuelle Fähigkeit, komplizierte Situationen spontan richtig einzuschätzen. Riley Jessup spielte manchmal den Clown, weil das funktionierte. Er vereinigte die Stereotype seines Berufs und seiner Herkunft in sich: Er war dick, derb, salopp, sprach langsam, schlürfte Bourbon und steckte Bestechungsgelder in seine Gesäßtaschen, und damit hatte er Erfolg. Obwohl er schon seit einigen Jahren nicht mehr im Amt war, und auch wenn er alt und harmlos aussah, ging etwas Bedrohliches von ihm aus, wie die schwache, aber gefährliche Strahlung eines stillgelegten Atomkraftwerks.

»Ich beschäftige einen Haufen Leute«, sagte er. »Sie haben gesehen, wie groß dieses Haus ist. Und ich habe ein paar ziemlich komplexe Geschäftstätigkeiten übernommen. Bin nicht sicher, was Sie meinen, Ma'am.« Seine Stimme hatte sich um ein paar Grade abgekühlt. »Vielleicht könnten Sie das ein bisschen näher erklären.«

»Ich wüsste gerne, warum Stark für Dienste bei einer Firma, die letztlich Ihnen unterstand, bezahlt wurde – und zwar ziemlich gut«, erklärte sie. »Und warum die Visitenkarte eines New Yorker Anwalts in seiner Tasche gefunden wurde. Und warum seine Witwe eine extrem großzügige Auszahlung von Ihnen erhalten hat, offenbar als Gegenleistung für ihr Versprechen, nichts über die Aktivitäten auszuplaudern, die ihr Ehemann in Ihrem Auftrag ausgeführt hat.«

Jessup drehte seinen großen Kopf und funkelte sie kalt an. Seine Augen sahen in seinem fetten Gesicht wie schmale Schlitze aus.

Er befeuchtete mehrmals die Lippen. Er wiederholte diese Geste zu oft, als dass sie als nervöser Tick hätte aufgefasst werden können. Sie vermittelte das Gefühl von Bedrohung. Schließlich fing er an zu sprechen, wobei er jedes Wort überdeutlich betonte: »Ich kann wirklich nicht erkennen, was Sie das angehen sollte, Ma'am.« Der rührselige Ton, der in seiner Stimme mitgeschwungen hatte, war verschwunden.

Jetzt wusste sie, dass Jessup etwas zu verbergen hatte. Sie hatte nicht erwartet, dass er etwas preisgab, sondern nur testen wollen, wie empfindlich er auf ihre Fragen reagierte. Hätte er gekichert, gegrinst und sie zurückgewiesen, hätte er den Kopf geschüttelt und abwehrend die Hand erhoben und ihr eine lange Geschichte erzählt über Stark, der für ihn nach neuen Grundstücken Ausschau hielt, weil er ein Waisenhaus, ein Hospiz oder ein Tierheim bauen wollte – irgendetwas Edles, was seine Selbstlosigkeit unterstrich und sich perfekt für Fernsehkameras eignete –, hätte Bell einen Rückzieher gemacht. Sie hätte akzeptiert, dass das, was dahintersteckte – so zwielichtig es auch sein mochte –, wahrscheinlich nichts mit den jüngsten Ereignissen in West Virginia zu tun hatte.

Aber er hatte reagiert, sogar überreagiert. Er hatte sich verraten und war wütend geworden und hatte ihr einen Grund mehr gegeben, der Sache nachzugehen. Sie stand auf. Jessup blieb sitzen.

»Nun ja, wenn das Ihre Einstellung ist, Herr Gouverneur, brauchen wir diese Unterhaltung nicht fortzusetzen«, sagte sie. »Da kann ich ebenso gut wieder nach Hause fahren. Von hier ist es ein weiter Weg bis nach Raythunc County. Aber das ist Ihnen ja klar, oder?«

»Warten Sie.« Er stand immer noch nicht auf. »Ich habe eine Frage an Sie, Lady. Warum haben Sie sich eigentlich in ein politisches Amt wählen lassen?« Der Good-Old-Boy-Ton, den er neulich bei seiner Rede vor dem Krankenhaus so meisterhaft beherrscht und der sich angehört hatte wie Honig, der auf ein Brötchen tröpfelt, war immer noch nicht zurückgekehrt. Seine Stimme klang hart und geschäftsmäßig.

Bell sagte nichts. Ihr war klar, dass es ihn nicht kümmerte, ob sie antwortete oder nicht. Es ging hier um ihn, nicht um sie.

»Lassen Sie mich erzählen, warum ich kandidiert habe«, sagte Jessup. »Ich habe kandidiert, weil ich in meinem Leben ein paar Dinge herausgefunden habe, okay? Ich hatte es endlich kapiert. Sehen Sie, ich bin arm aufgewachsen, wirklich in ärmsten Verhältnissen.« Er schüttelte so heftig den Kopf, dass seine Wangen wabbelten. »Nun, ich habe nicht allzu lange gebraucht, um zu merken, dass man in dieser Welt Geld braucht. Viel Geld. Wenn man es bekommen hat – auf welche Weise auch immer –, dann kann man nett zu den Leuten sein. Aber ohne Geld ist all diese Nettigkeit ungefähr so nützlich wie ein großer Sack voll Scheiße.«

Er rutschte mit seinem dicken Hintern auf der Couch herum. Ein bitteres Lächeln zerteilte sein Gesicht wie eine Operationsnarbe einen dicken Bauch.

»Man muss über sich hinauswachsen, Mrs Elkins.« Jetzt klang er gewieft und selbstsicher. Er belehrte sie, ließ sie an seiner Weisheit teilhaben. »Man muss immer weiter aufsteigen. Und das habe ich getan. Ich habe getan, was die Geldmänner mir gezeigt haben. Und so habe ich es nach oben geschafft. Sie wissen Bescheid über die Geldmänner, oder? Jeder, der in einem politischen Amt arbeitet, kennt sie. Überall hängen sie herum. Sind immer bereit, einem behilflich zu sein, wenn sie erst merken, dass man es zu etwas bringen kann. Also, ich habe mir das zunutze gemacht und bin weit aufgestiegen – weiter, als irgendjemand in Raythune County es je getan hat oder je tun wird. Aber wissen Sie was? Diese Geldmänner, die vergessen nichts. Eines Tages kommen sie und verlangen, was ihnen zusteht. Können Sie mir folgen? Deshalb – ja. Ich habe ein paar Deals abgeschlossen. Keine Frage. Hab ein paar Dinge getan, auf die ich nicht wirklich stolz bin. Aber ich denke, wenn Sie ehrlich sind, Mrs Elkins, dann müssen Sie letztendlich zugeben, dass die Rechnung aufgeht. So, wie es sein soll. Ich hab ein paar Leuten geholfen. Helfe ihnen immer noch. Sie waren neulich da, oder? Beim Krankenhaus? Natürlich waren Sie da. Sie müssen auch unter die Leute gehen, genau wie ich. Das gehört alles zum Job, stimmt's? Ja, Sie waren da.« Er sah sie mit zusammengekniffenen Augen an, als versuche er, sich ihr Gesicht inmitten einer chaotischen Menschenmenge in T-Shirts und Flipflops auf einem drückend heißen Parkplatz vorzustellen. »Und Sie haben von dem MRT-Gerät gehört, das ich bezahle. Das Gerät, das Raythune County ohne mich nicht hätte. Und deshalb …«

»Ihre wohltätigen Aktivitäten in Ehren, Herr Gouverneur«, unterbrach ihn Bell. »Aber ich glaube, Sie haben es auch für sich selbst ganz gut getroffen. Mehr als das, wie es aussieht.« Sie machte sich nicht die Mühe, auf einen der luxuriösen Einrichtungsgegenstände zu zeigen.

»Gott hat es gut mit mir gemeint«, sagte Jessup. Nun schwang wieder Frömmigkeit in seiner Stimme mit. »Wie ich Ihnen schon sagte, ich kann mich nicht beklagen.« Er senkte in höflicher Bescheidenheit den Kopf. »Und das ist der Grund, warum ich Gutes tun möchte. Warum ich in dieser Welt eine positive Kraft sein will. Ich möchte hier etwas hinterlassen, wenn ich zu meiner himmlischen Ruhe …«

»Schwachsinn.«

Jessup zuckte zusammen, als hätte er einen Schlag abbekommen. Niemand durfte so mit ihm sprechen. Sein Gesicht war wutverzerrt.

Aber Bell hatte genug gehört. Sie war es leid, als Publikum für sein plattes, dummes Geschwätz herzuhalten. »Was ich wissen will«, fuhr sie fort, »ist, warum Jed Stark eine Auszahlung von Rhododendron Associates bekommen hat. Das ist alles.«

Jetzt verlagerte sich die Wut von Jessups Gesicht auf seine Fäuste. Er knetete sie so fest, als wollte er Walnüsse knacken. »Ich dachte, wir könnten miteinander reden«, sagte er. »Von Staatsdiener zu Staatsdiener. Ich dachte, wir hätten eine gemeinsame Ebene.«

»Antworten Sie einfach auf meine Frage und sparen Sie sich die Volksreden für einen anderen Tag auf.«

Jessup hielt inne und blickte ihr direkt in die Augen. »Fahren Sie zur Hölle«, sagte er.

Bell lachte. Bei vielen Gelegenheiten war sie schon Adressatin dieser speziellen Anweisung gewesen – ein Standardspruch, den Staatsanwälte oft von verärgerten Angeklagten zu hören bekamen. Trotzdem war ihr bisher noch nie eine zufriedenstellende Erwiderung darauf eingefallen. »Sie auch«, war zu kindisch, »wir sehen uns dort« fantasielos.

Darum nickte sie, als wäre damit alles gesagt, drehte sich um und durchquerte die drei exklusiven Räume in Richtung Foyer mit der verschnörkelten Eingangstür. Sie war sich bei jedem Schritt bewusst, wie tief ihre Absätze in dem üppigen Teppich versanken. Genauso weich gepolstert, überlegte sie, war Jessups Leben schon seit vielen Jahren. Es war genauso verschwenderisch ausgelegt, und zwar mit Geld, Macht und Bewunderung. Was immer er auch verbarg, es war versteckt unter Schichten und Schichten von hübschen Dingen. Lohnte es sich, es auszugraben? Sie war sich nicht sicher. Manchmal war der Gegenstand, den man am Ende einer Schatzsuche in der Hand hielt, viel weniger wert als das, was man für ihn aufgegeben hatte.

Bell war schon fast bei ihrem Auto angekommen, als sie ihren Namen hörte.

»Mrs Elkins.«

Es war Sharon. Sie war an der Seite des riesigen Hauses aufgetaucht und lief den langen, von Büschen gesäumten, gepflasterten Pfad entlang, um Bell abzufangen, bevor sie ins Auto stieg. Als ein Wachmann die Tochter des Gouverneurs entdeckte, marschierte er von der anderen Seite schnell die Auffahrt herauf, aber Sharon winkte ab.

»Ich kann das alleine, Leo«, sagte sie.

Der Wachmann hielt inne. Mit seinem kurz geschnittenen grauen Haar und den tiefen Falten an seinen Mundwinkeln sah er um einiges älter aus als sein Kollege, aber er war noch gut in Form. Das enge schwarze T-Shirt spannte sich über der muskulösen Brust und den breiten Schultern.

»Verdammt gutes Sicherheitsteam«, murmelte Bell.

»Nur was notwendig ist.« Sharon zeigte auf das Haus. »Sie wären überrascht, wenn Sie wüssten, wie viel Ärger wir hier haben. Mit Leuten, die versuchen einzubrechen und etwas zu stehlen. Oder die meinem Vater auf den Leib rücken und ihn um Geld anbetteln wollen. Sie lassen uns einfach nicht in Ruhe.«

Bell warf pflichtschuldig noch einen Blick auf das Haus. Sharon wollte anscheinend, dass sie das tat, als wäre die Größe und Schönheit des Anwesens ein überzeugenderes Argument als bloße Worte und könnte jede Frage beantworten und jedes Urteil revidieren. An einem Fenster im zweiten Stock ganz rechts sah Bell das Gesicht eines Jungen. Die Gesichtszüge waren verschwommen – er war zu weit entfernt –, aber sie konnte einen hellbraunen Haarschopf ausmachen, ein schmales Gesicht und abstehende Ohren. Lächelte er? Das musste Montgomery Henner sein. Sogar aus dieser großen Entfernung glaubte sie, eine stille Sehnsucht im Gesicht des Jungen erkannt zu haben. Es lag an der Haltung des Kopfes, den er zur Pforte gewandt hatte, als träume er den ganzen Tag davon, hier draußen umherzustreifen, unbelastet von Krankheit und Schwäche, ohne ständig vorsichtig sein zu müssen. Zu reisen und Abenteuer zu erleben wie jeder andere Sechzehnjährige. Die Welt zu sehen – Orte wie London, dachte Bell; wie Carla sich über ihre Reise gefreut hatte.

Frei zu sein.

»Wissen Sie was?«, sagte Sharon. Obwohl Bell nichts gesagt hatte, schien sie anzunehmen, dass sie moralische Einwände gegen all das erhob, gegen das Haus und die Ländereien, gegen diesen unverblümten Ausdruck von Reichtum. »Mein Vater hat für jeden Groschen, den er verdient hat, wie ein Pferd gearbeitet.«

Abwehr, ja Streitsucht lag in Sharons Stimme. »Und er hat auch eine Menge aufgegeben. Geopfert. Hat sich in die Schusslinie begeben, immer wieder.« Sie fing sich wieder, und ihr Ton wurde weicher. »Sehen Sie. Ich weiß nicht, warum Sie heute mit meinem Vater sprechen wollten, aber es ist offensichtlich, dass Sie beide das Gespräch abrupt abgebrochen haben. Ich bitte Sie nur, daran zu denken, was er durchgemacht hat. Weshalb er manchmal etwas aufbrausend ist. Laut wird, sogar grob.«

»Sie täuschen sich«, erwiderte Bell sanft. »Unser Gespräch war beendet.« Sie war sicher, dass Sharon heimlich jedes Wort belauscht hatte.

»Es hat uns verändert, wissen Sie? Uns alle.« Sharon redete unbeirrt weiter. »Dass Monty so krank ist, meine ich.« Sie biss sich auf die Unterlippe. »Ich weiß nicht, ob Sie Kinder haben, Mrs Elkins, aber ein krankes Kind zu haben … das ist das Schlimmste … ich kann es nicht beschreiben …« Sie brach ab. Als sie weitersprach, klang ihre Stimme sanft und vertrauensvoll; dies war ein Gespräch unter Freunden, alle Feindseligkeit war begraben. »Sehen Sie, ich bin rausgekommen, um offen und ehrlich mit Ihnen zu reden. Von Frau zu Frau. Ich habe Daddy viel Kummer gemacht, als ich jünger war. Habe alles getan, um ihn in Verlegenheit zu bringen. Lief herum und machte mich selbst zum Affen. Ich war ein egoistisches Miststück. Trank zu viel. Ging mit jedem Typen ins Bett, den ich erwischen konnte. Ich hasste es, dass er Politiker war und wir alle die ganze Zeit so *gut* sein mussten, als wären wir verdammt noch mal Heilige. Deshalb rannte ich in die entgegengesetzte Richtung. Ich war eine Schlampe, okay? Es gibt kein anderes Wort dafür. Ich wollte, dass er sich meiner schämte. Wollte, dass er leidet – und das tat er. Aber so schlimm ich mich auch aufführte, was immer ich Daddy angetan habe, es ist nichts im Vergleich zu dem, was er jetzt durchmacht.« Ihr Kinn zitterte. »Jetzt, wo er mit ansehen muss, wie sein Enkelsohn mit jedem Tag kränker wird.«

»Das tut mir sehr leid.«

»Ich musste das einfach einmal sagen. Damit Sie nicht zu hart über Daddy urteilen.«

»Verstehe«, sagte Bell. Sharons Rede, genau wie zuvor die ihres Vaters, wirkte einstudiert, vielleicht hatte sie sogar bei einer öffentlichen Veranstaltung schon einmal dieselben Worte benutzt. Riley Jessup war Politiker und Sharon die Tochter eines Politikers.

Sharon trat einen Schritt zurück. Der Wachmann kam auf sie zu. Er hatte etwas Onkelhaftes an sich und spielte den Beschützer.

»Alles in Ordnung?«, fragte er Sharon.

Sie nickte und lächelte ihm kurz zu, bevor sie sich wieder an Bell wandte. »Eins sollten Sie wissen. Sie haben diese Männer als Sicherheitsteam bezeichnet. Nun, das stimmt nicht ganz. Unser Leo gehört sozusagen zur Familie. Ich meine ... ja, er beschützt uns, aber er ist nicht einfach nur ein Angestellter. Leo arbeitet für meinen Vater seit ... nun, wie lange ist es jetzt, Leo?«

»Sechsundvierzig Jahre«, sagte er. Bell hörte ein wenig Stolz in seiner sonst eher ausdruckslosen und schleppenden Stimme.

»Leo kennt mich«, sagte Sharon. »Kennt uns alle – mich, meinen Vater, Montgomery. Und natürlich Whit.« Es schien, als wäre ihr der Name ihres Mannes gerade noch eingefallen. »Im Laufe der Jahre ist immer neues Personal hinzugekommen«, fuhr sie fort, »aber Leo und Bob dort drüben, und Rufus und Carl auf der anderen Seite waren schon immer bei uns. Leo war sogar derjenige, der mich gefunden und zurückgebracht hat, vor vielen Jahren. Als ich verrücktgespielt habe. Es war Leo, der mich dazu überredet hat, wieder nach Hause zu kommen.« Sie tätschelte seinen Unterarm, aber er ließ keine Reaktion erkennen. Er sah sie nicht einmal an. Dennoch schien unmerklich ein leichtes Zittern durch Leos Körper zu gehen, als Sharon ihn berührte.

Als Bell die Wagentür öffnete, blickte sie noch einmal zu dem Fenster im zweiten Stock hinauf, wo sie den Jungen gesehen hatte. Er war nicht mehr da. Die Vorhänge waren zugezogen. Sie stellte sich eine Hand vor – nicht die des Jungen, sondern von jemandem, der den Auftrag hatte, auf ihn achtzugeben. Sie griff nach dem Vorhang und zog ihn mit einem kräftigen Ruck zu. Damit dichtete sie das Innere des Hauses nach außen hin ab – so wie man ein Einmachglas zuschraubt, um es luftdicht zu verschließen.

Bell hatte drei Viertel des Weges nach Acker's Gap hinter sich gebracht. Sie fuhr sehr schnell, und die Berge – steile grüne Wände, die sich um sie herum in schwindelnde Höhen erhoben – flogen an ihr vorbei. Sie genoss die Freiheit und die Stille.

Beides hielt nicht lange an. Ihr Handy klingelte. Sie drückte das Mobiltelefon an ihr Ohr.

»Elkins.«

Schweres Atmen. Das war kein obszöner Anruf. Sie wusste, was es war: die heiseren Geräusche von jemandem, der weinte. Das Weinen eines Mannes. Männer weinten anders als Frauen; sie versuchten, es zurückzuhalten, dagegen anzukämpfen, sich davon abzugrenzen, und dieser Versuch bewirkte ironischerweise nur, dass die Tränen noch heftiger flossen, wenn sie die anfängliche Gegenwehr überwunden hatten. Bei einer Frau kamen und gingen die Tränen wie ein Frühlingsregen. Bei einem Mann war ein Tränenausbruch wie ein Tornado, der alles zerstörte, was dieser Mann von sich und seinen Fähigkeiten, einen Schlag einzustecken, geglaubt hatte.

»Elkins«, wiederholte sie.

Die Stimme klang gequält und beschämt: »Ma'am, es tut mir leid, Ma'am, dass ich Sie störe ... ich sollte Nick Fogelsong anrufen, das weiß ich, aber ich ... ich will nicht, dass er ... ich schäme mich, ich ...«

Bell wartete, bis der Anrufer sich gefangen hatte.

»Ma'am«, begann er noch einmal. »Hier spricht Wally Frank. Mein Bruder Charlie ... er war ... er war...«

»Ich weiß«, sagte sie. Seine Worte klangen ein wenig undeutlich. Er hatte getrunken. In dieser Gegend waren Kummer und Whiskey wie beste Freunde in der Grundschule: Man sah selten den einen ohne den anderen.

»Ich vermisse ihn«, sagte Wally. »Die ganze Zeit. Er war ein seltsamer Mann, keine Frage, und viele Leute dachten, er wäre … na ja, nicht ganz richtig im Kopf, aber er war mein Bruder.« Er hustete ein paarmal. Ein unterdrücktes Aufstoßen. »Hören Sie, Mrs Elkins, ich kann das Nickie nicht erzählen, wir kennen uns schon so lange, und ich schäme mich zu sehr, aber ich weiß nicht, was ich tun soll. Ich weiß einfach nicht, was ich tun soll. Ich weiß einfach …«

Der Satz blieb in der Luft hängen. Sie dachte an die Autopsiefotos von Charlie Frank, die grässlichen Wunden. Solange Charlies Mörder nicht gefasst war, würde sie weiter solche Anrufe erhalten. Theoretisch klärte eine Staatsanwältin keine Mordfälle auf; das war der Job des Sheriffs. Aber in einem kleinen County sah die Realität anders aus: Bell war mittendrin im Geschehen, und es gab keinen Weg hinaus. Sie wollte auch nicht hinaus.

»Es ist so«, sagte Wally, und seine Stimme klang auf einmal blechern und weit entfernt, als hätte er den Hörer fallen gelassen und ihn verkehrt herum wieder ans Ohr gehoben, »dass ich für niemanden mehr zu irgendwas nütze bin. Bei der Arbeit tauge ich nichts. Für meine Kinder bin ich nutzlos. Meine Mutter schaut mich mit ihren großen Augen an, und ich weiß nicht, was zum Teufel ich ihr sagen soll. Weiß nicht, wie wir sie pflegen sollen. Können Sie … was soll ich machen, Mrs Elkins? Was soll ich machen?« Sie hörte ein Schluchzen und dann ein Klicken.

Er hatte aufgelegt, ohne ihre Antwort abzuwarten. Und das war gut so, denn sie hatte keine.

27

»Und dann habe ich gesagt: ›Hey, nein, sag das nicht, das bringt Unglück!‹ Und Annie: ›Unglück, wieso?‹ Und ich hab gesagt: ›Das versaut den ganzen Sommer. Was denn sonst.‹« Carla holte Luft. Sie hätte eigentlich schon drei Sätze zuvor welche gebraucht, hatte aber immer weitergeplappert, überstürzt, wie immer, wenn sie glücklich war. Wenn sie wütend war, geschah genau das Gegenteil. Dann machte sie den Mund nicht auf. Wie ihre Mutter wohl wusste, gab es keinen Mittelweg bei Carla Jean Elkins; sie war entweder redselig oder stumm, Quasselstrippe oder Sphinx.

Sie hatten schon am Tag zuvor die Zeit für ihren Skype-Chat festgelegt, und Bell hatte zugesehen, dass sie um vier Uhr nachmittags an ihrem Schreibtisch saß und ihr Laptop so stand, dass das Sonnenlicht nicht darauf fiel. Bell war mit dem Bild auf dem Monitor zufrieden. Die Augen ihrer Tochter strahlten, und Carla wirkte so begeistert, wie Bell sie noch nie erlebt hatte.

»Es ist so seltsam, dass es bei euch immer noch hell ist«, sagte Carla. Sie lag bäuchlings auf einem Bett mit einer weißen Tagesdecke aus Chenille, hatte das Kinn in die Hand gestützt und schwenkte ihre nackten Füße durch die Luft. Hinter ihrer Tochter konnte Bell ein hohes Bleiglasfenster und verschwommene Dunkelheit erkennen. Es war neun Uhr abends in London. Wenn sie darüber nachdachte, wie weit Carla tatsächlich fort war, mein Gott, auf der anderen Seite des Ozeans; auch wenn ihr das Bild auf dem Monitor vorgaukelte, ihre Tochter befände sich im Nebenzimmer. Es flößte Bell Ehrfurcht ein, doch gleichzeitig überkam sie eine große Traurigkeit. Sie wollte sich nichts anmerken lassen und schluckte.

Bell hatte Carla nach Annie Carpenter gefragt, der anderen Sommerpraktikantin in der Londoner Filiale von Strong, Weatherly & Wycombe. Das war die Firma, für die Sam als beängstigend effektiver Interessenvertreter unanständige Mengen Geld verdiente. »Sie ist in Ordnung«, hatte Carla geantwortet, was für Bell ein Zeichen war, dass die beiden einander schon sehr nahestanden. In Carlas Welt war *in Ordnung* ein Synonym für *großartig*. Carla fügte noch hinzu, Annies einziger Fehler sei, dass sie hartnäckig prophezeie, dieser Sommer werde jeden anderen Sommer in ihrem Leben übertreffen. Sofort hatte Carla sie zurechtgewiesen mit dem Hinweis, dass solche Weissagungen Unglück brächten.

»Wie ist die Gegend, in der du lebst?«, fragte Bell.

»Oh Gott, Mom, sie ist unglaublich. Die Häuser sehen alle aus wie bei *Mary Poppins*. Sie haben diese kleinen Gartenzäune mit Spitzen oben drauf und diese schicken Eingangstüren. Oh, und gestern waren wir in King's Cross. Das ist der Bahnhof, von dem Harry Potter nach Hogwarts abfährt, stimmt's? Dort ist ein Bahnsteig, der genauso aussieht. Und die Backsteinmauer. Schau auf meiner Facebook-Seite nach, da kannst du mich sehen. Annie hat das Foto gemacht.«

Bell wollte Carla nicht sagen, dass sie in den letzten Tagen Dutzende Male auf der Facebook-Seite ihrer Tochter gewesen war. Sie wollte nicht überbehütend wirken wie eine verrückte Stalker-Mama. Bei den Worten *Harry Potter* hatte Bell einen schmerzlichen Stich in der Brust verspürt. Das passierte ihr immer dann, wenn die Verzweiflung sie packte und sie Carla so unendlich vermisste. Früher, als Carla die Mittelstufe besuchte, hatte Bell ihr die gesamte *Harry-Potter*-Serie vorgelesen, Band für Band. Die Abenteuer hatten sie auf viele Abende verteilt. Sie lagen in dem großen Bett in Bells Zimmer, und Carla kuschelte sich in ihre Armbeuge, während Bell *Harry Potter und die Heiligtümer des Todes* an der Stelle aufschlug, wo sie am Abend zuvor aufgehört hatten.

Es gab Momente, da wusste Bell nicht, ob sie es in ihrem Leben bis zum nächsten Augenblick schaffen würde. Das klang pathetisch, aber sie vermisste Carla so sehr, dass sie manchmal zu vergessen schien, wie man atmete. Dann musste sie sich in Erinnerung rufen, wie man Luft holte: Und zwar, indem man aufhörte, es zu versuchen. Indem man den Körper seine Aufgabe erledigen ließ, ohne dass das Bewusstsein sich einmischte. Sie musste zur Ruhe kommen. Carla geht es gut, sagte sich Bell. Es geht ihr gut, und ich werde sie wiedersehen. Sie hat eine tolle Zeit, und das ist es, was zählt. Nicht meine Bedürftigkeit. Nicht meine Verzweiflung, weil ich will, dass sie genau jetzt hier ist, direkt neben mir.

»Und nächstes Wochenende fahren wir nach Stonehenge«, sagte Carla gerade. Sie hatte immer weitergeplappert, ohne sich Bells Kummer bewusst zu sein. Und genau das wollte Bell. Carla brauchte keine zusätzlichen Schuldgefühle, die sie mit sich herumschleppen musste. Sie machte sich schon Vorwürfe wegen des Todes ihres besten Freundes im letzten Herbst. Auch wenn sie ihn nicht verschuldet hatte, war er eine Folge der Ereignisse gewesen, die sie in Gang gesetzt hatte.

»Das ist großartig, Süße«, sagte Bell, bemüht um einen

fröhlichen Tonfall. »Und was ist mit dem Job? Was machst du den ganzen Tag im Büro?«

Carla zuckte mit den Schultern.

»Ich gehe ans Telefon, mache Botengänge, hole das Mittagessen für die Chefs. Solche Sachen. Aber, Mom, das ist wirklich egal, denn ich bin in *London*. Verstehst du?«

»Ich verstehe.«

»Wie läuft es bei dir?«, fragte Carla. »Wie kommt Tante Shirley klar?«

Stille breitete sich aus, und Carla fragte: »Mom? Bist du noch da? Ist die Verbindung noch …?«

»Ich bin hier.« Bell überlegte, was sie antworten sollte. »Ehrlich gesagt, es war ein bisschen schwierig.«

»Was meinst du damit? Ist mit Shirley alles okay?«

Bell war Carla gegenüber ehrlich gewesen, was einige von Shirleys Problemen betraf. Man kam nicht einfach aus dem Gefängnis zurück ins normale Leben ohne irgendwelche Nachwirkungen.

»Es ist nicht nur das«, sagte Bell. »Wir hatten zwei schwerwiegende Verbrechen diesen Sommer. Zwei Morde. Erst ein alter Mann, dann noch ein Mann.«

»Ja.« Carlas Stimme klang jetzt ernst. »Dad hat es mir erzählt. Oh, Mom, das hört sich schlimm an.«

Hol dich der Teufel, Sam Elkins, dachte Bell wütend. Sie hatte sich entschieden, Carla nicht gleich davon zu erzählen, weil sie nicht wollte, dass sie sich Sorgen machte. Ihre Tochter hatte in ihrem jungen Leben schon zu viel durchgemacht: Sie war Zeugin von Gewalt geworden, außerdem der emotionale Aufruhr durch die Scheidung. Carla sollte erst einmal den Sommer genießen.

»Was hat es damit auf sich?«, fragte Carla. »Gibt es eine Verbindung zwischen den beiden Fällen?«

»Wir wissen es nicht. Nick und seine Deputys tun ihr Bestes, aber es gibt nicht viele Anhaltspunkte.«

»Ich wette, alle haben höllisch Angst.« Carlas Gesicht hatte einen düsteren Ausdruck angenommen. Sie dachte an Acker's Gap. Und Bell verfluchte im Stillen wieder einmal ihren Exmann.

»Hör mal«, sagte Bell. Sie hatte sich fest vorgenommen, Carla gegenüber sorglos aufzutreten, lächelnd und optimistisch. Aber nun, da ihre Tochter die Wahrheit wusste über das, was hier los war, musste Bell sich nicht mehr verstellen und ihre Angst verbergen. »Ich möchte, dass du vorsichtig bist«, sagte sie hastig. »Immer. Wenn du ausgehst, achte darauf, dass jemand weiß, wo du hingehst und mit wem und um welche Uhrzeit du zurück sein solltest. Und …«

»Mom. Komm schon.«

»Okay. Okay. Ich höre schon auf. Aber es gibt schlimme Dinge auf der Welt, Süße. Schlimme Dinge und schlimme Menschen. Und du solltest auf der Hut sein vor …«

»Hey.« Carlas Stimme klang unbeschwert, aber bestimmt. »Du hast gesagt, du hörst auf, okay?«

»Ja. Aber sei vorsichtig.«

Carla lächelte und winkte ihr zu. »Ich liebe dich auch, Mom.«

Bell starrte immer noch auf den dunklen Bildschirm. Vor gut drei Minuten hatte Carla die Verbindung getrennt. Aber Bell hatte sich seither kaum auf ihrem Stuhl bewegt. Sie wollte das Gespräch mit ihrer Tochter noch nachwirken lassen, es in sich aufsaugen, damit sie sich in den nächsten Tagen daran erinnern konnte, wenn der Schmerz – der zwar mal stärker, mal schwächer war, aber nie ganz verschwand – unerträglich wurde.

Das Telefon schrillte, und Bell schrak auf. Wenn Lee Ann da war, konnte Bell es ignorieren. Aber ihre Sekretärin würde erst in einer Woche zurückkommen. Bell ließ das Telefon noch sechs weitere Male läuten. Das Tagesgeschäft drängte; trotzdem gönnte sie sich den Luxus eines letzten stärkenden Gedankens. Carla ging es gut. Carla brauchte sie nicht. Carla konnte für sich selbst sorgen – eine zweischneidige Wahrheit, die Bell zugleich glücklich und traurig machte.

Sie griff nach dem Telefon. »Elkins.« Mit der freien Hand schloss Bell den Deckel ihres Laptops. Höchste Zeit, sich zu konzentrieren.

»Hier spricht Bundy Barnes.«

Sie brauchte keinen Namen. Die raue, kratzige Stimme und der *Ach-leck-mich*-Tonfall sagten alles.

»Guten Tag, Mr Barnes.« Bell bemühte sich, immer höflich zu sein, sogar wenn die Person am anderen Ende der Leitung ein erklärter Feind war. Ein sechsundachtzigjähriger Landrat, der wiederholt versucht hatte, sie durch Wahlentscheid oder gerichtliche Anordnung aus dem Dienst zu entlassen. Egal, welche Beschuldigungen Barnes sich ausdachte, sein eigentliches Problem mit Bell war auf eine simple Tatsache zurückzuführen: Sie war weiblich. Und Frauen hatten kein Recht darauf, Staatsanwalt zu sein – oder irgendetwas anderes, abgesehen von Ehefrau und Mutter.

»Ich bin nicht zufrieden mit dem, was hier läuft«, sagte er mit einem Knurren. »Ich will wissen, wie Sie und Nick Fogelsong weiter vorgehen wollen. Diesen Sommer hatten wir zwei Morde, und es ist kein Ende in Sicht. Die Leute sind so nervös, dass sie abends nicht mehr aus dem Haus gehen. Wir befinden uns in einem Belagerungszustand. Und was sehe ich? Eine Staatsanwältin und einen Sheriff, die einen Haufen Zeit damit verplempern, gar nichts zu tun.«

»Ich kann Ihnen versichern, Mr Barnes, dass der Sheriff und ich …«

»Ich will keine hochtrabenden Versprechungen, Mrs Elkins«, unterbrach er sie scharf. »Nicht von Ihnen und nicht von Nick Fogelsong. Versprechungen gab es schon genug, verdammt. Wir brauchen Taten.«

Bell wartete. Egal, was sie auch sagte, sie würde wieder von Barnes unterbrochen werden; er war berüchtigt dafür, dass er in Gesprächen den Ton angab, dass er anderen Leuten ins Wort fiel wie ein Kind, das in eine schlammige Pfütze springt. Er war ein primitiver Trottel und ein sturer Kerl.

Aber Bell konnte über Barnes' mürrische Rechthaberei die Augen verdrehen, so viel sie wollte, in diesem Fall hatte er recht. Die extreme Gewalt beunruhigte die Menschen und machte diesen Sommer noch schlimmer, neben der Hitze und dem schleichenden Verfall, weil die Wirtschaft den Bach runterging.

»Wir verfolgen bei der Ermittlung mehrere neue Spuren, Sir«, sagte sie, »und ich glaube wirklich, dass wir bald …«

»Machen Sie Ihren Job!«, donnerte Barnes. Die Unterbrechung kam ein wenig später, als Bell erwartet hatte. Sie hatte beinahe einen ganzen Satz zu Ende gebracht, bevor er ihr ins Wort gefallen war.

»Machen Sie Ihren Job!«, wiederholte er, lauter diesmal, und dann hörte sie einen wütenden Knall, als der Hörer auf die Gabel geschmettert wurde, gefolgt von dem gleichbleibenden, meditativen Summen des Freizeichens. Wie die meisten älteren Bewohner von Raythune County benutzte Barnes noch einen Festnetzanschluss und ein klobiges Wählscheibentelefon. Bell wandte sich wieder ihrer Arbeit zu. Sie hatte einen Stapel von Mitschriften eidesstattlicher Erklärungen durchzusehen und musste zu einem Einbruch einen Haftbefehl vorbereiten. Deshalb hob sie nicht einmal den Kopf, als die Tür zum Vorzimmer sich öffnete und wieder schloss. Wohl wieder mal ein Wichtigtuer, der ihr und Nick erklären wollte, wie sie ihre Jobs erledigen sollten.

»Ja?«, sagte sie, den Blick immer noch auf die Unterlagen gerichtet, die über ihren ganzen Schreibtisch ausgebreitet waren.

»Hey.«

Die Stimme war wie ein Lichtstrahl, der durch die Oberfläche eines klaren Flusses dringt und einen phosphoreszierenden Glanz darauf hinterlässt. Sie blickte auf. Clay Meckling stand auf der Schwelle zu ihrem Büro. Das letzte Mal, als sie ihn gesehen hatte, hatte er im Rollstuhl gesessen, niedergeschmettert und deprimiert, sein Blick leer und verloren. Jetzt aber stand er wieder aufrecht vor ihr. Sein Gesicht war schmal geworden, aber das fiel ihr nicht mehr auf, als er lächelte. Sie kannte dieses Lächeln.

»Clay. Oh Gott.« Sie stand auf und ging um ihren Schreibtisch herum. Sie umarmten sich, aber er wirkte distanziert. Sie spürte es sofort und trat zurück.

»Clay«, sagte sie. »Wann bist du ...«

»Gestern Abend. Ich bin mit meinem Vater aus Chicago hierhergefahren.«

»Wie geht es ...?« Sie wusste nicht, wie sie fragen sollte. Konnte sie sagen: *Wie geht es deinem Bein?* Das klang kalt und unhöflich, als wäre seine Behinderung das Erste, woran man dachte.

»Alles in Ordnung«, sagte er. »Wirklich. Ich hatte ein paar erstklassige Physio- und Ergotherapeuten im Rehazentrum von Chicago. Großartige Einrichtung. Habe eine bessere Prothese bekommen. Macht einen Riesenunterschied.«

»Ich bin froh, das zu hören, Clay. Ich freue mich so für

dich.« Bell hätte sich ohrfeigen oder die Zunge abbeißen können. Oh Gott, sie warf mit Plattitüden um sich, obwohl sie mit ihm *reden* wollte; so wie sie früher miteinander geredet hatten, ernst und direkt, liebevoll, scherzhaft. So wie vor jenem schrecklichen Morgen im Frühling und den Ereignissen, die dazu geführt hatten, dass er sein Bein verloren hatte. Sie waren ein Liebespaar gewesen und hatten selbst bei alltäglichen Gesprächen dieses besondere Kribbeln sexueller Intimität gespürt. Eine elektrisierende Spannung, weil man etwas über den anderen wusste, was sonst niemand wusste. Nur sie erlebte ihn in Momenten intensiver körperlicher Verzückung. Oder wusste, wie er seinen Kaffee trank. Dies alles gehörte zu dem komplexen Vergnügen, jemanden durch und durch zu kennen. Trotz ihres Altersunterschieds hatte Bell sich mit Clay wohlgefühlt – wohler als mit irgendeinem anderen Mann. Aber nach dem Unfall hatte sich alles geändert. Es änderte sich nicht auf einen Schlag, was bei solchen Dingen selten der Fall ist, sondern stufenweise. Er hatte sich von ihr zurückgezogen und seinen tiefen Kummer und seine geheimen Ängste für sich behalten.

Oder war sie diejenige gewesen, die sich von ihm zurückgezogen hatte? Sie war sich nicht sicher. Und vielleicht war es letztendlich auch egal. Der Punkt war: Sie konnten nicht wiedererlangen, was sie gehabt hatten. Er wollte es nicht. Und sie auch nicht.

Oder?

»Ich wette, du hast zurzeit alle Hände voll zu tun«, sagte er. »Mein Vater hat mich auf dem Laufenden gehalten. Ziemlich schaurige Sache, diese Morde. Klingt mehr nach Chicago als nach Acker's Gap.«

»Darüber können wir später sprechen«, sagte sie ausweichend. »Komm und setz dich. Ich wollte dich anrufen … ich wollte … Na ja, ich dachte, ich sollte erst einmal abwarten, dass du dich meldest, ich wusste nicht …«

Sie geriet ins Stocken, unsicher, was sie sagen und wie sie sich verhalten sollte, und sie konnte sich nur mit dem Gedanken trösten, dass es in den kommenden Tagen und Monaten einfacher werden würde. Sie würde ihn auf der Straße treffen, beim Einkaufen, im JP's, und sie würden nach und nach wieder am Leben des anderen teilhaben können, und eines Tages … vielleicht …

Sie sah ihn an. Er hatte ihr Angebot, sich hinzusetzen, nicht angenommen, und sie musste zu ihm aufblicken. Er war viel größer als sie. In seinen grauen Augen lagen Ruhe und Gelassenheit. Und da war noch etwas anderes: Ernsthaftigkeit. Sie bemerkte es, kurz bevor er weitersprach, sodass sie zumindest vorgewarnt war.

»Belfa«, sagte er. Ihr Taufname. Alle benutzten ihn sparsam, nur bei besonderen Gelegenheiten. Ein weiteres Zeichen, dass dies hier nicht einfach ein spontaner Besuch war. Sein schiefes Lächeln – noch etwas, das sie an ihm liebte, dieses schelmische Grinsen – war nun verschwunden.

»Ich habe nicht viel Zeit«, fuhr er fort. »Bleibe nur einen Tag oder so. Ich bin mit der Zulassungsstelle für Aufbaustudiengänge am Massachusetts Institute of Technology in Kontakt geblieben. Sie haben gesagt, ich könnte mich in diesem Herbst einschreiben, genau wie ich es geplant hatte.« Clays Traum war es, Stadtplanung zu studieren. Nach der Amputation war er über seinen Zustand in so tiefer Verzweiflung versunken, dass er sein Stipendium abgelehnt hatte. Nun hatte er anscheinend seine Meinung geändert.

»Wirklich?«, sagte sie. »So spät noch? Sie lassen dich …?«

»Ja. Sie haben mir den Platz frei gehalten. Es wird vielleicht ein bisschen hart am Anfang, aber es gibt eine Menge

Hilfe. Sie haben ein wirklich gutes Programm für Menschen mit Behinderungen. Wie auch immer, ich muss jetzt direkt hinfahren. Mich dort einrichten. Ich wollte nur vorbeikommen und mich verabschieden.«

»Das ist toll, Clay. Es ist das, was du dir immer gewünscht hast.« Schon wieder verbreitete sie Klischees, wie man nach dem Essen Pfefferminzbonbons verteilt. Hör auf, ermahnte sie sich. Hör einfach auf. Aber sie wusste nicht, was sie sonst sagen sollte, außer Klischees fiel ihr nichts ein. Wenigstens füllten sie die Stille.

»Ja«, sagte er. Ein Augenblick verstrich, als erwartete er noch etwas anderes von ihr. Wollte er, dass sie ihm seine Pläne ausredete? Dass sie ihn bat zu bleiben? Das konnte sie nicht. Dies war sein Traum. Aber sie erinnerte sich daran, wie es sich angefühlt hatte, als sie sich geküsst hatten, früher als sie noch ein Liebespaar gewesen waren. Bei dem Gedanken überkam sie ein Verlangen, das sie beinahe umwarf. Sie musste sich beruhigen. Er durfte nicht merken, wie sehr sie …

»Also gut«, sagte er und räusperte sich. »Ich gehe dann mal besser. Mein Vater ist draußen im Auto. Müssen uns auf den Weg zum Einkaufen machen. Ich muss mich eindecken.« Er machte eine Pause. »Ich habe gehört, dass Shirley wieder da ist.«

»Ja.«

»Gut. Das ist gut. Ich weiß, was das für dich bedeutet. Läuft es gut?«

»Es braucht Zeit.« Es überraschte Bell, wie locker sie klang. Noch vor ein paar Sekunden hatte sie gefürchtet umzukippen wegen des Schwindelgefühls, das seine Nähe bei ihr hervorrief. Nun ja, sie hatte eine Menge Übung in der Kunst, ihre Gefühle zu verbergen.

»Ja«, sagte er, »das ist klar.«

Warum war diese Situation so schwierig und angespannt? Warum spürte sie den Drang, ihn zu schütteln, bis etwas Echtes aus ihm herauskam – etwas anderes als diese normale, gesittete, höfliche Konversation? Etwas, das bewies, wie viel sie einander einmal bedeutet, was sie miteinander geteilt, welche Leidenschaft sie empfunden hatten? Und warum hatte sie sich trotz dieser Gefühle in den letzten Monaten nicht um ihn bemüht? Warum war sie nicht mit ihm in Kontakt geblieben und hatte ihm all das gesagt? Warum hatte sie es nicht versucht? Und warum versuchte sie es jetzt nicht? Fernbeziehungen waren keine Seltenheit. Sie waren schwierig, aber viele Leute schafften …

»Danke, dass du vorbeigekommen bist«, sagte Bell. »Viel Glück, Clay.«

Er sah sie an, als ob er sich mehr wünschte. Aber vielleicht war das nur Einbildung. Wunschdenken. Und sie musste sich schließlich schützen, oder? Was wäre, wenn sie nachgab und ihm erzählte, wie sie sich wirklich fühlte, und sich dann herausstellte, dass er ihre Beziehung als einen Fehler betrachtete? Dass er froh war, sie hinter sich gelassen zu haben? Er brauchte sie nicht. Er machte jetzt ein Aufbaustudium. Das wünschte er sich schon seit Langem. Und sie kannte diesen Wunsch, diesen Drang, der einem Tag und Nacht zusetzte, dieses Bedürfnis, es wenigstens einmal mit einem Leben jenseits dieser Berge zu versuchen. Sie wusste, was er fühlte: Er freute sich unbändig darauf zu fliehen. Darauf, Acker's Gap – und sie – hinter sich zu lassen. Das war offensichtlich.

Oder nicht?

»Okay«, sagte er. Sein Blick war jetzt undurchdringlich. »Also, pass auf dich auf.«

28

Bell hatte es Shirley versprochen, also würde sie hingehen. Sie verwünschte das Timing; nach der Begegnung mit Clay vor einer Stunde war sie unruhig und aufgebracht. Aber jetzt war sie hier. Shirley zuliebe.

Die Bar befand sich direkt hinter der Stadtgrenze von Alesburg, einer Stadt, die etwa fünfundzwanzig Minuten von Acker's Gap entfernt lag. Die Kneipe war klein, schäbig und dunkel. Aber die Dunkelheit verbarg die Schäbigkeit nur ungenügend. Der Holzfußboden war schmutzig und die niedrige Decke fleckig. Vier Sitznischen aus Holz befanden sich entlang der Wand. Weitere Sitzgelegenheiten boten runde Tische mit wackeligen Stühlen, die willkürlich im Raum verteilt waren. Eine behelfsmäßige Bühne auf der einen Seite. Auf der anderen ein dunkler Tresen mit einer Vielzahl nicht zusammenpassender Barhocker. Hinter dem Tresen hing ein Regal mit einer Auswahl von Spirituosen. Die hochwertigeren Sorten – die Flaschen mit Johnnie Walker Red oder Grey Goose, die über das hinausgingen, was man gemeinhin als »Fusel« bezeichnet – waren von Staub bedeckt. Die Leute, die hierherkamen, bestellten eher keine Markengetränke. Es ging darum, sich so schnell und so billig wie möglich zu betrinken, und dazu reichte auch das schale Bier aus dem Zapfhahn. Hinter der Reihe von Flaschen war ein langer, gesprungener Spiegel, der das düstere Licht zurückwarf, ein immerwährendes Echo von etwas Hinterhältigem, Finsterem.

Die Kneipe trug den Namen Crazy Dave's und hatte einen schlechten Ruf. Der ursprüngliche Besitzer war tatsächlich ein Mann namens Dave gewesen, aber er war vor fünf Jahren bei einer Explosion ums Leben gekommen, am anderen Ende der Stadt in einem anrüchigen Keller, der als Drogenlabor fungiert hatte. Die nachfolgenden Besitzer hatten sich nicht die Mühe gemacht, den Namen zu ändern oder das Schild auszuwechseln. Und wenn es jemand getan hätte, wäre es doch zwangsläufig nur auf ein Crazy Nelson's, Crazy Billy's und Crazy Suellen's bis hin zu einem Crazy Frank's hinausgelaufen, und das hätte die Kundschaft möglicherweise verwirrt. Als Bell sich umsah, wurde ihr klar, dass es den Leuten, die diese Kneipe besuchten, mit Sicherheit egal war, wie sie hieß. Crazy Dave war tot, aber Crazy Dave's würde für immer fortbestehen.

»Hey, Belfa. Hier drüben.«

Bell drehte sich um. Ihre Augen gewöhnten sich an die Dunkelheit, und sie konnte Shirley ausmachen; ihre Schwester stand in der Nähe der Bühne und hatte einen Gitarrenkoffer in der Hand.

»Hey«, rief Bell zurück.

»Du hast es geschafft.«

»Ja, ich hab's geschafft.«

Im Augenblick schienen sie in der Bar die Einzigen zu sein. Und das war kein Wunder: Es war noch hell draußen, erst kurz nach 18 Uhr. In den nächsten paar Stunden würde hier noch nicht viel los sein. Als sie hereingekommen war, hatte Bell einen Mann erblickt, von dem sie annahm, dass es der Besitzer war, und eine Frau, die sie für die Kellnerin hielt. Geschäftig liefen die beiden die ganze Zeit hin und her. Der Besitzer sah aus wie Dutzende andere Loser-Typen mittleren Alters, mit denen sie im Zuge ihrer Arbeit gewöhnlich zu tun hatte. Er hatte Übergewicht, schütteres, schlecht frisiertes Haar und einen missmutigen Gesichtsausdruck. Sein leichtes Hinken war wahrscheinlich die Folge eines lange zurückliegenden Motorradunfalls. Die Kellnerin war ebenfalls im mittleren Alter, aber sie war mager. Komisch, dachte Bell. In dieser Gegend werden die Männer im Alter meistens fetter und die Frauen dünner.

»Die Show beginnt erst um neun«, sagte Shirley. »Aber die Band muss schon früher hier sein. Um dafür zu sorgen, dass alles in Ordnung ist. Mikrofone, Beleuchtung und was weiß ich.«

Bell ging ein paar Schritte auf sie zu.

»Shirley, ich habe dir gesagt, dass ich bei der Show nicht dabei sein kann. Ich bin nur vorbeigekommen, weil du wolltest, dass ...«

»Ich weiß, ich weiß.« Shirleys Stimme klang eifrig. Es lag eine Energie darin, die Bell selten bei ihr erlebt hatte. »Ich wollte dir Bobo vorstellen. Bevor er mit der Arbeit anfängt. Wenn er arbeitet, sind immer eine Menge Leute um ihn rum. Fans und was weiß ich noch alles. Er kommt gleich.«

Bell machte noch einen Schritt in Richtung Bühne. Sie stieß an einen Stuhl, der beinahe umfiel. Sie hatte ihn nicht gesehen; das dunkle Holz verschmolz übergangslos mit der Dunkelheit des fensterlosen Raums.

»Alles okay?«, fragte Shirley.

»Ja, alles okay.«

»Irgendwie schwer, hier drin was zu sehen. Es muss dunkel sein, wegen der Atmosphäre. Die Leute erwarten das.«

Bell nickte und sagte: »Ja, das glaube ich auch.«

Eine Seitentür öffnete sich. Ein schmaler Lichtstreifen fiel auf den Fußboden, der wieder verschwand, als der Neuankömmling die Tür hinter sich schloss.

»Belfa«, sagte Shirley, »das hier ist Bobo Bolland. Bobo, ich möchte dir meine Schwester vorstellen, Belfa Elkins. Aber alle sagen Bell zu ihr.«

Bell war davon ausgegangen, dass sie eine starke Abneigung gegen den Mann empfinden würde. Schließlich nutzte er ihre Schwester aus. Hielt sie hin, machte ihr falsche Hoffnungen, als »Managerin« einer dilettantischen Kneipenband, die für Getränke und Trinkgeld arbeitete, Karriere zu machen. Bell konnte es nicht mit Sicherheit sagen, aber sie fragte sich, ob hier auch ein persönlicher Faktor eine Rolle spielte. Womöglich nutzte Bobo ihre Schwester auch auf eine primitivere, direktere Weise aus und machte ihr etwas vor. Versprach ihr eine Zukunft, die nicht existierte. Vielleicht profitierte er von Shirleys Verletzlichkeit und Bedürftigkeit. Und – was am schlimmsten war – machte sich ihre Hoffnung zunutze.

Zu Bells Überraschung blieb das erwartete Gefühl von Feindseligkeit aus, als sie Bobo Bolland die Hand schüttelte und ihn kurz in Augenschein nahm. Er war groß und schmächtig, mit Ausnahme seines Bauchs, der sich unaufhaltbar über seine Gürtelschnalle wölbte, als wäre sein Magen kürzlich mit Helium vollgepumpt worden. Er hatte silbergraues Haar. Als er sich umdrehte, um Shirley zu begrüßen, sah Bell, dass er es zu einem Pferdeschwanz gebunden hatte, der ihm über den Rücken hing. Die Haut in seinem Gesicht war schlaff, und er hatte viele Falten und eine große Hakennase. In seinen Augen lag ein Ausdruck von Ruhe und Gelassenheit.

»Hey«, sagte er. »Gut, dass ich Sie endlich treffe. Shirley spricht die ganze Zeit von Ihnen. Ich habe mir schon überlegt, ob sie sich die ganze Sache ausgedacht hat – mit dieser Schwester, die Staatsanwältin ist und all das.«

»Bobo«, sagte Shirley und versuchte dabei, streng zu klingen, aber Bell konnte an ihrer Stimme hören, dass sie verlegen war. Sie spürte, dass ihre Schwester Spaß daran hatte, geneckt zu werden.

»Oh, alles klar, mich gibt es wirklich«, sagte Bell. »Und ich wollte Sie auch kennenlernen. Ihre Musik hören.« Das stimmte nicht; Bell war nur hier, weil Shirley darauf bestanden hatte. Sie tat ihrer Schwester damit einen Gefallen, mehr nicht. Weder traute sie Bobo, noch interessierte sie sich für seine Songs, auch wenn die unmittelbare negative Reaktion auf Bolland, die sie erwartet hatte, ausgeblieben war. Schließlich hatte er es geschafft, Shirley mit seinen lächerlichen, einfach nur erbärmlichen Träumen vom glamourösen Showbusiness einzuwickeln.

»Wie ich gerade schon zu Shirley sagte«, fuhr Bell fort, »es tut mir leid, dass ich heute Abend nicht bei Ihrem Auftritt dabei sein kann, aber ich dachte, ich könnte wenigstens beim Soundcheck zuhören.«

»Toll.« Bolland nahm Shirley den Gitarrenkoffer ab. Seine Hand war groß und sehnig, und die Fingerknöchel traten hervor, als steckten Murmeln unter seiner Haut. Sein Blick ruhte immer noch auf Shirley, während er seine Worte an Bell richtete. »Sie wissen es wahrscheinlich schon, aber Shirley ist die geborene Managerin. Sie hat unsere Engagements in den letzten Wochen verdoppelt. Hat ein YouTube-Video aufgenommen. Und sie hat mich dazu gebracht, mich endlich um das Copyright für meine Songs zu kümmern. Hab ich vorher nie gemacht. Ich weiß, ich hätte das schon längst tun sollen.«

»Ja«, sagte Shirley, »die Leute klauen sie, Bobo. Hab ich dir immer gesagt.«

Während Bolland seine Gitarre stimmte, kamen die

Bandmitglieder durch die Seitentür herein und bauten ihre Ausrüstung auf. Es waren ein Bassgitarrist namens Leroy und ein Schlagzeuger namens Calvin, beide ebenfalls mittleren Alters, groß, mit dünnen Beinen und ähnlich ausgestattet mit Bäuchen, die aussahen, als wären sie am Morgen zusammen mit Gürteln, Stiefeln und Schirmmützen angelegt worden. Shirley überprüfte die elektrischen Anschlüsse, stellte die Verstärker ein, kratzte einen kleinen Rest Kaugummi von der getäfelten Wand hinter der Bühne. Inzwischen waren ein paar Gäste in die Bar gekommen. Die Kellnerin lief zwischen den Tischen hin und her, bot ihren runden Hintern als Opfer für Knüffe und Püffe an und spielte die Empörte, wenn man ihrer stummen Aufforderung nachkam.

»Bell hat dich schon einmal spielen gehört«, sagte Shirley.

Bolland blickte von der Gitarre auf, an der er gerade herumfingerte. »Wirklich?«

»Ja«, sagte Bell, »in Tommy's Bar.«

Er zuckte zusammen. »Echte Tragödie. Auf diese Weise zu sterben.«

Da keine weiteren Weisheiten mehr von Bolland zu kommen schienen, zog Bell ihren Stuhl in die Mitte des Raums, um darauf zu warten, dass die Band sich warm spielte. Sie schaute sich um. Eine fast leere Kneipe im unbestimmten Dämmerlicht am Spätnachmittag oder frühen Abend war eine eigenartige Sache. Sogar ohne Fenster konnte man in einer Kneipe immer Tag und Nacht unterscheiden. Und eine Kneipe brauchte die Nacht. Brauchte die Romantik und das Geheimnisvolle der Dunkelheit draußen, die sie umgab und die zu der Dunkelheit im Inneren passte. Andernfalls war die Bar nur eine Kiste mit Holzvertäfelung, in der sich Leute versammelten, um Zeit und Geld zu verschwenden. Bars hatten Bell noch nie gereizt, nicht einmal in Washington, wo sie ganz anders waren als das Crazy Dave's – schicker natürlich, und teurer. Doch sie alle befriedigten dieselben elementaren menschlichen Bedürfnisse nach Gesellschaft und nach Zerstreuung. Nach allem, was von der schmerzhaften Wahrheit, die einem die Einsamkeit vor Augen führt, ablenkte: nämlich dass das Leben vom Anfang bis zum Ende ein unfaires Spiel ist. Und dass jeder einmal sterben muss.

»Dann mal los«, sagte Bolland. Er nickte Calvin und Leroy zu, klopfte dreimal mit dem Fuß auf den Boden, und sie begannen mit dem ersten Song. Es war ein eigener. Bell wusste das, weil Shirley vor ein paar Tagen beim Wäschezusammenlegen die Melodie gesummt hatte, und Bell hatte gesagt: »Was ist das? Klingt hübsch.« Shirley hatte geantwortet: »Ist ein Song von Bobo. Ich hab dir gesagt, dass dir seine Stücke gefallen würden. Wenn du es jemals schaffst, lang genug stillzuhalten, um dir eins anzuhören.«

Train's heading down the track, don't think it's coming back; like the love I had, it makes me sad, that lonesome clickety-clack. Es waren nicht die abgedroschenen Worte, die Bell rührten. Es war die Melodie, eine eindringliche Melodie, die in die Mollakkorde eintauchte wie ein Falke, der einen Flügel senkt, während er an einer Bergwand entlanggleitet, bevor er sich hoch in den Himmel aufschwingt.

Bell spürte verdammt noch mal einen Kloß im Hals. Sie kämpfte dagegen an. Sie hasste emotionale Reaktionen – ihre eigenen ebenso wie die von anderen. Emotionen verursachten mehr Probleme auf der Welt als Gewehre und Messer. Gewehre und Messer waren nur Helfer bei der Tat. Emotionen waren die Anstifter. Liebe, Hass, Gier und Lust. Eifersucht. Enttäuschung. Verzweiflung. Man musste ihr nur irgendein Gefühl nennen, und sie konnte auf ein Verbrechen verweisen, das dieses Gefühl ausgelöst hatte. Emotionen waren die eigentlichen Problemstifter.

Aber sie kam nicht dagegen an. Bollands Stimme war ein rauer Tenor, der etwas Festes und Bestimmtes in sich barg, eine unerbittliche, hart erkämpfte Weisheit. Und als diese Stimme von entgleisten Zügen und tragischen Liebesaffären sang, musste Bell um ihr emotionales Gleichgewicht fürchten. Sie ärgerte sich sehr über sich selbst. Oh Gott, es war die banalste, klischeehafteste Countrymusik überhaupt, auch wenn sie sein Talent bewunderte.

Shirley stand am Rand der Bühne, die Arme verschränkt, den Kopf gesenkt, und runzelte konzentriert die Stirn. Sie machte ihre Arbeit. Achtete auf den Lautstärkepegel, auf den richtigen Zusammenklang der Instrumente und auf Bollands Stimme.

Bell betrachtete das Gesicht ihrer Schwester. Es war so anders als das Gesicht, das Bell neulich in der Nacht gesehen hatte, als Shirley sich an den Küchentisch hatte sinken lassen, wütend und verzweifelt. Natürlich war Shirleys Gesicht immer noch ledrig, faltig und verbraucht, aber jetzt hatte es einen aufmerksamen und konzentrierten Ausdruck angenommen.

Bell stand auf. Hoffentlich sah Shirley nicht, wie sie hinausschlüpfte. Sie hatte getan, was sie versprochen hatte. Sie hatte Bolland kennengelernt. Ihm die Hand geschüttelt. Seine Musik gehört. Hatte ihm einen Vertrauensbonus gegeben.

Was nicht bedeutete, dass alle Zweifel ausgeräumt waren. Auf dem Weg zurück nach Acker's Gap erinnerte sie sich daran, dass sie im Moment nur eine einzige handfeste Information über Bolland hatte: Er war, wie Shirley immer betonte, ein verdammt guter Musiker. Bell wusste immer noch nichts über seine Vergangenheit. Aber das ließ sich natürlich leicht ändern. Besonders von jemandem, der Rhonda Lovejoys Telefonnummer in seinem Kurzwahlspeicher hatte.

29

Die Stimme am Telefon war zu laut, sprach zu schnell, klang aggressiv. Ein Ostküstenakzent schien an den Sätzen des Anrufers zu schaben wie ein Stein, den man unablässig über eine Käsereibe streicht.

»Sie haben drei Minuten, was schon mehr ist, als ich Ihnen eigentlich geben sollte«, sagte die Stimme. »Los.«

Sie hatte eilig zu ihrem Handy gegriffen, absolut sicher, dass es Carla war, die anrief. Weil sie ihre Mutter brauchte. Es war 22.30 Uhr in Acker's Gap – seit ihrem Skype-Chat waren nur etwa sechs Stunden vergangen –, und 3.30 Uhr morgens in London, aber vielleicht konnte Carla nicht schlafen. Vielleicht war sie nervös, durcheinander, ängstlich. Oder vielleicht wollte sie einfach nur reden.

Es war nicht Carla. Eigentlich hätte der Unterschied zwischen der Stimme am Telefon und Carlas Stimme nicht größer sein können. Der Mann hörte sich an wie ein machohafter Großkotz, was Bell unausweichlich an eine Figur aus einem Gangsterfilm erinnerte. Sie erwartete fast einen Satz wie *Bald schläfst du bei den Fischen.*

Sie hatte keinen blassen Schimmer, wer der Anrufer war und worüber zum Teufel er sprach.

Bell saß in Jogginghose und T-Shirt in ihrem Lieblingssessel, ein ungelesenes Buch auf dem Schoß und eine fast ausgetrunkene Flasche Bier auf dem kleinen Tisch neben sich. Sie hatte sich entschlossen, auf Shirley zu warten, in der Hoffnung, dass sie heute Abend nach dem Gig im Crazy

Dave's nach Hause kommen würde. Jetzt, wo es wieder besser zwischen ihnen lief. Tat es das tatsächlich?

»Wer spricht da?«, fragte Bell.

»Sam Voorhees.« Die Stimme klang ungeduldig und gereizt. »Sie sind jetzt schon bei zwei Minuten und fünfundvierzig Sekunden, Lady. Sprechen Sie lieber schnell.«

Bell setzte sich in ihrem Sessel auf. Die näheren Zusammenhänge – zum Beispiel warum der geheimnisvolle Mr Voorhees sich plötzlich entschieden hatte, sie anzurufen – konnte sie später aufklären. Jetzt folgte sie lieber seinen Anweisungen. »Okay«, sagte sie hastig, »warum hatte Jed Stark Ihre Visitenkarte bei sich?«

»Wer?«

»Jed Stark.« Bell wartete. Sie hatte das deutliche Gefühl, dass Voorhees gerade kein Spielchen spielte, sondern wirklich nicht wusste, wovon sie sprach.

»Erzählen Sie mir mehr«, sagte Voorhees. »Zum Beispiel wo zum Teufel rufe ich gerade an?«

»Acker's Gap, West Virginia.«

Er lachte. Sein Lachen hörte sich an, als kippe jemand eine Kiste Schraubenzieher auf einem Betonboden aus. Plötzlich brach es ab. »Oh Gott«, sagte er. Es klang zugleich gelangweilt und verärgert. »West Virginia. Okay, ja. Ich hab's. Jed Stark. Lassen Sie mich nachsehen.«

Bell stellte sich vor, wie er in der Datei, die auf seinem Laptop aufleuchtete, schnell einen Suchbegriff eintippte.

»Okay«, sagte Voorhees. »Ja. Er war ein Subunternehmer. Ich hatte Stark angeheuert, damit er sich für einen meiner Klienten um eine vertrauliche Angelegenheit kümmerte.«

»Was für eine Angelegenheit?«

»Was verstehen Sie an dem Wort ›vertraulich‹ nicht?«

»Stark ist tot«, konterte Bell. »Also was macht das jetzt noch?«

»Über die Art des Auftrags kann ich nicht sprechen. Die Uhr läuft, Lady.«

»Wer ist der Klient?«

Wieder herrschte Schweigen. Schließlich sagte Voorhees: »Noch dreißig Sekunden.«

»Es ist Riley Jessup, oder? Der Klient? Rhododendron Associates bezahlt Ihre Rechnung.«

»Zwanzig Sekunden. Stellen Sie lieber eine Frage, auf die ich antworten kann.«

»Sie sitzen in New York City, richtig?«

»Ja.« Er knurrte. »Zum Abschluss mal eine gut gewählte Frage.«

»Wenn Sie in New York sind, wie kommt dann Ihre Visitenkarte nach West Virginia? Und warum hat Jed Stark den Namen ›Odell Crabtree‹ daraufgeschrieben?«

Voorhees knurrte wieder. »Die Zeit ist um, Lady. Ich spreche nicht über meine Klienten, und ich telefoniere nicht mit Leuten, die keine Klienten sind. Das hier ist eine Ausnahme. Oh, und das nächste Mal, wenn Sie mit Sammy Elkins sprechen, sagen Sie ihm, dass wir jetzt quitt sind, okay? Das war der Gefallen, den ich ihm geschuldet habe.«

Noch Sekunden nachdem er das Gespräch abrupt beendet hatte, hielt Bell ihr Handy ans Ohr gepresst und dachte darüber nach, wie ihr Exmann, dieser Dealmaker der Extraklasse, versucht hatte, die Dinge zwischen ihnen wieder geradezurücken: auf die einzige Weise, die er kannte, und zwar indem er einen Schuldschein einlöste. Sie war fassungslos gewesen, weil Carla nach London flog, und hatte das mit ihrer profanen Ein-Wort-Nachricht an Sam deutlich gemacht. Um seine Schuld auszugleichen, hatte er mit

Voorhees Kontakt aufgenommen und ihn dazu veranlasst, Bell anzurufen.

Voorhees hatte nichts preisgegeben. Obwohl, dachte Bell, genau genommen hatte er das doch.

30

Lindy war aufgeregt. Ihre Mutter hatte einmal eine beste Freundin namens Maybelle gehabt. Eine Freundin, die ihr so viel bedeutete, dass sie ihre Briefe aufbewahrt hatte. Die Briefe hatten in all den schweren Jahren seit Margarets Tod in dieser Dose geschlummert, eingesperrt, still und unsichtbar. Und dennoch hatten sie Einfluss auf Lindys Leben genommen – weil sie ihrer Mutter so wichtig gewesen waren.

Lindy war während der gesamten Nachtschicht an der Tankstelle in Gedanken bei ihr gewesen. Die Schicht ging langsam zu Ende – es war beinahe sechs Uhr morgens –, und im Licht des Sonnenaufgangs veränderte sich die Farbe der Glaswände von Schwarz zu Grau und dann zu Rosa. Hitze schien direkt hinter dem Sonnenaufgang zu lauern und nur auf ein Stichwort zu warten, um hervorzubrechen.

Was für eine lange, ruhige Nacht, ohne Jason. Ohne mit ihm reden zu können oder ihn wenigstens zu ignorieren, was auch eine Art der Kommunikation war. Jason hatte frei; er und sein Bruder waren am Tag zuvor mit ihrem Vater, der einen Termin beim Kardiologen hatte, nach Charleston gefahren. Jason war sich nicht sicher gewesen, ob er rechtzeitig zurück sein würde, und hatte sich deshalb einen Tag Urlaub genommen. Die Vertretung war eine Frau namens Bonnie Skinner. Lindy hatte keine Meinung über Bonnie Skinner. An ihr gab es wirklich nichts, worüber man sich eine Meinung hätte bilden können. Bonnie war mittelgroß, hatte mittelbraunes Haar und mittelbraune Augen und zurückhaltende Durchschnittsmeinungen über alles. Sie arbeitete normalerweise an der Lester-Tankstelle in Drummond.

»Wie macht ihr das hier mit dem Kaffee für den Morgenansturm?«, fragte Bonnie.

»Was?«

»Der Kaffee.« Bonnie stand an der Nachfüllstation und hielt eine leere Kanne hoch. Die Glaskanne war fleckig von den ekligen braunen Kaffeeresten. »Macht ihr alle auf ein mal oder eine nach der anderen? Neue Kannen aufbrühen, meine ich. Wir machen alle auf einmal, drüben in Drummond. Kippen die Reste aus und setzen neuen Kaffee auf.«

Lindy ordnete gerade die Waren auf dem vorderen Tresen neu: die Pappschachtel mit den kleinen roten 5-hour-Energy-Fläschchen und den hohen viereckigen Plastikständer mit Sonnenbrillen, auf deren dunklen Gläsern Fingerabdrücke zu sehen waren. Die Leute konnten einfach ihre Hände nicht von ihnen lassen und mussten jedes einzelne verdammte Stück anprobieren, während sie auf das Wechselgeld warteten. »Eine nach der anderen«, antwortete Lindy, aber ihr Tonfall klang eher wie *Ist mir völlig egal.*

Sie vermisste Jason. Das überraschte sie. Sie waren ein gutes Team, mit der natürlichen Synchronität, die sich einstellt, wenn man viele Stunden in Gesellschaft des anderen verbringt. Aber es ging nicht nur um die Arbeit, dachte Lindy. Sie war an Jason gewöhnt, an seine Launen und an seine Gesten, und wusste inzwischen, dass er mit seinem großspurigen Getue und seiner Angeberei ein verstecktes Minderwertigkeitsgefühl überspielen wollte. Und wenn er so tat, als wären ihm alle scheißegal, wollte er davon ablenken, dass er eigentlich zutiefst mitfühlend war.

In den sich endlos hinziehenden Stunden zwischen Mitternacht und sechs Uhr morgens saß Bonnie Skinner meistens auf einem Hocker bei der Kühlbox und klopfte mit einem Stift auf ein zerfleddertes Rätselheft. Lindy dachte unterdessen an Jason und an die Geräusche, die er machte, wenn er versuchte, wie ein Rapper zu klingen. An die Art, wie er sich lässig in Richtung Verkaufstresen bewegte, wenn ein Kunde hereinkam, um zu bezahlen. Er gab ihr Rückendeckung, indem er eine stumme Botschaft aussandte: *Wir sind zu zweit hier. Ich sehe dich.*

»Okay«, sagte Bonnie.

Lindy blickte auf. Sie hatte nicht bemerkt, dass die Aushilfe erwartete, dass sie noch etwas über die Regeln des morgendlichen Kaffeebrühens sagte. Als nichts von ihr gekommen war, hatte Bonnie das Gespräch einfach mit einem universalen »Okay« beendet.

Endlich kam das Personal für die Tagschicht. Zeit für Lindy und Bonnie, nach Hause zu gehen. Sie verabschiedeten sich kaum voneinander, als sie draußen auf dem Parkplatz standen; nicht aus Feindseligkeit, nur aus Gleichgültigkeit und Erschöpfung. Lindy nickte, und Bonnie lächelte schwach, als jede zu ihrem Fahrzeug ging. Der Himmel war schon grau und dunstig. Das bedeutete, dass die Hitze sich wahrscheinlich im Tal festsetzen würde, wenn sie sich im Laufe des Tages verstärkte. Sie würde dort hängen wie eine Wolldecke auf einer Wäscheleine.

Während sie nach Hause fuhr, dachte Lindy darüber nach, was sie Jason antworten würde, wenn er sie fragte – und sie wusste, dass er sie sofort fragen würde, begierig nach Anerkennung –, wie sie ohne ihn klargekommen sei. Lindy hatte vor, ihn aufzuziehen und so lange wie möglich hinzuhalten: *Oh Mann, sie war toll. Hat richtig mit angepackt. Pass lieber auf, Jace. Könnte sein, dass ich frage, ob man sie gegen dich eintauschen könnte. Dauerhaft, meine ich.*

Natürlich würde sie ihn nach einer Weile beruhigen und ihn nicht im Unklaren lassen. Das war zu einfach. Viel zu einfach. Obwohl er immer so abgeklärt tat, war Jason ganz schön naiv und fiel leicht auf Scherze herein.

Als Lindy die Eingangsstufen hochstieg, dachte sie immer noch an Jason, amüsiert über die Vorstellung, was für ein Gesicht er machen würde, wenn sie ihn aufzog. Ein besorgtes Stirnrunzeln würde sein Gesicht in Falten legen wie ein zusammengeknülltes Papiertuch, und dann würde er ratlos dreinblicken, wenn er versuchte herauszufinden, ob sie es ernst meinte oder ihn bloß aufzog.

So in Gedanken versunken bemerkte sie die leise Bewegung des Vorhangs nicht, kurz bevor sie ihre Hand auf den Türknauf legte und die Eingangstür aufstieß. Und deshalb war sie vollkommen überrumpelt, als aus dem Schatten, der hinter der Tür lauerte, ein kräftiger Schlag auf sie niederging, der sie seitlich am Kopf traf.

31

»Mal sehen, ob ich das alles richtig verstanden habe«, sagte Sheriff Fogelsong. Er lehnte sich mit seinem breiten Rücken an die gepolsterte Lehne der Sitznische und legte die großen Hände auf den Edelstahltisch. Es war ein Wochentag und mitten am Nachmittag und daher ruhig im JP's. Die beste Zeit für ihn und Bell, um hier zu sitzen und über einen Fall nachzudenken.

»Dieser Jed Stark«, fuhr Nick fort, »war mehr als nur ein kleiner Gauner. Er muss eine Art provinzieller Auftragskiller gewesen sein. Voorhees hat ihn im Auftrag von Riley Jessup angeheuert, jedenfalls nach deiner Theorie. Stark, der ein dummer Scheißkerl war, lässt sich umbringen, bevor er überhaupt in Aktion tritt. Und sein Auftrag war so heikel, dass seine Witwe in den Genuss eines solchen Geldregens kommt, dass sie garantiert den Mund hält.«

»Richtig.« Bell zeigte mit ihrem ketchupverschmierten Pommesstäbchen auf Fogelsong, so wie eine Lehrerin, die mit einem Stück Kreide auf einen Schüler deutet, weil er die richtige Antwort gegeben hat. »Bei Jed Starks Auftrag muss es sich um etwas extrem Schwerwiegendes gehandelt haben. Nur so lässt sich die Summe erklären, die an Tiffany Stark ausgezahlt worden ist. So viel gibt man nur aus, wenn man nichts Geringeres vertuschen will als einen Mord.«

Bei ihrem ersten Schluck Kaffee hatte Bell gemerkt, dass sie den ganzen Tag noch nichts gegessen hatte, und darum schnell Pommes bestellt. Jackie, die ihre Kellnerinnen wegen des geringen Andrangs nach Hause geschickt hatte und sich nun selbst um die vereinzelten Gäste kümmerte, hatte versucht, Bell zu einem Obstsalat zu überreden. Keine Chance. Nicht einmal als Jackie versuchte, sie mit Formulierungen wie *erfrischend kühl* und *ernährungsphysiologisch wertvoll* zu ködern.

»Jackie«, hatte Bell geduldig geantwortet, »auch wenn draußen fünfunddreißig Grad Celsius herrschen, habe ich wahnsinnig Appetit auf etwas Frittiertes – und etwas wirklich Ungesundes.«

Jackie hatte nur die Augenbraue gehoben. Ein paar Minuten später kam sie zurück und stellte das Gewünschte mit resignierter Höflichkeit vor Bell ab. »Hab sie doppelt gesalzen«, murmelte sie. »Wenn Sie schon sündigen, dann richtig.«

Als sie wieder allein waren, fuhr Fogelsong fort: »Okay, also wen zum Teufel sollte Stark ausschalten? Und warum?«

»Ich weiß es nicht«, gab Bell zu. »Odell Crabtrees Name stand auf der Karte in Starks Tasche, aber es gibt keinen vernünftigen Grund, warum irgendjemand Interesse an Crabtrees Tod haben sollte. Er ist ein kranker alter Mann.«

»Stimmt«, sagte Fogelsong. »Man hätte nur ein wenig abwarten müssen, dann hätte die Sache sich von selbst erledigt.«

Bell legte abrupt ihre Pommes auf den Teller zurück. »Was hast du gesagt?«

»Reg dich nicht auf. Ich habe dir zugestimmt.«

»Ich rege mich nicht auf. Ich will, dass du wiederholst, was du gesagt hast.«

»Ich meinte nur«, antwortete er pflichtschuldig, »man muss nicht all den Ärger, das Risiko und die Kosten auf sich nehmen und einen Schweinehund wie Jed Stark anheuern, damit Odell Crabtree von der Bildfläche verschwindet. Man könnte sich entspannt zurücklehnen und abwarten. Odell ist ein alter Mann. Hatte ein verteufelt hartes Leben. Es geht auch das Gerücht, dass er nicht mehr ganz richtig im Kopf ist. Der Tod wird eine Erleichterung für ihn bedeuten. Und es wird ganz sicher nicht mehr lange dauern.«

»Was also, wenn Odell Crabtree gar nicht das Ziel war?«

»Es war sein Name, der auf der Karte stand.«

»Na ja, vielleicht war nicht er gemeint, sondern es ging um die Adresse. Er wohnt nicht alleine dort.«

»Du meinst seine Tochter, Lindy. Hab sie schon lange nicht mehr gesehen. Geht nicht mehr viel aus dem Haus, außer zur Arbeit. Pflegt ihren Vater, wie ich gehört habe. Will keine Hilfe annehmen.« Fogelsong runzelte die Stirn. »Warum sollte es jemand auf ein neunzehnjähriges Mädchen abgesehen haben?«

Bell wollte die Rechnung bezahlen und wühlte in ihrem Portemonnaie.

»Nick«, erklärte sie, »wir hatten in diesem Sommer schon zwei Morde. Im Moment interessiert mich das Warum nicht. Jetzt möchte ich Lindy informieren, dass sie vorsichtig sein soll. Dass sie aufpassen muss.«

In der glühenden Spätnachmittagssonne sah das Haus genauso aus wie bei Bells letztem Besuch: heruntergekommen, gefangen in einem Prozess des Verfalls, der in der völligen Zerstörung enden würde. Sie parkte in der Auffahrt hinter Lindys Wagen und verharrte einen Moment, um das volle Ausmaß der Verwahrlosung zu begreifen. Nicht nur Vernachlässigung war die Ursache, überlegte sie, sondern auch eine natürliche Entropie und ein paar sehr beängstigende

Gesetzmäßigkeiten. Lindy Crabtree tat sicherlich ihr Bestes, aber das alte Haus und seine zweitausend Quadratmeter Grundstück waren mehr, als sie allein bewältigen konnte.

Bell stieg die schiefen Eingangsstufen hinauf. Es gab keine Türklingel, deshalb klopfte sie an die verzogene und verwitterte Tür. Keine Antwort. Sie klopfte erneut. Sie musste noch einmal mit Lindy reden. Und diesmal würde sie beharrlicher sein. Die junge Frau war bei ihrem letzten Gespräch nicht besonders mitteilsam gewesen. Sie machte ihr deswegen keinen Vorwurf, denn Bell hätte in ihrem Alter auch so reagiert, wenn eine lästige Fremde vorgegeben hätte, nur ihr Bestes zu wollen. Aber jetzt stand noch mehr auf dem Spiel. Lindy und ihr Vater waren womöglich in Gefahr. Bis zu ihrem Gespräch mit Voorhees, falls man das ein Gespräch nennen konnte, war Bell sich nicht sicher gewesen. Jetzt erschien es ihr plausibler, dass Gefahr drohte. Voorhees war nicht der Typ, der seine Zeit mit Kleinigkeiten verschwendete.

Bell klopfte noch dreimal, ließ jedes Mal Zeit verstreichen. Vielleicht schlief Lindy, oder sie war in der Küche und las. Es musste doch eine Hintertür geben, oder? Sie umrundete das Haus, schob mit beiden Händen das Unkraut zur Seite und stieg vorsichtig über zerbrochene Ziegel und herumliegendes Gerümpel.

Zu ihrer Überraschung stand die Hintertür, die in ihren verrosteten Angeln hing, einen Spalt offen. Sie zögerte und rief: »Hallo?« Auch wenn eine Tür offen stand, marschierte man nicht einfach in ein Haus, ohne sich anzukündigen, es sei denn, man hatte Lust auf eine Ladung Schrotkörner im Bauch.

»Hallo?«, sagte sie noch einmal.

Sie stieß die Tür auf, worauf ein Quietschen ertönte, das

von einem Spezialisten für Soundeffekte eines Horrorfilms hätte stammen können; es war ein lang gezogenes Jaulen, das anstieg und leiser wurde und dann wieder anstieg und schließlich verklang, als Bell ins Haus schlüpfte.

Später war sie nicht mehr in der Lage, sich daran zu erinnern, wie es in der Küche aussah. Aber der Gestank würde für immer in ihrem Gedächtnis haften bleiben – eine Mischung aus verdorbenem Essen, sich rasant ausbreitendem Schimmel und menschlichen Ausscheidungen. Wie die Spüle aussah oder der Herd und welche Farbe der Fußboden hatte, konnte sie später nicht mehr sagen. Sie hatte keine Erinnerung mehr an die Wände oder die Vorhänge in dem schäbigen kleinen Raum.

Ihre Aufmerksamkeit wurde sofort von dem riesigen alten Mann in Anspruch genommen, der vornübergebeugt am Tisch saß und vor sich hin murmelte. Seine Kleider waren kaum mehr als Fetzen, und er hatte sich eine schmutzige Decke über die Schultern geworfen. Die Hände, so groß wie Betonblöcke, hingen an den Seiten herab. Seinen struppigen weißen Kopf hatte er so weit gesenkt, dass seine Stirn beinahe an die Tischplatte stieß. Sein massiger Körper passte fast nicht auf den Stuhl; die breiten Schultern hatten ungefähr den Umfang eines Kaminsimses.

Das, dachte sie, muss Odell Crabtree sein.

Bell war so überrascht von seiner Größe, dass sie einen Augenblick brauchte, um zu bemerken, dass seine dicken Finger mit einer klebrigen Substanz bedeckt waren, als hätte er sich gerade einen Weg durch dichte Spinnennetze gebahnt. Er gab einen kehligen Singsang von sich. Als er innehielt, um wieder einen rasselnden, schleimigen Atemzug zu tun, hörte sie von irgendwoher ein Stöhnen. Es kommt aus dem Wohnzimmer, dachte Bell alarmiert. Doch auf einmal bewegte sich der alte Mann, drehte sich auf seinem Stuhl, wobei es ihn am ganzen Körper schüttelte. Immer noch sang er undeutlich vor sich hin.

Er hob seinen riesigen Kopf und wandte ihn langsam in Bells Richtung. Die Decke rutschte von seinen wuchtigen Schultern. Als er Bell die Hände entgegenstreckte, erkannte sie, dass sie voller Blut waren. Plötzlich verstand sie seinen Singsang: »Lindy verletzt Lindy verletzt Lindy verletzt«, murmelte er, während er sich vor und zurück wiegte und seinen schmalen Stuhl bei jedem unbeholfenen Ruck beinahe umwarf und die Hände hob, als bäte er um Vergebung.

32

Bell hatte Nick Fogelsong die ganze Geschichte wieder und wieder erzählt. Dreimal schon, und sie hatten noch nicht einmal ihre erste Tasse Kaffee in der Krankenhaus-Cafeteria ausgetrunken. Nicht dass der Sheriff ihre Geschichte anzweifelte; sie wiederholte sie aus reinem Eigennutz. Nachdem sie Lindy Crabtree gefunden hatte, war sie in ihrem Auto dem Krankenwagen bis zur Notaufnahme hinterhergerast. Sie wiederholte genau, was sie gesehen und getan hatte, weil sie hoffte, noch mehr Einzelheiten zu entdecken, das Erzählte zu fassen zu bekommen und damit sicherzugehen, dass sie nichts vergessen hatte. Ein Schock, das wusste sie, konnte sich wie ein sanfter Nebel über alle Dinge legen und sie verschleiern.

»… und so habe ich mich schließlich zusammengerissen«, sagte sie, »habe Odell Crabtree in der Küche zurückgelassen und bin ins Wohnzimmer gerannt.« Sie machte eine Pause. Jetzt wurde es schwierig. »Lindy lag hinter der Eingangstür. Mit einer schweren Kopfverletzung.« Bell wollte aus ihrem Pappbecher trinken, stellte ihn aber unvermittelt wieder ab. »Nick, es war schrecklich. Auf dem Boden lag ein großer, blutiger Felsbrocken, direkt neben ihr. Ich frage mich, ob …«

Sie brach ab. Fogelsong wusste auch so, was sie beschäftigte: ob Lindy überleben würde.

Die Krankenhaus-Cafeteria war fast leer. Sie saßen in einem quadratischen Raum mit grünem Fliesenboden, langen

Tischen und Stühlen aus Aluminium und Snackautomaten an der Wand. Eine Frau mit drei kleinen Kindern hatte an einem Tisch in der Ecke Platz genommen. Die Kinder löffelten mit winzigen Holzspateln Fruchteis aus Pappbechern. An einem anderen Tisch saßen zwei Frauen in blauen OP-Kitteln und klobigen weißen Schuhen einander gegenüber und teilten sich schweigend eine Tüte Chili Cheese Fritos. Sie schienen zu erschöpft, um sich zu unterhalten. Alle paar Minuten tönte eine sanfte, routinierte Stimme aus dem Lautsprecher. Bell wusste, dass sich hinter dieser Sanftheit oft Notfälle verbargen. Sie waren nur für diejenigen erkennbar, die die Codewörter kannten.

»Du hast den Notruf gewählt«, sagte Nick und brachte Bell damit auf ihren Bericht zurück. Er versuchte, sie zu beruhigen: »Die Sanitäter haben ihre Sache gut gemacht, Bell. Du hast sie gesehen, also weißt du das. Sie haben Lindy wirklich schnell hierhergebracht. Sie lebt. Mehr können wir im Moment nicht verlangen.«

Bell nickte und spulte herunter, was der Arzt in der Notaufnahme zu ihr gesagt hatte: »Platzwunden am Kopf. Schädelbruch. Vielleicht innere Blutungen. Wenn sie die Hirnschwellung mindern können, und wenn sie wieder zu Bewusstsein kommt …«

»Du musst den Ärzten und Schwestern vertrauen«, fiel Nick ihr ins Wort. »Sie wissen schon, was sie tun.«

Mit dem Fingernagel kratzte Bell am Rand ihres Pappbechers. »Irgendwelche Familienangehörigen, die wir benachrichtigen sollten?«

»Charlie Mathers hat bei der Personalabteilung von Lester Oil nachgefragt. Es gibt eine Cousine zweiten Grades in der Nähe von Morgantown. Sie ist bereit zu kommen, kann aber erst morgen früh losfahren. Sieht so aus, als gäbe es nicht mehr viel Familie. Eigentlich gibt es nur Lindy und Odell Crabtree.«

Als sie den Namen des alten Mannes hörte, runzelte Bell die Stirn. »Hat man ihn jetzt in Gewahrsam genommen?«

»Fürs Erste, ja. Deputy Harrison hat sich darum gekümmert. Wir haben ihn nicht offiziell verhaftet, aber zur Vernehmung einbestellt. Obwohl mir das nicht besonders erfolgversprechend scheint, wenn ich ihn mir so anschaue.« Fogelsong trank seinen Kaffee in einem Zug aus. »Ich bin mir in dieser Sache nicht sicher, Bell. Ich weiß nicht, was eigentlich da draußen passiert ist. Glaubst du, dass Odell Crabtree seine eigene Tochter angreifen würde?«

»Sah ganz danach aus. Blut an seinen Händen, und er murmelte die ganze Zeit, dass sie ihm doch verzeihen solle.«

»Vielleicht hat der alte Mann den tatsächlichen Angreifer überrascht und verscheucht«, sagte der Sheriff. »Wir hatten in diesem Sommer schon zwei Morde. Es könnte sein, dass dies alles mit da reinpasst. Und womöglich hat Odell den Angreifer erschreckt. Der Mann ist stark wie ein Ochse. Klar, nachdem er all die Jahre im Bergwerk gearbeitet hat. Er ist alt, aber ich wette, es ist ein furchterregender Anblick, wenn er mit Volldampf auf dich losgeht, die Fäuste geballt, mit zornig funkelnden Augen. Vielleicht konnte er den Angreifer nicht festhalten, aber er hat dem Mädchen das Leben gerettet. Und das Blut ist an seine Hände gekommen, als er sich um sie kümmerte. Und warum er um Verzeihung gebeten hat? Die Worte, die er vor sich hin brabbelte? Vielleicht fühlte er sich schuldig, weil er das Mädchen nicht besser beschützt hat.«

»Warum hat er dann keine Hilfe geholt?«

»Ich weiß nicht, ob er dazu in der Lage wäre, Bell. Selbst zu entscheiden, was zu tun ist. Du hast ihn ja gesehen.«

»Aber warum war er dann nicht bei ihr im Wohnzimmer? Er saß einfach da, Nick. Saß am Küchentisch, als ob er keine verdammte Ahnung hätte, wo er ist.«

»Wahrscheinlich war es auch so. Der Mann hat schwerwiegende Gedächtnisausfälle. Ohne Zweifel. Wahrscheinlich ist er mal geistig anwesend und dann wieder nicht. So ist das manchmal, man hat einen lichten Moment, aber dann ist er schon wieder vorbei. Offensichtlich kann er sich nicht mehr um seine eigenen Angelegenheiten kümmern. Seine Tochter hat das für ihn getan. Sie regelt alles.« Er schüttelte den Kopf. »Lieber Gott. Was zur Hölle soll das? Zwei Morde. Das hier hätte ein dritter sein können.«

»Das kann immer noch passieren.« Bells Stimme klang düster. »Lindy ist noch nicht über den Berg.«

Fogelsong schob sich den Hut aus der Stirn. »Der Mörder oder die Mörder könnten ihr aufgelauert haben. Vielleicht haben sie das Haus der Crabtrees tagelang beobachtet. Wussten, wann der richtige Moment gekommen war, um einzudringen und sie zu überfallen. Sie hat regelmäßig Nachtschicht. Es war leicht festzustellen, wann sie kam und ging.«

Bell blickte über die Cafeteria hinweg auf die beiden Krankenhausangestellten in ihren blauen Kitteln. Sie standen auf, um zur Arbeit zurückzukehren. Es ertönte ein kurzes, scharfes Quietschen, als sie ihre Stühle an den Tisch schoben.

»Hat Crabtree irgendetwas gesagt?«, fragte Bell.

»Bisher nicht. Scheint nicht zu wissen, wo er ist. Schaukelt nur mit dem Oberkörper hin und her und murmelt vor sich hin. Und dann explodiert er, wirft sich gegen die Wand und schreit und flucht.« Fogelsong streckte sein rechtes Bein aus und bewegte seinen Fuß auf und ab, dann ließ er ihn kreisen, um die Durchblutung zu fördern. Er mochte es nicht zu sitzen, das machte ihn kribbelig. »Ich kann es nicht fassen, wie stark dieser alte Mann ist. Obwohl er so krank ist, hat Harrison mehrere Sanitäter gebraucht, um ihn in den Streifenwagen zu bekommen.«

»Er ist gefährlich«, murmelte Bell.

»Der hat es in sich, das ist wahr. Aber fähig, sein eigen Fleisch und Blut anzugreifen?«

Die Antwort kam wie aus der Pistole geschossen. »Zur Hölle, Nick. Du weißt ebenso gut wie ich, dass jeder zu allem fähig ist.«

33

Der Anruf kam morgens um kurz vor vier. Bell war noch wach, saß in ihrem Sessel und hob beim ersten Klingeln ab. »Elkins«, sagte sie. Die Anruferin war eine Schwester von der Intensivstation. Bell hatte ihre Telefonnummer am Empfang hinterlassen mit der Bitte, benachrichtigt zu werden, wenn Lindy Crabtree das Bewusstsein wiedererlangte. »Sie ist wach«, sagte die Frau. »Ich hätte es nicht unbedingt für möglich gehalten, aber bei Gehirnverletzungen kann man nie wissen. Manchmal liegen die Patienten drei Monate im Koma und haben bleibende Schäden, und manchmal wachen sie mit leichten Kopfschmerzen auf und haben Lust auf ein Pekannusseis. Dieses Mädchen ist jung und gesund, würde ich sagen. Das macht viel aus.«

Der Krankenhausparkplatz war um diese Uhrzeit dunkel und verlassen. Er wirkte geisterhaft, weil der Großteil der Straßenlaternen nachts ausgeschaltet wurde. Bell konnte sich eine Parkbucht aussuchen. Kaum zu glauben, dass auf eben diesem Platz sich noch vor einer Woche, als Riley Jessup in die Stadt gekommen war, bei Sonnenschein die Leute gedrängt hatten. Sie eilte auf den Eingang der Notaufnahme zu. Die Schwester hatte sie angewiesen, diesen Weg zu nehmen, da der Haupteingang jeden Abend um neun Uhr, wenn die Besuchszeit endete, geschlossen wurde.

»Hey«, sagte Bell.

So leise, wie sie konnte, war sie an Lindys Bett getreten, um die junge Frau nicht zu erschrecken. Die Intensivstation war ein langes Rechteck mit voneinander abgetrennten Kabinen für jeden einzelnen Patienten, wie in einer Autowerkstatt mit Buchten für die Fahrzeuge. In der Luft lag ein tiefes Summen und rhythmisches Rauschen, das von den medizinischen Überwachungsgeräten herrührte.

Lindy lag halb aufgerichtet in ihrem Bett und trank Wasser durch einen biegsamen Strohhalm. Sie trug ein Krankenhausnachthemd aus weißer Baumwolle, bedruckt mit kleinen blauen Rauten. Es war ihr viel zu groß und bauschte sich über ihrem dünnen Hals wie ein Friseurkittel bei einem Kleinkind, das seinen ersten Haarschnitt bekommt. Das weiße Laken hatte man um sie herum festgestopft. An der Wand hinter ihr befanden sich mehrere leuchtende Bildschirme, über die sich grüne und gelbe horizontale Linien zogen. Ab und zu schlugen sie nach oben aus.

Die junge Frau sah Bell ausdruckslos an. Die Bandage an ihrem Kopf, so groß wie eine Geldbörse, war mit einem Gazestreifen befestigt, der aussah wie ein Haarband.

»Ich bin Belfa Elkins. Bezirksstaatsanwältin. Wir sind uns neulich begegnet. Wie fühlen Sie sich?«

Lindys Gesichtsausdruck blieb unverändert. Sie stellte den Becher auf den Nachttisch und starrte auf ihren rechten Zeigefinger, an dessen Spitze eine weiße Klemme befestigt war, die an eine Wäscheklammer erinnerte. Die Klemme wiederum hing an einem Kabel, das zu einem weiteren Monitor führte. In Lindys Armbeuge steckte ein Infusionsschlauch.

Die Lampen leuchteten schwach. Die Krankenbetten, an denen Bell auf ihrem Weg zu Lindy vorbeigekommen war, waren in das seltsame, flackernd irisierende Licht getaucht, das für Intensivstationen typisch ist. Obwohl dieser Bereich des Krankenhauses keine Fenster hatte, merkte man irgendwie, dass es spät in der Nacht war. Ein bisschen wie im Crazy Dave's, dachte Bell.

Eine schwarzhaarige Krankenschwester kam eifrig auf sie zu. Es war nicht die Schwester, die Bell angerufen hatte, und Bell musste erklären, warum sie hier war; die Besuchszeiten auf der Intensivstation waren streng reglementiert. Die Schwester überprüfte Lindys Temperatur und maß ihren Blutdruck. »Sie haben wirklich Glück gehabt, junge Frau«, sagte sie. »Ich hoffe, das ist Ihnen klar.«

Als die Schwester die Manschette des Blutdruckmessgeräts zusammenfaltete, sagte Bell zu ihr: »Ich hätte gleich ein paar Fragen zu den Verletzungen. Dies ist eine Ermittlung in einem Kriminalfall. Wo ist die Oberschwester?«

»Sie wird gleich zurück sein. Hat gesagt, sie müsste einen Anruf erledigen. Was Persönliches.«

Die Schwester ging. Bell stand an Lindys Bett, unentschlossen, ob sie nun ein paar mitfühlende Banalitäten zum Besten geben sollte, bevor sie zur Sache kam. Schon oft hatte Bell in Krankenhauszimmern Opfer und Zeugen befragt, aber normalerweise waren Familienmitglieder dabei, die sich im Hintergrund hielten und den emotionalen Part übernahmen. Sie verbreiteten Optimismus, sodass Bell sich auf das Sammeln von Fakten konzentrieren konnte.

»Sehen Sie«, begann Bell. Sie wollte die anderen Patienten nicht stören und sprach leise. »Ich weiß, dass Sie sich im Moment schrecklich fühlen, und ich würde Sie nur allzu gern in Ruhe lassen, aber ich muss herausfinden, was passiert ist. Ich weiß nicht, wie ich Ihnen diese schwierige Frage stellen soll, also frage ich am besten rundheraus.« Sie sah Lindy fest in die Augen. »Hat Ihr Vater Sie angegriffen? Hat er das getan?«

Lindy fuhr zusammen. Ihre kleinen Hände auf der Bettdecke begannen zu zittern. Sie schluckte, bevor sie sprach, und verzog das Gesicht. Wahrscheinlich fühlte sich ihr Hals rau, entzündet und trocken an. »Daddy? Nein. Oh Gott, nein. Er hat nicht … er könnte nicht … Nein.«

»Dann erinnern Sie sich also an den Angriff.«

»Ja. Ich meine … na ja …« Lindy schüttelte den Kopf und verzog wieder das Gesicht vor Schmerz. »Okay, nein. Aber er war es nicht. Da bin ich mir ganz sicher, okay?«

Bell wartete. Als Lindy eingeliefert worden war, hatte der Arzt in der Notaufnahme Bell erklärt, dass die meisten Traumapatienten sich nicht an ihr Martyrium erinnern. Sie glauben zwar, dass sie sich erinnern, wenn sie mitbekommen, wie andere Leute Vermutungen anstellen. Aber tatsächlich reichen ihre Erinnerungen nur bis zu der Zeit kurz vor dem Ereignis, das zu ihrer Verletzung geführt hat.

Lindy blickte auf das weiße Laken herab und strich eine Falte glatt. »Okay«, sagte sie. Ihre Wut hatte Resignation Platz gemacht. »Okay. Gut«, fuhr sie fort. »Da sieht es ziemlich leer aus in meinem Kopf. Meine Schicht war um sieben zu Ende, und ich bin nach Hause gefahren, und das war's. Danach weiß ich nichts mehr. Ich bin hier aufgewacht.« Sie wurde erneut unruhig. »Aber Daddy kann es nicht gewesen sein.«

»Das wissen Sie nicht. Sie können sich an nichts erinnern.«

»Ich sage es Ihnen. Er war es nicht. Es muss jemand anders gewesen sein.«

Eine andere Schwester der Intensivstation tauchte auf, die wachsende Erregung in Lindys Stimme hatte ihre Aufmerksamkeit erregt. Es war eine Frau mit schmalem Gesicht und einer unförmigen schwarzen Brille. Ihr krauses graues Haar hatte sie zu zwei kurzen Zöpfen geflochten.

Sie streckte sich und regulierte die Einstellungen an einem Monitor.

»Alles in Ordnung?«, fragte sie.

»Ja«, sagte Lindy.

Grauzopf nickte und überprüfte einen zweiten Monitor, nahm den Infusionstropf in Augenschein und blickte dann streng zu Bell. »Okay, aber bringen Sie das schnell zu Ende«, sagte sie. »Sie muss sich ausruhen.«

In der Stille, die sich einstellte, als Grauzopf sich entfernte, schien das Rauschen lauter zu werden. Es kam, wie Bell feststellte, von einem Beatmungsgerät, an das der Patient in der benachbarten Kabine angeschlossen war.

»Die Schwester hatte recht. Sie haben verdammt viel Glück gehabt«, erklärte Bell. »Hätte dieser Felsbrocken Sie härter getroffen oder in einem etwas anderen Winkel, dann wären Sie jetzt vielleicht tot. Oder Sie hätten eine noch ernstere Hirnverletzung erlitten. So wie es aussieht, muss derjenige, der Sie angegriffen hat, in Eile gewesen sein. Er hat Sie mit seinem Hieb nur gestreift. Und nicht mit voller Kraft zugeschlagen.«

»Ich weiß, worauf Sie hinauswollen. Dass mich jemand angegriffen hat, der mich nicht wirklich verletzen wollte. Oder einer, der es zwar vorhatte, es aber dann nicht durchziehen konnte.« In sanfterem Ton fügte sie hinzu: »Wie Daddy.« Lindy schluckte und zuckte zusammen. »Aber er war es nicht.« Ihre Gewissheit war reine Schauspielerei; sie war ziemlich verängstigt, das hatte Bell schon in dem Moment bemerkt, als sie sich zu ihr ans Bett gesetzt hatte.

»Sie sind sich nicht sicher«, sagte Bell ruhig. »Egal, was Sie mir erzählen, ich weiß, dass Sie ihn auch verdächtigen.«

»Nein.« Lindys Tonfall war sanft, aber eindringlich. »Nein.« Ihr dunkler Blick bohrte sich in Bells Augen.

»Sie haben sich manchmal über Ihren Vater Gedanken gemacht«, fuhr Bell fort. »Haben sich gefragt, ob er zu so etwas fähig wäre. Weil es Tage gibt, an denen er noch nicht einmal weiß, wer Sie sind. Und manchmal schlägt er nach Ihnen.«

Bell folgte einer Intuition. Sie hatte keine Ahnung, ob sie richtiglag. Aber sie hatte erkannt, dass in Lindys Reaktion mehr steckte als bloße Abwehr. Mehr als die Liebe einer Tochter. Bell hatte etwas Verzweifeltes und Undefinierbares in Lindys Augen entdeckt. Lindy mochte entsetzt von der Vorstellung sein, dass ihr Vater schuldig war. Aber sie war nicht vollständig überrascht darüber.

»Nein«, sagte Lindy fest. »Nein.«

Bell änderte ihre Taktik. »Also gut. Sagen wir, es war nicht Ihr Vater. Wer dann? Wer könnte das getan haben? Wer würde Sie angreifen? Und warum?«

»Vielleicht derjenige, der diese Morde begangen hat. Die Morde, über die alle reden.« Ein Gedanke flackerte in ihr auf: »Wo ist Daddy? Was haben Sie mit ihm gemacht?«

»Es geht ihm gut. Wir haben ihn in Gewahrsam genommen.« Lindy wollte protestieren, aber Bell ließ sie nicht zu Wort kommen. »Es ist Vorschrift und nur vorübergehend. Und er ist dort sicher. Wenn ich ihn mir so ansehe, denke ich, dass er nicht für sich selbst sorgen kann. Er wird warme Mahlzeiten bekommen und einen Platz zum Schlafen. Bis Sie hier rauskommen, ist das das Beste für ihn. Glauben Sie nicht?«

Lindy sah sie nicht an. Eine stumme Bestätigung, dass Bell recht hatte.

»Also«, sagte Bell, »seit wann ist Ihr Vater schon so?«

Lindy hielt den Blick immer noch auf die Bettdecke gerichtet. »Eine Weile.«

Sie hustete. Bell nahm den Becher vom Nachttisch und reichte ihn ihr, wobei sie darauf achtete, dass der Strohhalm in die richtige Richtung zeigte.

Sobald Lindy getrunken und ihr den Becher wieder herübergereicht hatte, sagte Bell: »Erzählen Sie mir, wie es früher war.«

Im schwachen Schein der Monitore sah Lindys Gesicht sogar noch jünger aus, ihre Haut unendlich weich, wie Lehm, kurz bevor der Daumen des Künstlers einer Skulptur ein Gesicht verleiht.

»Meine Mutter war wunderbar«, sagte Lindy schließlich mit leiser, zitternder Stimme, nachdem sie einen Moment überlegt hatte, ob sie Bell trauen konnte. »Und Daddy … na ja, er hatte immer viel um die Ohren. Hatte eine harte Kindheit.« Sie hustete wieder. Bell griff nach dem Becher, aber Lindy schüttelte den Kopf. Das, was ihr in der Kehle saß, konnte nicht mit einem Schluck Wasser beseitigt werden. »Und dann ist meine Mutter gestorben. Daddy hat seinen Job im Bergwerk verloren, und … und es war alles zu viel für ihn. Er hatte vorher schon ein paar Probleme, vergaß Dinge, und einmal hat er sich auf dem Weg nach Hause verfahren, auf der Strecke, die er schon seit fünfzig Jahren jeden Tag zurücklegte. Voller Panik hat er mich aus dem Haus fremder Leute an der Coon Path Road angerufen. Er hatte Angst. Große Angst. Alles entglitt ihm. Seine eigenen Erinnerungen. Die Welt. Und das machte ihn wütend. Es frustrierte ihn.«

»Wurde er aggressiv?«

Lindy wartete. »Ja«, sagte sie nach einer Pause. »Manchmal wird er aggressiv.« Sie legte die Hand auf Bells Arm. »Aber Sie müssen das verstehen. Er kann nichts dafür, okay? Es ist nur einfach alles so anders als damals, als Mom noch lebte. Sie verstand es, ihn zu beruhigen. Sie hat mir erzählt, wie sie sich kennengelernt und ineinander verliebt haben. Bis kurz vor ihrem Tod wusste ich darüber nicht viel. Sie sagte, dass Daddy nie daran gedacht hatte zu heiraten. Er hatte nicht erwartet, einmal jemanden zu treffen, der ihn so gern hätte. Aber eines Tages hat ihn ein Freund mitgenommen in die Kirche, die meine Mutter besuchte, und es war, als ob sie ihr ganzes Leben darauf gewartet hätte, jemanden wie Daddy zu treffen, und als ob auch er sein ganzes Leben darauf gewartet hätte, ihr zu begegnen, obwohl er um einiges älter war als sie. Sie dachten nie daran, einmal Kinder zu bekommen, aber dann kam ich.« Ein kurzes, aber stolzes Lächeln. »Meine Mutter hat mir meinen Namen gegeben. Sie liebte Anne Morrow Lindbergh – sie las die ganze Zeit, und sie liebte diese Essays über die Natur und die Küste und so, aber sie mochte den Namen Anne nicht. Sagte, er sei so gewöhnlich. Zu alltäglich für jemanden wie mich. Weil ich etwas Besonders sei. Und so nannte sie mich Lindy.«

Tränen strömten jetzt über Lindys Wangen. Bell hatte es nicht eilig, sie zu trösten. Es gab noch mehr, das sie wissen musste, und Trost konnte jetzt wie ein Maulkorb wirken und alle Offenbarungen zurückhalten.

Lindy machte eine Pause, um sich zu sammeln, und fuhr dann fort: »Aber es gibt noch so viel, was ich von meinen Eltern nicht weiß. Und das nagt so an mir. Denn das ist der einzige Weg, wie ich meine Mutter noch festhalten kann – indem ich mehr über ihr Leben herausfinde.« Lindys Stimme klang jetzt vor Verzweiflung schrill. »Das ist alles, was mir bleibt. Das verstehen Sie, oder? Ich habe sonst nichts, das mich an sie erinnert. Neulich habe ich ein paar Briefe gefunden, von einer Freundin von ihr, einer, über die sie nie gesprochen hat – aber das war es schon. Und wenn meinem Vater etwas passiert, wenn ich ihn auch verliere …«

Lindy brach ab. Es war unvorstellbar für sie, nur mit ein paar bruchstückhaften Informationen über das Leben ihrer Eltern allein zurückzubleiben. Mit beliebigen Teilen eines halb vollendeten Puzzles. Einem zufälligen Durcheinander. Es würde keinen Weg in die Vergangenheit geben, keine Route, der sie folgen konnte. Sie würde in der Gegenwart festsitzen. Gestrandet, ohne einen Rahmen für ihr eigenes Leben, ohne Fakten, die das Bild vervollständigen konnten.

Bell verstand das. Sie verstand es besser, als Lindy es für möglich gehalten hätte; wie Lindy hatte auch Bell früh ihre Mutter verloren, und auch sie hatte sonst praktisch keine Familie. Natürlich gab es Unterschiede: Bell hatte ihren Vater gehasst, während Lindy Odell Crabtree liebte. Und Bell hatte eine Schwester. Aber in den Grundzügen passte alles zusammen: das im Stillen grauenerregende Gefühl, kein eigenes Umfeld zu haben. Ohne enge Familienmitglieder zu leben, die einem hätten sagen können, wo man herkam und wer man wirklich war.

Zu einer anderen Zeit und an einem anderen Ort hätte Bell vielleicht mit Lindy über das alles gesprochen. Hätte sie getröstet. Aber in diesem Augenblick ging es darum, ein Verbrechen aufzuklären.

»Sie müssen jetzt scharf nachdenken«, sagte Bell. »Ich weiß, dass Sie nicht glauben wollen, dass Ihr Vater Sie angegriffen hat. Also helfen Sie mir. Lassen Sie es uns herausfinden. Wenn es kein Raubüberfall war – und es scheint nichts zu fehlen, nicht einmal Ihre Brieftasche und Ihr Computer –, warum sollte dann jemand Sie angreifen?«

»Ich hab's Ihnen gesagt. Ich weiß es nicht.«

»Ich glaube, vielleicht tun Sie das doch.«

Als sie Lindys Verwirrung bemerkte, wurde Bell deutlicher: »Ich meine, dass wir manchmal Dinge wissen, ohne es zu merken. Gibt es irgendwelche Freunde oder Kollegen, die sauer auf Sie sind? Vielleicht weil etwas bei der Arbeit passiert ist? Hat jemand Sie bedroht?«

Lindy schnaubte. »Eher das Gegenteil.«

»Was meinen Sie damit?«

»Dass es einen Haufen Leute gibt – viel zu viele, verdammt –, die versuchen, mich zu beschützen. Die mir gute Ratschläge geben. Die mir sagen, dass es keine gute Idee ist, nachts zu arbeiten. Oder allein mit meinem Vater zu leben. Sich um ihn zu kümmern. Sie sagen, ich sollte Acker's Gap verlassen.«

Vielleicht haben sie recht, wollte Bell antworten, tat es aber nicht. Es hatte keinen Sinn, die junge Frau zu provozieren. Jedenfalls jetzt noch nicht. »Okay«, sagte Bell. »Lassen Sie uns einmal durchgehen, was Sie gestern gemacht haben – bis zu dem Moment, als Sie angegriffen wurden. Sie arbeiteten bis sieben Uhr morgens, richtig? Mit einem Kollegen zusammen? Ist das jede Nacht derselbe?«

»Ja. Aber letzte Nacht nicht.«

»Warum nicht?«

»Jason hatte sich freigenommen. Er und sein Bruder mussten ihren Dad nach Charleston fahren.«

»Hat Jason einen Nachnamen?«

»Brinkerman.«

»Gut.« Bell würde herausfinden, ob Jason Brinkerman wirklich nach Charleston gefahren war oder ob er das nur erfunden hatte, damit er zum Haus der Crabtrees fahren und Lindy auflauern konnte. Er musste wissen, wann Lindy von ihrer Schicht nach Hause kam. »Wer hat ihn vertreten?«

»Bonnie Irgendwas. Ich kann mich an den Nach… warten Sie. Bonnie Skinner.« Lindy stieß einen kehligen Laut aus, der deutlich machte, wie verwirrt sie war. »Wie kann es sein, dass ich mich *daran* erinnere, aber nicht an den Überfall?«

»Das ist typisch bei Schädel-Hirn-Verletzungen«, erklärte Bell. »Der Verstand ist eine seltsame Sache. Okay, weiter. Sie fahren also heim. Parken den Wagen. Sah das Haus irgendwie merkwürdig aus?«

Lindy warf ihr einen scharfen Blick zu. Bell merkte, dass diese Frage auch als Witzelei hätte gemeint sein können, ein billiger Scherz; das Haus der Crabtrees war schon seit Jahren ein gottverlassener Dreckhaufen. Merkwürdig wäre nur gewesen, wenn es plötzlich präsentabel gewirkt hätte: eine gepflasterte Auffahrt, ein aufgeräumter Vorgarten, ein glänzendes neues Dach, Regenrinnen, die nicht herunterhingen wie abgetrennte Gliedmaßen.

»Ich meine«, fügte Bell hinzu, »haben Sie irgendein Anzeichen bemerkt, dass jemand in der Nacht dort gewesen ist? Reifenspuren, Zigarettenkippen, ein verrutschter Türvorleger, etwas in der Art?«

»Nein.«

»Okay.« Bell nickte. »Hören Sie, Sie brauchen Ihren Schlaf. Ich denke, ich gehe besser, bevor man mich rauswirft.« Lindys Erschöpfung war nicht der einzige Grund zu gehen. Bell hatte es nun eilig, Jason Brinkerman zu überprüfen. Wenn Odell Crabtree nicht der Schuldige war, konnte sehr gut Lindys Mitarbeiter der Eindringling sein.

»Ich komme später noch einmal vorbei«, sagte Bell. »Sie machen das großartig. Die Schwester hat gesagt, dass Sie wahrscheinlich in ein paar Stunden die Intensivstation verlassen können und in ein normales Krankenzimmer verlegt werden. Passen Sie auf sich auf, okay? Kann ich Ihnen etwas mitbringen, wenn ich wiederkomme? Vielleicht etwas zum Lesen?«

Lindys Augen leuchteten auf. »Dann müssten Sie zu mir nach Hause fahren«, sagte sie.

»Das ist in Ordnung. Welches Buch? Wie ich mich erinnere, gibt es eine große Auswahl.«

»Kein Buch. Ich habe Ihnen doch erzählt, dass ich neulich ein paar Briefe gefunden habe, die meiner Mom gehörten. Ich hätte sie gerne hier. Ehrlich gesagt, wenn niemand im Haus ist ... na ja, das beunruhigt mich irgendwie. Wenn ein Feuer ausbrechen würde ...« Sie blickte Bell besorgt an. »Sie sind nicht zu ersetzen.«

»Ich werde sie holen und herbringen, sobald ich kann.«

Lindys Gesichtszüge entspannten sich sofort vor Erleichterung. »Toll«, sagte sie. »Sie sind unter der Kommode im Schlafzimmer. In einer kleinen Dose. Sie werden ein paar Dinge wegschieben müssen, aber dann finden Sie sie.«

»Okay.«

»Da ist noch etwas.«

»Hey, fordern Sie Ihr Glück nicht heraus«, sagte Bell, wobei sie sich um einen scherzhaften Ton bemühte. »Wenn Sie jetzt nach einem Cheeseburger oder so etwas fragen, muss ich das erst mit den Schwestern besprechen.«

Lindys Gesicht war ernst. »Was werden Sie tun, wenn ...? Wie werden Sie ...?« Sie zögerte.

Bell wartete ab.

»Sehen Sie«, sagte Lindy, »ich glaube nicht, dass Daddy mir das angetan hat. Aber was ist, wenn ...« Während sie immer noch nach den richtigen Worten suchte, zupfte sie nervös an dem Laken. »Was ist, wenn man etwas herausfindet über jemanden, den man kennt – etwas Schreckliches?« Sie sah Bell flehend an. »Was ist, wenn man etwas herausfindet, das man lieber nicht wissen will? Wie ... wie lebt man damit? Es ist so schwer, sich vorzustellen, dass jemand, der einem wirklich nahesteht, zu so etwas fähig sein könnte ... Verstehen Sie?«

»Leute können zu allem fähig sein, Lindy«, sagte Bell ernst, ohne jeden Zynismus. In diesem Fall war kein Zynismus angebracht, sondern es war die traurige Wahrheit.

»Sogar jemand, den man liebt?«, sagte Lindy.

»Besonders jemand, den man liebt.«

Bell saß in ihrem Explorer auf dem Parkplatz des Krankenhauses. Nick Fogelsong stand früh auf. Aber vielleicht nicht *so* früh, sagte sie sich und zögerte, bevor sie die Kurzwahltaste für Nicks Festnetzanschluss drückte. Sie brach den Anruf ab und legte das Handy auf den Beifahrersitz. Es war fünf Minuten vor sechs; sie würde ihn eine Minute nach sechs anrufen, und wenn er verschlafen klang und sauer wäre, würde sie sagen: *Zur Hölle, Nick. Es ist nach sechs.*

Sie hatte Lindy schon vor einer Weile verlassen. Die Sonne würde gleich aufgehen, ihre roten und goldenen Farbtöne zeichneten sich schon hinter dem Berg ab. Sie schickte eine Nachricht an Rhonda Lovejoy, in der sie sie darum bat, ein paar Hintergrundinformationen über Jason Brinkerman und seine Familie einzuholen.

Dann änderte sie ihren ursprünglichen Plan. Sie würde Nick später anrufen, um Odell Crabtree zu überprüfen. Jetzt musste sie erst einmal in Bewegung bleiben. Zuerst würde sie irgendwo haltmachen und sich einen Becher Kaffee holen, und dann würde sie zu Jason Brinkerman fahren, um ihn zu befragen. Sie wollte das jetzt gleich tun, bevor er von jemand anderem erfuhr, dass Lindy angegriffen worden war. Jasons erste Reaktion würde ihr womöglich eine Menge verraten.

Als Bell kurz darauf vom Krankenhausparkplatz fuhr, brausten drei schwarze Cadillac Escalade so haarscharf an ihr vorbei, dass sie beinahe den Lack von ihrer Fahrertür kratzten. Die schnittigen Wagen tauchten so schnell und geräuschlos aus dem grauen Morgennebel auf wie Geisterautos. Die Fahrzeuge fuhren so dicht hintereinander her, als wären sie miteinander verbunden, wie ein einziger Körper, in Glieder unterteilt. Sie bogen von der Rathmell Road auf den großen Parkplatz ein.

Bell fuhr an den Straßenrand. Die Art, wie die Escalade sich bewegten, hatte etwas Militärisches, eine Präzision, die sie an die Wagenkolonnen des Präsidenten erinnerte.

Sie beugte sich auf ihrem Sitz nach vorn, um besser sehen zu können. Die Autos hielten nicht auf dem Parkplatz an, sondern fuhren in einem perfekten, synchronen Bogen direkt zum Haupteingang. Die Parade stoppte abrupt; der zweite Wagen stand ganz genau vor dem breiten Weg, der zu der doppelten Glastür führte.

Bell kniff die Augen zusammen. Die Sonne, die gerade aufgegangen war, blendete sie und spiegelte sich in den massiven Kotflügeln der Escalade. *Was zum Teufel …?*

Sie blinzelte und rutschte auf ihrem Sitz hin und her.

Die Identifizierung hätte im Gerichtssaal nicht ausgereicht, weil Bell zu weit entfernt war und den wohlfrisierten Kopf mit dem zimtfarbenen Haar nur von hinten sah, aber sie war sich ziemlich sicher, dass die Frau, die aus dem zweiten Escalade stieg und in das Gebäude schritt, ohne ihre Umgebung auch nur eines Blickes zu würdigen, Sharon Henner war. Und die Tochter des Gouverneurs war nicht allein gekommen, aus welchem Grund auch immer.

34

Bell nannte sie manchmal die *Zwischendrin-Leute*. Die Bezeichnung stammte nicht von ihr; sie hatte Nick Fogelsong einmal darüber sprechen hören, dass manche Familien in Acker's Gap sich schwer nach ihrer wirtschaftlichen Situation kategorisieren ließen. Sie waren weiß Gott nicht reich, aber arm waren sie auch nicht. Jedenfalls konnte man sie nicht mit jener Sorte Armut in Verbindung bringen, die sich in dieser Gegend wie eine Blattkrankheit ausbreitete – nur dass sie Häuser befiel anstatt Pflanzen und menschliche Schicksale anstatt Wurzelwerk. Diese Armut hinterließ stets eine Schneise von ausgeschlachteten Autos, räudigen Tieren und durren Kindern, die einen mit Blicken anstarrten, die so tief wie Gräber und doppelt so endgültig waren. Ältere Familienangehörige saßen den ganzen Tag auf der Veranda, bis auch sie von ihrem alles verschlingenden unglücklichen Schicksal erfasst wurden.

Die Armut der Brinkermans gehörte nicht in diese Kategorie. Jedenfalls noch nicht. Das wurde Bell klar, als sie vor dem Haus an der Bonecutter Road gleich nördlich von Acker's Gap hielt. Rhonda hatte sie angerufen und ihr die Adresse durchgegeben. Bell hatte bis acht Uhr morgens gewartet und währenddessen bei Hardee's an der Interstate drei Becher unverschämt schwachen Kaffees geleert. Jetzt öffnete sie ihre Autotür und blickte auf das Haus, das die Brinkermans ihr Heim nannten. Es war eins von sechs Häusern, die seit vielleicht einem Jahrhundert an diesem Teil der

Straße standen, die üblichen einstöckigen Gebäude mit winzigen Vorgärten und ungepflasterten Auffahrten. Der Gehweg endete auf beiden Seiten beim letzten Haus. Am Haus der Brinkermans gab es ein paar kleine Hinweise darauf, dass sich hier jemand wenigstens noch ein bisschen Mühe gab. Der Briefkasten war fest an dem von Teeröl schwarzen Zaunpfahl angebracht. Taglilien wuchsen hier und da, und jemand hatte Maßnahmen ergriffen, um Kinder davon abzuhalten, bei wilden Jagden durch den kleinen Garten ihre schlaffen Blätter zu zertrampeln. Das Gras dagegen hatte weniger Glück.

Also waren sie *Zwischendrin-Leute*. Nicht völlig arm, aber mit der Hypothekenabzahlung häufig im Verzug. Sie hatten Arbeit, waren sich jedoch im Klaren, dass sie ihre Jobs jeden Augenblick verlieren konnten, weil sie einen Fehler machten, es ein Missverständnis gab oder sie zu Hause bleiben mussten, weil ihr Kind krank war. Sie waren immer auf der Hut.

»Kann ich helfen?«

Bell hörte die Stimme des Kindes, bevor sie die Wagentür hinter sich geschlossen hatte. Der Junge war etwa acht Jahre alt, hatte eine blonde Igelfrisur, glänzende Knopfaugen und ein so schmutziges Gesicht, dass seine Haut dunkler erschien. Sein spöttisches Grinsen sah aus, als wäre es festgewachsen. Er passte so gut in seine Umgebung, dass sie ihn zuerst nicht gesehen hatte, wie er da auf dem Weg stand, barfuß und breitbeinig, die Hände an den Hüften, als könnte er sie allein durch seinen Willen aufhalten.

»Hi«, sagte sie, einer Eingebung folgend, »ich suche Jason. Er ist dein Bruder, stimmt's?«

Die Lippen des Jungen zuckten, sein Grinsen wurde erst breiter, dann verschwand es.

»Also«, fuhr sie fort, »könntest du ihn bitten, nach draußen zu kommen und mit mir zu sprechen? Mein Name ist Belfa Elkins. Ich bin die Bezirksstaatsanwältin.«

Der Junge starrte sie an. »Die *was*?«

»Staatsanwältin. Für diesen Bezirk. Wenn jemand etwas falsch macht, versuche ich, dafür zu sorgen, dass er dafür bezahlt.«

»Hat mein Bruder etwas falsch gemacht?«

»Das weiß ich nicht. Das erfahre ich erst, wenn ich mit ihm spreche.«

Bei diesen Worten bekam das Grinsen des Jungen etwas Irres. Seine Mundwinkel hoben und senkten sich, als wären sie mit einer langen Schnur an seinem Zeh festgebunden, während er mit dem Fuß im Takt einer fernen Musik wippte. Vor ihm stand ein Skateboard auf dem Gehweg, von dem die rote Farbe abblätterte. Der Junge setzte den nackten Fuß mit Schwung auf die Kante des Skateboards, sodass es nach oben und direkt in seine Hand schnellte, als hätte er es mit einem stummen Befehl herbeigerufen wie einen fliegenden Teppich. Bell war oft erstaunt über die körperliche Geschicklichkeit von Kindern, die oben in den Bergen aufwuchsen – oder in den rauen Wohngegenden der Stadtzentren. Sie schienen ein besonderes Verhältnis zur Schwerkraft, ein geheimes Abkommen mit ihr zu haben. Die Schwerkraft sorgte dafür, dass sie ein paar Jahre ein gutes Leben hatten. In dieser Zeit durften sie ihr beim Springen und Klettern offen trotzen, bevor sie sie für immer herabzog.

Der Junge klemmte sich das Skateboard unter den Arm wie ein Geschäftsmann seine Aktentasche. »Ich hol ihn«, sagte er.

Bell wartete. Es würde wieder ein heißer Tag werden; die Sonne machte aus ihren Absichten keinen Hehl, nicht einmal so früh am Morgen. Sie erinnerte sich an Tage wie diesen in ihrer Kindheit. Tage, die so heiß waren, dass auch der riesige Schatten des Berges keine Kühle brachte. Sie und Shirley gingen nie ins Schwimmbad; ihr Vater zog solche Ideen stets ins Lächerliche, um seine Beschämung darüber zu verbergen, dass er nicht das Geld dafür besaß. Deshalb entwirrte Shirley den glänzenden grünen Gartenschlauch, schloss ihn an und spritzte Bell damit ab, und Bell sprang herum und kreischte, dass Shirley aufhören solle, obwohl sie das gar nicht wollte. Und irgendwie wusste Shirley, dass das Kreischen und die Bitten aufzuhören nicht ernst gemeint waren. Nach einer Weile übergab sie Bell den Gartenschlauch, damit ihre Schwester sie abspritzte, und Shirley kreischte und sprang genauso herum. Sie kicherten beide, bis sie nach Luft schnappten.

Diese Momente waren wunderbar. Das heißt, bis zu dem Augenblick, wenn ihr Vater die Fliegengittertür des Wohnwagens aufriss und sie anschrie: »Was zum Teufel treibt ihr da? Werd euch gleich beide verprügeln, ihr werdet schon sehen!«

»Hey.«

Ein älterer Junge war aus dem Haus gekommen. Er hatte schlechte Haut. Mittelgroß, mit dem typischen leichten Bauchansatz, um den in dieser Gegend selbst die dünnsten Jugendlichen nicht umhinkamen. Schwarze Converse, übergroße Jeansshorts, die ihm bis zu den Kniekehlen reichten, und ein schwarzes T-Shirt unter einem offenen rot-schwarz karierten Flanellhemd, das an ihm herabhing wie ein Cape.

»Du bist Jason.«

»Yeah.« Misstrauisch, aber nicht unfreundlich.

»Wollte nur kurz mit dir reden. Ich bin Belfa Elkins. Staatsanwältin von Raythune County.«

»Ich hab nichts getan. War die ganze Nacht zu Hause, Lady. Sie können meine Mom und meinen Dad fragen. Und meine Brüder. Die sind bei der Arbeit, aber ich kann Ihnen ihre Telefonnum…«

»Entspann dich«, sagte Bell. »Ich wollte nur sichergehen, dass du das mit deiner Freundin mitbekommen hast.«

»Welcher Freundin?«

»Lindy Crabtree.« Bell beobachtete aufmerksam jede Nuance seiner Reaktion. »Sie ist gestern zu Hause überfallen worden.«

Jason sah aus, als hätte er an ein Stromkabel gefasst. Er zitterte am ganzen Körper, dann richtete er sich auf. Er starrte Bell an und machte ein paar schnelle Schritte in ihre Richtung. Seine Worte sprudelten aufgeregt hervor: »Was? Oh Gott, Lady, was ist passiert? Geht es ihr gut? Ist sie …« Jason schluckte hart. Er atmete schnell und flach. Wenn er nicht sprach, presste er grimmig die Lippen zusammen. Er steckte die Hände in die weiten Taschen seiner ausgebeulten Hose und nahm sie wieder heraus. »War es ihr Vater? Er ist verrückt, wissen Sie. Ich habe ihr immer wieder gesagt, dass sie aufpassen soll. Er ist nicht mehr bei sich. Wenn er sie verletzt hat …, wenn er …« Er holte tief Luft. »Ich schwöre, wenn dieser Bastard ihr etwas getan hat, dann werde ich … ich weiß nicht … dann werde ich dafür sorgen, dass er niemals …« Er brach ab. »Ist alles in Ordnung mit ihr? Sagen Sie es mir. Bitte.«

»Ja«, antwortete Bell. »Sie ist wohlauf. Und wir wissen nicht, wer es getan hat.«

Jason blickte auf die Auffahrt. Inzwischen war sein kleiner Bruder wieder auf die Veranda gekommen. Der Junge steckte den Fuß zwischen zwei Pfosten des Verandageländers. Das Skateboard trug er immer noch unter den Arm geklemmt. Jason bemerkte ihn. »Verzieh dich, Jimmy«, fuhr er ihn an.

Der Junge grinste, zog seinen Fuß heraus und ging zurück ins Haus. Die Fliegengittertür schloss sich hinter ihm mit einem traurigen Knall.

»Kann ich sie sehen?«, fragte Jason. Seine Stimme zitterte.

»Später vielleicht. Sie ist auf der Intensivstation.«

»Aber es geht ihr gut, oder?«

»Sie lebt.« Bell sah ihn aufmerksam an, versuchte, seinen Gesichtsausdruck zu deuten.

Während ihrer ersten Jahre als Staatsanwältin hatte sie sich auf ihren Instinkt verlassen, in der Überzeugung, dass sie es spüren würde, wenn jemand sie anlog. Sie hatte geglaubt, sie könnte sich den Schauplatz eines Verbrechens mit allen daran beteiligten Personen mit verblüffender Genauigkeit bildlich vorstellen. Aber im letzten Frühjahr war ihre Überzeugung erschüttert worden: In einem Fall hatte sie sich getäuscht, und zwar, was viele Einzelheiten der Tat betraf und die Identität des Täters. Deshalb hatte sie jetzt kein Vertrauen mehr in ihre Intuition. Alles, worauf sie sich stützen konnte, waren die spärlichen, nackten Tatsachen.

Und deshalb konnte sie nicht feststellen, ob Jasons Reaktion authentisch oder gespielt war. Sie wusste nicht, ob Lindys Verletzungen ihn tatsächlich erschütterten oder ob er nur Theater spielte, um von sich abzulenken. Vorab hatte Rhonda Lovejoy ihr einige Details über die Brinkermans geschickt, und die Informationen waren nicht gerade verheißungsvoll. Einer von Jasons Brüdern, Levi Brinkerman, war abhängig von Crystal Meth und wegen Einbruch angeklagt. Er wartete noch auf sein Gerichtsverfahren. Eine Schwester von ihm war letztes Jahr bei einem Ladendiebstahl im Dollar Store von Blythesburg verhaftet worden. Und Jasons Vater, Dustin Brinkerman, hatte fünf Jahre wegen schwerer Körperverletzung gesessen, bevor er 2005 auf Bewährung freigelassen worden war. Jason hatte keine Vorstrafen – bis jetzt.

Bell hatte eine Idee. Vielleicht war es ein Weg, ihm die Wahrheit zu entlocken – ohne das mühsame Ritual einer offiziellen Befragung, nachdem man ihm seine Rechte vorgelesen hatte. Eine Art Abkürzung in der Strafverfolgung. Sich in allen Dingen an die Regeln zu halten würde zu viel Zeit kosten.

»Schau«, sagte Bell. »Ich werde nachher zu Lindys Haus fahren und ein paar Dinge holen, um die sie gebeten hat. Hast du Lust mitzukommen? Ich kann dich abholen.«

Jasons Gesicht verriet ein so heftiges Interesse, dass Bell fast einen Schritt zurückgewichen wäre.

»Ja«, sagte er. »Bitte. Ja. Das würde ich gerne tun. Wenn ich helfen kann. Wirklich.«

»Okay. Ich schicke dir eine SMS, wenn ich losfahre. Wie ist deine Nummer?«

Beim Anblick des Tatorts würde Jason vielleicht einen Fehler machen und sich verraten. Das Blut von Lindys Wunde war auf dem Wohnzimmerboden noch zu erkennen und würde erst entfernt werden, wenn die Kriminaltechniker ihre Arbeit beendet hatten. Vielleicht würde Jason durch ein leichtes Zittern seiner Hand oder einen zu schnellen Wimpernschlag seine Schuld eingestehen, wenn er mit eigenen Augen den grausigen Beweis dafür sah, dass er seine Freundin beinahe getötet hätte.

Als sie den Motor anließ, warf Bell noch einmal einen Blick auf die Eingangsveranda. Jason war zurück ins Haus gegangen. Sein kleiner Bruder, der Skateboard-King, war nirgends zu sehen. Dafür aber eine magere, vornübergebeugte Gestalt. Sie trug einen zerknitterten grauen Regenmantel, der ungefähr vier Nummern zu groß war. Mit zusammengekniffenen Augen rieb sich der Typ mit der zitternden Hand über die gerötete Nase und zog heftig an einer Zigarette, die in seiner anderen Hand steckte. Ein langer warmer Regenmantel mitten im Sommer. Oh Gott, dachte Bell. Das muss Levi Brinkerman sein. Jedem Crystal-Meth-Abhängigen, den sie bisher getroffen hatte, war ständig kalt. Das gehörte dazu.

Langer Regenmantel. Sie ließ sich die Worte ein paarmal durch den Kopf gehen. Ihr war klar, dass sie mit Nick Fogelsong sprechen musste.

35

Shirley wartete im Wohnzimmer. Bell sah sie nicht gleich, denn die Jalousien waren noch nicht hochgezogen. Ihre Schwester hatte es sich in einer Ecke der Couch bequem gemacht, und ihre schwarzen Jeans und das schwarze Flanellhemd waren vor dem braunen Sofabezug kaum zu erkennen, wie Tarnkleidung in einem Wald.

»Oh Gott. Du hast mich beinahe zu Tode erschreckt«, sagte Bell. Auf der Suche nach ihrer Aktentasche war sie direkt ins Wohnzimmer gestürmt. Sie musste ein paar Unterlagen finden, die Hickey Leonard an diesem Nachmittag für eine Strafanhörung brauchen würde. Es war Bells Fall, aber Hickey erledigte die Aufräumarbeit für sie. Sie hatte sich für den Tag startklar gemacht. Nun musste sie herausfinden, wer Lindy Crabtree überfallen hatte.

»Tut mir leid«, sagte Shirley.

»Mein Fehler. Ich bin gerade ein wenig durcheinander.«

»Was ist los?«

»Nur die Arbeit.« Als sie an der Couch vorbeiging und ihren Lieblingssessel erblickte, traf Bell eine wichtige Entscheidung: Zeit für eine kurze Pause.

Sie ließ sich in den Sessel fallen, genoss die Vertrautheit; die ausgeleierten Sprungfedern, der fleckige Bezug und die kaputte Rückenlehne. Sie hätte ihn gegen nichts auf der Welt eingetauscht, nicht einmal gegen einen juwelenbesetzten Thron in einem Palast. Sie hatte heute so viel zu erledigen, aber jetzt gönnte sie sich einen freien Moment.

Dieser Sessel hatte so viele Notfälle und Enttäuschungen, so viele Momente des Glücks oder der Verwirrung miterlebt, so viele durchwachte Nächte, frühe Morgenstunden und schwülwarme Nachmittage, dass sie ihm ein wenig mehr Aufmerksamkeit schuldete, als sie ihm in letzter Zeit hatte zukommen lassen. Es war schließlich der Sessel, in dem sie gesessen hatte, als sie nach Carlas Geburt aus dem Krankenhaus gekommen war. Sam hatte das unglaublich kleine und unglaublich schöne Mädchen in ihre Arme gelegt und gesagt: »Sie hat deine Augen und dein Kinn, Belfa.« Dann hatte Carla einen durchdringenden Schrei ausgestoßen, und Sam hatte hinzugefügt: »Und dein Temperament.« Als der Sessel noch im Wohnzimmer ihres Hauses auf dem Capitol Hill stand, hatte Bell an jenem traurigen Tag darin gesessen, als Sam ihr erklärte, wie sie die Scheidung abwickeln würden, und dass er – falls sie einverstanden sei – ihre Sachen zurück nach West Virginia transportieren lassen werde. Bell hatte auf die Liste der Gegenstände geblickt, Sam angesehen und gesagt: »Der Sessel steht nicht darauf. Mein Sessel.« Und Sam hatte auf einmal so blass ausgesehen und so wehmütig gewirkt, wie Bell ihn noch nie erlebt hatte. »Oh, Belfa«, antwortete er. »Das versteht sich von selbst.« Es war tatsächlich ihr Sessel, keine Frage. Zum einen hätte Sam dieses ziemlich hässliche Monstrum gar nicht gewollt, mit seinem unpassenden Bezug und dem abgewetzten Saum. Zum anderen hatte sie ihn lange vor ihrer Hochzeit gekauft. Sie hatte ihn in einem Wohltätigkeitsladen gefunden.

Nein: Er hatte sie gefunden.

Bell streifte ihre Halbschuhe ab und rieb sich den Nacken.

»Und?«, sagte Shirley.

Bell sah sie an.

»Was denkst du über Bobo?«, ergänzte ihre Schwester.

»Ich hatte noch nicht viel Zeit, mir eine Meinung über ihn zu bilden«, sagte Bell in – absichtlich – leicht unwirschem Ton. »Es hat noch einen Überfall gegeben, und wir wissen nicht, ob er mit den anderen beiden zusammenhängt oder ob …«

»Schon gut.« Jetzt war ihre Schwester diejenige, die unwirsch klang. »Aber lass es mich wissen, okay? Wenn du etwas dazu sagen kannst? Ich meine, er ist wichtig für mich.«

»Das weiß ich.« Bell schloss die Augen und ließ sich gegen das ausgebeulte Polster sinken.

»Wirklich?«

Bell öffnete die Augen. »Himmel, Shirley – keine Streitereien heute, okay? Ich war die halbe Nacht bei dem Überfallopfer, und ich habe einen höllischen Tag vor mir. Wir haben in diesem Sommer bis jetzt zwei Morde und sind weit davon entfernt, sie aufzuklären. Ich werde Carla monatelang nicht sehen. Und drei Viertel der Leute, mit denen ich tagtäglich zu tun habe, verlieren ihren Job oder ihr Haus oder beides. Kann ich also bitte einfach eine verdammte Minute lang hier in Frieden sitzen?«

Shirley rutschte auf der Couch hin und her. »Natürlich, Belfa«, sagte sie ruhig. »Gern.«

Bell betrachtete das Gesicht ihrer Schwester, das jetzt friedfertig aussah. Der Rollentausch erstaunte sie. Jetzt war sie die Wütende und Shirley die beschwichtigende Stimme der Vernunft.

»Wie ist es dir ergangen?«, fragte Bell nach einer Weile. Sie hatte sich wieder gefangen. Die Wut war verraucht. »Dir und Bolland, meine ich. Und der Band. Dein Job.«

Shirley nickte. Sie hatte etwas Strahlendes an sich, was

Bell vorher, als sie ins Zimmer gekommen war, nicht bemerkt hatte; es war zu dunkel hier, und sie war zu beschäftigt gewesen mit ihren eigenen Problemen. Sie hatte das Gesicht ihrer Schwester selten so leuchten sehen. Vielleicht früher einmal, aber nicht in der letzten Zeit. Durch das Leben hatten sie beide an Glanz verloren.

Oder vielleicht doch nicht. Jedenfalls nicht, was Shirley anging. Vielleicht war der Glanz nur vorübergehend verschwunden.

»Was ist?«, sagte Bell und stieß sie sanft an. »Du hast doch was zu erzählen. Das merke ich.«

Die Antwort kam wie aus der Pistole geschossen: »Ich und Bobo. Wir werden zusammenziehen. Ich wollte es dir sagen, Belfa, unbedingt. Aber ich hatte Angst, ich dachte, du würdest …« Sie brach ab.

»Du dachtest, ich würde dir den Arsch aufreißen«, sagte Bell sanft, und trotz ihrer groben Ausdrucksweise klang sie heiter. »Du dachtest, ich ziehe dir die Ohren lang. Dachtest, ich würde dir erzählen, dass du einen schrecklichen Fehler machst und es für den Rest deines Lebens bereuen wirst, dass er ein Nichtsnutz ist und du eine gottverdammte Idiotin bist, wenn du ihm vertraust.«

»Genau. So was in der Art.« Shirley lachte, und Bell stimmte mit ein.

»Also«, sagte Bell.

Shirley sah sie erwartungsvoll an.

»Wie soll das laufen?«, fragte Bell. »Du wirst das mit deinem Bewährungshelfer besprechen müssen, damit du die Erlaubnis bekommst. Und dann musst du deine neue Adresse angeben, oder?«

»Stimmt. Ich mache das Schritt für Schritt. Nach Vorschrift. Versprochen.«

»Ich weiß.«

»Und, Belfa …« Shirley leckte sich über die Lippen. Sie hatte es nun schon eine ganze Weile ohne Zigarette ausgehalten, und Bell wusste das zu schätzen, denn an schwülen Tagen hing der muffige Rauch oft lange unter der Decke.

»Ja?«

»Du magst ihn nicht besonders, das ist mir klar, aber hör zu, ich kann dir sagen, dass er wirklich …«

»Egal, Shirley. Das geht mich nichts an.«

»Doch. Es wird dich immer etwas angehen.« Shirley zog den Kopf ein. Ihr Ton war jetzt ernst, und das war ihr unangenehm. »Wir sind eine Familie, Belfa. Schlicht und einfach.«

»Nichts ist daran einfach«, sagte Bell. Sie sah, dass Shirleys Hand zitterte. »Los, zünd dir schon eine Zigarette an. Du machst mich nervös.«

Shirley lachte. Mit zwei Fingern fischte sie die zerknitterte Packung aus ihrer Brusttasche.

Bell dachte über die SMS von Rhonda Lovejoy nach, die sie auf dem Rückweg vom Haus der Brinkermans erhalten hatte. Auf Bells Bitte hin hatte Rhonda den kriminellen Hintergrund von Harold Bolland überprüft. Die Ergebnisse waren deprimierend, aber nicht überraschend: Trunkenheit am Steuer im Jahr 1989. 2002 eine Verurteilung wegen gefälschter Schecks; er hatte dafür acht Monate im Gefängnis von Toller County gesessen. Im Jahr darauf war er in einem Betrugsfall freigesprochen worden. Einige Anklagen gab es wegen Delikten wie Besitz von Marihuana oder Fahren ohne gültigen Führerschein, für die er ordnungsgemäß bestraft worden war. Es war die übliche trostlose Litanei eines Losers. Mit solchen Leuten hatte Bell tagtäglich im Gericht zu tun. Keine brutalen kriminellen Drahtzieher, sondern Leute, die sich von etwas Pech und einer guten Portion Faulheit an Orte und in eine Lebensführung drängen ließen, mit denen sie nicht in Berührung gekommen wären, wenn die Dinge nur ein klein wenig anders gelaufen wären.

Sie wünschte sich für Shirley etwas Besseres. Aber es war Shirleys Leben. Und Shirleys Entscheidung.

»Ich kann nicht behaupten, dass ich das verstehe, aber ich freue mich für dich«, sagte Bell. »Wirklich.« Wenn Bolland Shirley bisher nichts von den Sünden seiner Vergangenheit erzählt hatte, so würde er das vielleicht eines Tages noch tun. Aber egal, das ging sie nichts an.

Als Bell Rhonda gebeten hatte, etwas über Bolland herauszufinden, hatte sie die Absicht gehabt, ihrer Schwester jede negative Information unter die Nase zu reiben, die sie über den Mann ausgraben konnte. Jedes einzelne Beweisstück, das darauf hindeutete, dass er ein fauler, antriebsloser Kerl war.

Aber jetzt schien das keine Rolle mehr zu spielen. Shirley hatte das Recht, ihre eigenen Fehler zu machen. Bell selbst hatte weiß Gott auch viele gemacht.

»Denkst du manchmal darüber nach?«, fragte Shirley.

»Über was?«

»Darüber, wie es hätte sein können.« Shirley betrachtete ihre Fingernägel. »Wenn Daddy nicht so ein Dreckskerl gewesen wäre. Wenn Mama noch da gewesen wäre.«

»Nein, das bringt nichts. Diese Art von Spekulation. Es ist, wie es ist.«

»Ja, okay.« Shirley sah ihre Schwester an. »Du weißt es, oder? Du verstehst, warum ich nicht zulassen konnte, dass du mich im Gefängnis besuchst.«

»Ja.« Bell versuchte noch nicht einmal, überzeugend zu klingen.

»Das ist wichtig für mich, Belfa. Dass du verstehst, warum ich das getan habe. Das Mindeste, was ich tun konnte, war, dich nicht runterzuziehen. Damit du wenigstens versuchen konntest, ein anderes Leben zu führen. Und schau: Du hast es geschafft. Wirklich großartig.« Shirley grinste. »Verdammt, du hast Jura studiert! Und jetzt bist du Staatsanwältin. Sieh dich nur an.«

»Du hast mich ausgeschlossen.« Bell hatte sich geschworen, darüber nicht mit ihrer Schwester zu sprechen. Es wühlte sie zu sehr auf. Sie hatte Angst vor ihren Gefühlen, die, wenn sie erst einmal entfacht wären, nicht mehr aufhören würden, in ihr zu brennen. Aber sie konnte sich nicht zurückhalten. Shirley hatte sie dazu gebracht. »Du hast dich dafür entschieden, weil du dachtest, es sei das Beste für mich. Punkt. Ich konnte nichts dagegen tun. Und weißt du was, Shirley? Ich habe dich vermisst. Ich habe dich an jedem einzelnen Tag vermisst. Glaub nur nicht, es wäre anders gewesen – nur weil ich es durchgestanden habe. Glaub das bloß nicht.«

Bells Handy läutete. Der Klingelton verriet ihr, dass es Sheriff Fogelsong war. Sie warf einen Blick auf Shirley. Der Gesichtsausdruck ihrer Schwester drückte aus, dass sie ruhig den Anruf annehmen und wieder an die Arbeit gehen sollte. Sie brauchten beide eine Pause. Sie waren erleichtert über die Unterbrechung. Sie hatten einander gesagt, was gesagt werden musste. Fürs Erste.

Nicks Stimme klang warm. Kein Notfall also. »Hast du einen Moment, Bell?«, sagte er. »Ich glaube, ich muss mal ein vertrautes Gesicht sehen. Jemanden, der mich nicht beschuldigt, auf meinem fetten Arsch zu sitzen, während ein Serienkiller draußen frei herumläuft. Wenn du Zeit hättest …«

»Ich habe Zeit.« Sie verstand. Er war am Ende seiner Kräfte. Wenn sie in einer solchen Situation war, stand er ihr immer bei. »Gerichtsgebäude?«

»JP's wäre mir lieber«, sagte er.

»Bin schon unterwegs.«

36

Sie setzten sich in eine Nische. Inzwischen war es fast 11.30 Uhr, und alles – Menschen, Gehwege, Autos, Gebäude – sah aus wie von der Hitze erdrückt, verwelkt ohne jede Hoffnung auf Auferstehung. Die Klimaanlage im JP's hatte es nicht leicht.

Die Bank in der Sitznische war feucht von fremdem Schweiß. Bell versuchte, nicht daran zu denken, während sie hineinrutschte. Jackie warf ihr von der anderen Seite des Raums einen Blick zu. Bell nickte, ein Zeichen für Jackie, dass sie nur einen Kaffee trinken wollten. Jackie reckte den Daumen in die Höhe und ging zu dem großen Zapfhahn. Sie würde ihnen zwei Gläser Wasser bringen, ohne dass sie sie darum bitten mussten.

»Hast du ein bisschen Schlaf bekommen?«, fragte Fogelsong. Er nahm seinen Hut ab und fächelte sich Luft zu, bevor er ihn auf den Stuhl neben sich legte. »Du siehst ein bisschen fertig aus.«

»Na ja«, antwortete sie, »wir haben ungefähr achtunddreißig Grad draußen. Niemand ist heute taufrisch. Außerdem bin ich mitten in der Nacht zur Intensivstation zu dem Crabtree-Mädchen gefahren.«

»Wie geht es ihr?«

»Besser. Wenn man sie erst in ein normales Krankenzimmer verlegt hat, vermute ich, dass man sie bald entlassen wird. Hat sich irgendwas ergeben, was uns helfen könnte, den Dreckskerl zu schnappen, der sie niedergeschlagen hat?«

Der Sheriff schüttelte den Kopf. Er lehnte sich zurück, als Jackie mit zwei Tassen Kaffee und zwei Gläsern Wasser auftauchte.

Sobald Jackie wieder verschwunden war, fuhr Bell fort: »Irgendwas Neues in den Fällen Arnett und Frank?«

»Nein. Nicht eine einzige Spur, die auch nur einen Pfifferling wert wäre.«

»Nun, vielleicht habe ich eine für dich.«

Überrascht hob Fogelsong seinen großen Kopf. »Zur Hölle, Belfa, schieß los. Ich schwöre, ich lechze mehr nach einer guten Nachricht als nach einem Schluck Wasser.«

»Levi Brinkerman.«

»Wer?«

»Er ist der Bruder von einem Freund von Lindy. Na ja, eher von einem Kollegen.«

»Was ist die Verbindung?«

»Vielleicht ist es Zufall«, sagte Bell, »aber erinnerst du dich daran, dass dein Zeuge einen langen Mantel erwähnt hat?«

»Das ist als Anhaltspunkt nicht viel.«

»Geben wir uns fürs Erste damit zufrieden. Ich bin heute Morgen zum Haus der Brinkermans gefahren, um mich mit Lindys Kollegen zu unterhalten, und habe seinen Bruder zu Gesicht bekommen, Levi. Seit Langem amphetaminabhängig und zu nichts zu gebrauchen. Und er trägt einen großen, schweren Regenmantel, egal, welche Temperaturen herrschen.«

»Dem sollten wir nachgehen«, sagte Fogelsong und nickte. »Ich werde heute einen Deputy rüberschicken.«

Bell rührte mit dem Löffel in ihrem Kaffee. Sie trank ihren Kaffee immer schwarz, aber in einem Becher Kaffee zu rühren hatte etwas Befriedigendes und förderte das Denken.

Der Mittagsansturm im JP's setzte ein, und Wanda legte ihren Weg zwischen den Tischen und Sitznischen immer schneller zurück. Jackie tat hellrosa Hamburgerscheiben auf ein Backblech, drei Reihen mit jeweils vier Stück. Die Tür öffnete und schloss sich alle paar Minuten. Mit jedem Gast drang ein warmer Schwall Luft herein.

»Also, wir haben einen Mann, der auf seiner Auffahrt angegriffen und getötet wurde«, sagte Bell. »Und einen, der an einer Landstraße mit einem Messer ermordet wurde. Und jetzt Lindy Crabtree. Wo ist die Verbindung?«

Nick nahm einen tiefen Schluck von seinem Kaffee und dachte einen Augenblick nach. »Schwer zu sagen. Deputy Harrison ist gestern den ganzen Tag alle drei Tatortberichte durchgegangen. Bestimmt fünfzigmal, sie wollte nicht aufgeben. Hat ein paar Dinge herausgefunden.«

»Erzähle.«

»Ehrlich gesagt bin ich verwundert über das, was Harrison *nicht* herausgefunden hat. Bei allen dreien gibt es keinen Hinweis auf ein Fahrzeug. Der Angreifer muss durch den Wald gekommen sein. Was bedeutet, dass er wahrscheinlich zu Fuß geflüchtet ist. Also muss er sich in der Gegend auskennen. Es ist jemand von hier, der zu spontaner und irrationaler Gewalt fähig ist.«

»Jemand wie Odell Crabtree.«

Nick zuckte mit den Schultern.

»Aber du bist immer noch skeptisch«, sagte Bell. »Selbst nachdem du jetzt die neue Information hast.«

»Ja, das bin ich.« Fogelsong kratzte sich an der linken Schulter. »Ich hatte die Gelegenheit, Crabtree in der Untersuchungshaft zu beobachten.« Er blickte sie ein wenig verlegen an. »Und es ist nicht nur meine Meinung.«

»Was meinst du damit?«

»Warte. Dazu muss ich noch etwas sagen.« Er wurde noch verlegener. »Das betrifft auch Mary Sue.« Nachdem er den Namen seiner Frau ausgesprochen hatte, trank Nick einen Schluck von seinem Kaffee, und Bell musste warten, bis er fertig war. »Seit sie für dich gearbeitet hat, kommt sie regelmäßig ins Gerichtsgebäude.«

»Ist das ein Problem?«

»Lass mich weiterreden. Manchmal fährt sie mit mir, und manchmal kommt sie später. Geht in verschiedene Büros. Schaut, wo es an Arbeitskräften fehlt. Rate mal, wo ich sie heute angetroffen habe? Es hatte sich herausgestellt, dass Deputy Mathers im Gefängnis Hilfe gebrauchen konnte.«

»Im Gefängnis.«

»Japp. Im Gefängnis.« Seine Stimme war erfüllt von unverhohlener Zuneigung. Er hatte eine Art, über seine Frau zu sprechen, die Bell tief berührte, doch darüber redeten sie nicht. Während Mary Sues Krankheit, dieser Zeit voller Sorgen und Schwierigkeiten, hatte er immer auf diese Weise von ihr gesprochen, mit Respekt, mit Liebe und einer leichten Verwunderung darüber, dass sie sich dafür entschieden hatte, ihr Leben mit ihm zu verbringen.

»Was hat sie denn dort gemacht, Nick?«

»Sie hat mit Odell Crabtree gesprochen, über nichts Spezielles. Sie hat ihm einfach Gesellschaft geleistet, weißt du. Damit er sich nicht aufregt. Sie saß in seiner Zelle auf einem Stuhl und plauderte mit ihm. Charlie Mathers hat gesagt, der Alte habe sich so schnell entspannt, dass man es kaum glauben konnte. Vorher hat Crabtree geschrien und getobt, und Mathers hatte schon Angst, dass er sich verletzen würde. Aber Mary Sue konnte ihn ganz schnell besänftigen. Sie haben sich richtig unterhalten. Manchmal lichtet sich der Nebel, vermute ich, und dann ist er wieder der Alte.

Schwer zu sagen, wann das passiert, aber manchmal ist es so.« Er machte eine Pause und schwenkte den Rest Kaffee in seinem Becher hin und her. »Ich weiß nicht, ob Crabtree unser Mann ist, aber es macht die Dinge mit Sicherheit viel einfacher, wenn er sich ruhig verhält.«

»Das kann ich mir vorstellen.«

»Wie auch immer«, sagte er, schob den Becher auf die Seite und faltete seine großen Hände. »Um das mal festzuhalten: Mary Sue ist ziemlich überzeugt davon, dass Odell Crabtree nicht zu so etwas in der Lage wäre. Zunächst einmal, sagt sie, lässt seine Gesundheit stark nach. Und er würde nicht einfach rausgehen und Leute angreifen. Vor allem nicht seine Tochter.«

»Das ist interessant, Nick. Aber lass mich einen gewissen Sheriff zitieren, den ich kenne: ›Meinungen sind keine Beweise. Was zählt, ist nicht das, was wir glauben. Es ist das, was wir beweisen können.‹«

Fogelsong grinste. »Klingt, als wäre das ein ziemlich schlauer Kerl, dieser Sheriff.«

»Das ist er. Auch wenn man es manchmal nicht ganz leicht hat mit ihm. Er ist aufbrausend und eigensinnig.«

»Was du nicht sagst.« Er grinste kurz und fuhr dann ernst fort: »Was Mary Sue angeht, wollte ich dir sagen, dass ich meine Meinung ein wenig geändert habe. Ich glaube, ich lag da falsch, okay? Ich konnte nicht loslassen. Habe sie daran gehindert, das Haus zu verlassen und Dinge auszuprobieren. Ich hatte einfach Angst, sie könnte verletzt werden. Angst, sie könnte scheitern. Ich weiß, dass sie zu einer Menge mehr fähig ist, aber ich … ich wollte es einfach nicht riskieren.«

»Sie *wird* scheitern, Nick. Zur Hölle – wir alle scheitern. Und sie wird verletzt werden. Garantiert. Das kannst du nicht ändern.« Sie dachte an Shirley.

Er nickte. »Ja.« Und damit war das Thema abgehakt. »Wie auch immer, so sieht es aus. Wir wissen nicht mehr als gestern. Haben mehr Fragen als Antworten.«

»Scheint, als wäre das immer so.«

»Nachschub? Ich kann Jackie herwinken«, sagte er.

Bell rutschte bereits aus der Sitznische. Sie dachte an all die Büroarbeit, die sie noch beenden musste, bevor sie wieder zum Haus der Crabtrees fahren konnte, um Lindys Briefe zu holen.

»Schön wär's«, sagte sie. »Aber ich muss los.«

»Mach mal eine Pause, ja?«

Sie sah ihn an. »Erst mal du.«

Am späten Nachmittag drängten sich klumpige Wolken, die die Farbe von Kohlenstaub hatten, am Himmel über Acker's Gap. Innerhalb von Minuten begann es zu regnen, ein schwerer, prasselnder Regen, der mit hektischem Zischen auf die ausgetrockneten Straßen und aufgeheizten Bürgersteige fiel. Ein dicker, säuerlich riechender Dampf entstand, den man unangenehm feucht im Nacken spürte und der dafür sorgte, dass Fensterscheiben sofort beschlugen. Der Regen brachte keine Abkühlung, sondern produzierte nur neue Hitze.

Bell holte Jason Brinkerman ab. Sie fuhren durch den Regen zu den Crabtrees. In der Abenddämmerung sah das heruntergekommene alte Haus noch schlimmer aus als bei hellem Sonnenschein. Die krummen Bäume ringsum schienen unter dem Gewicht ihres triefend nassen Laubwerks zusammenzusacken. Regen glitt von den Blättern und Baumstämmen hinab wie Salbe, die von der Haut eines prähistorischen Tieres gespült wird. Bell parkte in der Auffahrt hinter Lindys Wagen und wandte sich an Jason.

»Wir gehen nur kurz hinein«, sagte sie. »Lindy möchte ein paar Dinge aus ihrem Schlafzimmer.« Sie spähte durch die Windschutzscheibe. Sie war voller Schlieren durch den heftigen Regen. »Tut mir leid, dass ich keinen Regenschirm habe. So heiß, wie es in letzter Zeit war, hatte ich glatt vergessen, dass es so etwas wie Regen überhaupt gibt.«

Jason nickte. Er hatte während der Fahrt sehr wenig gesprochen, hatte auf Bells sporadische Versuche, ein Gespräch in Gang zu bringen, nur mit einem Murmeln oder Nicken reagiert. Er hatte gefragt, wie es Lindy inzwischen gehe, und Bell hatte überlegt, ob er es wissen wollte, weil er sich um sie sorgte oder weil er fürchtete, sie könnte sich so gut erholt haben, dass sie ihn als ihren Angreifer identifizieren könnte.

Bell öffnete die Eingangstür. Die Luft drinnen war stickig. Als sie einen Schritt vorwärts machte, sprang der Blutfleck auf den abgewetzten Dielen sie förmlich an, eine grauenvolle Tätowierung, die viel größer war, als sie es in Erinnerung hatte. Sie sah Jason an. Er starrte auf den Fleck und wandte sich schnell ab. Drückte sein Gesicht Schmerz, Schuld oder beides aus? Täter konnten angesichts eines unmissverständlichen Beweises für ihr Vergehen manchmal lauter wehklagen als jeder andere.

»Suchst du mal ein paar von Lindys Büchern zusammen, ja?«, sagte Bell. »Wir nehmen sie mit ins Krankenhaus. Ich muss noch etwas anderes holen. Bin gleich zurück.«

Jason nickte. Wie benommen lief er zwischen den Bücherstapeln im Wohnzimmer umher, hob ein Buch nach dem anderen hoch und legte es, ohne wirklich hinzusehen, wieder zurück. Düster trommelte der Regen auf das Dach. Er klang, als könnte er jeden Moment durch die dünne Decke brechen.

In dem vollgestopften Schlafzimmer entdeckte Bell die Kommode, von der Lindy gesprochen hatte. Sie kniete sich hin, griff darunter und tastete umher. Die kleine Blechdose war genau da, wo die junge Frau es gesagt hatte. Bell holte sie hervor und stand auf. Bevor sie zu Jason zurückging, hob sie den Deckel und überflog ein paar der Briefe, spürte das dünne Papier an ihren Fingerspitzen und staunte über die Handschrift. Die leidenschaftlichen Schleifen und hastigen Bogen in blauer Tinte waren im Laufe der Jahre verblasst – genau wie die Gefühle. Jedenfalls manche von ihnen.

Das Wohnzimmer war leer. War Jason in die Küche gegangen?

»Hey«, rief sie, »lass uns aufbrechen, ja? Ich will Lindy die Sachen so bald wie möglich bringen.«

In der Küche war er auch nicht. Bell war ratlos. Sie hatte nicht gehört, dass sich die Hintertür geöffnet hätte. Sie sah sich um, blickte auf die graue Spüle voll schmutzigem Geschirr, die verschlissenen Vorhänge und den wackligen Esstisch, der von Büchern bedeckt war. Sie erinnerte sich an das letzte Mal, als sie in dieser Küche gestanden und Odell Crabtree sie angestarrt hatte, und erschauderte.

Der dumpfe Schlag klang wie ein Sack Wäsche, der zu Boden fällt. Er kam aus dem Keller. *Der Keller.* Aber warum sollte Jason dorthin gehen? Versuchte er, etwas hochzuschleppen?

Sie spürte einen Anflug von Angst. Nur einen kurzen, flüchtigen Augenblick von Panik. Sie versuchte, sie zu unterdrücken, wollte nicht zulassen, dass sie sich in ihren Gedanken breitmachte, aber vergebens. Was, wenn der Junge sie überfiel? Sie kannte ihn nicht. Wusste nichts über ihn – außer dass sein Bruder ein Drogensüchtiger war, der vielleicht zwei Menschen umgebracht hatte, sein Vater wegen eines Gewaltverbrechens im Gefängnis gesessen und er womöglich Lindy Crabtree angegriffen hatte.

Warum zur Hölle bin ich hier? Wie bin ich auf die Idee gekommen, ich könnte Jason Brinkerman so schockieren, dass er mir die Wahrheit sagt? Oh Gott. Sie hatte keine Waffe. Dieses Haus war von dichtem Wald umgeben und gut anderthalb Meilen von jeglicher menschlicher Behausung entfernt. *Warum habe ich nur …*

Wieder ein Schlag, lauter diesmal.

»Jason?«, sagte sie.

Keine Antwort.

Konnte es Odell Crabtree sein? Vielleicht hatte man ihn freigelassen, und er hatte irgendwie zurück nach Hause gefunden. Rechtlich befanden sie sich auf unsicherem Terrain; bald würden sie ihn entweder anklagen oder freilassen müssen, auch wenn seine Festnahme eigentlich eine Gefälligkeit war und keine Rechtsangelegenheit. Vielleicht hatte der Sheriff ihn gehen lassen.

Nein. Nick hätte mich kontaktiert und nach meiner Meinung gefragt.

Aber wer sonst konnte dort unten sein? Wenn es Jason war, warum antwortete er dann nicht?

Sie musste im Keller nachsehen, sie hatte keine Wahl. Sie schob einen Bücherstapel zur Seite und legte die Blechdose auf den Tisch. Die ramponierte Holztür war so verzogen, dass sie unglaublich fest an dem Knauf zerren musste. Mist, dachte Bell und wandte all ihre Kraft auf. Schon jetzt wusste sie, dass ihr Arm am nächsten Morgen wehtun würde. Wenn ich noch so lange lebe, dachte sie und trat in die Dunkelheit.

37

»Jason?«, rief Bell. Sie wiederholte seinen Namen bei jedem Schritt. »Jason. Bist du da unten?«

Obwohl die Tür oben halb offen stand, war es im Keller schummrig. Sie tastete an der Wand nach einem Lichtschalter, während sie hinunterstieg, aber sie fand keinen. In vielen dieser alten Häuser auf dem Land waren im Keller keine elektrischen Leitungen verlegt. Die Besitzer bastelten sich manchmal eine Beleuchtung zurecht, aber die bestand dann meistens nur aus einer Glühbirne, die sich mithilfe einer Schnur an- und ausschalten ließ. So etwas Modernes wie einen Wandschalter gab es nicht.

»Jason?«

Bell erreichte das untere Ende der Treppe.

Der Gestank war widerlich. Ihr erster Impuls war es, seine Bestandteile zu ergründen – Kot, Urin, Schimmel, verdorbenes Essen –, aber, verdammt noch mal, warum eigentlich? Die einzelnen Elemente dieses durchdringenden, modrigen Gestanks zu benennen würde alles nur schlimmer machen. Ihr wurde schwindelig. *Denk nicht daran.*

Ihre Augen gewöhnten sich etwas an die Dunkelheit, und sie konnte die Hügel erkennen, geheimnisvolle Brocken von unterschiedlicher Größe. Auf dem Boden konnte sie etwas ausmachen, das wie ein gigantischer Ast aussah, dessen unzählige kleinere Zweige sich wie dünne Finger krümmten. Als sie genauer hinsah, erkannte sie, dass einige der schwarzen Gegenstände auf dem Boden Felsblöcke waren, während andere eine quadratische Form hatten; es waren übereinandergestapelte Kisten und Tische.

»Jason?«

Als sie einen Schritt nach vorne machte, kam sie kurz ins Rutschen. Sie schob ihren Fuß ein paar Zentimeter nach vorne und merkte, dass der Kellerboden mit kleinen Steinchen und Schutt bedeckt war. Die Luft auf ihrer Haut fühlte sich kühl an – nicht mehr als zehn Grad. Das war die konstante Temperatur einer unterirdischen Höhle oder eines Kohlebergwerks.

»Mrs Elkins! Vorsicht, er ist direkt hinter ...!«

Der Hieb kam im selben Moment wie Jasons Warnung, und Bell spürte einen grausam scharfen Schmerz an ihrem Kopf. Sie taumelte. Ein großer Felsbrocken hatte sie an der Seite getroffen. Schwankend tastete sie nach etwas, an dem sie sich festhalten konnte, und kämpfte dagegen an, das Bewusstsein zu verlieren. Ihr rechtes Ohr fühlte sich an, als wäre es durch den kräftigen Hieb halb abgetrennt worden. Als sie sich umdrehte, spürte sie einen Luftzug an ihrer Wange, als der Angreifer erneut den Felsbrocken erhob. Noch höher diesmal. Es gelang ihr, zur Seite zu taumeln, sodass er wieder zielen musste. Und in der Viertelsekunde, die sie dadurch gewann, während das Blut aus der Wunde an ihrem Hals herunterlief, warm auf ihrer feuchtkalten Haut, spürte sie plötzlich eine ungeahnte Kraft. Im nächsten Moment wurde ihr klar, woher diese Kraft kam: Es war reine, heiße Wut. *Du verdammter Dreckskerl. Du gottverdammter dreckiger Hurensohn.* Es war die Wut, die Bells Wesen ausmachte, die Teil ihres Lebens war, seit sie denken konnte. Sie brodelte im Verborgenen hinter einer höflichen Alltagsfassade von »Bitte« und »Danke« und erwachte in der Dunkelheit am Ende eines jeden Tages immer wieder neu zum Leben. Sie stellte eine ultimative Quelle erneuerbarer Antriebskraft dar. Und diese Wut durchströmte jetzt ihren ganzen Körper.

Sie senkte den Kopf und rammte ihn dem Angreifer gegen die Brust. Zwar konnte sie nur abschätzen, wo er ungefähr stand, aber sie traf ihn. Sie spürte einen Widerstand und hörte, wie er nach Luft schnappte. Er ließ den Felsbrocken nicht los, aber er war für eine weitere kostbare Sekunde desorientiert. Abermals schrie Jason aus einer Ecke des Raums: »Achtung, Mrs Elkins, er…!«, und sie wünschte sich sehnlichst, sie hätte Licht, auch damit sie einen Blick auf das verdammte, elende Gesicht dieses Mannes werfen könnte, wer auch immer es war.

Ich habe Licht.

Die winzige Taschenlampe an ihrem Schlüsselanhänger.

Während sie sich den Arm schützend vor das Gesicht hielt, schob sie die andere Hand in ihre Tasche. Dann schwenkte sie den kleinen Lichtpunkt nach oben und richtete ihn direkt auf den massiven schwarzen Felsbrocken, den ein Mann in einem langen Kleidungsstück über seinen Kopf hielt, der Mann, der ihr den Schädel zerschmettern wollte. Und als sie das Licht von dem Stein fort und hin zu seinem Gesicht bewegte, sah sie zu ihrem Entsetzen einen krausen weißen Haarkranz und das wutverzerrte, hasserfüllte Gesicht von Perry Crum. Dem Briefträger.

Sie richtete den Lichtstrahl direkt auf seine Augen. Das verschaffte ihr einen winzigen Vorteil. Als er das Gesicht verzog, ließ sie den Schlüsselanhänger fallen, um die Hände freizubekommen. Sie machte einen Schritt nach rechts und versetzte ihm mit voller Wucht wieder einen Kopfstoß, wobei sie mit den Armen ruderte, um sein Gesicht zu treffen.

Sein langer Mantel war gar kein Mantel, sondern ein Regenponcho, glatt und dünn. Ein Bild flackerte vor Bells innerem Auge auf, Perry Crum, wie er an regnerischen Tagen seine Runden machte, freundlich und lächelnd trotz des Wetters, im hellblauen Poncho, der um seinen faltigen Hals herabfiel.

Er wehrte sie mit seinem großen Felsbrocken ab, traf sie wiederholt an Armen und Händen. Sie duckte sich und wich ihm aus, schützte ihren Kopf. Sie schaffte es, eine Faust nach vorne zu bringen, und schlug sie ihm hart und kräftig gegen die Nase. Als sie ihm ihre Daumen in die Augen drückte, hallten seine Schreie in dem kleinen Kellerraum wider, als würde ein Gegenstand umhergeworfen.

Plötzlich lag er flach am Boden und schlug um sich. Er hatte den Felsbrocken von sich geschleudert und sich schreiend an die Nase und die Augen gefasst. Sofort presste Bell die Knie auf seine Brust, während sie im Dunkeln mit beiden Händen nach einem Felsbrocken tastete. Sie fand zwei und schlug sie ihm ins Gesicht, einen nach dem anderen. In dem schwarzen Keller konnte sie sehr wenig erkennen, aber vor ihrem inneren Auge sah sie ihren Gegner so deutlich wie bei hellem Tageslicht – nur dass es nicht mehr Perry Crum war. Das Gesicht, das sie sah, war das von Donnie Dolan, ihrem Vater, der das Leben ihrer Schwester und ihr eigenes ruiniert hatte, dem Dreckskerl, der sie beide zerstört und ihnen jede Chance auf Glück genommen hatte, sogar auf ein normales Leben. Und deshalb würde sie ihn auslöschen, sie würde sein Gesicht zu hässlichem Brei zermalmen, und dann würde sie …

»Mrs Elkins, Mrs Elkins, Sie bringen ihn um, bitte, bitte, tun Sie das nicht, hören Sie auf!«

Keuchend hielt sie inne. Sie atmete so heftig, dass es sie

bei jedem rasselnden Atemzug schüttelte. Ihre Arme waren in der Luft erstarrt. Systematisch und mit voller Kraft waren sie wie eine Sense auf das geschundene Gesicht herabgefahren. Wessen Stimme war das? Wer rief sie da, brach den Bann, brachte sie zu sich selbst zurück?

Es war der Junge. Jason Brinkerman.

Ihre Knie glitten von der Brust des Mannes. Es war nicht mehr nötig, dass sie ihn festhielt. Sie hatte ihren Gegner ausgeschaltet. Crums Nase saß nun an einer falschen Stelle in seinem Gesicht, und die Haut seiner Wangen hing in blutigen Fetzen herab. Sein Wimmern klang ekelhaft schwach.

»Mrs Elkins«, sagte Jason. »Ich bin hier. Hier drüben.«

Sie stand auf und wankte zur anderen Seite des Kellers hinüber. Sie fand den Schlüsselanhänger mit der kleinen Taschenlampe wieder und leuchtete, um Jason zu finden. Während sie ihn losband, erzählte er ihr, wie er hierhergekommen war. Perry Crum hatte sich in der Küche versteckt, er musste aus dem Wohnzimmer gehuscht sein, als er gehört hatte, dass sie das Haus betraten. »Er hat mir die Hand auf den Mund gepresst«, sagte Jason und rieb sich die Handgelenke. Seine Stimme klang heiser und zittrig. »Dann hat er mich hier heruntergezerrt. Er sagte, er würde uns beide umbringen, wenn ich versuchte, zu schreien und Sie zu warnen.«

Sie trat wieder zu Perry, der sich wimmernd und stöhnend auf dem Kellerboden wand. »Warum?«, fragte sie. »Warum, Perry?«

Zuerst beachtete er sie nicht, legte eine Hand auf seine zerschmetterte Nase, während er mit der anderen versuchte, nach seinem Poncho zu greifen. Dann hustete er, spuckte und platzte schließlich heraus: »Ich wollte nur das Beste. Für das Mädchen.« Seine Worte waren vor lauter Rotz und Tränen kaum zu verstehen. »Darum hab ich es getan.«

»Über wen sprechen Sie?«

»Lindy.« Crum spuckte einen Klumpen aus. »Scheiße, Sie haben mir meine verdammte Nase gebrochen.«

»Das ist mir egal«, blaffte Bell zurück. »Okay, Perry. Ich weiß nicht, was Sie meinen, aber wenn Sie meine Neugier hier und jetzt befriedigen, werde ich Ihre Kooperationsbereitschaft erwähnen. Das könnte vor Gericht nützlich sein, auch wenn ich's nicht versprechen kann.« Sie gab ihm die schnellste Rechtsbelehrung, die die Welt je gesehen hatte. »Jetzt wissen Sie Bescheid. Und nun sind Sie dran, Perry. Haben Sie gehört, was ich Ihnen gerade erklärt habe?«

Er stöhnte.

»Ich kann Sie nicht verstehen«, sagte Bell. Sie machte Anstalten, sich von ihm abzuwenden und zur Treppe zu gehen. Sie widerstand dem Impuls, vor Schmerz zu stöhnen; jeder Muskel in ihrem Körper tat weh. Oh Gott, dachte sie. Ich bin zu alt für diesen Scheiß. Sie überlegte bereits, was sie zu Nick Fogelsong sagen würde, wenn sie ihn sah, um ihn wissen zu lassen, dass sie wohlauf war: *Hey, Sheriff, ich dachte, der Beruf des Staatsanwalts sei ein gottverdammter Schreibtischjob.*

»Ja, ja«, murmelte Perry.

»Was?«

»Ich habe Ja gesagt. Ich habe es gehört. Meine Rechte und das alles.«

»Dann werden Sie mir jetzt erzählen, was zum Teufel das alles hier sollte?«

Crum strich sich mit einem Zipfel seines Ponchos über das Gesicht, um das Blut wegzuwischen, und schrie vor Schmerz auf. »Das tut so weh!«, heulte er.

Bell hätte beinahe gelacht. Warum verwandelte sich jeder harte Bursche in einen Zweijährigen, sobald er eine Kostprobe von dem bekam, was er selbst anderen zugefügt hatte?

»Los geht's«, sagte sie.

Stockend und keuchend vor Schmerz erzählte er die ganze Geschichte. Lindy Crabtree, sagte er, sei etwas Besonderes. »Sie ist besser als jede andere in diesem beschissenen County, das kann ich Ihnen sagen«, murmelte Crum. Er bringe ihr nun schon seit Jahren ihre Bücher und wisse, wie klug sie sei. Aber sie habe nicht vor, jemals von hier fortzugehen. »Sitzt hier in diesem verdammten Haus fest mit diesem verrückten alten Mann«, fuhr er fort. »Arbeitet an der Tankstelle. Das ist so sinnlos. Jedes Mal, wenn ich versuchte, mit ihr darüber zu sprechen, ihr klarzumachen, dass sie etwas Besseres verdient hat, um Welten besser als alle anderen, hat sie mich nur angelächelt und sich dafür bedankt, dass ich ihr die Bücher ins Haus getragen habe. Als wäre ich nichts anderes als ein verdammter Packesel. Als wäre nichts von dem, was ich sage, auch nur einen Pfifferling wert. Als ob ich nicht wüsste, wie es ist, wenn man sein ganzes Leben für jemand anderen aufgibt. Für jemanden, der nicht einmal anerkennen kann, was man für ihn aufgibt.« Er spuckte wieder aus, dann hustete er lange und gurgelnd und stöhnte jedes Mal auf, wenn sein Körper zuckte und sich krümmte. »Ich musste es ihr zeigen. Ihr zeigen, wie schaurig es hier draußen am Ende der Welt für ein junges Mädchen ganz allein ist. Ganz allein mit diesem kranken alten Sack Knochen, Odell Crabtree.«

»Also haben Sie Lindy überfallen? Damit sie auf Sie hört? War das Ihr Masterplan?«

»Zur Hölle, nein.« Crum begann am ganzen Körper zu

zittern. Vielleicht würde er in einen Schockzustand fallen, und Bell hoffte, dass er seine Geschichte zu Ende brachte, bevor er das Bewusstsein verlor. »Ich wollte ihr nichts tun«, beharrte er. »Ich habe Charlie Frank verfolgt. Wusste, wo er nachts herumlief. Jeder weiß das. Aber ich wollte ihn nicht schwer verletzen. Wollte ihm nur Angst machen, verstanden? Damit er es weitererzählte. Damit Lindy kapierte, warum sie weggehen musste. Sie sollte sehen, was mit Leuten passiert, die hier draußen alleine sind. Die Sache ist mir nur ein bisschen aus dem Ruder gelaufen. Nicht mein Fehler, dass Charlie tot ist. Der verdammte Idiot hat zurückgeschlagen. Ich wollte ihm eigentlich nur eine Abreibung verpassen, aber er wehrte sich. Deshalb musste ich ein bisschen grob werden. Wer hätte gedacht, dass er zurückschlagen würde? Wofür hat er überhaupt gelebt? Aber er kämpfte. Ich habe den Poncho getragen, also kam kein Blut auf meine Kleider.« Er hustete und spuckte. »Da das mit dem Überfall auf Charlie Frank nicht funktioniert hat, musste ich was anderes versuchen. Musste ihr einen gehörigen Schrecken einjagen. Deshalb habe ich gewartet, bis sie von dieser beschissenen kleinen Tankstelle nach Hause kam. Hinter der Tür. Habe darauf geachtet, dass ich sie nicht wirklich verletzte.«

»Charlie Frank«, sagte Bell grimmig. »Und davor Freddie Arnett auf seiner Auffahrt.«

»Nein, das stimmt nicht«, murmelte Crum. »Das war ich nicht. Habe Freddie nicht angerührt.«

»Als ob Ihnen irgendjemand das glauben würde.«

»Ich schwöre bei Gott.«

Sie wollte nicht mit ihm diskutieren. »Warum sind Sie heute Abend hierher zurückgekommen?«

»Wollte ein paar Sachen abladen.« Crum versagte die

Stimme, sie wurde immer schwächer. »Charlie Franks Stiefel. Damit es aussieht, als ob ihr Daddy es getan hätte. Dann hätte sie sich von dem alten Bock endlich lösen und ihn wegschicken können. Dort, wo er hingehört. Dann wäre sie frei und könnte diesen wertlosen Misthaufen verlassen, den wir anderen … Zuhause nenn…«

Crums Stimme versiegte langsam, und sein Kopf kippte zur Seite, sein Mund stand offen, die Augen wurden glasig.

Bell sah Jason an und wies auf die Felsen, Kisten und umgestürzten Tische. »Was zur Hölle soll das sein?«

»Soll ich raten? Es ist ein Kohlebergwerk«, erwiderte Jason. »Damit ihr Daddy sich wohlfühlte. Das ist der Ort, den er am besten kannte. Der Ort, an dem er glücklich war.« Er erblickte einen Gegenstand auf dem Fußboden, halb versteckt hinter einem dicken Baumstamm, und hob ihn auf. »Verflixt«, sagte Jason. »Ich wünschte, das hätte ich ein paar Minuten eher gehabt.« Es war ein Messer mit einem Holzgriff, und es war benutzt worden, um an dem dicken Baumstamm herumzusäbeln. Odell Crabtree hatte versucht, seinen Weg so gut es ging frei zu halten, genau wie er es so viele Jahre im Bergwerk getan hatte.

»Nichts wie raus hier«, sagte Bell. »Ich werde den Sheriff anrufen. Er kommt mit den Rettungssanitätern, und die können sich um diesen Mistkerl kümmern. Jetzt, wo er sein Herz ausgeschüttet hat. Hier – gib mir das Seil, mit dem er dich gefesselt hat. Ich muss dafür sorgen, dass er nicht rauskommt.«

Als Nächstes nahm Bell die Kellertreppe in Angriff. Jason war direkt hinter ihr. Sie strauchelte zweimal, und er stützte sie, schob sie weiter.

»So«, sagte Jason. Sie waren oben angekommen. In der Küche war es dunkel, allerdings nicht so dunkel wie im Keller. »Sie haben etwas geschrien, während Sie ihm die Seele aus dem Leib geprügelt haben.«

»Ich erinnere mich nicht.«

»Na ja, es klang, als hätten Sie ›Daddy‹ oder so was …«

Sie fiel ihm ins Wort. »Ich habe gesagt, ich erinnere mich nicht.«

Vorsichtig gingen sie zu Bells Auto zurück. Immer wieder strauchelten sie und richteten sich wieder auf. Der ohnehin schwach leuchtende Mond wurde zusätzlich noch von Wolken verdeckt. Bell musste nach dem Türgriff tasten und verfehlte ihn zweimal, bevor sie ihn fand.

Der Regen hatte etwas nachgelassen. Es war ein hartnäckiger, unbarmherziger Regen, der nicht die Absicht zu haben schien, jemals aufzuhören. Bell machte die Scheibenwischer an, noch bevor sie die Scheinwerfer einschaltete. Während sie den Wagen zurücksetzte und die Auffahrt hinunterfuhr, warf sie einen kurzen Blick in den Rückspiegel und fuhr erschrocken zusammen – worauf sie gleich noch einmal zusammenzuckte, diesmal vor Schmerz. Ihr Gesicht war voller Schrammen. Die Verletzung oberhalb ihres rechten Ohrs musste wahrscheinlich genäht werden. Ihre Wunden an Armen und Händen waren mit Blut verkrustet. Unter einem Auge färbte sich die Haut gelb-lila und schwoll an. Sie sah fürchterlich aus. Und so fühlte sie sich auch.

»Sind Sie sicher, dass Sie fahren können?«, fragte Jason vorsichtig, nun, nachdem er Bell Elkins erlebt hatte, wenn sie sauer war.

»Ist in Ordnung.«

Ohne dass einer von ihnen es aussprechen musste, wussten sie, wo sie hinfuhren und warum: ins Raythune County Medical Center – um Lindy von ihrer Angst zu erlösen.

»Was ist das?«, sagte Bell. Sie wandte ihren Blick einen Moment von der Straße ab. Jason hatte etwas auf seinem Schoß.

Es war die kleine Blechdose mit den Briefen. »Hab ich mir geschnappt, als wir durch die Küche gegangen sind«, erklärte er. »Sie haben gesagt, das sei ihr wichtig. Wir können darauf aufpassen, bis Lindy nach Hause kommt.« Er schob die Dose ins Handschuhfach.

Bell verschwendete keine Zeit mit der Suche nach einem Parkplatz, sondern fuhr direkt vor den Haupteingang des Krankenhauses und ließ das Auto dort stehen.

Als sie am Empfangstresen vorbeieilten, winkte Bell nur ab, als die Rezeptionistin beflissen fragte: »Kann ich Ihnen helfen?« Bell wollte Lindy so schnell wie möglich die Nachricht überbringen, dass ihr Vater, den sie liebte, ihr nichts angetan hatte, und anderen auch nicht.

Mit einer Geschwindigkeit, die über die Schmerzen in ihren Beinen hinwegtäuschte, hastete Bell einen hell erleuchteten Korridor entlang. Ein paar Meter vor der Flügeltür, die zur Intensivstation führte, stieß sie beinahe mit einer kleinen, besorgt dreinblickenden älteren Frau im hellblauen Krankenschwesternkittel zusammen. Die Frau trug ein Namensschild: SALLY FUGATE stand darauf, und darunter, in größeren Buchstaben: OBERSCHWESTER.

»Entschuldigen Sie«, sagte Bell, »aber wir sind auf dem Weg zu …«

»Es tut mir leid, Mrs Elkins«, unterbrach sie die Oberschwester in gedämpftem, auf professionelle Weise mitfühlendem Ton. Sie hatte die Hände ineinander verschränkt. »Es tut mir so schrecklich leid. Ich fürchte, ich muss Ihnen mitteilen, dass Lindy Crabtree vor zwanzig Minuten gestorben ist.«

38

»Niemals.« Jasons Stimme zitterte, aber er klang entschieden. »Verdammt, nie im Leben, Lady.«

Bell brachte zunächst kein Wort heraus. Sie kämpfte gegen den Schock, drängte ihn zurück, als wäre er ein wildes Tier, das sie angriff. Gefühle, das wusste sie, halfen ihr im Moment überhaupt nicht weiter. Die Wut, die während des Faustkampfs in einem mit Felsbrocken übersäten Keller so effektiv gewesen war, würde hier nichts bringen – tatsächlich konnte sie ihr sogar schaden. In diesen Gefilden lag die Macht in der eiskalten Eleganz von Selbstbeherrschung. Sie brauchte Antworten. Und um die zu bekommen, musste sie ruhig und systematisch sein, wenn sie ihre Fragen stellte. Nicht hart, streitlustig und fordernd, was wie immer ihr erster Impuls gewesen war.

»Lindy ging es gut, als ich gegangen bin«, sagte sie vorsichtig. »Was ist hier los?«

Schwester Fugates Stimme hatte einen herablassenden Unterton, als versuche sie, ein widerspenstiges Kleinkind zu besänftigen. »Solche Dinge passieren, Mrs Elkins. Es ist traurig, ich weiß, und es ist schwer zu akzeptieren, aber manchmal entscheidet die Natur, selbst wenn die Ärzte und Schwestern ihr Allerbestes gegeben …«

»Nein«, unterbrach Bell sie barsch. »Niemals. Ihr ging es gut. Ich habe mit ihr gesprochen. Sie kann nicht gestorben sein. Das ist unmöglich.« *Zum Teufel mit ruhig und systematisch.*

»Leider doch.« Die Oberschwester schüttelte den Kopf.

Bell holte ihr Handy hervor. Sie suchte mit den Augen Jasons Blick, bevor sie eine kurze Nachricht an Rhonda Lovejoy schickte.

»Ich fürchte«, sagte die Schwester, »ich muss Sie jetzt wirklich bitten zu gehen. Dies ist eine Gesundheitseinrichtung, und unser Personal muss seiner Arbeit nachgehen. Wir wissen Ihre Besorgnis zu schätzen und fühlen mit Ihnen mit, aber wir werden uns darum kümmern, dass alle Familienangehörigen verständigt werden, und wir werden …«

»Was ist hier los?«, fragte eine bekannte Stimme. Bell drehte sich um. Die Frage kam von Sharon Henner, die durch dieselbe Tür auf den Korridor trat, durch die Fugate eben gekommen war. Sharon trug einen hellrosa Anzug und schwarze hochhackige Schuhe. War die Tochter des Gouverneurs den ganzen Tag hier gewesen? Seit ihrer mysteriösen Ankunft an diesem Morgen? Hinter ihr standen Bradley Portis, der Geschäftsführer des Krankenhauses, und der ältere der beiden Wachmänner von Riley Jessups Anwesen.

»Oh, nur ein sehr unglücklicher Vorfall«, sagte die Oberschwester und blickte unruhig zu Sharon. »Bedauerlicherweise«, fuhr sie mit einer Geste in Richtung Bell fort, »musste ich Mrs Elkins informieren, dass jemand, den sie kannte, heute Abend verstorben ist. Recht unerwartet, fürchte ich. Aber die medizinische Wissenschaft hat ihre Grenzen. Und wie ich gerade zu erklären versucht habe, ist es unter diesen Umständen wichtig, dass wir unseren Kummer überwinden und akzeptieren, dass …«

»Schwachsinn«, unterbrach Bell sie.

Schockiert riss die Oberschwester die Augen auf, aber fand schnell ihr Gleichgewicht wieder. »Ich weiß, dass die Verstorbene eine Freundin von Ihnen war, Mrs Elkins«, sagte sie, nun die Liebenswürdigkeit in Person. »Wenn Sie erst Gelegenheit hatten, etwas Abstand dazu zu gewinnen, wird diese ungerechtfertigte Feindseligkeit bestimmt verschwinden, da bin ich sicher.« Aufmerksam betrachtete sie Bell. »Das ist eine hässliche Wunde da an ihrem Kopf. Brauchen Sie auch medizinische Versorgung?«

»Wenn Sie mich anfassen«, erwiderte Bell kalt, »breche ich Ihnen den Arm.«

»Meine Güte!« Schwester Fugate legte sich die Hand auf die Brust, blinzelte und verdrehte ironisch die Augen.

Bell schaute zu Bradley Portis. Sie musste aufblicken; er war ein sehr großer Mann in einem sehr eleganten Anzug. Sein dichtes braunes Haar trug er aus der hohen, gefurchten Stirn gekämmt. Er hatte sie bei ihrer Unterhaltung mit der Krankenschwester beobachtet. Reglos hatte er dagestanden, während seine dunklen Augen sich hin und her bewegten. Er strahlte jene stolze Gleichgültigkeit aus, die Bell schon bei anderen mächtigen Männern aufgefallen war, diese glatte Zurückhaltung, die von einer immensen Selbstachtung zeugte. Jemand so Geringes und Lächerliches wie sie konnte ihn nicht aus der Fassung bringen. »Mr Portis«, sagte sie, »hiermit setze ich Sie davon in Kenntnis, dass ich in einer halben Stunde die richterliche Anordnung erhalten werde, Ihre Büros nach medizinischen Aufzeichnungen zu durchsuchen, die Lindy Crabtrees Behandlung betreffen. Es gibt erhebliche Zweifel an ihrer Pflege in dieser Einrichtung.« Und mit aller Autorität, die sie aufbringen konnte, während sie gegen eine gewaltige innere Erschöpfung ankämpfte, fügte sie hinzu: »Bis dahin werden weder Sie noch Ihre Angestellten irgendetwas anfassen.«

Einen Moment sprach niemand. Bell fiel auf, dass sich die beiden Seiten wie gegnerische Kräfte in einer Schlacht aus einem von Nick Fogelsongs historischen Romanen gegenüberstanden. Dies mochte ein weiß gekachelter Korridor mit blassgrünen Wänden und Krankenhausbeleuchtung sein und kein sonnenbeschienener Schutzwall, hinter dem sich Soldaten mit ihren Kriegsmaschinen postiert hatten, aber die Linie, die die feindlichen Kämpfer trennte, war klar: Portis, Fugate, Sharon und der Wachmann auf der einen Seite. Auf der anderen Bell und Jason.

Jason.

Sie sah sich um. Kein Jason. Der Junge hatte eindeutig ein Talent, in entscheidenden Momenten zu verschwinden. Aber diesmal war Bell dankbar dafür. Er hatte ihre stumme Botschaft verstanden.

Portis wandte sich wieder an sie. Seine Stimme nahm den drohenden Bariton eines Mannes an, der es gewohnt ist, das Sagen zu haben. Und in der Art, wie er sein Kinn hob, lag ein deutlicher Ausdruck von Verachtung, die Überzeugung, dass es wirklich eine Zumutung war, wenn er sich mit jemandem wie ihr abgeben musste. »Mrs Elkins«, sagte er, »Sie reagieren über. All dieses Getue ist unnötig. Ich kann sehen, dass Sie physische Qualen erlitten haben, und jetzt müssen Sie auch noch den tragischen Tod einer Bekannten verarbeiten. Darf ich vorschlagen, dass Sie sich einen Moment hinsetzen und ausruhen? Mrs Fugate wird Sie an einen ruhigen Ort bringen, und jemand von der Trauerberatung kann sich …«

»Neunundzwanzig«, sagte Bell.

»Wie bitte?«

»Neunundzwanzig Minuten. Das ist die Zeit, die Ihnen noch bleibt, bis der Durchsuchungsbefehl hier ist. Mehr oder weniger. Und ach, nur damit Sie Ihr Personal schon mal vorbereiten können: Ich will eine Liste mit allen Medikamenten, die Lindy Crabtree bekommen hat, und allen Eingriffen, die an ihr vorgenommen wurden, von dem Moment an, als sie hierhergebracht worden ist. Es darf nichts fehlen – nicht einmal ein Aspirin. Und ich werde auf einer vollständigen Autopsie bestehen, die von einem unabhängigen medizinischen Experten vorgenommen wird.«

Portis zögerte. Er schien zu überlegen, ob sie bluffte. Schließlich änderte er seine Taktik. »Wissen Sie, Mrs Elkins«, sagte er, die Stimme triefend vor Herablassung, »diese Einrichtung hatte immer ein ausgezeichnetes Verhältnis zu den örtlichen Justizbehörden. Ich glaube nicht, dass Sie das aufs Spiel setzen wollen nur wegen eines unnötigen Streits über …«

»Brad.« Sharon unterbrach ihn sanft. Sie legte ihm ihre Hand auf den Unterarm und tätschelte ihn zweimal. »Brad, lass mich.«

Sie trat einen Schritt auf Bell zu. »Ich glaube, ich weiß, was Sie gerade durchmachen. Ich kenne diese Situation. So viele Male habe ich meinen Sohn fast sterben sehen. Er ist so schrecklich krank seit vielen Jahren, und es ergibt einfach überhaupt keinen Sinn.« Ihre Stimme klang nachdenklich. »Die Jungen sollen *leben*. Sollen ein reiches, erfülltes Leben haben. Und die Alten sollen sterben, nach einem langen Leben. Es gibt nichts Schlimmeres, als wenn die Jungen uns genommen werden. Es ist tragisch und unerträglich traurig, aber es ist auch – *unnatürlich*, irgendwie. Es fühlt sich an, als ob das ganze Universum auf den Kopf gestellt würde. Als ob die Jungen wegen der Dinge leiden würden, die *wir* getan haben. Sie können nichts dafür. Das ist unmöglich. Wir sind dafür verantwortlich. Und deshalb fühlen wir uns in unserem Kummer gleichzeitig so schuldig. Nicht wahr?«

Bell spürte Erschöpfung und Wut; sie war fassungslos über den Tod von Lindy Crabtree. Und Sharons Stimme hatte eine beruhigende Wirkung, ihre emotionale Logik war glatt und unbestreitbar. Vielleicht hatte sie recht, und Lindys Schicksal kam ihr nur verdächtig vor, weil sie im Moment so verstört war. Vielleicht hatte Perry Crum sich verschätzt und Lindy zu hart getroffen, genau wie er sich bei Charlie Frank verschätzt hatte.

Und vielleicht kämpfte sie umsonst. Kämpfte nur, weil … nun, weil Kämpfen in letzter Zeit ihre Standardreaktion war.

Nein, es war schon ihr ganzes Leben lang ihre Standardreaktion.

Bell nickte. Ausnahmsweise einmal fühlte es sich gut an zu nicken. Zuzustimmen, anstatt der Gegenspieler zu sein. Der Sturkopf. Und Sharon nickte auch. Sie versteht es, dachte Bell. Sie versteht es wirklich.

Eine Frage machte ihr noch zu schaffen. Sie war ihr in dem wilden Durcheinander dieser Nacht fast entglitten. »Warum sind Sie hier?«, fragte Bell.

»Ich bin heute früh wegen einer Konferenz mit Brad und seinen Mitarbeitern hierhergekommen«, sagte Sharon. »Wir legen die Bedingungen für das Geschenk meines Vaters fest: den Kernspintomografen.«

Das klang überzeugend. Bell rieb sich die Stirn. Oh Gott, war sie müde. Ihr Kopf hämmerte. Die Muskeln in ihren Beinen schmerzten bei jeder Bewegung.

»Dann ist hier jetzt alles geklärt?«, sagte Portis.

Bell zuckte mit den Schultern. Das war ihre Art der Zustimmung. Sie merkte, dass das, was sie jetzt mehr als alles auf der Welt wollte – sogar noch mehr als ein heißes Bad, eine Handvoll Schmerztabletten und ein Bier, um sie runterzuspülen, und dann tausend Jahre Schlaf –, ein Gespräch mit Nick Fogelsong war. Sie wollte sich hinsetzen und lange mit ihm sprechen. Sie wollte ihm alles über diese Nacht erzählen, über das schmerzliche Opfer, das Perry Crum seiner Schwester Ellie gebracht hatte, und über die Verbrechen, zu denen das geführt hatte. Über Lindys Liebe zu ihrem Vater – eine Liebe, die, wie es jetzt schien, ihr Vermächtnis war.

»Ich bin so froh, dass wir uns geeinigt haben«, sagte Sharon in sanftem, ernstem Ton. »Und ich hoffe, dass Sie mit all dem Ihren Frieden machen können, Mrs Elkins.«

Bell wandte sich um, wollte in die Lobby zurück, um Jason zu suchen, und dann nichts wie raus hier. Sie hatte Lindy nur kurz gekannt, aber sie würde lange um sie trauern. Sie dachte an die Bücher, die sich in dem kleinen Haus überall stapelten, und an die vielen Stunden, die Lindy mit Lesen und Träumen verbracht haben musste. Nichts davon spielte jetzt noch eine Rolle. Nichts davon hatte jetzt noch die geringste Bedeutung. Hinter sich hörte Bell, wie der Wachmann zu Sharon sagte: »Geh lieber. Drinnen ist alles für uns bereit, Maybelle.«

Bell drehte sich wieder herum. »Wie hat er Sie genannt?«

Sharon lächelte wehmütig. »Oh, das ist mein richtiger Name. Nach meiner Großmutter. Mein Vater ist schuld, dass man ihn mir aufgebürdet hat. Seiner Mutter zu Ehren, wie er immer sagte. Na ja, ich habe meinen Namen von Anfang an gehasst. Verständlich, oder? Hab ihn offiziell ändern lassen, sobald ich aus dem Haus war. Aber Leo ist schon so lange bei uns, dass ich für ihn immer Maybelle geblieben bin. Stimmt's, Leo?«

Bell erinnerte sich sofort an die Briefe, die sie überflogen hatte, die Briefe von Margaret Crabtrees Kindheitsfreundin. An den Namen Maybelle, der daruntergekritzelt war. Und mit dem Bild dieser Briefe vor Augen reihten sich einige Einzelteile in ihrem Geiste aneinander und setzten sich schließlich mit einem scharfen »Klick« zusammen. Ich verstehe nicht alles, dachte Bell, aber ich verstehe jetzt eine Menge mehr als noch vor ein paar Sekunden. Sie verfluchte sich selbst, weil sie so dumm, langsam und vertrauensselig gewesen war, weil sie die Verbindung nicht früher hergestellt hatte.

Nach außen hin zeigte Bell keine Reaktion. Nicht jetzt, sagte sie sich. Nicht hier. Sie nickte Sharon zu, als gäbe sie sich mit ihrer Erklärung zufrieden, und setzte ihren Weg in Richtung Lobby fort. Sie hoffte inständig, dass ihr Instinkt sie nicht trog und Jason ein Kämpfer war, ein Rebell, ein Aufrührer. Noch jung genug, um der Schwerkraft zu trotzen. Und dass er verschwunden war, weil er das tat, was sie hätte tun sollen, bevor sie sich vor lauter Erschöpfung von schönen Worten und angeblichem Mitgefühl hatte täuschen lassen: Lindy Crabtrees Schicksal auf den Grund gehen.

39

Draußen auf dem von Schatten gesprenkelten, regennassen Parkplatz war Bell erleichtert, als sie sah, wie Rhonda Lovejoys blauer Subaru schwankend, fast schlingernd neben Bells Wagen zum Halten kam. Sie berieten sich kurz und parkten dann ihre Fahrzeuge auf der Seite des Parkplatzes, wo die Krankenhausangestellten während der Nachtschicht üblicherweise ihre Autos abstellten; ihre Wagen würden dort weniger Aufmerksamkeit erregen.

Rhonda stieg aus und verzog das Gesicht wegen des anhaltenden Sprühregens, wohl wissend, was die Feuchtigkeit mit ihrer flotten Frisur anstellen würde, einem kunstvollen Konstrukt, das von glitzernden Haarspangen zusammengehalten wurde.

Sie nahm Bells zerschundenes Gesicht näher in Augenschein – inzwischen war es noch mehr angeschwollen – und prallte zurück. »Du meine Güte. Was in aller Welt …?«

»Vergessen Sie's. Wir müssen uns beeilen.«

Auf ihrem Weg hinaus hatte Bell in der Lobby keine Spur von Jason gesehen. Die Rezeptionistin, immer noch leicht verstimmt, warf ihr einen giftigen Blick zu, und ein Mann vom Sicherheitsdienst beobachtete sie aufmerksam, als sie das Gebäude verließ.

»Okay«, sagte Rhonda, zweifelnd, aber pflichtbewusst. Sie hielt ein Blatt Papier hoch, zusammengerollt wie eine Flaschenpost, und verstaute es wieder in ihrer Tasche, um es vor dem Regen zu schützen. »Ich habe den einzigen Richter gefunden, mit dem Sie es sich in letzter Zeit nicht verdorben haben – Tolliver –, und bin zu ihm nach Hause gefahren. Er hat den Durchsuchungsbefehl unterschrieben.« Sie machte Scherze; Richter Tolliver mochte Bell. Noch wichtiger, er hielt etwas von Gerechtigkeit und war in der Regel tolerant, was die Methoden anging, die man anwenden musste, um Gerechtigkeit walten zu lassen. Auch wenn sie unkonventionell waren.

»Alles der Reihe nach«, sagte Bell. »Was für Schuhe haben Sie an?«

»Schuhe?«

»Ja. Schuhe.« Bell betrachtete Rhondas rüschenbesetzten schwarzen Rock und ließ den Blick zu ihren Füßen wandern. Sie war erfreut, als sie sah, dass Rhonda Turnschuhe trug.

»Ich war gerade in meinem Aerobic-Kurs im Sportstudio in Blythesburg, als Sie angerufen haben«, sagte Rhonda. »Hatte keine Zeit zum Umziehen. Habe einfach den Rock über meine Sporthose gezogen.«

»Gut. Ich hatte schon Angst, Sie hätten wieder diese lächerlich hohen High Heels an. In denen können Sie weder rennen noch klettern.«

»Nun ja.« Rhonda blickte sie erst verletzt und dann verärgert an. »Jedem das Seine.«

»Schön. Kommen Sie.«

»Wo gehen wir …?«

»Kommen Sie einfach. Ich informiere Sie unterwegs.«

Der Regen und die Dunkelheit kamen ihnen gelegen, als sie unauffällig über den ordentlich gemähten Rasen huschten und sich an der Seite des Gebäudes gegen die Backsteinmauer drückten, sorgfältig darauf bedacht, dem sturen, ausdruckslosen Blick der Überwachungskameras auszuweichen, die an jeder Ecke des Daches angebracht waren. Das nasse Gras war heimtückisch glatt; einmal strauchelte Bell, und Rhonda packte sie am Arm. »Danke«, formte Bell unhörbar mit den Lippen. Als Rhonda ihren verletzten Arm anfasste, hätte sie vor Schmerz schreien mögen, aber es gelang ihr, den Impuls zu unterdrücken. Rhonda wollte etwas fragen, aber Bell legte den Zeigefinger auf die Lippen.

Sie blieben bei vier brummenden, riesigen quadratischen Lüftungsschächten an der südwestlichen Ecke des Gebäudes stehen. Bell bemerkte einen nicht gekennzeichneten Seiteneingang, eine dicke Metalltür mit einem Lüftungsgitter am oberen Rand.

»Sie ist verschlossen, Belfa«, flüsterte Rhonda unwillig. Sie hatte die Bemerkung über ihre Fußbekleidung noch nicht ganz verwunden.

»Natürlich«, flüsterte Bell zurück.

»Was glauben Sie dann, wie wir …«

Die Tür schwang auf, und Jasons Gesicht erschien im Türspalt. Er blickte sich vorsichtig um, dann hielt er die Tür etwas weiter auf, damit Bell und Rhonda hineinschlüpfen konnten.

»Jason hat mir eine Nachricht geschickt, kurz bevor Sie kamen«, sagte Bell leise zu Rhonda, »und mir mitgeteilt, zu welcher Tür wir kommen sollen.« Der spärlich beleuchtete Korridor, in dem sie sich befanden, beherbergte das Notstromaggregat des Gebäudes; davon zeugten die Schilder, die auf »Hochspannung«, »beschränkten Zugang« oder »Lebensgefahr« hinwiesen.

»Aber wenn sie verschlossen ist, warum lässt sie sich dann von innen öffnen?«, beharrte Rhonda.

»Brandschutzbestimmungen«, sagte Bell. »In öffentlichen Gebäuden müssen alle Türen von innen geöffnet werden können, damit die Leute bei einem Notfall nach draußen gelangen. Okay, Jason, was hast du herausgefunden?«

Sie sah ihn an. Auf einmal wurde ihr klar, wie jung er war und wie hoch ihre Erwartungen an ihn waren. Vielleicht zu hoch. Schließlich war er noch ein Kind. Jasons Gesicht glänzte vor Schweiß, seine Augen waren geweitet. Seine großen Hände hingen an seinen Seiten herab und zuckten, als wäre er nicht sicher, was er mit ihnen anfangen sollte, und die umgedrehte Baseballkappe war noch weiter nach hinten gerutscht, weil er sich immer wieder die Haare aus der Stirn gestrichen hatte. Mit seinem breiten, naiven Gesicht sah er aus wie ein Zehntklässler, der im letzten Moment vor einer Geländefahrt einen Rückzieher macht.

»Nicht viel«, sagte er. »Es ist verrückt, was hier abläuft, das ist alles, was ich weiß. Und ich sage Ihnen: Lindy ist nicht tot. Auf keinen Fall, verdammt.«

Bevor Bell ihm weitere Fragen stellen konnte, berührte Rhonda sie an der Schulter. »Hey«, sagte sie. »Ich will es ja nicht allzu genau nehmen, aber wir sind gerade außerhalb der Betriebszeit in eine medizinische Einrichtung eingebrochen. Der Durchsuchungsbefehl rechtfertigt, dass wir uns die Akten ansehen, aber nicht, dass wir uns illegal Zugang verschaffen. Ehrlich gesagt gefällt es mir nicht, solange ich nicht weiß, was hier los ist. Wir sind keine Deputys. Wir sind Staatsanwälte. Und es ist nicht wirklich unsere Aufgabe …«

Als Rhonda Bells Gesichtsausdruck sah, brach sie ab. Sie kannte diesen Blick. Er konnte eine Stahltür sprengen, wenn es sein musste. Oder wenigstens eine ordentliche Delle hinein machen.

»Okay«, sagte Bell. Sie sprach schnell, aber deutlich und drehte den Kopf, um sich zu vergewissern, dass niemand auf den Flur kam. »Wir haben nicht viel Zeit, Rhonda, also mache ich's kurz. Die Wahrheit? Sie haben recht. Ich weiß nicht, was zur Hölle hier vorgeht. Aber irgendetwas stimmt hier ganz und gar nicht. Als ich Lindy Crabtree vor ein paar Stunden gesehen habe, ging es ihr gut. Jetzt sagen sie, dass sie tot ist. Lassen Sie mich unseren Freund Jason zitieren: Lindy ist nicht tot, auf keinen Fall.« Ihre Stimme klang heiser und gepresst. Nicht gebieterisch. *Nun, was soll's.* »Sharon Henner muss irgendwie in die Sache involviert sein. Hören Sie, Sheriff Fogelsong ist unterwegs hierher. Ich habe ihm eine Nachricht geschickt. Wenn ich glauben würde, diese Sache könnte warten, bis er da ist, würde ich mich mit Freude ins Auto setzen und Radio hören. Aber das geht nicht, denn diese Sache kann nicht warten.« Sie holte tief Atem. »Rhonda, wenn Sie Angst haben, dass Sie Ärger bekommen – und ich kann Ihnen da nichts garantieren –, dann sollten Sie jetzt gehen. Mich macht das Ganze auch ziemlich nervös. Wenn es schiefgeht, werden wir eine Menge zu erklären haben, und wahrscheinlich stehen uns dann ein Disziplinarverfahren und eine Abberufungswahl bevor. Okay? Also nichts für ungut. Wirklich. Ich spreche jetzt nicht als Ihre Chefin mit Ihnen. Bitte, gehen Sie. Das ist die letzte Chance. Die Tür ist gleich da hinten.«

Rhonda gönnte sich ein paar Sekunden zum Nachdenken. Dann straffte sie ihre Schultern und steckte sich eine vorwitzige Locke hinter das linke Ohr, strich sich den rüschenbesetzten Rock glatt, der von dem unerwarteten Gerenne ganz zerknittert war.

»An die Arbeit«, sagte sie.

Vorsichtig schlichen sie durch den Korridor, nicht sicher, was sie nun tun sollten. Doch es war ein gutes Gefühl, in

Bewegung zu sein. Jason ging vorne. Er kannte den Weg, war er doch gerade erst vor ein paar Minuten durch den Gang gerannt, um sie hereinzulassen. Bell und dahinter Rhonda folgten ihm. Hinter verschlossenen Türen mit der Aufschrift ZUTRITT NUR FÜR PERSONAL konnten sie das Vibrieren der HLK-Anlage der Klinik hören, das ständige Rumoren der Energieversorgung, die man brauchte, um rund um die Uhr alles in Gang zu halten.

»Ich denke, dass sie sie hier irgendwo verstecken«, stieß Jason heiser flüsternd zwischen den Zähnen hervor. »Und wir müssen sie finden.« Er erzählte ihnen kurz, was passiert war, nachdem er sich auf dem Flur davongeschlichen hatte, während Bell mit Sally Fugate sprach. »Ich habe gemerkt, dass sie uns hinhalten wollten«, sagte er, »und ich dachte, dass es verdammt viel mehr bringt, wenn ich mich mal alleine umsehe und versuche herauszufinden, was diese Schweine mit Lindy gemacht haben.« Er war durch die langen Korridore gegangen, die zu dieser späten Stunde nur schwach beleuchtet waren. Niemand hatte ihn bemerkt. Als doch einmal ein Wächter auf ihn aufmerksam wurde, hatte er sich einen Besen genommen und lustlos gefegt. »Das hat geklappt«, berichtete er, stolz auf sein Ausweichmanöver. »Sie dachten, ich gehöre zum Personal, weil ich wie ein fauler Hund wirkte.«

Dann kam ihm ein Zufall zu Hilfe. Er begegnete Jimmy Dillon, einem Freund seines Bruders Eddie, der wirklich zum Reinigungspersonal gehörte und gerade Nachtschicht hatte. Jason zeigte ihm ein Foto von Lindy auf seinem Handy und bat ihn um Hilfe bei der Suche nach ihr. Jimmy erzählte ihm von der Leichenhalle des Krankenhauses.

»Sag bloß nicht«, sagte Bell voller Grauen, »dass du in die Leichenhalle …«

»Aber nein. Jimmy hat gesagt, da würde ich niemals reinkommen. Aber dafür *er* – jedenfalls, um einen Blick ins Logbuch werfen zu können. Er kam zurück und erzählte mir, dass Lindys Name nicht darin stand. Wie ich gesagt habe, Mrs Elkins – sie ist nicht tot. Auf keinen Fall.«

Sie hatten eine Gabelung erreicht. Der HLK-Bereich befand sich hinter ihnen, vor ihnen lag ein breiter Korridor mit Patientenzimmern. Hier war die Gefahr, entdeckt zu werden, bedeutend größer. »Ich habe Jimmy gefragt, was da los sein könnte«, fügte Jason hinzu. »Er meinte: ›Woher soll ich das wissen, Alter?‹, aber dann hat er gesagt, dass Lindy wahrscheinlich noch hier ist. Es wäre zu schwierig, jemanden hier rauszukriegen, außer vielleicht im Rettungswagen, aber heute Nacht sind bisher noch keine Sanitäterteams reingekommen oder gerufen worden.«

Sein Handy machte ein Geräusch. Bell dachte, dass es wie eine kranke Grille klang. Sie machte sich Sorgen, weil das Geräusch Aufmerksamkeit auf sie lenken könnte, aber nichts geschah. »Eine Nachricht«, sagte Jason. Ein grimmiges Lächeln erschien auf seinem pickeligen Gesicht, während er den langen Text las. »Wir haben zu tun. Jimmy hat sich umgeschaut. Man kann sich hier frei bewegen, solange man Eimer und Wischmopp dabeihat, den Kopf einzieht und die Klappe hält. Er hat gerade gesehen, dass man sie in die chirurgische Abteilung gefahren hat. Auf einer Krankentrage mit einem Infusionsschlauch am Arm. Sie lebt.«

»Chirurgische Abteilung?«, sagte Rhonda. »Warum sollten sie …?«

»Wartet.« Bell musste sie unterbrechen. Sie durften keine Zeit verlieren, und ihre Antwort bestand aus einem kurzen Befehl und einem Stoßgebet, dass man ihm Folge leisten möge: »Schnell«.

Jetzt war es ihr egal, ob man sie entdeckte. Die Zeit war zu knapp, und es stand zu viel auf dem Spiel. Bell übernahm die Führung, rannte so schnell sie konnte durch die Korridore, hielt nur ab und zu an, um sich an den Wegweisern zu orientieren.

CHIRURGIE war das Schild, nach dem sie suchte. Sie stürmten an Kranken- und Schwesternzimmern und leeren Rollstühlen vorbei. Sie überholten Krankenhausmitarbeiter in weißen, hellgrünen oder hellblauen Kitteln, die stirnrunzelnd von ihren Klemmbrettern oder iPads aufblickten. Bell war auf der Highschool und am College Läuferin gewesen, und auch wenn sie nicht mehr annährend so schnell war wie damals und sich wünschte, besser in Form zu sein, gab sie ihr Bestes. Sie war schneller als Rhonda und Jason, der zwar halb so alt war wie sie, aber schwerfällig. Sie dachte an Lindys Gesicht, als die junge Frau auf der Intensivstation in ihrem Bett gelegen hatte. Es hatte geleuchtet, weil sie an ihren Vater glaubte, und bei der Erinnerung an dieses Gesicht wurde sie noch entschlossener, diesen ungeheuerlichen Plan zu vereiteln. Diesen Plan, der, wie sie nun glaubte, die wirkliche Ursache war für alles, was sich ereignet hatte, seit Jed Stark in Tommy's Bar mit einem Schraubenzieher in der Brust zu Boden gestürzt war.

»Aufhören!«, schrie Bell. »Sofort aufhören!«

Sie war um die Ecke geschossen und hatte das Schild an der Tür erblickt – VORBEREITUNG OP –, hatte die Tür aufgestoßen und war in den Raum gestürmt. Während sie schrie, stieß sie einen metallenen Rollwagen um, der hinter der Tür stand. Es polterte laut, als ein Tablett mit medizinischen Instrumenten scheppernd und klirrend auf den gekachelten Fußboden fiel.

Sharons Wachmann, der Mann namens Leo, ging auf Bell

los, aber Sharon packte ihn am Arm und hielt ihn zurück. »Nein, nein, lass sie in Ruhe«, sagte sie. »Sie können hierbleiben. Wenn ich alles erklärt habe, werden sie es verstehen.«

Bell wartete nicht ab, was Sharon zu sagen hatte. Oder Bradley Portis, der neben ihr stand. Sie stürzte zu dem Bett, in dem Lindy festgebunden lag, und zerrte an den dicken Riemen an ihren Handgelenken. Lindy, die wach war, aber offensichtlich leicht betäubt, reagierte kaum auf diesen plötzlichen Ansturm. Verständnislos sah sie Bell an.

»Dies ist ein wichtiger medizinischer Eingriff«, sagte Portis, und seine Stimme war kalt und abweisend. Er schaute Sharon an. »Diese Leute dürfen nicht hierbleiben.«

»Wir werden nicht gehen«, erklärte Bell. »Es wird keinen medizinischen Eingriff geben.« Sie drehte sich um. »Rhonda, ich möchte, dass Sie alles hier in diesem Raum dokumentieren. Jeden Namen. Jedes Wort, das gesagt wird. Niemand darf hereinkommen und niemand hinausgehen.«

»Sie können nicht …« Das war wieder Sharon, ihre Stimme klang jetzt gepresst und angstvoll. »Ich bitte Sie«, flehte sie. »Lassen Sie es einfach zu. Treten Sie einfach zurück und geben Sie uns etwas Zeit. Die Chirurgin kommt gleich. Alles, was sie weiß, ist, dass wir ein Herz haben. Ein perfektes Herz. Wir haben ein Herz, verstehen Sie? Wir haben eins. Für meinen kleinen Jungen.« Sie holte aufgeregt Luft. »Montgomery ist nebenan. Er hat schon die Narkose bekommen. Er ist fast bereit. Es ist nur noch eine Frage von Minuten, und wir können anfangen. Bitte. Mein Sohn … er stirbt.« Sie packte Bell am Arm. Bell schüttelte sie ab, aber Sharon sprach eindringlich und flehend weiter und versuchte, Bells Blick auf sich zu ziehen: »Bitte. Um Himmels willen, bitte. Ich gebe Ihnen, was Sie wollen.«

Schwester Fugate, eine Spritze in der Hand, ging langsam auf Lindys Bett zu. Sie wollte sich die verworrene Situation zunutze machen, um Lindy die tödliche Dosis Morphin zu verabreichen. Aber bevor sie die Spritze mit dem Infusionsschlauch verbinden konnte, packte Jason sie am Handgelenk und hielt es fest. Er drückte zu, bis sie vor Schmerz aufschrie und die Spritze losließ. Sie fiel zu Boden und rollte ein kleines Stück weg. »Hey«, sagte er, »was zum Teufel haben Sie vor, Lady?«

»Bitte.« Sharon bettelte immer noch, wiederholte das Wort »bitte« wieder und wieder, jedes Mal verzweifelter, hysterischer. Tränen ließen ihr Make-up zu einer Clownsmaske zerrinnen. Mascara lief ihr über die Wangen. »Sie müssen das verstehen«, sagte sie. »Er ist zu weit unten auf der Warteliste. Mein kleiner Junge ist zu krank. Zwanzig Patienten sterben jeden Tag, während sie auf ein neues Herz warten – wussten Sie das? Wir können nicht länger warten. Wir haben keine Zeit mehr. Und Geld zählt bei diesen Leuten, diesen Organspende-Organisationen nicht. Geld zählt nicht!«, schrie sie. »Mein Junge. Mein schöner kleiner Junge.«

Bell schüttelte Sharons Hand ein zweites Mal ab und wandte sich an Portis. »Sie Dreckskerl«, sagte sie wütend. »Sie verdammter Dreckskerl. Dass Sie Ihr Krankenhaus für so etwas hergeben. Wenn ich mit Ihnen und Ihrem Unternehmen fertig bin, Mister, werden Sie und diese Schwester Ratched hier sich wünschen, sie wären niemals …«

»Oh, bitte«, unterbrach Portis sie. Er war auch wütend, was Bell überraschte. Sie hatte erwartet, dass er alles abstritt, sich herausreden wollte und die Schuld anderen zuschob.

»Tun Sie nicht so selbstgerecht und empört«, fuhr er fort.

»Ersparen Sie uns Ihre edlen Reden. Kurze Einführung in die Wirtschaftslehre, Lady: Das Unternehmen, das diese Einrichtung betreibt, muss Profit machen. Können Sie mir folgen? Vier Fünftel der Leute, die zur Behandlung hierherkommen, sind krank und arm. Der einzige Weg, das alles hier am Laufen zu halten, ist, mit den Riley Jessups dieser Welt zusammenzuarbeiten. Wir tun, was Jessup will, und er gibt uns einen Haufen Geld. Davon kaufen wir das, was wir brauchen, um all diese verdammten Hinterwäldler, die Sie letzte Woche auf dem Parkplatz gesehen haben, zu behandeln: all die verkrüppelten alten Frauen und die Bergarbeiter mit ihren schwarzen Lungen, die keinen Cent in der Tasche haben.« Verärgert verschränkte er die Arme. »Alles, was ich weiß, ist, dass das Mädchen da drüben gestern mit einem Hirntrauma eingeliefert wurde. Die Oberschwester sagte mir, dass die junge Frau den Unfall nicht überleben würde. Gut. Also tun wir, was zu tun ist. Wir nehmen die Transplantation vor. Ist das genau nach Vorschrift? Nein. Aber zum Wohle der Allgemeinheit.

Ich erwarte nicht, dass Sie diese modernen moralischen Überlegungen verstehen.« Er zuckte verächtlich mit den Schultern. »Das ist für Ihre Gehaltsklasse viel zu hoch, Lady. Mein Gott, wenn Sie auch nur ein bisschen Grips im Kopf hätten, würden Sie nicht in Acker's Gap, West Virginia, leben, oder?«

In seine letzten Worte mischte sich ein schmerzerfülltes Heulen, ein lang gezogenes, erbärmliches Jammern, das kaum mehr menschlich klang. Es war Sharon, die schluchzend auf die Knie gefallen war und die Hände rang. Der Wachmann namens Leo versuchte, ihr aufzuhelfen, aber sie schlug nach ihm, spuckte ihn an; sie wollte keine Hilfe von ihm. Sie wollte nur eins: dass ihr Sohn lebte.

Und einen Moment tat sie Bell leid. Sie empfand Mitgefühl für diese Frau, die hatte zusehen müssen, wie es ihrem Kind von Tag zu Tag schlechter ging. Die an jedem Tag seines jungen Lebens gewusst hatte, dass das eine, was ihren Sohn retten konnte, nur ein Geschäft, ein paar Hunderttausend Dollar und einen Schnitt mit dem Skalpell entfernt war. Wären Bell, Rhonda und Jason nur zehn Minuten später gekommen, wäre die Operation bereits im Gange gewesen. Ihr Junge hätte sein neues Herz bekommen, egal, was das jemand anderen gekostet hätte. Sie war so nah dran gewesen, dass ihr Kind gesund werden würde. Ihrem Kind wäre ein schönes, langes Leben vergönnt gewesen.

Bell spürte, wie sich ihre Gefühle veränderten, genau wie gerade eben, während Portis gesprochen hatte. Es ist so verdammt einfach zu hassen, dachte sie. Viel schwerer ist es herauszufinden, gegen wen man diesen Hass richten soll.

Sie hörte, wie Lindy Crabtree leise einatmete, und blickte zu ihrem Bett hinüber. Die Lider der jungen Frau flatterten, und sie öffnete die Augen, kämpfte darum, das volle Bewusstsein wiederzuerlangen. Und Bells Wut auf Sharon und Portis flammte plötzlich von Neuem auf. Sie hörte Rhondas Stimme: »Lindy, Süße, komm, wir schaffen dich hier raus. Wenn du mich fragst, hat dieses Krankenhaus eine reichlich sonderbare Vorstellung davon, wie man Kranke heilt.«

40

Das Gerichtsgebäude von Raythune County ragte vor dem Mitternachtshimmel hoch auf. Außer dem schwachen Schein aus einem Fenster im Erdgeschoss – auf der Seite, wo sich die Gefängniszellen befanden – war alles dunkel. Deshalb war es schwer, genau zu sagen, wo das Gerichtsgebäude endete und wo der Rest der Welt anfing, so nahtlos verschmolzen seine dunklen Konturen mit den nachtschwarzen Bergen.

Die Ereignisse im Krankenhaus lagen anderthalb Stunden zurück. Bell, Sheriff Fogelsong und Lindy liefen durch die leeren Korridore des Gerichtsgebäudes, an Bürotüren und verschlossenen Gerichtssälen vorbei. Sie waren auf dem Weg zu einer der Zellen. Fogelsong hatte es Lindy schonungslos mitgeteilt: Ihr Vater lag im Sterben.

Rhonda Lovejoy war mit Deputy Harrison im Krankenhaus zurückgeblieben. Wenn der Tatort gesichert war, würde Rhonda Jason nach Hause bringen, aber zuerst musste sie auf den FBI-Spezialagenten aus Charleston warten, um die Verhaftung von Sharon und Leo vorzunehmen. Auch Bradley Portis und Sally Fugate würden als Mitverschwörer festgenommen werden. Eine Agentin war schon unterwegs, um Riley Jessup auf seinem Anwesen abzuholen.

Die Zellentür stand offen, und Lindy eilte hinein. Ihr Vater lag auf dem Rücken in dem Metallbett, seine Augen geschlossen. Die Hände lagen auf seiner Brust und hoben und senkten sich in mühsamen, unregelmäßigen Atemzügen.

Bell wollte ihr folgen, vernahm aber ein bedeutungsvolles Hüsteln von Nick und blieb stehen. »Gib ihr etwas Zeit«, murmelte er. Bell nickte und trat zurück auf den kurzen Korridor. Sie informierte den Sheriff über alles, was sich in dieser Nacht ereignet hatte, und erklärte, wie es dazu gekommen war.

Sharon hatte im Krankenhaus zwischen Schluchzern, Schreien, Drohungen und verzweifeltem Wimmern eine Erklärung abgegeben. Auf Knien hin und her wankend war die Tochter des Gouverneurs völlig aufgelöst gewesen. Wie so viele der Verbrecher, mit denen Bell zu tun hatte, versuchte sich Sharon zu rechtfertigen. Wollte, dass man sie verstand. »Alles, was ich getan habe«, beteuerte Sharon immer wieder, »habe ich aus Liebe getan. Aus Liebe zu meinem kleinen Jungen.«

Margaret und Maybelle, beide in Acker's Gap aufgewachsen, waren beste Freundinnen gewesen. Lindy war Maybelles Kind – das ungelegene Nebenprodukt ihres zügellosen Lebens als Jugendliche. Zum Zeitpunkt ihrer Geburt war Margaret bereits mit Odell Crabtree verheiratet, und das Paar hatte eingewilligt, das Mädchen aufzunehmen und allen zu erzählen, es sei ihr eigenes Kind. Odell wollte kein Kind großziehen, aber aufgrund einer saftigen Ausgleichszahlung von Riley Jessup hatte er seine Meinung geändert. Ein paar Jahre später war Maybelle – jetzt Sharon – eine anständige Ehe eingegangen und bekam ein zweites Kind: Montgomery.

Als schmerzlich klar wurde, welche großen Gesundheitsprobleme der Junge hatte, konnte Sharon nur noch an eines denken: an das starke, gesunde Kind, das sie bei ihrer Freundin abgeladen hatte. Sharon wollte nicht ihr kleines Mädchen zurück; sie wollte das Herz des kleinen

Mädchens. »Das war nicht fair, das war nicht fair!«, hatte Sharon ihnen immer wieder entgegengeschrien, während Rhonda und Jason Lindy halfen aufzustehen, eingehüllt in Jasons Flanellhemd wie in einen Mantel. »Es ist nicht fair, dass mein Junge so leiden muss«, machte Sharon weiter, erbost über diese große Ungerechtigkeit, »und dass dieses Mädchen überhaupt keine Probleme hat. Dieses Mädchen, das niemand gewollt hat. Ein Abfallprodukt. Ein Fehler. Ich musste sie bezahlen, damit sie Lindy zu sich nahmen, verstehen Sie? Margaret hätte sie auch umsonst großgezogen, aber Odell wollte Geld. Bares. So einer ist das.«

Nur eine Herztransplantation werde Montgomery retten, sagte Sharon. Sie habe sich mit den harten Fakten auseinandergesetzt. Mehr als dreitausend Menschen in den Vereinigten Staaten stünden auf einer Liste und warteten sehnsüchtig auf ein Spenderherz. Jahre könnten vergehen, bis Montgomery an der Reihe sei – Zeit, die sie nicht hätten. »Diesen Leuten von den Organspende-Organisationen ist unser verdammtes Geld egal«, sagte Sharon und erstickte fast an ihrer Fassungslosigkeit. »Man kann sie nicht kaufen. Glauben Sie mir, ich hab's versucht.« Das Mädchen war ihr nicht mehr aus dem Kopf gegangen – Lindy, das Kind, das sie vor so langer Zeit in Acker's Gap zurückgelassen hatte. Das Kind, das wuchs und gedieh. Und so wurde es zu Sharons Obsession: »Das Mädchen. Das Mädchen mit dem perfekten Herzen. Das ist es, was Monty braucht – ihr Herz. Es wird meinen kostbaren Jungen retten.«

Wenn die Organspende-Organisationen kein Bestechungsgeld annehmen wollten, vielleicht würde es Odell Crabtree tun. Er hatte es bereits einmal getan, als Sharon das Neugeborene hatte loswerden wollen; vielleicht wäre er wieder dazu bereit. An dem Mädchen lag ihm nichts. Es hatte ihm schon vor neunzehn Jahren nichts an ihm gelegen, als er für seine Mühen ein Bündel Banknoten verlangt und bekommen hatte. Odell war ein Bergarbeiter. Ein Rohling. Ein Wilder. Er symbolisierte alles, was Sharon und ihre Familie hinter sich gelassen hatten, als sie aus Raythune County fortgezogen waren. Sicher würde er das Mädchen gerne loswerden wollen – wenn er dafür eine schöne Stange Geld als Entschädigung bekäme.

Es war Riley Jessups Idee gewesen, Sampson J. Voorhees ins Spiel zu bringen. »Ein Großstadtanwalt«, sagte Sharon mit Spott in der Stimme, aber auch mit einem Schimmer von Bewunderung in den Augen. »Der kann ein Geheimnis für sich behalten, wenn die Bezahlung stimmt.« Von seinem Büro in New York aus versuchte Voorhees über Monate, Odell das Angebot zu unterbreiten und den alten Mann an Bord zu holen. Aber sie bekamen keine Antwort von Odell Crabtree. Der nächste Schritt: Vergiss die Verhandlungen. Heuere einen Einheimischen an, der die Drecksarbeit erledigt. Lass Jed Stark in Raythune County Ärger anzetteln und eine Reihe von zufälligen Opfern angreifen. Damit allen klar wird, dass da ein Killer frei herumläuft. Auf diese Weise würde Stark die Möglichkeit bekommen, Lindy umzubringen und ihre Leiche zum Medical Center zu schaffen, ohne viel Aufsehen zu erregen. Niemand würde Fragen stellen. Sie hatte schließlich keine richtige Familie. Keine Freunde. Niemanden, der den überlasteten lokalen Behörden zusetzen könnte, damit sie dem Fall nachgingen.

Die Transplantation würde in Raythune County durchgeführt werden, mithilfe von Riley Jessups Verbindungen. Wenn hinterher irgendjemand Fragen stellte, wäre das egal; Montgomery wäre am Leben. Man würde ihm sein neues Herz nicht wieder wegnehmen.

»Aber dieser verdammte Hurensohn Jed Stark hat sich in eine dämliche Kneipenschlägerei verwickeln und umlegen lassen.« Sharon spie ihren Abscheu förmlich heraus. »Gleich nachdem er irgendeinen alten Kauz getötet hatte. Hat seinen Job nicht zu Ende gebracht, ihn kaum angefangen.« Voorhees sorgte dafür, dass Tiffany Stark eine Zahlung erhielt, die sie über den Plan Stillschweigen bewahren ließ.

Bevor Bell mit ihrer Zusammenfassung von Sharons Geständnis fortfahren konnte, meldete sich Nick Fogelsong zu Wort. »Dann war also der Angriff auf Charlie Frank das Werk von Perry Crum.« Der Sheriff hatte sich an die Wand gelehnt, dankbar für die Gelegenheit, seinen Rücken einen Moment entlasten zu können. Er sieht aus, als wäre er hundertzehn Jahre alt, dachte Bell. Und sie konnte sich vorstellen, dass sie selbst noch mindestens zehn Jahre älter aussah. »Das hatte nichts mit Riley Jessup zu tun«, fügte er hinzu. »Oder mit seiner Tochter oder ihrem Plan, den Jungen zu retten.«

»Das stimmt.«

Der Sheriff runzelte die Stirn. »Also waren sie zufällige Opfer. Freddie Arnett. Charlie Frank. Ermordet von unterschiedlichen Leuten aus unterschiedlichen Gründen – aber beide waren Opfer unglücklicher Zufälle.«

»Ja«, sagte Bell, »Jed Stark ist auf einen wehrlosen alten Mann gestoßen, der mitten in der Nacht in seiner Auffahrt arbeitete. Perry Crum hat irgendeinen Typen an einer verlassenen Straße entlangwandern sehen.« Sie dachte einen Augenblick über die unfassbare Brutalität des Zufalls nach. Es ließ sich nicht beschönigen. Man konnte keinen Sinn darin erkennen. »Freddie Arnett und Charlie Frank waren zur falschen Zeit am falschen Ort«, fügte sie hinzu.

»Wir haben nach einer Logik gesucht. Nach einem Muster. Wir hätten bis in alle Ewigkeit suchen können – weil es kein Muster gibt.«

Fogelsong dachte über ihre Worte nach. Er wusste, dass Bell wie er über die Tücken des Zufalls in einem Leben nachgrübelte, das von vornherein in eine widernatürliche Form gezwungen wurde und das davon abhing, wo es gelebt wurde und welcher verwüstete Boden nun gerade als Schauplatz für dieses lange Schauspiel des Elends diente.

Ein Telefonanruf hätte Freddie Arnett in jener Nacht zurück ins Haus führen können, bevor Jed Stark des Weges kam, und Stark hätte sich jemand anderen herausgepickt, um ihn zu Tode zu prügeln. Die Bitte von Martha Frank, ihr ein Glas Wasser zu bringen oder ihr Kopfkissen aufzuschütteln, hätte Charlie Frank aufhalten können. Dann wäre er zu dem Zeitpunkt, als Perry Crum sich auf der Godown Road befand, noch zu Hause gewesen, hätte seiner Mutter über den Kopf gestreichelt und ihr zugeredet, dass alles in Ordnung, dass sie in Sicherheit sei und er immer bei ihr bleiben werde. Und Perry wäre weitergezogen. Hätte jemand anderen gefunden, um seine Sache durchzuziehen.

»Voorhees ist unantastbar, vermute ich«, sagte der Sheriff.

»Nun, er ist seit sehr langer Zeit im Geschäft. Das heißt, er ist sehr gut darin, seine Spuren zu verwischen. Ich werde alles versuchen, aber ich wette, wir werden ihm nichts nachweisen können.«

Fogelsong schüttelte den Kopf. Es gab noch etwas, das ihn verwirrte. »Eine Herzspende ist etwas anderes als eine Knochenmarkspende. Spenderherzen bekommt man immer von einem Fremden. Es muss kein Familienmitglied sein.« Seine Stimme wurde langsam rau; auch er hatte eine harte Nacht hinter sich, war zum Haus der Crabtrees gefahren, hatte Perry Crum aufgeweckt und den heulenden, sich windenden und fluchenden alten Mann in seinen Blazer gesteckt und zum Gerichtsgebäude gebracht.

»Nein«, antwortete Bell, »es muss keiner aus der eigenen Familie sein.«

»Dann hätte Stark doch einen beliebigen jungen Menschen ermorden können. Bei den Verbindungen, über die Jessup hier in der Gegend verfügt, hätten sie ein anderes Herz für den Jungen finden können.«

»Ja. Aber Lindy war perfekt. Es gab niemanden, der auf sie achtete. Niemand hätte unangenehme Fragen gestellt. Jessup und seine Tochter hätten das mit niemand anderem machen können. Für sie kam nur Lindy in Frage. Und nicht nur wegen der Logistik.«

Der Sheriff sah verwirrt aus, deshalb suchte Bell nach Worten, um es näher zu erklären. »Du musst dir klarmachen, wie Jessup und seine Tochter ihren Plan gerechtfertigt haben. Wie sie ihn mit ihrer eigenen verzweifelten Denkweise in Einklang brachten.« Sie machte eine Pause. »Jeder hat eine Geschichte, die er sich selbst einredet, damit er nachts ruhig schlafen kann, Nick. Damit er nicht in jeder Sekunde von Schuldgefühlen und Reue zerrissen wird. Letztlich kommt es darauf an, wie sie Lindy Crabtree betrachtet haben. Was sie in ihr sahen.«

»Und das war …?« Er ließ seinen Satz in der Luft hängen.

Bell schluckte hart, bevor sie weitersprach. »Ersatzteile.«

»Daddy«, sagte Lindy.

Für Bell und den Sheriff war es an der Zeit, zu Lindy in die Zelle zu gehen. Sie kniete auf dem grauen Betonboden neben dem Bett ihres Vaters. Von der Beruhigungsspritze war sie noch benommen. Während der Fahrt vom Krankenhaus hierher hatte sie hektisch das Fenster heruntergelassen und sich zweimal übergeben müssen, aber sie hatte sich sehr bemüht, einen klaren Kopf zu behalten. Sie wusste, dass nur sehr wenig Zeit blieb.

Lindy beugte sich vor. Sie schlang die Arme um den breiten Oberkörper ihres Vaters. Odell hob eine seiner geschwollenen, verkrümmten Hände und legte sie auf ihren Kopf. »Mein Mädchen. Mein Mädchen«, sagte er mit belegter Stimme.

Deputy Mathers hatte den Arzt gerufen, und dessen Urteil kam prompt und war eindeutig: *Kein Bedarf, ihn noch irgendwo hinzubringen. Es gibt nichts, was man noch tun könnte.* Odell Crabtrees Lunge war stark angegriffen und völlig vernarbt und sein Herz schwach. Sein Körper war verbraucht und gab sich geschlagen. Es gab nicht nur eine Ursache für seinen Tod, sondern mehrere. Der Schock, als er Lindy bewusstlos im Wohnzimmer auf dem Fußboden gefunden hatte, und die Verwirrung der letzten Tage schienen die letzten kümmerlichen Reste seiner Kraft aufgezehrt zu haben. Dennoch hatte er bisher irgendwie durchgehalten. Es war, als hoffte er – so gering die Denkkraft, die ihm noch blieb, auch sein mochte –, Lindy wiederzusehen. Und jetzt war sie hier.

Minuten vergingen in völliger Stille, nur Odells schwerfälliger, rasselnder Atem war zu hören. Die Abstände zwischen seinen Atemzügen wurden immer größer. Ihm ging die Luft, das Leben aus.

»Daddy«, sagte Lindy.

Falls es so etwas wie eine letzte Gnade gibt, dachte Bell, dann soll Odell sie erkennen. Er muss merken, dass sie da ist. Der Nebel in seinem Geist soll sich in diesem letzten Augenblick lichten.

»Daddy«, wiederholte Lindy, und jetzt weinte sie. Ihre schmalen Schultern zuckten, während sie den zerlumpten Haufen umarmte, der das darstellte, was aus Odell Crabtree geworden war, seine sterbliche Hülle und ein körperliches Wrack. »Daddy, du darfst nicht sterben. Ich habe doch sonst niemanden.«

Seine braunen, verschorften Lippen bewegten sich. Die Zunge wurde kurz sichtbar, als sie die Lippen berührte. Er kämpfte darum zu sprechen.

Vor Erschöpfung klangen seine Worte rau und undeutlich, aber in der absoluten Stille dieses dunkelsten Abschnitts der Nacht konnte man sie gerade noch verstehen: »Hab dich angelogen, mein Mädchen«, sagte Odell. »Konnte dir nicht sagen, dass du nicht wirklich unser Kind warst. Du warst Maybelles Kind. Maybelle kam zu uns und sagte: ›Ich kann dieses Baby nicht behalten. Ich kann nicht. Es wird meine Familie ruinieren. Unseren Namen. Schlecht für die Politik. Und mein Daddy wird mir nie wieder Geld geben.‹ Und deine Mama hat gesagt: ›Mach dir keine Gedanken. Wir nehmen sie. Und niemand wird es je erfahren.‹ Weißt du, es war so: Deine Mama wollte ein Kind. Aber ich nicht. Ich wollte nur das Geld. Sie haben uns dafür bezahlt, dass wir dich genommen haben, mein Mädchen. Ich schäme mich, das zu sagen, aber ich habe das Geld genommen.« Er musste aufhören zu sprechen. Er atmete schwer, noch schwerer als zuvor und hustete schrecklich. Es war ein qualvoller Husten, der ihn hochzuheben, zu schütteln und wieder fallen zu lassen schien. »Sie heißt heute nicht mehr Maybelle. Nennt sich irgendwie anders. Ihr Daddy war Gouverneur. Er ist ein reicher Mann. Lebt in einem großen

Haus. Aber weißt du was? Du gehörst nicht mehr zu Maybelle. Hast nie zu ihr gehört. Du bist mein Mädchen. Ich liebe dich, als ob du mein eigenes Kind wärst. Du bist jetzt mein Kind. Oh Lindy, Mädchen.« Abermals bekam er einen Hustenanfall, schnappte nach Luft und krümmte sich.

Ein paar weitere Minuten verstrichen, und dann ging er. Er war noch nicht tot, befand sich aber an einem anderen Ort, in einer Zwischenwelt, wühlte sich durch den Gedankensumpf, in den seine Erinnerungen wieder gesunken waren wie ein Schiffswrack auf den Meeresgrund. Er schnaubte und brüllte: »Wer bist du? Wer zum Teufel bist du?«, dann stieß er Lindys Kopf weg, wütend und verwirrt, und versuchte, sich in dem engen Bett aufzurichten, fiel zurück, schnappte nach Luft und klammerte sich an den Bettlaken fest. Und dann, wenige Minuten später, starb er.

Während der tiefen Stille, die nun folgte, sah sich Bell in der kleinen Zelle um. In eine dunkle Ecke geschoben stand etwas, das sie beim Hereinkommen nicht gesehen hatte, etwas, das in Raythune County normalerweise nicht in eine Gefängniszelle gehörte. Es war ein ramponierter Tisch, gerade so groß, dass ein alter Mann mit verkrümmter Wirbelsäule darunterkriechen konnte, sodass er einen Platz hatte, an dem er sich wohlfühlen konnte, wenn sein Geist in die Vergangenheit abdriftete: *Ray-boy, hörst du mich? Hey, Ray. Bist du da? Ich bin's, Odell. Komme gleich, Ray-Boy. Ich komme. Bin schon unterwegs*. Bell wusste es nicht mit Sicherheit und würde erst später die Gelegenheit haben nachzufragen, aber sie vermutete, dass die Person, die den Tisch hierhergebracht hatte, weil ihr zu Ohren gekommen war, was Lindy in ihrem Keller aufgebaut hatte, dass diese Person Mary Sue Fogelsong war. Denn sie wusste, was Leid bedeutet.

Der Leichenwagen kam, um Odell Crabtree abzuholen. Ihn hochzuheben war ein langwieriges und mühsames Unterfangen; er war ein sehr großer und kräftiger Mann, und die Sanitäter hatten es nicht leicht, ihn in einen Leichensack zu stecken und auf eine Bahre zu legen und dann die Bahre in der Dunkelheit die Treppe des Gerichtsgebäudes hinunterzutragen, Stufe für Stufe, bevor sie die Räder ausklappten und die Bahre in das Fahrzeug schoben. Lindy stand mit verschränkten Armen und verweintem Gesicht da und beobachtete alles, bis die roten Rücklichter des Wagens, die im strömenden Regen nass glänzten, um die Ecke verschwunden waren.

Jetzt gab es für niemanden mehr etwas zu tun. »Eine lange Nacht«, murmelte Fogelsong, und Bell murmelte zurück: »Die längste Nacht in der ganzen verdammten Weltgeschichte.« Der Sheriff sah keinen Grund, ihr zu widersprechen.

Es war kurz nach vier Uhr morgens, als Bell und Lindy das Gerichtsgebäude verließen und zu dem Explorer gingen. Lindy hatte zugestimmt, einige Zeit – mindestens eine Woche, aber Bell hoffte, dass sie länger bleiben würde – bei ihrer Cousine zweiten Grades in Morgantown zu verbringen. Jeannie Stump würde sie am Morgen ungefähr auf halbem Weg in Charleston treffen. Bell würde Lindy hinfahren. Die Nacht sollte Lindy bei Bell verbringen. Das Bett in Carlas Zimmer sei schon gemacht, teilte Bell ihr mit. Sie hatte alles so gelassen, obwohl Carla gar nicht kam.

Der Regen war langsam einem feinen Nebel gewichen, der der Umgebung etwas Verschwommenes, Unruhiges, Unfertiges verlieh. Es schien, als würde er von Moment zu Moment neu entscheiden, welche Seite er umspannen wollte – die in Träume gesponnene Vergangenheit, wo Geister umherwandelten, oder die scharf umrissene Gegenwart, auf die

die Lebenden Anspruch erhoben. In solchen Nächten, wenn ein feuchter Schleier über allem lag, fühlte Bell sich den Toten seltsam nah. Sie hatten auch das Recht, hier zu sein, raunend, allmächtig. Das war vielleicht einer der Gründe, warum sie in Acker's Gap blieb. Ein Grund, den sie niemandem je verraten würde, nicht einmal Nick. Diese Toten – mochten sie zu Lebzeiten böse oder gut, grausam oder freundlich gewesen sein – waren ihre Toten. Sie kannte ihre Namen. Ihre Gesichter.

Nachdem sie in Bells Wagen gestiegen waren und sich angeschnallt hatten, sagte Lindy: »Ich dachte, ich könnte versuchen, in nächster Zeit mit Montgomery Henner Kontakt aufzunehmen. Ich meine, er ist mein Halbbruder. Und das ist Familie, oder?«

»Stimmt.«

»Ich weiß, dass ihm nicht mehr viel Zeit bleibt, wenn er nicht ein Spenderherz bekommt. Aber wie lange es auch dauern mag …« Lindy beendete den Satz nicht. Stattdessen sagte sie: »Sie wissen, wie das ist. So ziemlich allein zu sein. Ich habe gehört, dass Ihr Vater gestorben ist, als Sie noch ein Kind waren. Und Ihre Schwester …« Wieder brach sie ab.

»Ja.«

»Muss hart gewesen sein.«

Bevor sie losfuhr, machte Bell kurz die Scheibenwischer an, um die Windschutzscheibe von den Regenschlieren zu befreien. Lindy kannte wahrscheinlich nur ein paar Halbwahrheiten über Bells Kindheit, so wie viele Leute in Acker's Gap, die dachten, sie wüssten Bescheid.

»Wir sprechen morgen darüber. Auf dem Weg nach Charleston«, sagte Bell. »Da haben wir viel Zeit.«

»Kompliziert, was?«

»Das kann man so sagen.«

41

Bell war es nicht gewohnt, Sonnenuntergänge zu genießen. Normalerweise war sie zu beschäftigt, und manchmal zu ruhelos und aufgewühlt, um sich hinzusetzen und das Liveschauspiel eines zu Ende gehenden Tages zu betrachten, das matte Orange, das sich am westlichen Horizont ausbreitete. Aber an diesem Abend hatte sie nichts anderes zu tun.

Eine Woche war seit dem Tod von Odell Crabtree vergangen. Bell saß auf dem Treppenabsatz hinter der Garagenwohnung, wo Shirley jetzt lebte. Das baufällige einstöckige Haus mit der verbeulten Aluminiumverkleidung lag am Rand von Blythesburg an einer nicht asphaltierten Straße, die an einem Bahnübergang plötzlich endete.

Nun, da sich im Büro der Staatsanwaltschaft alles beruhigt hatte – Perry Crum war wegen Mordes angeklagt und wartete auf seine Verurteilung, das FBI kümmerte sich um die Vorwürfe gegen die Mitverschwörer –, hatte Bell sich entschlossen, Shirley ihre restlichen Habseligkeiten zu bringen: einen batteriebetriebenen Radiowecker und zwei Flanellhemden, ein rotes und ein blaues, die noch im Trockner gesteckt hatten, als ihre Schwester ausgezogen war.

Auf der Fahrt nach Blythesburg hatte Bells Handy geklingelt. Es war Sheriff Fogelsong. »Ich hatte endlich die Gelegenheit, mit Jason Brinkerman zu sprechen«, sagte er. »Er hat mir erzählt, was im Keller passiert ist.« Bell antwortete nicht, darum fuhr er fort. »Dass du ziemlich grob mit Perry Crum umgegangen bist. Und die Sanitäter haben gesagt, er habe ausgesehen, als hätte man ihn mit der Kreissäge bearbeitet und dann in eine Häckselmaschine gesteckt. Der Dreckskerl hat es verdient – aber dennoch. Jason hat gesagt, dass du außer Kontrolle geraten bist. Dass du etwas geschrien hast. Etwas, das klang wie ›Daddy‹. Ich habe dem Jungen gesagt, dass er sich verhört haben muss.« Er wartete. »Belfa?«

»Ich habe nichts zu sagen, Nick.«

»Das dachte ich mir. Ich wollte mich nur vergewissern, ob du noch dran bist.« Als sie nicht antwortete, knurrte er und sagte: »Schau. Es ist deine Sache. Ich will mich nicht einmischen, weiß Gott. Aber das ist eine merkwürdige Angelegenheit. Wut ist in Ordnung in kleinen Dosen. Deswegen machen Leute wie du und ich unseren Job, sie ist der Grund, warum wir gegen den ganzen Mist kämpfen. Aber sie kann sich auch sehr schnell gegen einen wenden, wenn man nicht aufpasst. Wenn man nicht vorsichtig ist. Man muss richtig damit umgehen. Du willst nicht da drüben enden, Belfa. Du willst nicht sein wie die Leute auf der anderen Seite des Gesetzes. Innerlich tot. Ausgebrannt von innen – weil sie eine so große Wut haben.«

Keine Antwort.

»Okay«, sagte er. »Ich lass dich in Ruhe. Du musst nicht darüber reden. Anscheinend willst du das nicht.« Es kam immer noch keine Reaktion, also wechselte er das Thema. »Ich hab noch andere Neuigkeiten. Lanny Waller ist tot.«

»Was ist passiert?«

»Regina Wills hat ihn heute Nachmittag erschossen. Danach hat sie sich gestellt. Sie hat seine eigene Waffe benutzt. Zwei Kugeln – eine in die Brust, eine in den Bauch. Hat eine gute Stunde gedauert, bis er verblutet ist. Währenddessen saß sie da und hat zugesehen.«

Bell erinnerte sich an die Worte von Riley Jessup an jenem Tag in seiner Villa; darüber, wie man aufsteigt. Es gibt verschiedene Arten, über sich hinauszuwachsen, dachte Bell. Regina hatte ihren eigenen Weg gefunden.

»Wie ich gehört habe«, fuhr der Sheriff fort, »ist Waller weiter zu diesen Mädchen gegangen, jede Nacht, sogar noch dann, als der Richter schon Recherchen über Missy Wills und ihren mysteriösen Sinneswandel anstellte. Letztendlich ist Regina ausgerastet.«

»Wie lautet die Anklage gegen sie?«

»Vorsätzlicher Mord. Lanny hat den Wohnwagen vor ungefähr einer Woche nach Collier County transportieren lassen, deshalb ist es wenigstens nicht mehr unser Gebiet. Amanda Sturm hat die Festnahme vorgenommen.«

»Nun, ich werde mich mal mit Mason Dittmer unterhalten«, erklärte Bell. Sie hatte ein gutes Verhältnis zu dem Staatsanwalt von Collier County. »Wenn die Beweislage bestätigt, was du beschrieben hast, denke ich, dass vorsätzlicher Mord die falsche Anklage ist. Vielleicht ist Mason bereit, auf mich zu hören.« Bell versuchte, einen Hauch von Bedauern über Lanny Wallers Tod zu empfinden, wenigstens ein winziges bisschen Mitleid, weil er einen qualvollen, langsamen Tod erlitten hatte. Nichts da, stellte sie fest. Soll er in der Hölle schmoren.

Und später wäre dort, so hoffte sie, noch genug Platz für Perry Crum, Riley Jessup, Bradley Portis und Sharon Henner. Jeden Anflug von Mitgefühl, den sie vielleicht kurz für Sharon empfunden hatte, weil sie gezwungen war zuzusehen, wie ihr Sohn immer schwächer wurde, war längst verschwunden. Das zögernde Verständnis, das sie Perry entgegengebracht hatte, weil das Opfer, das er jahrelang für seine Schwester brachte, ihn verändert hatte – und zwar so sehr, dass er sich wahrscheinlich nicht einmal mehr selbst wiedererkannte –, hatte sich verflüchtigt.

Als sie bei Shirleys neuer Wohnung ankam, war Bell bereit, über etwas anderes zu sprechen als über das Gesetz und was damit zusammenhing. Auf den Treppenabsatz passten nur zwei Stühle; es waren Klappstühle, die aussahen, als könnte schon ein schwacher Windhauch sie in einen Haufen von Aluminiumstangen und zersplittertem Plastik verwandeln. Bolland hatte die Stühle automatisch den beiden Frauen angeboten. Er selbst setzte sich auf die Betonstufe, seine Gitarre auf den Knien.

Zuerst saßen sie schweigend da. Es war ein freundliches Schweigen, kein unbehagliches. Von ihrem Stuhl aus konnte Bell auf Bollands Kopf hinunterblicken. Sein Haar sah aus, als würde es mit jeder Minute dünner. Innerhalb kürzester Zeit würde er kahl sein. Der graue Pferdeschwanz schlängelte sich seinen Rücken hinab. Ein paar lose Strähnen hatte er sich hinter die Ohren gestrichen. Er war ein alter Mann. Ein alter Mann mit den Träumen eines jungen Mannes. *Also das ist es, was du willst*, hätte Bell am liebsten zu Shirley gesagt. *Das hier. Dieses Leben. Mit diesem Mann.* Aber sie sagte es nicht.

In dem Moment, als Bolland anfing zu singen, ertönte in der Ferne ein Pfeifen. Es war die letzte Botschaft eines Zuges, eines langen Zuges, der bereits vor einiger Zeit seine Fahrt aufgenommen hatte, kurz nachdem Bell eingetroffen war. Seine rostigen Wagen waren hoch mit Kohle beladen. Das Pfeifen war eine Art Abschiedsgruß. Auf Bell wirkte es zugleich wie das Signal für etwas anderes: dafür, dass es an der Zeit war, etwas anzuerkennen, das sie bereits wusste, sich aber noch nicht eingestanden hatte. Bis jetzt.

Carla würde nicht zurückkehren nach Acker's Gap. Oh,

sie würde hin und wieder zu Besuch kommen, für einen Tag oder so. Vielleicht würde sie sogar einmal eine Woche bleiben. Aber sie würde nie wieder hier leben. Carla hatte diesen Ort hinter sich gelassen. Ohne Zweifel war es der erste von vielen Orten, die sie noch hinter sich lassen würde, wenn sich die Landschaft ihres Lebens im Laufe der Zeit vor ihr ausdehnte, weil sie mit ihren Träumen Schritt halten musste. Bell hatte ihre Tochter zu Selbstständigkeit, Willensstärke und Mut erzogen. Das hatte seinen Preis. Und den musste Bell nun bezahlen.

Bell hatte einmal einen guten Freund gehabt, der die Gedichte von John Donne liebte, ihre feierliche Weisheit und die unbändige Leidenschaft, die manchmal die steifen, sakralen Rhythmen durchbrach. Sie erinnerte sich an eine Strophe, die ihr Freund geliebt hatte. Sie sah den Text noch genau vor sich, so wie er im Buch stand:

> Doch unsre Seelen bleiben eins,
> trennen sich nicht, auch wenn ich geh.
> Sie weiten sich …
>
> Und wären sie zwei, dann doch nur so,
> wie man's bei Zirkelschenkeln sieht:
> Das feste Standbein – du – steht still,
> Doch folgt es, wenn das andre weiterzieht.

Für Carla würde Acker's Gap von nun an der feste Fuß des Zirkels sein; der Radius, in dem sie sich bewegte, würde immer größer werden, innerhalb einer Fülle von Möglichkeiten. Acker's Gap war ihre Vergangenheit. Nicht ihre Zukunft.

Und jetzt denke ich an John Donne, während ich Bobo

Bolland höre, schalt Bell sich. Dabei gibt es da wohl einen kleinen Niveauunterschied. Tatsächlich war die Musik von Bolland gar nicht schlecht. Seine Stimme hatte etwas Raues und zugleich Melancholisches, eine Härte, die durch zärtliche Erinnerungen an verlorene Liebe und vergangenes Leid gemildert wurde. Bell mochte seine Stimme. Und irgendwie mochte sie auch Bolland, und auch das überraschte sie. Er hatte im Leben seine Probleme gehabt und seine Herausforderungen, und die würde er auch weiterhin haben. Er hatte Fehler gemacht. Verdammt, dachte Bell, das habe ich auch. Jeder hat das. Und er würde zweifellos noch mehr Fehler machen. Vielleicht sogar noch größere.

Aber die Hauptsache war, dass er Shirley gut behandelte. Das war alles, was zählte.

Als Bell vorhin mit Shirleys Sachen hier angekommen war, hatte Bolland die Tür aufgerissen und war ihr entgegengestürzt, hatte ihr die Tasche abgenommen, höflich und gastfreundlich. Er wurde nervös in ihrer Gegenwart, stotterte, war entschieden zu unterwürfig, aber sie konnte das verstehen. Das würde vorbeigehen. Sie wusste, dass sie einschüchternd wirken konnte. Niemand war in Gegenwart einer Staatsanwältin entspannt, und offen gestanden wäre das auch dumm gewesen. Ihr ganzer Job bestand schließlich darin, über andere zu urteilen.

Nun saßen sie auf dem Treppenabsatz, während das Tageslicht um sie herum langsam erlosch. Sie machten kein Licht hier draußen, weil es ein Heer von Insekten anlocken würde. Je dunkler der Himmel wurde, desto weniger konnte sie Bolland erkennen und desto mehr schien er sich in eine Stimme zu verwandeln.

Die Melodie war voll trauriger Mollakkorde, der Text düster und pessimistisch. Aber es war ein poetischer Pessimismus, der fast schon wieder optimistisch klang. So hatte Shirley es Bell vor ein paar Tagen erklärt, während sie ihre wenigen Kleidungsstücke in eine Papiertüte gepackt hatte. Wenn man über etwas singen kann, dann kann man es durchstehen. »Das hat mir Bobo beigebracht. Er ist ein kluger Mann, Belfa. Wirklich, das ist er. Gib ihm eine Chance, dann wirst du es merken.«

Bell blickte hinüber zu Shirley. Ihre Schwester hatte die Augen geschlossen und bewegte sich im Takt der Musik. Sie lächelte nicht, aber sie wirkte zufrieden, ausgeglichen.

Als Bolland zum Ende seines Songs kam, stieg seine Stimme höher in einem unerwartet schönen Bogen. Es war, wie wenn ein Handschleifer über ein Eichenbrett fährt, über ein Holz, das der Welt seine Geheimnisse, sein inneres Wesen, erst enthüllt, wenn es gebeizt und poliert ist. Den letzten Ton hielt Bolland ein paar Sekunden, und in diesem Moment spürte Bell aus unerfindlichen Gründen wie nie zuvor, was der Kern von Shirleys Leben war. Sie spürte ihre Sehnsucht, Angst und Enttäuschung und erkannte ihre Schönheit, ihre gealterte und verletzte Anmut. Sie spürte alles, was hätte sein können, aber niemals eingetreten war, alles, was ihre Schwester hätte haben sollen, aber nicht bekommen hatte: nur einen einzigen hellen Tag reinen Glücks, unberührt von Schmerz. Eine einzige Erinnerung, die nicht von Verlust geprägt war. Shirley sagte kein Wort, aber Bell hatte das Gefühl, ihre Stimme zu hören, die sich mit Bollands letztem klarem Ton vereinte: *Mir geht es jetzt gut, Belfa. Du musst nicht mehr auf mich aufpassen. Du kannst loslassen.*

Und dann, viel zu schnell, war der Song zu Ende. Die Sonne war untergegangen. Und Bell wusste, dass es Zeit war, nach Hause zu gehen.

Danksagung

Vor ein paar Jahren traf ich in McDowell County, West Virginia, die kluge und tapfere Frau eines Kohlebergarbeiters. Sie hatte unter dem großen Küchentisch einen Platz für ihren Mann eingerichtet; wegen der vielen Jahre, die er unter Tage gearbeitet hatte, und wegen der Verletzungen an seiner Wirbelsäule fühlte er sich nur in gebückter Haltung wohl. Diese Geschichte hat mich seitdem verfolgt und mich zu einem der zentralen Elemente in diesem Roman inspiriert.

Ich freue mich, hier meinen geschätzten Freunden Susan Phillips, Elizabeth King, Elaine Phillips, Tom Heinz, Tim Bannon, Marja Mills und Jack Frech danken zu können.

Für ihre Bemühungen bezüglich meines Werks bin ich Lisa Gallagher, Kelley Ragland, Hector DeJean, David Baldeosingh Rotstein und Elizabeth Lacks zutiefst dankbar, außerdem Vicki Mellor und Ben Willis.

Julia Keller

Die mit dem Pulitzerpreis ausgezeichnete Journalistin Julia Keller wuchs in den Bergen West Virginias auf, kennt also die Menschen und die Landschaft, die die Kulisse für ihre gefeierte Kriminalromanreihe bieten. Heute lebt die Autorin in Chicago und Ohio und arbeitet an dem nächsten Fall um die engagierte Staatsanwältin Bell Elkins.